빛의 아이들

– 신비한 물약과 비밀의 섬

①

빛의 아이들 1
- 신비한 물약과 비밀의 섬

초판 1쇄 발행 2018년 7월 12일

지은이 최승주
펴낸이 장길수
펴낸곳 지식과감성#
출판등록 제2012-000081호

디자인 이다래
편집 이현, 이진영, 안영인, 최지희
교정 나은비
마케팅 고은빛

주소 서울시 금천구 벚꽃로 298 대륭포스트타워6차 1212호
전화 070-4651-3730~4
팩스 070-4325-7006
이메일 ksbookup@naver.com
홈페이지 www.knsbookup.com

ISBN 979-11-6275-203-6(03810)
값 13,800원

ⓒ 최승주 2018 Printed in Korea

잘못된 책은 구입하신 곳에서 바꾸어 드립니다.
이 책의 전부 또는 일부 내용을 재사용하려면 사전에 저작권자와 펴낸곳의 동의를 받아야 합니다.

이 도서의 국립중앙도서관 출판예정도서목록(CIP)은 서지정보유통지원시스템
홈페이지(http://seoji.nl.go.kr)와 국가자료공동목록시스템(http://www.nl.go.kr/kolisnet)에서
이용하실 수 있습니다. (CIP제어번호 : CIP2018020084)

홈페이지 바로가기

빛의 아이들

– 신비한 물약과 비밀의 섬

①

최승주 지음

빛이 있는 그곳에 우리가 있어.
애들을 찾아내야 해. 모든 게 나 때문일지도 몰라.

목차

프롤로그	/ 7
Part 1 　씨앗이 없는 화분	/ 9
Part 2 　다시 사라진 여학생	/ 23
Part 3 　수색 시작	/ 45
Part 4 　창고 안의 숨겨진 공간	/ 73
Part 5 　파란색 외눈동자	/ 105
Part 6 　두 번째 수색 시작	/ 127
Part 7 　먼저 잡힌 수진이	/ 145
Part 8 　민호의 흔적	/ 159
Part 9 　기절한 혜성이	/ 175
Part 10 　베일에 가려진 여인	/ 187
Part 11 　신의 나무	/ 209
Part 12 　잃어버린 기억	/ 253
Part 13 　승원이의 비밀	/ 279
Part 14 　다시 돌아온 여학생	/ 323
Part 15 　보이지 않는 괴물	/ 349
Part 16 　계속되는 이야기	/ 381

- 우정이란 서로 간의 믿음으로부터 시작되는 것이다. -

프롤로그
그린고등학교

공사 안내판 앞에 모여든 달래 마을 사람들이 불안해하며 언성을 높이고 있었다.

"아니 저 멀쩡한 초등학교는 왜 허물어버린대? 공원 입구까지 막아버렸잖아!"

"설마 베어버리는 건 아니겠지?"

"그렇다면 당장 항의하러 갑시다!"

가장 오래된 초등학교와 공원을 허물기 시작하면서 일파만파 소문이 퍼졌다. 모두들 마을의 수호신으로 지정된 10미터 크기의 목련나무까지 베어버린다고 생각했기 때문이다. 이로 인해 학교건립을 반대하는 사람들이 생겨났고 마침내 방송을 통해서 건축가가 공개되었다. 그는 도심에서 벗어난 지역에 학교를 세우며 자선단체에 봉사와 기부를 하는 선한 행실로 평소에 보기 드문 건축가였다. 그는 건립되는 과정에서 목련나무를 허물지 않겠다고 공포했다. 그런데 이상하게도 그는 얼굴을 가린 채로 나왔는데 아이들은 못생긴 외모이거나 너무 잘생긴 외모 때문이라고 생각했고 어른들은 얼굴이 공개되면 일상이 피곤해지기도 하고 좋은 일을 하는데 나쁠 것이 뭐가 있겠냐며 얼굴 없는 천사라고 불렀다. 그리고 마침내….

"이제 내년부터 자신만의 꿈을 가진 고등학생들이 다니게 되었습니다. 문득 제가 학교를 다녔던 때가 생각나네요. 저는 앞으로 체력이 남아있는 한 아이들이 꿈꾸며 공부할 수 있는 학교만을 지을 것입니다!"

이후 학교 건물을 다니는 학생들의 만족도가 높아지면서 언론에서는 지속적으로 비춰졌다. 그 덕분인지 작고 아담한 동네를 원했던 많은 사람들이 이곳저곳에서 이사를 왔다. 동네에서 떨어진 성수고등학교 학생들도 높은 담벼락으로 둘러싸인 건물 안이 궁금해서 기웃거렸고 그럴 때마다 매점 아저씨와 험상궂은 경비아저씨가 쫓아내느라 고생이었다. 단 한 사람의 효과로 마을이 이토록 달라지고 있었다. 그의 명성은 다달이 높아졌고 존재 자체만으로도 청년들의 꿈이 되었다.

그러나 시간이 흘러 지금으로부터 4년 전, 그린 고등학교에서 늦게까지 공부한 여학생이 실종되는 끔찍한 사건이 일어났다. 교육적으로 이사 온 아이들까지 있었기에 소문은 삽시간에 퍼졌고 이에 따라 부모님들은 등하교시간에 아이들을 데리러가거나 그러지 못하는 경우는 집에서 공부를 시켰다. 3일 뒤에 그녀를 찾았다는 속보가 떴으나 안심했던 것도 잠시 그 기사가 잘못 보도된 기사였다는 사실이 뒤늦게 밝혀졌다. 그 소식에 사람들은 노발대발하면서 오보기사를 알렸던 기자가 누구냐며 이를 갈았다.

1년 뒤에도 같은 사건이 일어나자 평화롭고 조용했던 마을은 순식간에 난장판이 되어버리고 말았다. 동네주민들은 공포에 떨었고 도심으로 도로 이사를 가는 아이들이 몇몇 생겨났다. 의문스럽게도 다음 해에 사건이 일어나지 않아 범인이 잠적한 것이 아니냐는 소문도 돌긴 했지만 겉도는 입소문에 불과했고 이러한 사건이 더 이상 일어나지 않기를 바랄 뿐이었다.

Part 1

씨앗이 없는 화분

고등학교 배정이 나오는 날 호수 중학교 3학년 교실 전체가 떠들썩했다. 긴장한 여학생들은 삼삼오오 모여서 손에 쥔 종이를 다 같이 펼쳐보았고 몇 명은 크게 울음을 터뜨렸다. 남자 애들은 굳이 우는 여자애들에게 다가가 온갖 허세를 부리며 재밌는 학교생활이 될 거라고 놀려댔다. 그 사이 담임에게 이름이 불린 성민이가 교탁 앞으로 걸어갔다. 담임은 심드렁한 표정으로 종이를 건네주며 이가 시린 듯 '쓰읍–' 소리를 냈다. 성민이가 자리에 앉자 옆자리에 있던 동혁이가 슬쩍 보고선 어깨를 두들기며 말했다.
 "마이콜… 너의 학교생활은 순탄지만은 않겠구나…."
 "그럼 너의 이마에 있는 학교 폭탄 버튼 꾸욱" 성민이가 동혁이의 이마에 있던 큰 점을 세게 눌렀다.
 "아 하지 마! 그래도 넌 가까워졌잖아. 난 지금보다 더 멀어졌어!"
 동혁이는 호수중학교보다 거리가 먼 성수고등학교로 배정되어 불평불만을 해댔다. 그나마 다행 중에 다행인지는 모르겠지만 성민이가 배정된 그린 고등학교는 집에서 손을 뻗으면 닿을 만큼 가까웠다. 부모님이 하시는 과일가게와 단발머리 미용실을 지나 동네 사진관에서 꺾으면 가까운 신호등 건너편에 있는 높은 담벼락과 뒷산에 둘러싸인 그린고등학교가 보였다. 다들 내부를 알고 싶어서 기웃거리기도 했지만 교문 안으로 들어갈 수 있는 건 오직 그린고등학교 학생들뿐이었다. 하지만 사람들의 입방아에 오르락내리락하는 학교보단 조용하고 평범한 학교를 원했던 성민이는 땅이 꺼져라 한숨을 내쉬었다.

*

드디어 3월, 입학식 당일이었다. 저마다 긴장과 설렘을 안고 신호등과 학교 교문을 뚫어지라 쳐다보고 있었다. 주위에는 베이지색 교복을 입은 학생들이 수두룩했다. 머리를 못 말리고 나와서 교복 등이 흥건히 젖은 아이와 힘겹게 까치발을 들고서 친구가 오는 방향을 쳐다보는 아이, 신호등을 사이에 두고 불이 바뀌기만을 바라보며 건너편에 있는 친구를 보며 손을 흔드는 아이 그리고 그중에서 얼굴에 난 두드러기 때문에 고개를 숙인 성민이가 있었다.

"야!"

누군가 어깨를 쳐서 고개를 돌려 확인해 보니 2층에 사는 수진이였다. 중학생 때 등교랑 하교를 같이 했던 아이였으며 어깨치기는 어렸을 때부터 쭉 이어진 그녀의 인사방식이었다. 그녀는 보름달 같은 얼굴형에 쌍꺼풀은 없지만 큰 눈매가 매력적이었고 성격은 털털하고 거침없는 편이었다.

"와 너 뒷모습 보고 못 알아봤잖아…. 어머 세상에! 너 피부 왜 그래?"

수진이가 성민이의 피부를 보더니 질겁하며 한 걸음 뒤로 물러났다.

"나도 몰라. 약품이 좀 강했나 봐."

"역시 너의 악성 곱슬머리를 풀기 위해선 그 정도는 예상해야지."

수진이가 깔깔거리며 비웃자 성민이는 기분이 상했다.

"알아. 너도 머리 잘랐어?"

"응. 귀 밑 3센티야. 그래도 난 아주 마음에 들거든. 너처럼 피부에 뭐가 나거나 그러진 않았잖아?"

신호등 불이 바뀌었다. 교문 앞에는 매점에서 무언가를 사 들고 나오는 학생들이 바글바글 했다. 혓바닥을 내밀어 손바닥 사탕 맛을 보더니 달콤함에 웃는 아이와 자기 혓바닥은 이미 빨개졌다며 혀를 아래턱까지 내밀어 보여주는 아이도 있었다. 매점 안에는 아이들이 이리저리 둘러보며 무엇을 살지 고민하고 있었고 의자 위로 올라간 매점 아저씨가 아이들이 많은 틈을 노려서 누가 무엇을 훔쳐가기라도 할까 봐 연신 눈을 굴려대고 있었다.

성민이와 수진이는 운동장 안으로 들어왔다. 수진이가 곧바로 탄성을 자아냈다. 학교 건물은 짙은 갈색을 띠는 목재로 지어졌으며 일정한 간격으로 즐비하게 늘어선 돋창문이 돋보였다. 양옆의 작은 울타리 너머 푸른 잔디밭에서는 기분 좋은 향이 났고 담벼락처럼 운동장을 빽빽이 둘러싼 벚꽃나무가 바람에 이리저리 흩날렸다. 운동장 중간에는 건물과 조화를 이루며 고급스러운 대리석으로 된 분수가 있는 시계탑이 있었고 왼쪽 부근에는 구름다리 밑 작고 맑은 연못에 팔뚝만 한 크기의 빨갛고 주황색 잉어들 3~4마리가 헤엄을 치고 있었다. 동네에 위치한 학교 건물이 맞나 싶을 정도였다. 사방을 둘러보던 성민이는 옆에서 자꾸만 킁킁대는 수진이가 신경 쓰였다.

"그만 좀 킁킁거려. 그러다간 꽃 알레르기 생겨."

"무슨 소리야. 꽃 알레르기는 네가 생긴 것 같은데."

수진이가 성민이의 피부를 보고 깔깔 대자 성민이가 주위를 살펴보았다. 주변에는 꽃향기에 심취했는지 아예 멈춰 선 채로 코를 벌름거리며 그 냄새가 어딘지 찾는 여자아이들도 있었다. 그때 시계탑 앞에서 선도부 선생님이 울타리 안쪽으로 넘어가는 여자아이들을 향해 호루라기를 '삑―' 하고 불어대자 옆에 완장을 두른 4명의 아이들이 각자 빠르게 흩어져서 아이들을 잡아왔다. 운동장 주변을 살펴보는 아이들이 한눈에 입학생들이라는 걸 알 수 있었다.

중간 계단에는 네 개의 나무 기둥이 커다란 나무지붕을 떠받치고 있었고 올라갈 수 있는 15개의 계단은 피라미드식이었다. 그대로 이중 유리문을 열고 들어가 보니 복도에서는 입학생 아이들이 양옆을 보고 있었다. 유리 장식장 안에는 설립 과정과 학교를 지은 김그린 건축가의 업적들이 전시되어 있었다. 건물 내부촬영을 금지했으며 평범해 보이지만 평범하지 않은 학교로 만들겠다는 인터뷰와 심의를 기울여 디자인을 구상하고 여러 건축가와 상의하는 순간들을 찍은 모습이었다(얼굴은 보이지 않고 뒷모습이었다). 장식장 위에는 사랑을 베푸는 아름다운 사람이 되라는 학교 교훈과 함께 교가가 적혀 있었다.

그린고등학교

오색찬란한 아름다운 꽃으로 둘러싸인 그린고등학교
산과 나무의 정기를 받으며
우리들의 영혼은 더욱 맑고 깨끗해지리.
자연을 사랑하고 그 사랑을 베푸는 자랑스러운 아들과 딸

왼쪽 벽에는 가장 많은 입학생들이 몰려 있었는데 전부 어딘가를 올려다보고 있었다. 수진이가 성민이의 팔목을 잡고 그리로 끌고 갔다. 그 사진은 여태껏 얼굴을 가려 호기심을 불러 일으켰던 김그린 건축가였다. 거대

한 사진 크기에 놀랐고 마치 박물관에 걸려 있을 법한 위대한 인물처럼 보였다. 뉴스에서는 겸손한 태도로 호감을 불러일으켰지만 사진 속에서는 누구보다 어색하고 이상한 표정으로 아이들을 내려다보고 있었다. 며칠이나 굶은 사람처럼 핼쑥해서 한쪽으로 움푹 파인 광대가 도드라졌고 머리숱은 가지런히 내렸지만 가발인 듯했다. 그의 묘한 표정을 본 아이들은 절로 뒷걸음질하며 자신을 뚫어지게 쳐다보고 있다고 수군거렸다. 여자아이들은 섬뜩하다며 심각한 표정으로 바라보았고 남자아이들은 신선한 충격으로 쉽게 자리를 뜨지 못했다.

"우리 삼촌이 그랬는데 흔적 없는 사건이란 말이 안 된다고 그랬어." 잠시 생각하던 수진이가 중간 계단 앞에서 말했다.

"중학교 때 내가 얘기했었잖아. 그중 한 명이 우리 가게 단골 할머니 손녀딸이라고." 성민이가 널따란 계단을 앞발로 툭툭 건드렸다.

"아 맞다. 맞다. 네가 좋아했었지? 그런데 이름도 모르잖아. 닌 이럴 때 보면 바보 같아."

수진이가 동그란 얼굴을 내밀며 말했다.

"다른 건 기억 하나도 못 하면서 왜 그런 거는 잘 기억하냐. 호빵 같은 얼굴 치워."

그 말에 얼굴이 붉어진 수진이가 성민이를 때릴 듯한 자세를 취했다.

"뭐? 호빵? 죽을래?"

"넌 걱정하지 마."

"응? 뭐야 난 걱정 말라니?"

"넌 여자가 아니잖아."

눈 깜짝 할 사이에 수진이의 작은 주먹이 날아왔다. 3층에 올라와서도

분이 풀리지 않던 수진이가 있는 힘껏 성민이를 밀쳐냈다. 앞으로 휘청거리던 성민이는 반대쪽으로 걸어가는 수진이를 보며 말했다.

"쟤는 키도 작은데 왜 이렇게 힘이 세지?"

성민이는 배를 움켜쥐고 교실 앞까지 걸어갔다. 복도에는 돔 창문이 활짝 열려있었고 화분들이 놓여 있었는데 향기가 너무 좋아서 가까이 가보니 흙에서 나는 냄새였다. 흙에서 이렇게 좋은 향기가 난다니 신기했으나 더 늦기 전에 배정된 2반으로 걸어갔다.

조금 늦은 탓에 교실에는 많은 학생들로 가득 차 있었다. 몇몇 아이들은 호기심에 가득 찬 눈빛이었지만 어떤 아이는 성민이를 위아래로 한 번 훑어보고는 파악했다는 듯이 고개를 돌렸다. 창가 쪽에 앉은 아이들은 화분에 코를 대고 맡아 보기도 했으며 아래를 들춰보기도 했다. 그중에서 호수중학교에 나와 안면이 있는 승표가 보였다. 승표는 가방 속에 초콜릿을 꺼내서 주변 친구들에게 하나씩 나눠 주고 있었다. 성민이도 빨리 새로운 친구들을 사귀기 위한 자리 탐색을 해야 했다.

중간 자리는 오로지 한 자리만 남아 있었고 그 옆에 앉아있는 아이는 너덜거리는 책을 읽으며 검은색 뿔테 안경이 흘러내리기라도 할까 봐 코에 자국이 날 정도로 누르고 있었다. 입학식 날부터 책을 읽고 있는 사람은 처음 보았기에 모범생일 거라고 짐작했다. 신기해하며 자리에 앉았지만 정작 책 속에 빠진 아이는 성민이를 흘깃 보고선 움찔거리더니 의자를 앞으로 확 당겨 앉아 책에 얼굴을 파묻고 집중했다.

성민이는 자리 선택을 후회하며 두리번거렸지만 빈자리가 보이지 않았다. 입학식 날에 말 한마디도 못하고 흙냄새만 맡다가 집으로 가는 건 아닐까 하는 생각에 옆 자리 앉은 아이에게 물었다.

"안녕. 무슨 책 읽고 있어?"

그러나 성민이의 질문에 쳐다보지도 않고 책장을 한 번 넘겼다. 성민이는 대놓고 무시하는 행동은 너무하다는 생각에 기분이 좋지 않았다.

"나는 박승호야. 내 옆은 김민호. 너는?"

이 타이밍에 성민이의 등 뒤로 희망의 목소리가 들렸다. 왜 앉을 때까지 이 아이들을 보지 못한 걸까. 뒤에 앉아있던 민호는 뚜렷한 이목구비에 하얀 이빨을 드러내며 환한 미소를 짓고 있었고 한눈에 봐도 자신감이 넘쳐 보였다. 반면 옆에 앉아 있는 승호는 긴 얼굴형에 눈이 너무 작아서 상대적으로 코가 더 길어 보였는데 왠지 모르게 심통이 난 표정이었다. 그리고 계속 다리를 떨고 있었는지 책상에는 미세한 떨림이 전해졌다.

"너 옆에 책벌레 이름은 뭐야?"

승호의 말에 민호가 새하얀 이빨을 감추었다. 그는 읽고 있던 책을 내려놓고 성민이에게 최대한 떨어져서 말했다.

"나는 최민기야. 그리고 고맙다. 파마한 오이."

민기의 친절한 대답에 성민이와 민호가 피식거렸고 승호가 입술을 씰룩거렸다. 민기는 생김새대로 남들이 공부를 잘할 거라고 생각하지만 그런 편견은 버려두라고 말하며 단지 중학교 때 10등 안에 들었을 뿐이라고 말했다. 그 순간 3초간의 정적이 흘렀고 승호의 다리 떨림이 멈추었다.

"그래도 입학식 날에 책은 보지 말자 민기야. 이 학교보다 더 책 같은 곳이 있을까?"

민호의 말에 민기가 너덜거리는 책을 가방에 넣으며 대답했다.

"뒤 내용이 궁금해서 읽었을 뿐이야."

이후 아이들의 대화 내용은 이러했다. 성민이를 제외한 나머지가 이쪽으로 이사 오게 되었는데 승호와 민호는 조금 떨어져 있는 동네에서 자전거를 타고 왔고 민기는 버스를 타고 다닌다고 했다. 성민이가 화분에 대해 얘기했지만 다들 모른다고 한마디씩 했더니 그 얘기는 바로 끝이 났다.

종이 울리자 복도에서는 선생님들의 발걸음 소리가 들려왔다. 그중에서도 유난히 복도를 울리는 구두 소리가 2반 앞문에서 멈추었다.

이내 문을 열고 풍성한 머리카락을 가진 여선생님이 들어왔다. 무릎까지 오는 기장인 쫙 달라붙은 검은색 스커트에 아찔하게 높은 구두 그리고 흰색 블라우스에 체크무늬 코트를 입고 있었다. 학부모 총회 느낌을 물씬 풍기던 그녀는 교탁 위에 올라서서 반 아이들을 스—윽 훑어보았다. 아주 진한 화장 위로 두꺼운 검은색 안경테를 껴서 눈이 전부 검은색으로 뒤덮인 것처럼 보였다. 민기는 안경을 벗더니 책상 위에 내려놓았다.

그때 뒷문이 스르륵 열리며 명찰에는 최승원이라고 적힌 하얗고 잘생긴 외모를 가진 아이가 들어왔다. 첫날부터 지각을 했음에도 눈치 보지 않고 비어있는 끝자리에 앉더니 고개를 숙였다. 성민이는 왜 저 자리가 아까 전에는 보이지 않았는지 의문이었다. 안경을 다시 끼던 민기는 잘생긴 외모에 버릇없는 행동을 보아하니 껄렁껄렁한 아이일 것이라고 어림잡아 짐작하고 있었다. 승원이의 행동에 당황한 담임이 소리치려고 했으나 때마침 왼쪽 천장에 걸려 있던 텔레비전이 켜졌다. 화면 속에 나온 인자하게 생긴 교장 선생님을 둘러싼 수많은 마이크 때문에 몇몇 아이들이 키득거렸다.

"아.아아. 안녕하세요. 사랑하는 그린고등학교 1학년 여러분. 저는 이번 년도 새로운 교장 선생님이에요. 호호호 다들 반가워요. 그동안 학교 내부가 궁금했을 텐데 직접 보니까 정말 예쁘죠? 설립된 지 얼마 안 됐기에 깨끗한 환경 그리고 꽃과 나무들로 둘러싸인 학교가 저도 너무 마음에 들었지요. 그래서 저는 이번에 들어온 신입생들부터 특별한 것을 제안했어요. 눈을 뜨고 복도를 걸어온 사람들은 분명 봤을 거라고 짐작이 드네요. 호호호 그 화분을 1년 동안 여러분들이 정성스레 키웠으면 해요. 작은 화분을 키움으로써 생명의 소중함도 깨닫고 무엇보다 작은 행동의 꾸준한 습관으로 어떠한 결과를 맺는지 깨닫게 해 줄 거예요. 참고 인내하는 자가 어떠한 꽃을 피우는지 한번 보세요. 자세한 건 각 반 담임 선생님이 설명해 줄 거예요."

그녀가 말하는 사이 어떤 아이는 턱을 괸 채로 화분을 빤히 쳐다보고 있었으며 옆자리 친구와 함께 그것에 대해 의논하기도 했다. 교장 선생님의 말씀이 끝난 후 화면이 꺼지질 않자 맨 앞자리에 있던 성준이가 고개를 살짝 들어 보았다. 담임이 주먹을 쥐고 씩씩거리며 승원이를 노려보았는데 자신을 무시했다는 생각에 화를 참지 못하고 있었다. 잠깐의 정적이 흐르고 나서야 그녀가 화면을 끄고 분필을 들었다.

'이기자'

몇몇이 키득대는 소리에 그녀는 교탁 계단에서 내려와 교실을 돌아다니며 말했다. "칠판에 적힌 건 내 이름이고 1년 동안 2반을 담임하게 된 이기자 선생님이라고 해. 교장 선생님 말씀 들었겠지? 첫날부터 조는 아이들은 없을 테니까. 복도와 교실 창문에는 작은 화분이 있을 거란다. 너희들이 등하교시간에 각자 물을 주는 거야. 부지런히 물을 잘 주는 만큼 무럭무럭 자라겠지? 일단! 주의사항을 알려주겠다. 첫 번째. 물을 잘 주지 않으면 꽃은 당연히 안 자랄뿐더러 흙이 썩는다. 정말 정성스레 물을 주어야 해. 그 냄새가 어마어마하다고 들었거든. 두 번째. 교장 선생님이 말씀하셨다시피 인내심과 참을성이 필요하다는 건 화분이 느리게 자란다는 거야. 죽었다고 생각하겠지만 물을 잘 주었다면 자라고 있는 거니까 걱정하지 말도록. 세 번째. 흙 안에 무슨 씨앗이 담겼는지 들춰보면 안 돼. 어차피 아무것도 없으니 말이다(몇몇 아이들이 아우성을 쳤다). 다들 조용! 귀찮고 의미 없는 일이라고 생각 들겠지만 꽃이 예쁘게 자라는 모습을 보면 뿌듯할 거야."

  1학년 아이들 중에 여자아이들은 신기한 화분이라고 환호하며 좋아하는 반면 남자아이들은 아우성을 치며 귀찮은 일이라고 탐탁지 않아 하는 표정이었다. 창가 쪽에 앉아있는 아이들은 그중에서도 그나마 작은 화분을 고르고 있었다(화분의 크기는 다 똑같았다). 그중에서도 다리를 떨고 있었던 승호는 그녀가 교실을 왔다 갔다 하며 내는 구두 소리에 인상을 찌푸렸다. 이후 남은 시간에는 오늘 앉은 자리를 1학기 동안 쭉 반영하기로 결정하며 입학식 하루는 그렇게 마무리되었다.

  *

  일주일이 지나서 민호가 2반의 1학기 반장이 되었고 성민이의 피부도 다 가라앉았다(민기는 처음에 피부병이 난 아이로 오해했었다고 말해 주었다). 아이들은 화분에 이름도 새겨두었고 등하교 시간마다 꼬박꼬박 물을 주었다. 하지만 2주가 지나도 감감무소식이자 물을 조금 주거나 한꺼번에 많이 주는 아이들이 생겨났다. 그러다 제일 먼저 현민이의 화분이 썩어버렸다. 냄새는 음식물 쓰레기를 따뜻한 곳에 며칠 동안 방치한 냄새와 흡사했다. 미술실을 다녀온 아이들이 교실로 들어오다가 코를 틀어막고 밖으로 뛰쳐나갔다. 잠시 반으로 뛰쳐 들어가던 승표가 가방 속의 초콜릿을 주머니 속에 몽땅 집어넣었다. 아이들은 대단하다며 승표에게 박수를 쳐 주었다. 전보다 독해지는 냄새로 민기가 현민이의 화분 상태를 보러 갔다가 경악했다. 화분 하나가 썩으니 그 주변에 있던 화분들도 썩기 시작했는지 옆에 있던 민기 화분까지 썩고 말았기 때문이다. 화가 난 민기가 흙이 썩은 화분들을 들고 소리쳤다.

"야 범수야, 동민아. 너희 화분까지 다 썩었어!"

이름이 호명된 아이들은 코를 막고 교실에 하나둘씩 들어왔다. 소식을 들었는지 복도에서 담임의 달갑지 않은 구두 소리가 들리기 시작했다. 그녀는 반에 가까워질수록 나는 냄새에 휴지로 급히 코를 막으며 걸어왔다.

"세상에! 아니 이 지경이 됐는데 아무도 안 치웠어! 어우 냄새 장난 아니네. 얘들아 빨리 창문 좀 열어라 빨리!"

그녀는 사방팔방 팔을 휘저으며 비명에 가까운 소리로 말했다. 코를 막고 있던 휴지를 내리자 세게 쥐고 있던 탓에 화장이 지워져 코가 빨개져 있었다.

"선생님! 저는 얼마나 물을 잘 주었는데요! 현민이 때문에 제 화분이랑 다른 아이들 화분까지 다 썩은 거예요. 저희가 아침에 말해 줬는데도 전혀 치우질 않았었다고요! 주변에 있는 화분까지 썩어버렸다고요!"

민기가 억울하다는 듯이 불만을 토로하자 2명의 아이들도 입을 모아 항의했다. 뒤늦게 소란스러운 아이들 사이를 비집고 나타난 현민이가 말했다.

"쟤네들 화분이 썩은 이유는 저 때문이 아니에요! 괜히 내 탓을 하는 거라고요!" 현민이는 억울하다는 듯이 소리쳤다.

이기자 담임은 이 문제에 대해서 해결할 방법을 잠시 생각하는가 싶더니 3명의 아이들을 향해 말했다.

"아침부터 썩은 냄새가 났으면 자기 것이 아니라도 같이 치워 줬어야지. 김선주 선생님이 내 자리까지 친절히 와서는 화분이 썩었다고 말해서 나는 아이들이 직접 치울 거라고 했는데 다들 멀뚱히 안 치우고 앉아있던 거니? 지금 현민이가 직접 치우기만을 지켜보고 있는 거야? 이렇게 하다간 학기가 끝날 때까지도 꽃은 아무도 못 피울 거다! 그리고 가장 부끄러운 건 친구들의 화분까지 썩게 만들었는데 작은 죄책감조차 느끼지 못했다는 거지!"

그녀는 말이 끝나기가 무섭게 현민이를 뚫어지게 쳐다보았다. 이어서 항의한 아이들과 반장인 민호에게 일주일간 교실 청소 벌을 주었다. 한 동안 현민이는 반 아이들의 미움을 받았고 흙을 다시 받아냈다. 그런 소동이 일어난 이후 다른 반 아이들까지도 성심성의껏 화분을 키워갔다. 또한 늦게 온 친구들 대신 화분에 물을 따라주거나 행여나 흙이 썩지는 않았을까 하며 옆에 있는 화분을 한 번씩 확인하는 것도 잊지 않았다.

Part 2
다시 사라진 여학생

3월의 산뜻한 봄이 물러갔고 4월로 넘어가면서 운동장을 둘러싼 나무에는 연분홍색 벚꽃이 피어났다. 여느 때와 다름없는 1교시 쉬는 시간, 앞문이 쾅하고 열리며 1반 혜성이가 들어왔다. 혜성이는 반반한 외모에 가끔씩 학급에 대한 소식을 알려주는 정보통이었는데 입학식 날부터 이상했던 승원이와 친구라는 이유로 다들 가까이 지내려 하지 않았다. 급하게 달려왔는지 가쁜 숨을 몰아쉬고 있었다. 문 쪽에 앉은 아이들은 혜성이보다 흔들거리는 반 간판을 올려다보고 있었다.

"왜 그래?" 앞자리에 있던 하민이가 물어보았고 조금 진정된 혜성이는 크게 소리쳤다.

"어…젯밤에 여학생 한 명이 사라졌대!"

시끌벅적하던 교실이 순식간에 조용해졌다.

"뭐야 진짜?"

민호가 자리에서 벌떡 일어났다. 세게 일어난 탓에 뒷자리에 있던 동훈이의 물 컵이 그대로 엎질러졌다.

"당연하지! 내가 말한 것 중에 어디 틀린 거 봤어!?"

입학한 지 이제야 한 달이 지났는데 잠잠해졌던 사건이 다시 일어났다. 몇 명은 입을 떡 벌린 채 다른 분단에 있던 아이와 눈이 마주쳤고 몇몇은 자리에 벌떡 일어나거나 범인이 다시 나타난 것이 분명하다고 말했다.

2교시 수업 종이 울리자 숙덕거리는 소리가 잦아들고 수학을 담당하는 김선주 선생님이 들어왔다. 그녀가 발판을 들고 낑낑거리며 교탁 계단으로 올라가고 있는 도중에 승호가 복도에서 구두 소리가 들린다고 말했다. 민호는 승호에게 하도 많이 들어서 환청이라고 말했으나 복도 창문을 지나 심각한 표정으로 걸어오던 담임을 보고 입이 떡 벌어졌다. 그녀는 수학 선생님을 잠시 불러냈고 반 아이들은 창문 밖 상황을 유심히 살폈다. 한참 뒤에야 조용해진 교실 안으로 담임이 들어왔다. 그녀는 크지 않은 구두 소리를 내며 교탁 계단으로 올라와 출석부를 잠시 만지작거리더니 어느 때보다 무겁게 입을 열었다.
　"얘들아 놀라지 말고 들었으면 해. 어젯밤에 한 여학생이 공부를 하다가 갑자기 실종됐대. 몇 년 전 있었던 학교 소문을 들은 사람들은 알다시피 지금 학교 전체가 비상사태구나. 더 자세한 건 종례 시간에 이야기해 줄게. 중간고사 시험이 얼마 안 남았으니 공부는 열심히 하도록."
　시끄러워질 반응과 달리 조용한 아이들의 반응에 그녀는 몸을 휙 돌려 앞문으로 나갔다. 아이들은 설마 했던 혜성이의 말이 실제라는 것을 실감하자 목소리가 점점 커지며 야단법석이었다. 문을 열고 들어온 수학 선생님은 아까와 달리 시끄러워진 교실에 인상을 찌푸리며 교탁 계단을 올라가더니 출석부를 높이 올렸다가 교탁으로 인정사정없이 내리쳤다.
　"조용히 해! 조용히 좀 하라고! 이럴수록 우리는 공부해야지! 이번 시간은 거의 시험에 나올 것들만 준비… 아니 조용히들 하라니까!"
　그녀가 고래고래 고함을 지르자 교실은 금세 조용해졌다. 그녀는 뿌듯한 표정을 지으며 칠판 밑에 발판을 두고 올라섰다. 150센티가 되지 않는 작은 키에 단정한 단발 스타일 머리로 아이들은 그녀를 성난 땅콩이라고 불렸다. 민기는 성민이에게 금방 조용해져서 다행이지 한 번만 더 쳤다간 그대로 교탁이 부서졌을 거라고 했다.

"이게 뭔 일이냐. 벌써 3번째야."

민기가 성민이에게 속삭이더니 몸을 부르르 떨며 말을 이었다.

"이번에도 범인이 흔적을 안 남겼겠지? 어우 소름 돋는다. 진짜 무서워."

"조용히 하라고 했다. 너희들."

그녀가 칠판에 한 글자씩 써 내려가던 분필에 힘을 주었더니 두 동강으로 부러졌다. 동민이가 흠칫 놀라며 고개를 숙였고 불안한 듯 발을 동동거렸다. 평소 수학선생님을 무서워하던 동민이한테 장난을 많이 쳤던 승호는 동민이를 보고 웃음을 꾹 참았다. 옆에 있던 민호는 책상 밑에 핸드폰을 꺼내서 남몰래 메시지 하나를 전송했다. 수업이 끝난 뒤 교실로 들어오는 혜성이를 보며 승호가 전혀 달갑지 않다는 눈길을 보냈다.

"애들아 이상하지 않아? 2~3년 전에도 사라졌었잖아."

"계속 이때쯤이었구나. 지금 여자애들은 난리 났겠는데?"

민호가 몸을 앞으로 당기며 말했다.

"당연하지. 소문에 의하면 전부 3학년 여학생이래."

혜성이의 말에 성민이는 단골 할머니의 손녀딸이 3학년이었다는 것을 알게 되었다. 혜성이가 민호 책상에 걸터앉자 승호가 다른 쪽을 보며 눈살을 찌푸렸다.

"음 자세한 건 조금 있다가 여자애들 반에 가서 한번 물어보고 다음 시간에 올게."

주변에 있던 아이들은 도덕 선생님이 들어오기 전에 의자를 뒤로 빼고 가지런히 체육복이나 책을 쌓아 올려 잘 준비를 하고 있었다. 수첩을 꺼내더니 뭔가를 열심히 적기 시작한 민기는 사건에 대해 추리 아닌 추리를 하는 듯했다.

> 1. 범인은 3학년 여학생을 좋아한다.
> 2. 매년 봄에 범행을 저지른다.
> 3. 흔적을 남기지 않는다.
> 4. …

수업 도중에는 조심스레 문을 열고 들어온 승원이를 반 아이들이 흘끗거리며 쳐다보았다. 눈치를 전혀 못 채고 수업하고 있던 도덕 선생님의 입술 양옆에는 말할 때마다 침이 고였는데 절대 닦거나 삼키지 않았다. 민호는 수업을 졸지 않고 듣다가 가끔씩 고개를 들다 보면 그의 입안에 침방울이 생긴 적도 있다고 말해 주었다. 민기도 보았다며 박수를 치며 공감했지만 승호랑 성민이는 표정을 일그러트리며 보지 않아도 되는 것이니 차라리 자는 편이 좋겠다고 말했다. 5교시 쉬는 시간이 돼서야 2반 교실로 들어온 혜성이는 목소리를 조금 낮추어 말했다.

"너희 1층에 지하로 내려가는 길 하나 있는 거 알아?"

"몰랐는데? 그런 곳이 있었어?"

민기가 책을 덮고 안경을 추켜올렸다.

"이번에 사라진 3학년이랑 2~3년 전 사라진 여학생들이 공통점이 또 있나 봐."

빈 의자를 끌고 앉은 혜성이가 아이들에게 더 가까이 오라고 말하자 호기심 가득한 4명의 아이들이 머리를 한곳으로 모았다. 흥분힌 혜성이의 얇은 입술이 살짝 안으로 말려들어가 입술이 거의 보이지 않았고 민기는 안경을 한껏 끌어 올렸다. 덩달아 조용해진 교실은 그들을 향해 귀를 기울였다. 그러나 혜성이는 4명의 아이들에게만 들리도록 아주 작게 말해 주었다.

"엥? 왜 뉴스에서는 전혀 언급하지 않았던 거야?" 민기가 기가 막힌다는 듯 작게 말했다.

"그렇지? 나도 그 점이 이상하다는 거야. 생각해 보면 3학년 1반이랑 2반 사이에 지하로 내려가는 곳은 우리가 평소에 있는지도 몰랐던 곳이야. 너희는 창고 관리를 누가 하는지 알아?"

"누군데?" 관심 없는 척하던 승호가 물었다.

"설마……."

아이들의 눈동자가 혜성이의 작은 입술에 쏠렸다.

"사실 나도 잘은 모르겠다만 퇴임했던 전 교장 선생님이래."

"엥?" 다들 황당하다는 표정을 지었다.

다음 수업이 시작됐을 때 아이들은 생각에 잠겨 있었다. 혜성이 말로는 전 교장 선생님이 지나가나 만나는 학생들힌데 창고에 절대 들어가지 말라며 주의를 주었다고 했다. 그러나 그는 이미 작년에 퇴임을 했으며 지금은 새로 들어온 교장 선생님이었다. 민기와 성민이가 잠시나마 추측했던 사람은 경비 아저씨로 학교 주변을 누구보다 잘 알고 있는 사람이었다. 하지만 모두 확실하지 않은 근거였고 증거라고 밝혀진 것도 없었다.

6교시는 음악시간이었다. 음악실은 한 층씩 올라가 있는 계단 층으로 원목으로 만들어진 기다란 의자가 한 개씩 놓여있었다. 그 앞에는 작은 무대가 있었고 양옆으로 올라갈 수 있는 낮은 계단이 있었다. 피아노 연주는 하민이가 담당했다. 음악 선생님은 흡족한 표정을 지으며 연주하고 있는 하민이를 바라보고 있었다.

"정말 생뚱맞지 않아? 현재도 아닌 전 교장 선생님이라니. 확 와 닿지는 않아." 입모양으로 노래를 부르던 민기가 승호에게 속삭였다.

"그래 맞아. 나는 범인으로 체육 선생님을 생각했었어. 저번에 하민이 엉덩이를 은근슬쩍 만지는 걸 봤거든. 쟤가 약간 몸이 작고 귀엽게 생겼잖아."

"뭐? 최혁준 선생님이? 웃기지 마 오이자식아. 말도 안 돼."

민기가 승호를 보며 큰 소리로 대답하자 노래 반주는 멈춰있었고 싸해진 분위기에 앞을 돌아보았다. 음악 선생님이 얇은 지휘봉으로 민기를 콕 집어 가리키고 있었다.

"나는 네가 더 말이 안 된다고 생각하거든요? 이번 실기 시험 자신 있나 보지?"

선생님들 중 가장 나이가 많았던 그녀는 학생들에게 조금이라도 어려 보이고 싶었는지 입안 양쪽에 사탕을 머금은 것처럼 말했는데 아이들은 진짜 그 안에 사탕이 들어가 있을지도 모른다고 생각했다. 옆에 있던 성민이와 민호는 본인들도 걸린 줄 알고 얼어 있었다. 민기는 계단을 한 칸씩 내려와 아이들을 지나쳐 양쪽 커튼이 달린 작은 무대 가운데로 올라갔다. 그녀가 다시 한 번 지휘봉으로 까딱거리자 승호가 태연하게 말했다.

"아 저요? 저는 아무 말도 하지 않았어요! 듣기만 했죠. 오히려 민기한테 수업시간에 조용히 하라고 했었거든요."

뻔뻔한 연기에 민호와 성민이가 쳐다보았고 끝까지 발뺌하던 승호는 앞으로 나오지 않았다. 덕분에 음치였던 민기는 얼굴이 새빨개지도록 무대 위에서 목이 터져라 노래를 부르기 시작했다. 부르고 있는 도중에 음악 선생님이 지휘봉으로 피아노를 툭 치자 하민이는 눈앞에 휙 지나가는 지휘봉에 깜짝 놀라며 연주를 중단했다. 연이어 그녀가 슬픈 노래를 요청했고 아이들은 왜 그런 노래를 시키는지 이해하지 못했다. 눈치를 보던 민기가 다시 노래를 부르자 그녀가 연주를 다시 멈추었다.

"특별히 춤출 수 있는 권한을 줄게요."

당황한 민기는 이 상황을 어떻게 받아들여야 할지 머뭇거리다 길어지는 침묵에 어쩔 수 없이 눈을 질끈 감고 개다리 춤을 추었다. 반 아이들이 깔깔대며 웃었지만 유일하게 승원이만 웃고 있지 않고 다른 곳을 보고 있었다. 민기는 애써 시선을 피하는 승호를 죽일 듯이 쳐다보고 있다가 무심코 승원이와 눈을 마주쳤는데 설명할 수 없는 이상한 눈빛에 노래와 춤을 멈출 뻔했다.

"우리도 민기처럼 될 뻔했어. 볼 만했을 거야."

민호가 성민이에게 복화술로 말했다. 금방이라도 울 것 같은 민기의 얼굴을 보며 성민이는 터져 나오는 웃음을 간신히 참아내었다. 반 아이들에게 민기의 굴욕적인 모습을 보여 주는 시간에도 승호는 이 모습을 간직해야 한다며 핸드폰을 꺼내들고 몰래 동영상을 틀었다. 민호가 승호의 손을 급히 내렸지만 승호는 민호의 손을 피하며 연달아 찍어댔다. 수업이 끝나고 승호는 성민이와 민호의 사이를 지나쳐 재빨리 교실까지 질주했다. 음악 선생님의 주의를 한 번 더 받고 음악실에서 뛰쳐나온 민기가 복도를 향해 승호의 이름을 크게 외치자 복도에 지나다니던 아이들이 깜짝깜짝 놀랐다.

*

 종례 시간에는 담임이 사라진 여학생에 대한 이야기는 일절 하지 않았고 되도록이면 야자실에서 공부하는 사람들은 집에 갈 때 여학생을 한 명씩 끼고 가라고 말했다. 그러나 관찰력이 뛰어났던 민호는 학생들을 뚫어지게 잘만 쳐다보던 그녀가 시선을 피하는 것에 대해 수상하다고 느껴졌다. 위험할 때 피하기만 하는 어른들은 답답했고 이럴 때일수록 가만히 지켜만 보고 있는 게 아니라 당장 범인을 찾아나서는 게 우선이라고 생각했다. 민호와 달리 옆자리에 앉은 승호는 핸드폰에 찍은 민기의 동영상을 보며 주변 아이들에게 슬쩍 보여 주고는 배꼽을 움켜잡고 있었.
 담임이 나간 뒤 아이들은 각자 화분에 물을 주었다. 민호가 작은 새싹이 생겼다며 보여주었고 고른 흙 사이에서 작은 초록색 이파리 하나가 고개를 내밀었다. 승호는 별 관심 없다는 표정을 지었고 민기는 누구 덕분에 화분이 다른 아이들 것보다 더디게 자랄 것이라 말하자 그 소리를 얼핏 들은 현민이가 헛기침을 하며 줄행랑쳤다. 아이들은 다람쥐처럼 도망가는 현민이를 보면서 한바탕 웃다가 건물 밖으로 나왔다.
 "아 이제는 목련나무도 섬뜩할 테지."
 "진짜 넌 겁도 많아 저 나무는 학교 수호신이라고도 불리잖아."
 승호가 비웃었다.
 "넌 오늘 진짜 조용히 해! 내가 만약 너였다면 입이 열 개라도 할 말이 없을 거야!"
 민기가 앙금이 남아있었으나 승호를 향하며 말하는 모습은 마치 장난감을 사달라고 떼쓰는 아이처럼 보였다.
 "오~~래애앳동안 사아아 귀어어었던"

시계탑을 등지고 선 승호가 개다리 춤을 추었고 민기는 끝내 폭발했는지 승호에게 악을 지르며 덤벼들었다. 둘은 서로 쫓고 쫓기듯 달리며 시계탑을 빙빙 돌기 시작했다. 열심히 달리던 승호는 핸드폰을 꺼내들었고 민기를 찍었던 동영상을 크게 틀었다. 옆에서 그만하라고 민호가 말렸으나 들은 체도 안 하는 승호는 멈추지 않고 계속 달렸다. 시계탑 근처로 지나가던 학생들은 승호를 쫓는 민기와 잡히지 않도록 열심히 도망가는 승호를 피해서 지나갔고 몇몇은 민기의 노래 소리에 웃음을 터뜨렸다. 반면 벤치에 앉아있던 여학생들은 어지러운 탓에 자리에 일어나 빙빙 돌고 있는 그 둘을 째려보았다. 민기는 승호에게 인사하지 않고 정류장으로 걸어갔으며 승호와 민호는 자전거를 타러 갔다. 그때 운동장 밖으로 나온 수진이가 신호등 불이 바뀌길 기다리고 있던 성민이 뒤로 살금살금 다가가 '왁' 하고 놀래 켰다.

"덤덤하네?" 수진이가 재미없다는 듯이 말했다.

"안 보고도 너인 거 다 알아."

"무섭게 왜이래. 안 그래도 무서운 학교에 다니고 있는 사람한테 말이야." 그녀가 몸을 비비며 말했지만 무서워하는 기색은 전혀 보이지 않았다.

"소문 들었나 보다?" 성민이가 수진이를 쳐다보았다.

"뭐? 당연하지. 사라지는 사건은 학교 괴담이야! 다들 공부는 망했다면서 난리 났어. 난 원래 공부 체질은 아니지만." 수진이는 진저리를 치며 말하다 머리카락 끝부분을 손으로 만지작거렸다. 그러자 바르르 떨리는 자신의 손을 보며 말을 덧붙였다.

"아 이거? 아까 체육 시간에 철봉 매달리기랑 윗몸일으키기를 했는데 반에서 내가 일등 했어. 이 악물고 버텼지." 수진이가 그때를 생각하며 팔이 아프다는 듯 크게 원을 돌렸다.

"안 물어봤는데… 넌 걱정하지 마. 내가 매번 말하잖아." 성민이가 수진이의 휘두르는 손을 가까스로 피하며 말했다.

"조용히 하라고 했다." 수진이는 말하다가 불이 바뀌는 것을 보고서 앞장서 걸어갔다.

주변에 머물고 있던 바람이 심통난 수진이의 둥그런 볼을 지나쳐 운동장을 둘러싼 벚꽃나무와 학생들의 서로 다른 이야기들로 가득 메운 운동장을 한참이나 돌아다녔다.

*

그날 이후로 방송국에서 나온 취재진들이 학교 주변을 몇 번 정도 왔다 가더니 뒷산까지 전부 수색했지만 범인이 여학생을 끌고 나온 발자국조차 보이지 않는다고 했다. 재작년 끔찍했던 소문과 같은 미스터리한 사건이었다. 그 시기에 아이들은 첫 중간고사 시험을 치루며 공부하느라 정신이 없었다. 승호는 거의 바닥을 치는 점수였지만 중학생 때보다 올랐다며 좋아했고 민호는 사라진 여학생들에 대한 궁금증으로 매일 생각에 잠겨 있다가 성적이 떨어졌다. 성민이는 성적이 오르거나 떨어지지 않았지만 만족스럽지 않았다. 대체적으로 어렵게 나왔는지 중학생 때보다 점수가 떨어진 아이들이 많았고 유일하게 민기만 전교 5등으로 석차가 상당히 올라서 담임은 며칠 동안 복도를 사뿐히 걸어 다녔다. 그로부터 이틀 뒤 호수중학교를 같이 다녔던 동혁이한테서 연락이 왔다.

"야 성민아 너희 학교 무슨 일이야? 학교에 쫙 퍼졌어."

성민이와 통화하던 동혁이는 이어서 괴담학교에 다니는 소감이 어떠한

지를 물었다. 자신은 조용한 학교가 지루하게 느껴지고 학교의 내부는 평범해서 지겨울 지경이며 건너편에 있는 여학생 건물은 멀리 떨어져 있다고 불평했다. 성민이가 대답하기도 전에 입학식 날 반 아이들이 자신의 이마에 난 점을 보고 스티커가 붙은 줄 알고 떼려고 했다며 혼자 깔깔거렸다. 최근에는 바바리맨이 여학생 건물과 헷갈렸는지 운동장에 잘못 들어왔던 적이 있는데 그날이 제일 재미있었던 날이었다고 말했다. 그러나 귀 기울여 듣지 않고 있었던 성민이는 어영부영 대답하며 전화를 끊었다. 사라진 여학생으로 인해 성민이네 집에 온 과일가게 단골 할머니가 손녀딸 이야기로 울고 있었기 때문이다. 아직 성민이는 그녀를 좋아했던 감정이 남아 있었기 때문에 가슴 한쪽이 레몬을 한 입 베어문 것처럼 시큰거렸다.

*

한 달이 지나 5월 둘째 주였다. 교복은 하복으로 바뀌어 한결 가벼워졌다. 쉬는 시간에 아이들과 함께 떠들고 있는 사이 민기가 너덜거리던 책을 덮으며 말했다.

"말이 돼? 고작 한 달 지났는데 조용해졌어. 이제는 뉴스에 나오지도 않고 도대체 뭐야? 학교에 관련된 기사를 전부 없앴어. 언론에 안 나오니까 학생들이 돌아왔다고 생각하는 사람들이 대부분이야. 다들 각본을 짜고 있는 게 분명해. 무서워서 다닐 수가 있어야지. 책은 집중도 안 돼. 오히려 소설이 진부하고 시시할 지경이야." 민기가 아끼던 책을 가방 속에 넣었다. 성민이도 그 말에 끄덕거리며 동의했다. 그러자 승호가 민기를 비웃으며 말했다.

"역시 넌 겁쟁이야. 그 책은 입학식 날에도 읽었었잖아. 하도 읽어서 시시한 거겠지." 민기는 그 말에 기분이 나빴는지 목소리에 힘을 주어가며 말했다.

"책을 한 번 읽는 거랑 두 번 읽는 거랑은 천지 차이야. 당연히 넌 모르겠지…. 한 문장만 보면 잠이 드니까 말이야."

"오호 그래? 난 그래도 계집애같이 무서워하지 않아. 그런 건 여자애들이나 무서워하는 거지." 승호는 의자에 등을 기대며 말했다.

"웃기지 마. 속으로는 강아지 새끼처럼 덜덜 떨고 있는 주제에" 민기의 목소리가 커졌다.

"뭐? 난 하나도 안 무서워. 아~ 맞다 너는 무기가 있잖아." 승호가 벌떡 일어나 개다리 춤을 추려고 하자 민기도 똑같이 자리에서 일어나려 했다. 성민이가 민기의 팔목을 잡아 자리에 앉혔고 민기는 주먹을 쥐고 씩씩거렸다. 티격태격한 승호와 민기의 대화를 유심히 듣고 있었던 민호가 두 손을 모아 깍지를 끼더니 몸을 앞으로 내밀었다. 민기는 그런 행동을 취하는 민호가 무슨 말을 할지 약간 불안해졌다.

"애들아 궁금하지 않아? 말도 안 되는 사건이잖아. 흔적도 없이 매년 사라지다니. 그리고 여자애들이 규칙적으로 한 명씩 사라지는데 범인을 못 찾고 있다는 건 애초에 말이 안 되는 일이야. 피가 보이는 살인사건도 아니고 범인 흔적이 몇 년씩이나 발견된 것도 없어. 게다가 단 한 명도 못 찾았는데 기사까지 지웠어. 뭘까? 생각할수록 수상한 점이 한두 가지가 아니야."

눈을 번뜩거리는 민호를 보며 민기는 무언가 감지한 듯 몸을 돌려서 너덜거리던 책을 꺼내 읽기 시작했다. 승호도 자연스레 고개를 숙이더니 못 들은 척하며 옆 분단 아이들에게 말을 걸었다. 민호의 이글거리는 눈빛에 마주보고 있던 성민이의 몸만 타들어 가는 듯했다. 민기가 민호에게 등을 돌린 채로 성민이를 노려보았다. 성민이는 진땀이 나면서 입술이 바짝 말랐다.

"그래 성민아? 너 생각은 어때? 나머지 애들도 궁금해하는 것 같은데 우리가 이 사건을 알아보면서 범인의 몽타주도 직접 그려 보고 사건을 해결하는 거야. 왠지 재밌을 거 같지 않아? 이 학교를 지은 건축가도 뿌듯해 할 거야. 우리가 범인을 찾는다면 말이지. 우리 같이 한번 해 보자." 승호가 작은 눈으로 제발 아니라고 대답하라는 신호를 보냈다. 잠깐 동안 보이지 않는 긴장감까지 흘렀다.

"음. 나는 조금 그렇긴 한데…."

"그래. 조금 그렇긴 하지만 좋은 생각이지. 역시 너도!"

성민이를 노려보던 민기가 기겁하며 책에 얼굴을 묻었다. 민호는 역시 남자라면 이렇게 적극적으로 나서야 한다며 둘은 마치 거래에 성공한 사업가처럼 악수를 했다(김그린 건축가가 인터뷰에서 누군가와 악수하는 장면을 그대로 따라 했다). 승호도 어쩔 수 없이 덩달아 손을 잡았고 민기는 절대 손을 잡지 않았다. 주변에는 반 아이들이 시끄럽게 떠들어서 소란스러웠다. 그 중에서도 승원이는 다른 아이들과 말을 하지 않고 아무것도 없는 책상을 보고 있었다. 책상에 뭔가 적혀 있나. 속눈썹 위에 무언가 올려놓고 떨어트리지 않겠다는 듯이 눈을 부릅떴다. 옆에 있었던 승혁이는 승원이를 흘낏 보고선 벽에 멀찍이 떨어진 채 쳐다보았다.

점심시간이 될 때까지 민호는 가까운 사람이 범인의 가면을 뒤로 감추고 태연스럽게 행동하고 있을 수도 있다고 조심하라고 주의했다. 또한 우리의 계획을 작은 화분 속의 개미조차 들어서는 안 된다고 말했다. 줄곧 듣고 있던 민기는 오만상을 찌푸리며 자신은 그런 짓은 절대로 하지 않을 테니 교실에서 책을 읽고 있겠다고 말했다. 승호가 시시하다던 책은 읽지 말라고 하자 민기는 못 들은 척 고개를 돌렸다.

 밥을 다 먹고 나서 성민이가 교실로 올라가려는 민기를 기다란 벤치까지 질질 끌고 나왔다. 운동장에는 남자아이들이 잔디밭에 앉아있었고 여자아이들은 시계탑 밑에서 재잘거리며 수다를 떨고 있거나 구름다리에서 연못 속의 헤엄치는 잉어들을 바라보고 있었다. 멀리서 울상을 짓던 민기는 혼자 중얼거리며 한 손에 너덜거리는 책을 가지고 나왔다. 책을 대충 드는 바람에 한 장이 쭈욱 찢어져 바닥에 떨어지자 물고기처럼 펄떡대며 짜증을 냈다. 성민이가 도망치듯 벤치로 달려갔고 민기는 찢어진 종이를 책 사이에 끼고 구시렁거리며 다가왔다.

 "나랑은 전혀 상관없는 일이야."

 벤치에 앉자마자 다른 방향으로 몸을 돌려 앉았다. 민기가 온 것을 확인한 민호는 주위에 있던 아이들이 신경 쓰였는지 바짝 붙으라고 하며 말을 이었다. 승호가 민기의 몸을 가까이 가도록 힘껏 밀어붙이자 모인 아이들보다 상체를 뒤로 빼더니 책을 얼굴까지 들어 올렸다. 승호가 민기를 보며 기가 막힌다는 듯이 웃었다.

 "애들아 잘 들어 봐. 지금까지 3명이 사라진 곳은 1층 밑에 지하창고 쪽이야. 우리가 아직 학교에 다닌 지 2달밖에 안 됐고 그쪽에는 건물 밖으로 나가는 문도 없으니까 평소에 다른 아이들도 갈 일이 없는 곳이지. 따라서 우리는 일단 야자실 건물을 두려워할 필요는 없어. 혜성이가 그랬는데 여학생 야자실 건물은 입실 시간이랑 퇴실시간을 적고 간다 하더라고."

 그러자 승호가 물었다.

 "사라진 여학생들은 과연 무사할까?"

 "사라진 지 무려 2~3년이란 시간이 지났어. 부모님 심정은 참담할 거야.

살아있을 가능성은 거의 없다는 것을 알고 있으니까. 그래도 난 가능성은 있다고 생각해. 수상한 점이 너무 많으니까!" 민기가 들고 있는 책을 살짝 내리고 의견을 말했다가 아이들이 동시에 쳐다보자 책으로 얼른 얼굴을 가렸다.

불현듯 성민이는 단골 할머니가 엄마와 대화하던 내용이 떠올랐다. 전에 사라졌던 여학생도 자신의 손녀딸처럼 부모님 없이 삼촌 밑에서 자란 아이라며.

"내가 알기론 지금까지 사라진 여학생들은 전부 부모님이 계시진 않으셨어. 내가 두 번째로 사라졌던 여자애를 좀 알거든. 같은 동네에서 실제로도 몇 번 본 적이 있어." 성민이는 그녀의 얼굴이 눈앞에 보여져서 고개를 빠르게 저었다.

"범인이 그런 거까지 다 알고 계획하진 않았을 거 같아. 우연의 일치겠지. 아무튼 우린 계획에 앞서 사건을 함께 파헤칠 여학생이 필요하겠지? 꼭 3학년이 아니어도 될 거 같아." 민호가 말하자 승호가 이어서 말했다.

"겁 없고 털털한 아이 없을까?"

"한번 혜성이한테 부탁해 볼… 아 맞다! 성민아! 너랑 항상 같이 붙어 다니는 애 있잖아. 어때?"

민호는 턱을 괴고 있다가 눈을 번뜩였다. 성민이는 민호와 눈이 마주치자마자 흠칫하며 다른 곳으로 고개를 돌렸지만 이미 때는 늦고 말았다.

"아… 응? 걔는 거의 뭐…(여장부라는 말이 튀어나올 뻔했다) 아니? 아냐 걘 여자가 아니거든." 성민이는 당황한 나머지 횡설수설 대답했다.

"무슨 말이야, 여자가 아니라고? 내가 저번에 두 눈으로 똑똑히 봤는데? 교복 바지에 한 손을 넣고 벤치 앞에 서 있던 승호가 의아한 표정을 지으며 말했다. 성민이는 다시 시선을 피해 허공을 보며 말했다.

"아니 그게 아니라 걔는 겁도 너무 많고 어제는 나랑 집에 가는데 무섭다더니 훌쩍거렸어. 사라진 여학생이 생겨서 무섭다고…."

버벅거리던 성민이는 수진이의 성격과 전혀 정반대되는 아이를 생각하며 가까스로 대답했다. 어색한 연기에도 불구하고 실망한 아이들의 표정에 몰래 한숨을 내쉬었다. 그러나 민기는 꾸민 이야기라는 것을 다 안다는 듯이 고개를 내밀고 날카로운 눈초리로 성민이를 쳐다보고 있었다.

"음 한번 물어봐! 우리도 같이 가 줄게. 위험해지는 일이라고 생각되면 우리도 중단하면 되니까." 한참을 생각하던 민호가 입을 열었다.

"그래! 그게 좋겠다! 그럴게."

뚫어지게 쳐다보는 민기의 시선을 본 성민이는 어색한 미소를 지었다. 시계탑 시간을 보니 점심시간이 거의 끝나가고 있었다. 운동장을 가득 메웠던 소리가 잠잠해졌고 작은 바람 소리가 들려왔다. 아이들은 일단 수진이한테 물어보고 난 이후에 계획을 짜 보자며 종 치기 직전 교실 안으로 황급히 들어왔다.

5교시가 체육시간이라 다들 체육복으로 갈아입고 밖으로 나왔다(체육복은 짙은 남색에 바지 옆에는 기다란 두 줄이 그어져 있었다). 운동장은 따로 없어서 야자실 건물 쪽 목련나무 뒷산에서 수업을 했다. 다른 학교의 운동장에 비교해서 뒷산은 넓은 운동장이나 다름없었기에 전혀 부럽지 않았다. 교문에서부터 체육복으로 갈아입은 성민이네 반 아이들이 일렬종대로 가벼운 뜀박질을 했다. 체육 선생님은 호루라기를 삑삑 불어댔고 언덕 양옆의 수풀들을 가리키며 자신만의 세계에 도취되어 말했다.

"하~ 거참 애들아 내 항상 말했지. 그냥 풀떼기구나 하면서 아무 생각 없이 걷지 말고 저 안에는 수많은 곤충들이 하루를 열심히 살아가고 있구나 하고 자신을 되돌아봐야지. 학교 건물 안에 갇혀 있다가 바깥으로 나오니 얼마나 좋니. 숨을 크게 들이 마셔봐라. 무슨 냄새가 나니? 이것이 바로 자연의 냄새라는 거야. 도대체 이런 체육 선생님이 어디 있겠어? 수업시간마다 뒷산으로 가는 수업이… 야! 쟤 누구야 승표냐? 승표야 너를 위한 수업이야. 앞에 애들은 열심히 뛰어다니는데 꼭 뒤에 있는 애들이 저런다니까. 아직 어린 것들이 왜 이리 나보다 체력이 없어."

 아이들은 심드렁한 표정으로 구령에 맞춰 뛰었다. 뒷산으로 올라가는 계단에서 정렬이 흩어지며 자유롭게 올라갔다. 그는 중간고사가 끝났으니 오늘은 깨끗한 공기를 맘껏 마시라며 자유 시간을 주면서 산짐승이 있을 수도 있으니 너무 멀리는 가지 말라고 단단히 당부했다. 기다렸다는 듯 승표는 숨을 고르게 쉬며 체육복 주머니에서 초콜릿을 꺼냈고 하민이는 작은 풀 사이에 예쁘게 핀 꽃을 보고 현민이에게 보여 주었다. 현민이는 별 관심 없다는 표정이었다. 승원이는 벤치에 앉아있었는데 한 곳을 멍하니 바라보며 가만히 앉아있었다. 4명의 아이들은 일부러 반 아이들과 조금 떨어진 곳으로 걸어갔다. 주변의 소음이 점차 작아지자 주위에 반 아이들이 없고 잠시 승호와 민기가 없는 것을 확인한 성민이가 말했다.

 "수진이는 민기보다 겁도 많고 낯가림이 심한 애야."

 민호는 턱을 만지며 겉모습과 다른 성격에 친해지기도 어려울 애라면 안된다고 말했다. 성민이가 고개를 크게 끄덕거렸다. 멀리 떨어지지 않은 근처 수돗가에서는 수도꼭지를 틀고 얼굴을 갖다 대고 있던 승호가 멀리 있는 체육 선생님이 하민이 근처에 있다는 것을 발견하곤 옆에서 물을 마시던 민기를 툭 치며 턱 끝으로 그쪽을 가리켰.

 "내가 그 말 듣고 있다가 애들 앞에서 쪽팔림 당한 거 생각하면…" 승호가 그 말을 듣고 자지러질 듯 웃었다. 시간을 확인하던 체육 선생님이 호루라기를 불었고 목련나무 앞에서 일렬종대로 모여 교실로 들어왔다. 체육복을 갈아입기 전에 성민이는 물어보고는 오겠다고 말한 뒤 혼자 수진이네 반으로 쏜살같이 달려갔지만 9반 뒷문에서 한참을 서성거렸다. 사실대로 말했다가는 수진이는 분명 하겠다고 말할 수도 있었기 때문에 무슨 말을 해야 할지 고민했다. 그때 성민이 등 뒤로 다가온 수진이가 어깨를 툭 쳤다.

"으악! 어어… 그래."

"뭐 이리 놀라? 이제는 안 보고도 알 수 있다며. 방금 체육시간이었구나? 우린 다음 시간이 체육시간인데! 저번에 철봉 오래 매달리기를 했거든? 나 있잖아 저번에 22초 나왔다!? 아까워! 중간고사는 20초였거든! 여기 봐 나 손에 굳은살도 생겼어! 물론 윗몸일으키기는 전보다 5개나 더 했지. 그런데 여긴 왜 왔어?"

수진이가 신명나게 떠드는 사이에 키가 큰 주연이가 언제 나타났는지 얼굴을 앞으로 내밀고 9반의 꼬꼬마 여장부라며 깔깔거렸다. 그 말이 싫지 않았던 수진이는 양손을 들어 자신의 가느다란 팔을 자랑스럽게 펼친 후 힘 있게 굽혔고 주연이가 수진이의 왼쪽 팔에 매달리는 척하며 꺅꺅거렸다. 그러나 성민이는 수진이 말고는 주변이 뿌연 구름에 가려진 듯 아무것도 보이지 않았다. 성민이가 넋을 놓고 수진이를 빤히 바라보는 행동에 주연이가 민망했는지 수진이의 팔을 놓고 눈을 끔뻑거렸다.

"아니 그게 아니라. 아 그게 뭐냐면…."

고민하며 뜸 들이는 사이 긴 생머리인 민정이가 와서 미심쩍은 듯 쳐다보았다. 그 와중에도 성민이는 어떻게 해야 수진이 입에서 안 하겠다는 말이 나올 수 있을지 머리를 굴리는 중이었다.

"응 왜? 말해. 말하라고 야!" 답답했던 수진이가 팔짱을 끼며 쳐다보았다.

"아 그게… 하교할 때 같이 가자고. 끝나고 1층으로 와."

머릿속이 하얘진 성민이가 어물쩍하게 말하며 급하게 반으로 달려갔다.

"야. 쟤 표정 봤어?" 민정이가 수진이의 어깨를 탁치며 말했다.

"어. 난 확실히 봤다." 주연이가 옆에서 고개를 크게 끄덕거렸다.

민정이와 주연이가 영문을 모르겠다는 수진이를 향해 호들갑을 떨며 말했다. 수진이는 두 눈을 끔뻑이다 자지러질 듯 웃음을 터트렸다.

"아니야. 걔가 널 보는 표정을 봤어야 해. 진짜 혼이 나간 것처럼 멍하니 봤다니까? 그리고 달려가는 거 봤어? 부끄러워서 허둥지둥 가버렸잖아." 민정이가 수진이의 반응이 이상하다는 듯이 말했다.

"야 날 좋아했으면 평소랑 다른 눈빛으로 봤어야지. 흐리멍덩한 표정으로 좋아하는 여자를 보는 남자가 어디 있어. 그리고 쟤는 나랑 초등학교 때부터 알던 사이야." 수진이가 몸을 휙 돌려 교실로 들어갔다.

그동안 반으로 달려가던 성민이는 자꾸만 수진이를 제외하려 하는 스스로에 대해서 생각해 보았다. 설마 자신도 모르는 감정이 생긴 것은 아닐까 했지만 피부에 닭살이 돋자 그건 아니라고 확신했다. 아마도 나중에 잘못되면 자신의 책임으로 돌아가기 때문이고 다른 이유도 아닌 그것뿐이라며 결론을 지었다. 뒷문을 열자마자 민호가 자리에서 용수철처럼 일어나 한걸음에 달려왔다.

"어떻게 됐어? 뭐라고 그랬어?"

"걔, 걔가 끔찍한 소리하지 말라고 세게 밀쳐냈어."

어느 정도 예상하고 있었던 민호는 아쉬워하며 힘없이 자리로 돌아갔다. 이에 성민이도 뒤따라 한숨을 쉬며 못내 아쉬워하는 연기를 했다. 성민이는 자신의 속마음을 들춰 보고 있는 것 같은 민기의 시선을 애써 피하며 다음에는 꼭 혜성이에게 같이 갈 여자아이를 물어보자고 하며 마무리했다. 어설픈 연기였지만 나름 완벽했다.

종례가 끝난 후 청소당번이라는 걸 까먹고 급하게 1층으로 내려오다가 앞으로 자빠질 뻔했다. 전신 거울 앞에는 집에 먼저 간다던 친구들과 잔뜩 흥분한 수진이가 마주보고 있었다. 1층 나무 바닥을 내딛다가 얼어버린 성민이를 보며 승호가 말했다.

"야! 성민아 수진이가 민기보다 털털한데?"

"뭐냐 왜 난 이런 데 껴주지도 않는데 왜!" 수진이가 억울한 듯 소리쳤다.

"어, 어떻게 만난 거야?"

"아니 1층으로 내려왔는데 어디서 많이 본 여자아이가 있더라고." 민기가 이미 알고 있었다는 눈빛으로 성민이를 쳐다보았다. 1층 전신 거울 앞에는 수진이의 뒷모습과 4명의 남자아이들의 얼굴이 보였다.

"어차피 다시 물어볼라 했었어. 일단 가자."

딱히 변명할 말은 떠오르지 않았던 성민이는 혼자 얼버무리며 이중유리문을 열고 나왔다. 민기를 제외한 수진이와 아이들이 신이 난 듯 펄쩍 뛰었다. 민호가 수진이를 보며 해맑게 웃자 수진이의 볼이 발그스름해졌.

그날 이후로 5명이서 붙어 다니며 사건에 대해 알아보기 시작했다. 주말에는 집이 제각각이었고 또한 집안이 엄격하고 학원에 다니는 민기 때문에 모이기가 힘들어서 오직 점심시간만이 5명이 모일 수 있는 유일한 시간이었다. 평소대로라면 열심히 공부해야 하는 아이들에게 흉흉한 사건의 진실을 밝히고 사라진 여학생들이 돌아오는 새로운 꿈이 생겼다. 흔적도 없는 사건에 물론 생각지도 못한 변수가 생길 수도 있지만 두려움이 없었다. 절대 돌이킬 수 없는 위험한 길이라는 것을 알지 못하고 있었다….

Part 3
수색 시작

사건에 관하여 생각만 하다 보니 어느덧 6월이 찾아왔다. 운동장의 벚꽃 나무는 싱그러운 초록빛으로 물들어 정체 모를 향기로운 냄새가 가득했으며 계절마다 바뀌어서 나는 다른 냄새에 학생들은 신기해했다. 야자실 앞의 목련나무에는 길게 뻗은 나뭇가지 사이로 만개의 백목련 잎들이 활짝 펴 있었다. 그동안 교실에서 열심히 키우던 화분은 반마다 한두 명씩 흙을 썩게 만들기도 했지만 드디어 새싹이 고개를 내민 몇몇 아이들도 있었다. 그들은 기나긴 시간에 걸쳐 나온 작은 새싹에 굉장히 기뻐했다. 아직도 자라지 않아 답답했던 몇 명이 몰래 흙을 파내었지만 하루 만에 흙이 썩었기에 이를 눈치 챈 담임이 늦게 싹이 자란 아이들의 꽃이 훨씬 강하고 아름답게 핀다며 인내심을 가지라고 주의를 주었고 화장실 청소를 시켰다.

승원이의 화분에서는 이파리가 조금씩 보이더니 신기하게도 새싹에서 멈춘 민호와 달리 5센티의 초록색 줄기가 자라났다. 담임은 멀리서도 보이는 짙은 초록색 이파리를 보자마자 교무실로 달려가 4반의 도덕 선생님 한테 자랑을 했다. 그런데 4반에는 벌써 꽃봉오리가 생긴 화분이 있었는지 꽃봉오리 줄기 부분에서부터 푸른색을 띤다며 먼저 자랑을 한 것이다. 그는 보란 듯이 침을 삼키며 1년도 되지 않아 싱그러운 푸른색 꽃을 피울 것이라며 말했다. 2반 담임은 이를 바드득 갈며 승원이의 화분을 들고 돌아왔다. 주변 선생님들은 화분보다 도덕 선생님에 대해 줄곧 떠들었는데 그 선생님이 침을 삼키며 말하는 것은 교직 생활하면서 처음 본다고 말했다.

그리고 4월의 사건에 대해서는 다들 서서히 잊은 건지 아무도 언급하지 않을 만큼 조용해졌다. 이번에 사라진 여학생은 몸이 불편하신 할아버지가 학교 근처에서 붕어빵 장사를 하고 계시는데 지팡이를 짚고 하루도 빠짐없이 교무실을 찾아오셨다. 그래서 학교 측에서는 힘들게 찾아오시는 할아버지한테 며칠 전 돈을 쥐여 드렸는데 화가 난 할아버지가 교무실에 돈을 뿌리며 손녀딸을 찾아 달라고 울부짖었다고 했다. 교무실에 있었던 몇몇 학생들이 목격했으며 교장실에 들어갔다 나온 할아버지는 다음 날부터 학교 앞에 나타나지 않았다. 혜성이는 자신이 말하던 도중에 화가 났는지 책상을 주먹으로 내리쳤다. 그 바람에 초콜릿을 까먹고 있던 3분단의 승표가 깜짝 놀라서 초콜릿을 바닥에 떨어뜨려 곰처럼 포효했다.

점심시간에 민호는 잔디를 한 움큼 뽑아서 움켜쥐고 있다가 얼른 그 학생들을 찾아내야 한다며 비장하게 자리에서 벌떡 일어났다. 아이들은 그를 진정시키며 주변을 훑어보았다. 주변에는 반대편 구름다리 밑으로 고개를 내민 여자 아이들이 과자 가루를 뿌리고 있었다. 그것을 지켜보던 선도부라는 완장을 두른 남학생이 소리를 지르며 여자 아이들을 향해 달려갔다. 깜짝 놀란 여학생이 과자봉지를 그 안에 떨어뜨리는 바람에 선도부 아이는 온갖 짜증을 내며 다리 밑으로 고개를 내밀고 팔을 뻗어 과자봉지를 건지느라 낑낑거렸다. 옆에서 과자봉지를 빠뜨린 여자아이는 미안해서 어쩔 줄 몰라 쭈뼛거리고 있었다. 그 상황을 유심히 쳐다보고 있던 승호가 자리에서 벌떡 일어나더니 그쪽으로 순식간에 달려갔다. 잠시 후 자리로 돌아온 승호의 팔에는 선도부 완장이 차여 있었다.

5교시 쉬는 시간에 아이들은 1층 복도끝 쪽으로 가보았다. 남학생 4명과 여학생 한 명이 걸어오는 것을 보고 복도로 나온 3학년 여학생들이 기웃거리며 아이들을 쳐다보았다. 지하 1층으로 내려가는 계단에는 내려가지 말라는 경고문이 붙어있었고 쇠사슬로 막아두었다. 다행히 쇠사슬은 아이들이 충분히 넘을 수 있는 높이였다. 민호가 난간 밑으로 고개를 내밀어 쳐다보려 했지만 창고 문 쪽은 구조상 가려져서 보이지 않았다. 역시 정확한 건 직접 내려가서 보는 방법뿐이었다.

*

- 6월 13일 금요일 -

다음날 시원한 교실을 뒤로하고 점심시간에 운동장으로 다시 모였다. 점점 더워지는 날씨에 한 명이 늦게 나오면 더위 속에서 기다리는 지경이 되었다. 혜성이가 허겁지겁 뛰어나왔고 잔디 위에 앉아있는 아이들이 온 것을 확인한 민호가 평소와는 다른 눈빛을 보이고 있었다. 민기가 이번 기말고사는 끝에서 5등 할 거 같다며 불평불만을 했으나 이어서 민호가 한 말이 아이들의 이목을 단번에 사로잡았다.

"얘들아. 이제는 실전이야. 시험도 얼마 안 남았고 더 이상 알아낼 정보도 없을뿐더러 행동하지 않으면 지금까지의 노력은 헛수고야. 그래서 내가 생각해 봤는데 바로 오늘 밤에 모이는 거야!"

민호가 자신의 의견에 동조하기를 기대했는지 눈을 번뜩였지만 다들 경악했다.

"뭐라고? 미쳤어? 난 공부할 거야." 민기가 몸을 뒤로 빼더니 애꿎은 잔디를 뽑았다.

"난 너희가 학교에 안전히 들어가도록 도와주도록 할게!" 눈치를 보던 혜성이가 말했다.

　수진이는 민호를 초롱초롱한 눈빛으로 쳐다보고 있었다. 못 말린다는 듯 성민이는 고개를 설레설레 저었고 갑자기 겁에 질린 민기가 소리쳤다.

　"야! 생각해 봐. 여태까지 아무도 하지 않은 일이야. 이러다가 우리가 죽기라도 하면 어떻게 할 거야? 억울하게 우리 중 한 명이라도 당하면 그때는 어떻게 할 생각인 건데?"

　"죽는다고? 나는 그런 생각은 하지도 않았어. 지금껏 다 같이 사건에 대해 줄곧 생각만 했잖아. 죽자고 조사한 것도 아니었고 다들 한마음이었으니까 그런 거지. 행동하기도 전에 그런 빌어먹은 생각들이 망쳐 놓는 거야!"

　승호의 큰 목소리에 근처에 있던 몇몇 아이들이 쳐다보았다. 그들과 눈이 마주친 성민이가 승호의 어깨 위에 손을 살포시 올리며 말했다.

　"워워, 진정해. 너 말도 맞지만 민기 말도 무시할 수 없어. 우리가 생각지도 못한 일이 충분히 생길 수도 있지. 그럴 경우에는 어떻게 할 생각인데?"

　"나도 그런 경우가 오게 되면 그때는 어떻게 해야 할지 조금 걱정이 되긴 해. 하지만 우리가 신중하게 행동하면 안전할 거야!"

　낙천적인 민호의 말에 민기가 심각한 표정으로 말했다.

　"단순하게 생각하고 행동해서는 안 돼. 그러니까 5명이 어떻게 학교 안으로 들어갈 생각이야?"

　"음 반으로 나눠서 경비실을 지나가야겠지. 그리고 지하창고 앞으로 가는 거야. 일단 그곳을 확인해 봐야겠어." 민호가 운동장 입구 쪽을 바라보며 말했다.

　"지하창고 문은 분명 잠겨 있을 텐데. 경비 아저씨도 무섭다고 소문이

자자해. 더욱이나 지금은 쉽게 들여보내 주진 않을 거야."

혜성이의 대답에 정적이 흘렀다. 막상 행동하려 하니 머릿속이 백지장처럼 하얘졌다. 나서는 사람은 아무도 없었고 다들 겁에 질렸는지 눈치를 보며 표정이 어두워졌다. 그때 멍하니 한곳을 응시하고 있던 혜성이가 다시 조심스레 말했다.

"창고 문은 한 가지 방법이 있기는 한데…."

"뭔데?" 승호가 말했다.

"내가 열쇠를 몰래 가져올 순 있어." 혜성이의 말에 5명 모두 입이 떡 벌어졌다.

"그게 무슨 소리야? 학교 안으로 들여보내 주지도 않는데 어떻게 열쇠를 몰래 가져간단 말이야?"

"너희가 경비 아저씨를 조금만 정신없게 만든다면 말이야? 내 손은 너희들의 눈보다 빠르다고 생각해."

"그 말을 어떻게 믿어?" 코웃음 치던 승호와 달리 신이 난 민호는 손뼉을 치며 좋아했다.

"좋아! 한번 믿어 볼게. 다들 집에 휴대용 손전등 있어? (다들 고개를 저었다) 하굣길에 손전등부터 사도록 하자."

수진이도 잔뜩 기대한 표정이었다. 민호는 엉덩이를 살짝 들고서 주머니 속에 챙겨온 종이와 펜을 꺼내 들었다. 6명이 한곳에 머리를 모으니 활짝 핀 꽃 모양 같았다. 수진이는 살랑거리는 바람에 흩날리는 짧은 머리칼을 귀에 넘기며 집중했고 민기는 잔디를 보다가 이내 종이를 쳐다보았다.

"들어 봐. 민기는 이제 그만 표정 좀 풀어. 아직 점심시간이야. 저녁이 아니라고(종이에 학교 건물의 구조를 대충 그렸다). 일단 다 같이 야자실 건물 쪽에 있다가 수진이가 두고 온 책이 있다고 얘기하는 거야. 혼자는 위험하니까 나를 데리고 왔다 해. 경비 아저씨는 시험기간이기도 해서 어쩔 수 없이 들여보내 주긴 할 거야. 혜성이는 여기서 망을 보고 나머지 3명은 여기에 있다가 내가 신호를 줬을 때 운동장 안으로 빨리 들어가. 대신 걸리지 않게 해야 해. 기회는 한 번뿐이야. 걸리면 우리까지 못 들어가게 되니까 말이야. 어때?"

민호는 각자 위치를 원을 그려서 표시해 두었다. 반응을 살폈으나 탐탁지 않은 듯 아이들은 종이를 보며 아무런 말이 없었다. 민호는 머리를 긁적였다. 이어서 혜성이가 펜을 가져가는 모습에 승호의 표정이 종이처럼 구겨졌다.

"수진이는 경비원이 절대로 못 들어가게 할 거야. 생각보다 호락호락한 사람이 아니거든. 그리고 내가 열쇠를 가져가야 하니까. 네가 경비 아저씨가 한 눈 팔 수 있게 도와준다면 그 사이에 너희들이 운동장 안으로 들어가는 거야. 어때? 괜찮지 않아? 잘하면 성공할 수 있어. 오히려 이 방법이 더 안전하게 갈 수 있을 거 같아."

혜성이의 의견에 아이들은 가까워진 얼굴을 서로 쳐다보며 고개를 약하게 끄덕거렸다.

"만약 그게 실패한다면?" 승호가 혜성이의 펜을 가로채며 물었다.

"그럼 그때 돼서 빨리 대처하면 되겠지. 이 방법 하나가 실패한다고 다 실패한 건 아니니까."

"내가 생각하고 있던 거였는데 걸리면 아예 끝장이라 말 안 한 거였어." 그래도 마음에 들지 않다는 듯 심술을 냈다.

"웃기지 마. 넌 이런 생각조차 하지도 못했을 거야." 승호는 민기의 말을 못 들은 척했다.

"완전 좋은 아이디어야! 혜성이 말대로 해 보자. 와 정말 괜찮은 걸? 살인사건이었다면 나도 선뜻 하자고 나서진 않았을 거야. 그런데 생각할수록 어딘가 너무 이상한 요인들이 많아. 눈에 띄게 말이지. 그래서 우린 눈에 보이는 요점만 확인하러 가자는 거야." 민호가 만족스러운지 이를 훤히 보이며 미소를 지었다.

"난 그저 단순하게 생각했다가 목숨까지 위험해질까 봐. 그게 두려운 거야." 민기가 주변을 살피며 말했다. 잔디밭에는 많은 아이들이 떠들고 있었다.

"괜찮아. 그럴 경우에는 학교 밖으로 빠르게 나오면 돼. 그리고 지금은 범인의 활동시기가 아니기도 하고."

전부 혜성이의 의견이 제일 좋은 거 같다고 동의했다(민호와 혜성이 의견뿐이었지만). 종례 시간 전까지 민호는 승호한테 혜성이를 승원이와 친구라는 이유로 미워하지 말라며 감싸주었다. 승호는 그 말에 인정해 주는 척하며 한 귀로 흘려들었다. 수업이 끝난 뒤 신호등 앞에서 민기는 야자실로 뛰어 올라갔고 승호랑 민호는 휴대용 손전등을 사러 가겠다고 히며 뿔뿔이 흩어졌다. 아이들이 시야에서 사라지자 수진이는 한껏 들뜬 목소리로 말했다.

"재밌을 거 같지 않아?"

"뭐가?" 성민이는 모르는 척 물어보았지만 왠지 모르게 수진이가 사건에 들떠 있으니 마음에 들지 않았다.

"뭐긴 오늘 저녁 말이야! 어떻게 너무 떨려!" 수진이는 가방끈을 부여잡고 설레는 듯 발을 동동거렸다.

"오늘이 우리가 숨 쉬는 마지막 날이 될 수도 있어."

"진짜 생각하는 거 하고는. 그런 끔찍한 말은 입에 담지도 마. 민기처럼 말이지." 수진이가 질색하며 민기가 놀랄 때마다 입을 가리던 포즈를 따라했다.

"장난이지. 그렇지만 민기의 말도 일리가 있어. 위험할 수도 있잖아."

"알아! 하지만 난 승호의 의견에 더 공감했어. 민기처럼 너무 부정적으로 생각하지 마. 한 번쯤은 우리가 바라는 대로 믿는 것도 좋은 거야. 너무 현실적으로 생각하면 부정 탄다고. 그 생각이 자칫 성공할 수도 있는 우리의 계획을 망쳐버리는 거야!" 단숨에 말하던 수진이의 얼굴이 빨개졌다.

"알겠어. 진정해. 단지 난 걱정이 돼서 그랬어."

단발머리 미용실을 지나 성민이의 과일가게에서 성민이 아빠가 손을 흔들었다. 수진이가 고개를 숙여서 인사했고 성민이는 아빠와 똑같이 손을 흔들며 지나쳤다. 2층으로 올라가는 수진이랑 헤어진 후 집에 도착한 성민이는 방 안에 들어가서 포스트잇을 꺼냈다.

> 나 오늘 야자 하러 갈 거야. 밥은 집에서 내가 알아서 먹고 갈게. 저녁에 봐!
> -아들-

"야! 뭐해!"

갑자기 뒤에서 들려온 목소리에 외마디 비명을 질렀다. 중학교 3학년인 여동생 성원이었다. 성민이가 놀란 반응에 재밌었는지 손거울을 쥐고 깔깔대며 웃었다. 성민이는 성원이의 새빨간 입술을 보더니 인상을 잔뜩 찌푸렸다.

"쥐는 언제 잡아먹은 거야?"

성원이는 오빠의 말을 무시하며 말했다.

"아~ 맞다 시험기간이지? 와 근데 이번에 머리한 거 엄청 오래간다. 세상에 3개월이나 갔어! 머리카락 괜찮은지 몰라. 오빠 성격처럼 독종이었는데."

"얼른 내 방에서 나가!"

나가기 전 부엌에서 엄마가 만든 딸기 잼을 빵에 발라 간단히 먹었다. 긴장을 해서 그랬는지 평소에는 몇 개씩 먹던 토스트를 한 조각도 다 먹지도 못하고 음식물 쓰레기통에 버렸다. 이제는 제 발로 호랑이 소굴에 들어간다는 생각에 목구멍이 턱턱 막히는 기분이었다.

*

살짝 어두운 하늘 아래 신호등 앞에서 학교 교문을 지나치는 승호랑 민호가 보였다. 성민이 뒤에서 줄곧 따라오고 있었던 수진이가 소리쳤다.

"야! 뒤에서 몇 번이나 불렀는데 대답이 없어!" 수진이는 무릎을 굽히고 헉헉거렸다.

"뛰어왔어? 몰랐네."

"아 숨차! 나 갑자기 긴장 돼. 괜찮겠지? 집 밖을 나서는데 얼마나 떨렸는지 몰라." 수진이가 불안해하며 손톱을 물어뜯었다.

"아까는 그렇게 자신감 넘치더니…. 난 집에 가니까 괜찮아지던데."

"그렇지? 후 떨린다." 길가에 놓인 가로등 불이 그녀의 걱정스러운 표정을 비춰주었다.

"걱정 마! 불 바뀌었다. 건너자."

성민이는 강한 척하며 말하긴 했지만 자꾸만 두려워지는 마음을 무시할 수 없었다. 경비실 안에서 경비원이 고개를 슬쩍 들고 교문 안으로 들어가는 수진이와 성민이를 쳐다보았다. 얼핏 보인 그의 얼굴은 혜성이의 말대로 갖은 불만이 가득한 사람처럼 보였다. 야자실에 점점 가까워질수록 양팔에 목련 잎을 매달은 나뭇가지가 자신을 향해 걸어오고 있는 아이들을 향해 손짓하고 있었다. 언덕 양옆의 수풀 안에서는 작은 벌레들이 지나다녔고 습한 풀 냄새가 진동했다. 시간을 보니 7시 30분이었다. 주변이 안 보일 정도의 어둠이 찾아온 것은 아니었지만 오전과 달리 음산한 분위기였다.

"조명이 없어서 그런가? 체육 시간에는 이런 느낌 안 들었는데…." 수진이가 말했다.

성민이는 수진이 몰래 침을 꼴깍 삼켰다. 오른쪽 여학생 야자실 건물로 수진이가 올라갔고 성민이는 왼쪽에 위치한 남학생 야자실 건물 안으로 들어갔다. 깔끔한 건물로 3층까지 있었는데 층마다 다른 학급이 쓰고 있었다. 1학년과 2학년이 공동으로 사용하는 2층으로 올라가니 신발장에는 이리저리 대충 올려놓은 신발들이 있었다. 신발을 올려놓고 미닫이문을 열고 들어갔다. 칸막이로 가려져 다닥다닥 붙어있는 책상들과 문이 닫힌 방이 여러 개 있었다. 벽 쪽에는 네모난 박스처럼 생긴 사물함이 있었는데 아이들은 그곳에 자신의 책을 보관해 두었다. 그 위에는 가습기에서 수증기가 뿜어져 나왔고 에어컨 때문에 약간 한기가 돌아서 몇몇은 몸을 웅크린 채 공부 중이었다. 책상에 앉아 엎드려 자는 아이, 핸드폰으로 재밌는 영상을 보며 끅끅 웃고 있는 아이를 지나쳐 어느 방에서 한 줄로 앉아 고개를 든 3명이 성민이를 향해 조용히 손을 흔들었다. 다들 비장한 표정이었지만 억지로 나온 민기의 겁먹은 표정이 우스꽝스러웠다. 승호가 옆에 앉은 성민이에게 손전등을 건네주었다. 휴대용 손전등으로 한 손에 쏙 들어오는 가벼운 손전등이었다. 이 작은 손전등이 어둠이 가득한 길고 넓은 복도에서 불을 얼마나 밝혀 주거나 할까 하는 의심이 들었다. 성민이의 의심스러운 표정을 보았는지 승호가 손전등의 효과를 설명하듯 엄지손가락을 치켜세웠다.

민기를 제외한 아이들은 책상에 앉아 시계만 멀뚱히 바라보고 있었다. 칸막이 안에서 민기는 공부 중이었다. 가습기에서 나오는 쉭쉭대는 소리와 함께 책 위로 볼펜과 연필을 사각사각 써내려가는 소리. 엎드려 자는 아이들의 새근거리는 소리도 작게 들려왔다.

8시 되기 10분 전 민호가 먼저 자리에서 일어났고 승호가 민기를 툭툭 건드렸다. 그러자 칸막이에서 얼굴을 조금 들어 시간을 확인한 민기가 잔뜩 울상을 지었다. 앞 건물에서 자리에 앉아 창문을 보고 있었던 수진이는 성민이의 연락을 받고 2층에서 야자실 문 쪽에 있는 이름표에 이름을 적고 나왔다. 사건 때문에 거의 7시만 되어도 여학생 야자실 건물은 거의 텅텅 비어 있었다. 정자에 있던 아이들이 수진이를 향해 손을 흔들었다.

"얘들아 내가 오늘 날짜랑 나간 시간 적어놨어. 물론 우리 이름도 말이야. 이것 봐! 소리 없는 카메라로 찍었어! 나중에 누군가는 볼 거 아냐? 멋있지?" 민기가 굉장히 뿌듯해하며 보여주었다.

> 6월 13일 금요일 오후 7시 30분
> 총 6명의 탐정가들
> 김민호, 한성민, 박승호, 서민기, 이수진, 최혜성
> 수색 시작.

"뭐야. 아까 공부하고 있던 거 아니었어? 가장 겁내 하더니 누가 그걸 보면 어쩌려고 그러냐. 얘는 왜 갑자기 연락이 안 되는 거야?" 승호가 짜증을 내며 핸드폰을 귀에 가져다 대고 말했다. 아직까지 오지 않은 혜성이에게

전화를 걸고 있었다.

"나 갑자기 긴장돼. 사라진 아이들이 여학생이어서 말이야." 아이들 옆으로 다가온 수진이가 말했다. 아이들 모두 숙연해지자 수진이가 다시 말했다.

"아냐. 긴장될 뿐이지 무섭진 않아."

여학생 야자실 건물에서 뒤늦게 한두 명씩 나왔고 정자에 앉아있는 아이들을 호기심이 가득한 표정으로 쳐다보며 지나갔다. 민호는 혜성이에게 수십 번 통화를 걸었고 성민이는 목련나무를 바라보고 있었다. 민기는 언덕을 보고 있었는데 혜성이가 차라리 오지 않기를 바라는 표정이었다.

얼마 지나지 않아서 혜성이가 언덕 아래로 헐레벌떡 뛰어오고 있었다. 제일 먼저 발견한 민기가 표정이 굳어졌고 승호는 옆에서 중얼거리고 있었다. 잘 들리지 않았지만 민호가 그의 입을 막은 것을 보아 욕을 한 사발 하고 있던 것이 분명했다. 승호는 숨을 헐떡거리는 혜성이에게 얼마나 많이 기다린 줄 아냐며 여학생들이 이상하게 쳐다보고 지나갔다고 화를 냈다. 그런데 민기가 안절부절못하며 말했다.

"얘들아…. 나 화장실 한 번만 갔다 올게. 속이 너무 안 좋아."

민기가 화장실로 간 사이 승호가 혜성이에게 다시 한마디를 던지려 하자 민호가 얼른 손전등을 꺼내며 각자 테스트해 보라고 말했다. 정자 앞에 있던 성민이는 가방 안에서 손전등을 꺼내 수진이에게 건네주었고 손전등을 켜서 바닥에 가까이 비춰보았다. 바닥으로 동그랗게 퍼지던 빛은 나름 선명히 보이고 뚜렷했다. 장거리까지 비추진 못했지만 작은 휴대용 손전등치고는 나름 괜찮았다. 다른 아이들도 흩어져서 가로등이 있는 건물은 피해 어두운 쪽으로 걸어가 테스트를 한 번씩 해 보고 있었다.

"작은 손전등치고 좀 괜찮지? 내가 고르다가 깜짝 놀랐다니까 손전등 고르기 쉬운 줄 알았는데 은근 어려워(승호는 정자 기둥에 기대 서서 민호를 찾다가 혜성이와 있는 것을 보고 표정을 잠깐 찌푸렸다). 흠. 너무 큰 건 우리가 드는 거조차 불편하니까 말이야. 어? 민기 나왔다! 애들아! 민기 나왔어!"

주변에 흩어졌던 아이들이 다시 정자 쪽으로 모였다. 민호가 다들 모인 것을 한 번 확인한 뒤 말했다.

"다 모였지? 애들아 무슨 일이 생기지 않게 서로 잘 챙겨 주고! 일단 나랑 혜성이가 앞장설 거야. 나머지 애들은 뒤에서 잘 따라오고. 운동장 입구가 경비실 쪽에서 보이니까 정신 차리고 잘 들어가야 해. 그리고 학교 건물은 가로등이 없어서 건물 안으로 들어가면 깜깜할 거야. 손전등 잘 가지고 있어. 우리끼리 말하고 싶을 때는 위아래로 이렇게 흔드는 거야(민호가 손전등을 위아래로 흔들자 보고 있던 아이들이 따라 했다). 그럼 나머지 사람들이 그 사람이 보이도록 비춰주는 거지."

"음… 무슨 일이 있을 때에는?"

"음. 그때도 그렇게 하자 뭐든 확인하는 게 안전하니까."

민호가 말하는 도중에 사색이 된 민기는 아직도 배가 아픈지 배를 움켜쥐고 있었다. 성민이가 괜찮으냐며 속삭여 물어보니 고개를 빠르게 저었다.

"나랑 민호가 한눈 팔게 할 동안 그때 너희들이 운동장 입구로 들어가서 재빨리 몸을 숨겨. 이제 가자!" 혜성이가 말했다.

경비실에서는 운동장 입구만 보였기 때문에 시계탑까지만 도착해도 성공적이었다. 민기가 손전등에 있던 온오프를 계속 눌러댔는데 교문 쪽을 향해 내려오다가 작은 소리가 나는 기다란 풀 쪽에 비춰진 헛것을 보고 크게 소리치는 바람에 깜짝 놀란 수진이가 덩달아 비명을 질렀다.

"아악 최민기! 깜짝 놀랐잖아!"

풀을 걷어보니 아무것도 없는 걸 보고 민기는 머쓱해서 머리를 긁적였다. 이후 총총거리며 불안한 발걸음으로 걸어갔고 주변 풀 속을 보지 않기 위해 눈을 질끈 감았다. 앞에서 먼저 걸어가고 있던 민호는 자꾸만 뒤를 돌아보며 나머지 아이들이 잘 오는지 확인했는데 하도 많이 돌아보니 승호가 손전등을 얼굴 쪽에 비추었다. 민호가 얼굴을 찌푸리자 승호가 낄낄 웃어댔다.

"일단 주의해야 할 점은 경비 아저씨 얼굴이 생각보다 꺼림칙하게 생겼어. 그건 알아둬. 얼굴 보고 너무 놀라지 마. 여자아이들이 저녁에 볼 때마다 모습이 섬뜩하다고 했거든." 경비실을 유심히 보고 있었던 혜성이가 민호에게 속삭였다.

"아 그리고…."

민호에게 귓속말을 하는 혜성이를 보며 뒤에 있던 승호가 코웃음 쳤다. 경비실이 가까워질 때쯤 수풀 속에 숨어 있는 귀뚜라미 소리가 들려왔고 아이들은 계획대로 최대한 수풀 쪽으로 걸었다. 혜성이와 민호를 제외한 4명은 경비실 옆쪽에 바짝 붙어 있기로 했다. 민기가 손전등을 켜서 앞에 있는 수풀 주변을 수시로 비춰 보자 보다 못한 승호가 민기의 손전등을 뺏어갔다. 그 사이 혜성이가 닫힌 경비실 창문을 세 번 두들겼다.

"아저씨?"

닫혀 있던 창문이 드르륵 열렸다. 적은 머리숱 때문에 가르마를 타서 한껏 넘긴 머리통이 보였는데 마치 얄팍한 사다리가 머리 위에 그려진 것처럼 보였다. 고개를 든 얼굴에서 잡초처럼 뒤죽박죽 자라난 눈썹들과 양옆으로 쭉 찢어진 날카로운 눈매를 본 민호가 뒤로 주춤거리자 혜성이가 민호의 팔목을 잡았다. 그는 혜성이와 민호를 번갈아 보더니 불만이 가득한 말투로 대답했다.

"왜."

단 한마디를 내뱉고 얼굴을 찌푸리며 다시 고개를 숙였다. 얼굴 한쪽이 안면마비여서 움직일 수 있는 왼쪽 입술 옆에 팔자주름이 생겼다.

"아 아저씨 저 공부해야 할 책을 교실에 두고 와서요······." 경비실 벽 쪽에 붙어있던 아이들은 떨고 있는 민호의 목소리에 바짝 긴장했다.

"저도요. 하필 시험 직전에 숙제를 많이 내줬거든요."

혜성이는 능청스럽게 말하며 경비실 안을 훑어보았다. 벽에는 대충 박힌 못에 달력이 걸려 있었는데 오늘까지 빨간색 동그라미가 수도 없이 쳐져 있었다. 달력 밑에는 유리 컵 하나가 정수기 위에 놓여 있었고 원목으로 된 행거에는 부분부분 색이 바래진 겨울 겉옷과 남색 모자가 걸려 있었다. 디근자 형식의 책상 위에는 모기를 잡기 위해 피워 둔 향초와 각종 서류들이 널브러져 있었고 칸막이 안에 삐죽빼죽 꽂혀 있었다. 그러다 경비실 창문 쪽에서 손을 뻗으면 닿을 거리에 있는 열쇠꽂이를 발견했다. 열쇠꽂이라기보다는 커다란 못 하나가 박혀 있었는데 버스 손잡이처럼 생긴 원형의 철에는 수많은 크기의 열쇠들이 걸려 있었다. 열쇠걸이를 보고 있던 민호를 쳐다본 경비원이 아이들 말이 끝나기가 무섭게 열쇠를 잽싸게 서랍 안에 넣고서는 자리에서 벌떡 일어나 호통을 쳤다.

"너희 허튼수작했다간 내가 용서 못 한다! 여긴 내 직장이야 오전에는 너희 마음이어도 저녁에는 내 허락 맡고 들어가야 해!"

그의 움직이는 한쪽 입술에서 많은 침이 튀어나왔다.

"아저씨! 저희도 들어가고 싶지 않지만 시험이 며칠 안 남았어요. 책만 가지고 나올게요!"

"네. 저도 마찬가지고요. 저희는 빨리… 나올 거예요!"

의견을 굽히지 않은 민호와 혜성이를 쳐다보던 경비원이 자리에 앉으며 말했다.

"…그럼. 학년 반 이름 차례대로 적고 빨리 갔다가 나와. 더 어두워지기 전에 빨리 나와야 해! 30분 내로 다시 와라. 만약 너희가 시간 내로 안 오면 찾으러 갈 거야. 더 어두워지면 내가 너희를 못 찾을 테니까 말이다."

경비원은 자리에 일어나서 몸을 돌리고 선반에 있는 각종 서류와 노트를 뒤적거렸다. 들어갈 기회가 한 번 찾아온 것이다. 4명 모두 신속하게 들어가야 했다. 민호가 급히 손을 뻗어 벽에 기대어 있는 아이들에게 움직이라는 신호를 주었다. 그리고 혜성이와 함께 한 발자국 앞으로 걸어가 창문 시야를 가렸다. 제일 먼저 수진이가 몸을 숙이고 운동장 입구 안으로 들어갔고 그 뒤를 따라 성민이와 민기가 발끝을 세우고 양손에 신발 한 켤레씩 들고 운동장 안으로 재빨리 들어갔다. 행여나 경비원이 고개를 돌릴까 봐 민호는 심장이 몸 밖으로 튀어나올 것 같았다. 마지막 승호의 발이 운동장 입구에서 사라지자 민호는 작게 한숨을 내쉬었고 혜성이는 노트를 찾으며 혼자 중얼거리는 경비원을 감시했다.

"이런 흉흉한 소문이 있는데 학교를 들어간다는 애들은 처음이네."

운동장 안으로 들어온 4명의 아이들은 어찌나 긴장을 했던지 식은땀을 닦아내었다. 승호가 심장이 쫄깃하다고 말하자 민기는 신발을 신으며 두 번 다시 하고 싶지 않다고 말했다.

"얘들아 끝난 게 아니야. 이제부터 시작이야." 주변을 둘러보던 수진이가 말했다.

건물 안에는 벚꽃나무와 높은 담벼락으로 둘러싸인 탓에 사방이 잘 보이지 않았다. 오전의 학교 건물은 아름다운 건물로 꽃향기가 자욱했지만 지금은 물에 젖은 잔디 냄새와 축축한 잎사귀 냄새가 났다. 아이들은 급격히 말 수가 줄어들었고 가까이 붙어 걸었다. 주위로 선선한 저녁 바람이 불었고 매미 소리가 들려왔다. 주변에서 소리가 나면 멈춰서 손전등으로 확인하며 앞으로 움직였다. 마침내 도착한 1층 유리현관문 앞에서 초조한 마음으로 민호를 기다렸다. 다리가 풀려서 앉아있던 민기가 아이들에게 작게 속삭였다.

"우리 지금이라도 집에 가는 게 좋지 않을까? 바람 소리가 늑대 울음소리 같아…"

아무도 대꾸해 주지 않자 손전등으로 이곳저곳을 비추었다.

"야 너 그렇게 하다가는 조금 있다가 손전등이 꺼질 수도 있어. 그럼 네가 없어져도 아무도 모를 거야."

바닥에 정신없이 움직이던 불빛이 거슬렸던 승호가 말했다.

잠시 그 상황을 상상했던 민기는 즉시 손전등을 껐고 몸을 웅크리며 무릎에 얼굴을 파묻었다. 그때 수진이가 민호를 발견하고선 자리에서 벌떡 일어났다. 민호는 가쁜 숨을 몰아쉬며 열쇠를 꺼내들고 말했다.

"애들아 열쇠를 가져왔어!"

수많은 열쇠들이 서로 부딪히면서 짤랑거리는 쇳소리를 냈다. 아이들은 수고했다며 민호의 어깨를 다독였다.

"어떻게 찾아왔어?" 민기가 어리둥절한 표정으로 물었다.

"혜성이 덕분이야. 걔 지금 경비실에 누워있어."

경악한 아이들의 표정을 예상하고 있던 민호는 말을 이어갔다. 혜성이가 대화하던 도중 갑자기 헐떡거리며 그대로 바닥에 드러누웠는데 당황한 경비아저씨가 자리에서 벌떡 일어났다. 그가 문을 열고 나오기 전에 혜성이는 살짝 뜬 눈으로 민호에게 찡긋 신호를 보냈다. 민호는 혜성이의 연기에 넋이 나갔고 문을 열고 나온 경비원은 정신을 잃고서 눈을 감고 있는 혜성이를 계속 흔들다가 민호에게 말했다.

"일단 업고 들어와!"

그는 안으로 들어가더니 성급하게 전화 버튼을 눌렀다. 그 사이 바닥에 누운 혜성이는 달력을 보며 곁눈질했다. 이를 눈치챈 민호가 급히 팔을 뻗어 앞에 걸려 있는 달력을 떨어뜨렸다. 소리가 작아서 경비아저씨가 듣지 못하자 이번에는 눈에 들어온 정수기 위에 있던 컵을 떨어뜨렸다. 쨍그랑 하며 깨지는 소리에 깜짝 놀란 경비아저씨는 수화기를 '쾅' 내려놓고 민호에게 성큼성큼 다가가 코를 맞 대고 소리를 버럭 질렀다.

"지금 제정신이야? 미쳐서 돌은 게야!?"

그의 움직이지 않는 오른쪽 얼굴은 마치 녹고 있는 아이스크림처럼 아래로 쳐져 있었다. 소란스러운 틈을 타 뒤에 있던 혜성이가 몸을 일으켰고 서랍장 안의 열쇠를 꺼낸 다음 엉덩이 밑으로 넣고 끙끙거리며 일어났다. 경비원은 민호의 얼굴을 잠시 노려보다가 한숨을 뱉으며 앉았고 의자는 빙그르 돌며 창문 앞에서 멈추었다. 민호가 혜성이에게 다가가자 엉덩이를 살짝 들고 소리가 나지 않게 열쇠를 그의 주머니에 넣어 주었다(주머니 속에서 짤랑거리는 소리가 날까 봐 조마조마했다). 그리고 민호에게 책을 챙겨 오면 집에서 해야겠다며 혼자 다녀오라고 말했다. 의자에 기댄 경비원은 혼이 나간 듯 멍 때리고 있었다. 얘기를 듣고 있던 도중 중간마다 승호가 진짜냐고 사실여부를 물어보았다.

"…그게 사실이야? 걔가 그랬다고? 정말?"

"아까 경비실 앞에 도착하기 전에 귓속말로 얘기해 줬었어."

민호는 다시 한 번 경비실에 단둘이 있다고 말해 주었다.

"걔는 여기 있는 것보다 거기 있는 게 맞아." 승호가 나지막이 말했다.

건물 안으로 들어오기까지 많이 불안했지만 걸린 사람은 다행히 아무도 없었다. 자신도 모르는 사이 무려 5명이나 되는 아이들이 학교 건물에 들어왔다는 사실을 알게 된다면 경비원은 꽤나 놀랄 것이다. 아니 상상도 못하겠지. 민호는 운동장 입구를 잠시 쳐다보았다. 경비아저씨가 무심코 서랍을 열어 열쇠가 사라진 것을 알고 학교 건물을 향해 달려오는 모습이 상상되었지만 빨리 확인만 하고 나오자며 안으로 들어갔다.

*

이제 건물 안으로 들어오기까지 성공했다. 총 5명의 아이들이 안쪽 유리문을 등지고 서 있었다. 기다란 복도를 바라보니 민호는 걱정했던 혜성이에 대한 생각은 싹 잊어버렸다. 복도는 작은 불빛도 들어오지 않았고 건축가 사진 위로 천장에 붙은 작은 조명과 유리장식장 조명뿐이었다. 적막 속에 시계 초침 소리와 다른 딱딱 소리가 들려서 주위를 둘러보니 민기의 이빨이 부닥치는 소리였다. 겁에 질린 민기는 손전등을 잡은 두 손을 허리춤에 두고 손을 달달 떨고 있었다. 뒤에 있던 승호가 장난기가 발동했는지 복도에 걸려 있는 김그린 건축가 사진에 손전등을 비춰 보았다. 그의 모습이 더욱 선명해지며 민기를 무섭게 노려보았다. 외마디 비명과 함께 민기가 뒤로 자빠지자 승호가 낄낄거렸고 민호가 주의를 주었다.

"하지 마! 조용히 해야 해!"

사진이 비춰졌을 때 굉장히 섬뜩했기에 다른 아이들도 민기가 충분히 그럴 만했다고 생각했다. 주변을 샅샅이 살피며 걷다가 전신 거울 앞에서 민기가 몸을 움찔거렸다.

"참나 이제는 지 얼굴 보고 놀라네." 승호가 콧방귀를 끼며 말했다.

"아닌데… 뭔가 있었던 거 같은데…."

민기의 말에 4명이 차례대로 거울 앞에 섰다. 거울 속에는 긴장한 5명이 서 있었다. 모두가 고개를 들어 거울 맨 위에 적힌 글을 잠깐 보고 있을 때 민호가 고개를 내리자 수진이가 황급히 시선을 돌렸다.

"지금 활동기간이 아니더라도 어딘가에 숨어서 우리를 지켜보고 있을지도 몰라. 경계를 늦춰선 안 돼." 민호가 검지를 조심히 입에 가져다 대고 속삭였다.

아이들은 2명, 3명씩 짝을 지은 대로 서로의 손을 잡고 작은 빛이 나오는 손전등에 의지한 채 한 줄로 걸어가기 시작했다. 민호와 승호 그리고 수진이가 앞서가고 있었고 성민이가 민기의 손을 잡고 뒤따라오고 있었는데 땀이 흥건했다. 손전등은 한정된 거리만큼만 밝게 보였기 때문에 복도 끝은 그야말로 암흑이었다. 학교 주변은 뒷산 그리고 높은 담벼락과 함께 잎이 무성한 벚꽃나무로 둘러싸여 있다 보니 수풀들이 바람에 날리는 소리만 조용히 들려왔다. 오히려 자신들이 건물 안에 갇혀 있다는 기분이 들면서 극도로 긴장상태가 되었다. 한 명이 의심이 가는 소리를 들으면 그 사람이 앞을 향해 손전등을 위아래로 흔들면 앞에 가던 아이들은 잠시 멈춰서서 주변을 살폈고 소리가 잠잠해지면 다시 움직였다. 민기가 몇 걸음도 안 가서 신호를 계속 보내자 몇 번의 신호는 그냥 지나쳤다. 그래서 민기는 성민이의 손을 뒤로 잡아당기며 여자 화장실을 가리켰다. 갸우뚱한 성민이가 민기의 표정을 확인하더니 고개를 절레절레 저었다. 민기가 화장실에 가는 동안 또 다시 멈춰 있어야 했기 때문이었다. 승호는 짜증이 났는지 민기에게 걸어가더니 손전등을 뺏어서 성민이에게 건네주었다.

어느새 3학년 1반 뒷문에 도착해서 모퉁이를 돌기 직전이었다. 바로 앞에는 3학년 2반이 마주 보고 있었고 그 사이에는 지하로 내려가는 계단과 지하를 내려다볼 수 있는 난간 그리고 2층으로 올라가는 계단이 있었다. 민호가 뒤를 돌아 손전등을 위아래로 흔들며 자신의 손전등을 껐다. 손전등을 전부 끄라는 신호였다. 그다음 뒤에 서 있는 승호의 손을 놓고 한 걸음 물러서라는 뜻으로 손바닥을 보였다. 그 다음 먹이를 향해 조금씩 접근하는 동물처럼 조심히 앞으로 걸어가 지하 1층으로 내려가는 계단을 지나 마주 보고 있는 3학년 2반 앞에 다가가서 쭈그려 앉았다. 나머지 아이들은 초조한 눈빛으로 2반 앞에 있는 민호를 쳐다보았다. 민호는 조심히 2층 계단을 올라가 손전등을 켰다. 손전등에서 딸깍 소리가 나자 수진이의 몸이 절로 움찔거렸다. 성민이는 민기가 잡고 있던 손을 놓았고 민기는 자신의 입을 틀어막았다.

민호는 아래를 내려다본 후 손전등을 끄고 2반 쪽으로 붙어서 조금만 뒤로 가라는 사인을 하며 1반 뒷문으로 빠르게 걸어왔다. 민호가 아이들 쪽으로 걸어올 때 수진이는 보이지 않는 모퉁이 쪽에서 뭐라도 나타날까 봐 입술을 잘근잘근 깨물었다. 민호가 손가락을 앞을 향해 가리키자 차례대로 손전등을 켜고 모퉁이를 돌았다. 긴장한 아이들의 귓가에는 둥둥거리는 북소리가 들려왔다.

성민이가 모퉁이를 꺾으니 수진이가 앞에 있던 승호의 손을 잡고 사슬을 조심히 넘어가고 있었다. 먼저 내려가던 민호는 계단에서 끼이익거리는 소리가 나자 살짝 발을 떼고 손전등을 아래로 비춰보고 있었다. 성민이는 눈앞의 상황을 보며 이대로 집으로 돌아가는 게 현명한 선택일지도 모른다는 생각이 몰려왔다. 바로 앞에 보이는 돔 창문은 굳게 닫혀 있었고 밖은 제법 어두워졌다. 더 생각할 틈도 없이 어느새 쇠사슬을 넘어간 승호가 성민이를 보고 얼른 내려오라며 손짓했다. 옆에서 민기가 멍하니 있는 성민이를 걱정스레 쳐다보았다. 이제 돌이킬 수 없는 상황이라는 걸 깨달은 성민이는 민기에게 아까 가져갔던 손전등을 건네주고 앞으로 걸어갔다. 승호와 성민이의 도움으로 쇠사슬을 간신히 넘었던 민기는 다리가 풀렸는지 잠시 계단에 주저앉아 다리를 두들겼다. 곧바로 아이들이 민호를 따라 내려갔다. 혼자 남기 싫었던 민기는 벌떡 일어나 성민이를 지나쳐 계단을 내려갔다.

드디어 5명의 아이들이 지하창고 문 앞에 나란히 서 있었다. 학교 전체는 튼튼한 목재로 만들어졌지만 창고 문은 2미터 높이의 철문으로 되어 있었으며 손잡이는 쇠사슬로 여러 번 감겨 있었고 자물쇠로 잠겨 있었다. 창고 문을 바라보고 있던 아이들은 왜 체인으로 여러 번 감고 커다란 자물쇠까지 걸어 놓았을지 궁금증이 생겼다. 민기는 문의 크기로 보아 2미터 크기의 야생 동물이라도 기르고 있다고 생각했다. 설마 운동장에서 들었던 늑대의 소리가 이곳은 아니었을까 예상하며.

곧바로 아이들은 창고 주변을 수색했다. 민호는 성민이와 함께 이중으로 문을 굳게 잠근 이유를 추측하고 있었고 승호는 창고 주변을 툭툭 건드리며 훑어보고 있다가 내려오던 계단에서 소리가 난 부분 밑에 들어갈 수 있는 공간을 발견했다. 창고 문 앞에서 멀찍이 떨어져 있던 민기는 안절부절 못하고 있었다.

"애들아 이게 뭐야?" 창고 문 바닥을 살피던 수진이가 말했다.

손전등으로 비춰보니 호리병 모양의 유리병이었다. 수진이가 몸을 굽혀 유리병을 들었다. 그 순간 유리병 바닥에서부터 하얀색 연기가 위로 빠르게 소용돌이를 치더니 유리 전체를 감싸다 걷히며 뚜렷하고 강한 푸른빛이 수진이 손아귀 사이로 뿜어져 나왔다. 그 신비로운 현상을 보고 있던 4명의 아이들이 홀린 것처럼 가까이 다가갔다. 유리병 안으로 빨려 들어갈 것만 같았다. 갑자기 일어난 상황에 멀찍이 떨어져 있던 민기가 비명을 내질렀다. 그 소리에 아이들이 화들짝 놀라며 겨우 뒤로 물러섰지만 유리병을 높이 들고 있던 수진이의 눈동자 안에는 푸른색의 신비로운 빛이 비춰겼고 병의 뚜껑을 열기 직전이었다.

"안 돼! 정신 차려!"

민호가 큰소리로 외치며 빼앗은 물병이 전처럼 투명한 액체로 돌아갔다. 아이들은 어리벙벙한 표정으로 서로를 쳐다보았다.

"뭐, 뭐야? 너희들 방금… 두 눈으로 똑똑히 봤어. 너희 주위에 뭐, 뭔가 있었어. 분명해." 민기가 떨리는 목소리로 말했다.

"…내가 방금 뭘 하려고 한 거지?" 수진이가 자신의 손을 쳐다보며 말했다.

"수진이가 가졌을 때는 색이 변하더니 내가 뺏어가니까 원래 대…"

'툭.'

민호가 말하는 사이 무언가 떨어지는 소리가 들리자 아이들은 그대로 몸이 얼어붙었고 즉시 손전등을 꺼버렸다.

"뭐가 떨어진 거야?" 승호가 물었다.

"쉿. 조용히 해."

민호가 말하는 동시에 쿵 소리가 났다.

"여기야! 여기라고!"

수진이가 급하게 어딘가를 가리키며 소리쳤다. 민호가 재빨리 손전등을 비춰보니 단단한 창고 문이 누군가의 힘에 의해서 찌그러져 있었다. 그 순간 감겨 있던 체인마저 스르륵 풀어지자 아이들은 두 다리가 얼어붙어 쉽사리 움직일 수가 없었다. 그때 그 주변을 두리번거리던 승호가 계단 밑에 있던 공간을 서둘러 가리켰다.

"애들아 빨리 이 안으로 들어가!"

수진이가 먼저 안쪽으로 들어갔고 나머지 아이들도 신속하게 들어갔다. 다시 두리번거리던 승호는 벽에 있던 나무판자 하나를 민호와 함께 끌어서 그 공간을 가려보았다. 어느 정도 가릴 수 있을 만큼 크기가 안성맞춤이었다. 뒤늦게 승호와 민호가 들어가니 비좁은 공간에 5명이 끼여 있어서 숨이 막혔다. 제일 안쪽에 있던 수진이가 민기처럼 덜덜 떨고 있었다. 다른 아이들도 두렵기는 마찬가지였으며 다들 땀범벅이었다. 다시 쿵 소리가 들리자 민기는 이제 곧 문을 박차고 큼지막한 동물이 포효하며 나올 것이라고 확신했다. 나머지 아이들 모두 창고 안에서 분노한 범인 아니 창고 문을 두들기는 소리는 분명 사람이 아닌 몸집이 굉장히 큰 동물이라고 생각했다. 경찰들은 이곳을 확인했으면서도 숨기고 있는 걸까? 도대체 누가 학생들이 공부하는 학교에 동물을 키울 생각을 했는지 정말 놀라웠다. 평소에 학생들을 왜 이곳에 내려오지 못하도록 했는지 학교의 숨겨진 비밀을 반드시 폭로해야 했다.

그 안에서 잠자코 있는 동안 아무런 일도 일어나지 않자 민호가 앞에 가려진 나무판자를 조금씩 밀어냈다. 나무판자가 움직이며 생겨난 틈 사이로 조심스레 얼굴을 내다보며 손전등을 비춰 보았다. 성민이 옆에 있던 민기는 숨은 공간에서 울었던 건지 잠깐 사이에 얼굴이 부어 있었다. 밖을 확인한 민호가 얼굴을 다시 안으로 집어넣고 아이들에게 나가자고 말했다. 민호와 승호가 둘이 먼저 나가서 나무판자를 움직였다. 수진이는 안 나가겠다고 버티고 있던 민기를 뒤에서 밀어서 간신히 밖으로 내보냈다.

창고 문은 전보다 더욱 심하게 찌그러져 있는 상태였다. 감겨 있던 체인은 전부 다 떨어져 있었으나 자물쇠는 다행히도 채워져 있었다. 승호가 창고 문에 귀를 살며시 대 보았다. 얼마나 세게 쳤는지 창고 문이 살짝 들릴 정도였다. 민호는 창고 앞에서 열쇠를 꺼낸 채 만지작거리며 고민하고 있었다. 짤랑거리는 소리를 들은 민기가 민호의 손에서 열쇠를 뺏어 들었다. 민호 옆에는 무려 4명의 아이들이 있었다. 지금은 민기뿐만 아니라 전부 두려워하고 있었고 '저 안을 굳이 확인해야 하나' 싶은 표정이었다.

"이제… 그만 돌아가자. 이, 일단 이 정도면 충분해. 애들 표정 좀 봐. 집으로 가자. 위험해."

민기가 부탁하는 어조로 말했다.

"너 저 안에 무엇이 있을지 알 것 같아? 사람들한테 확실히 말할 수 있겠어?" 민호의 낯빛이 차가워졌다.

사실 민호 말대로 다음 날 학교에 가서 창고 안에 범인이 숨어있다고 당당히 말할 수 없었다. 창고 안을 확인하지도 못했고 허락 없이 건물 안으로 몰래 들어왔다. 그런 아이들의 말을 어른들이 과연 믿어 주기나 할까.

"그렇긴 하지만…. 이제 그만하자 민호야. 이러다가 진짜 우리가 죽을 수도 있어. 이제 모두 위험해진다고." 성민이가 동조하며 말했다.

"그럼 나 혼자 들어갈게. 여기까지 왔잖아. 이렇게 돌아간다면 우린 한 게 아무것도 없어."

"뭐? 한 게 뭐가 없어! 위험해질 기미가 보이면 그만하기로 약속했잖아!" 민기가 소리쳤다.

"그럼 돌아가. 난 혼자 들어가 볼게. 이런 기회는 다시 안 생길 것 같아."

자물쇠를 움켜쥐는 민호의 행동에 민기가 가까이 다가갔다.

"그게 무슨 소리야? 지금 이 창고 문 좀 봐. 맨손으로 들어가서 뭘 어쩌려고 그러는 거야? 안에 뭐가 있는 줄 알고 그러는 건데?"

당황한 나머지 아이들은 둘이 대화하는 것을 바라만 보고 있었다.

"지금 여기까지 왔는데 다시 돌아가겠다는 건… 난 반드시 밝혀낼 거야. 열쇠 줘. 먼저가라니까? 나 혼자 갈게."

민호가 민기의 손에 있던 열쇠를 도로 빼앗아갔다. 그러나 자물쇠 구멍에 맞는 열쇠를 제대로 맞추질 못해 계속 어긋났다. 하염없이 반복한 끝에 마지막 열쇠에서 승호가 민호의 떨리고 있는 손을 붙잡고 열쇠구멍에 맞춰 주었다. '탁' 소리와 함께 자물쇠가 풀렸고 민호가 찌그러진 철문을 열었다.

"위험하면 내가 곧바로 창고 문을 칠게. 그럼 밖으로 나가서 경비아저씨한테 알려 줘. 그럼 증거가 될 테니까. 혜성이한테는 늦게 와서 미안하다고 전해 주고."

문이 닫히자 조용해진 창고 문 앞에서 민기가 얼굴을 감싸며 쭈그려 앉고 나머지는 멍하니 닫힌 창고 문을 쳐다보았다. 잠깐 동안 불편하고 무거운 침묵이 흘렀다…. 그 짧은 순간 생각이 바뀌었을까? 승호가 철문 손잡이를 손으로 감싸 쥐었다. 마치 어떠한 도전에 앞서 용기를 내려는 사람처럼….

"죽을 각오하고 들어올 사람만 따라 들어와."

끼이익거리며 창고 문이 열리자 머뭇거리던 성민이가 승호를 따라서 들어갔다. 남아 있던 수진이 마저 들어가려고 하자 혼자 남겨지긴 싫었던 민기가 울먹이며 뒤따라 들어갔다.

Part 4

창고 안의
숨겨진 공간

창고 안은 작은 빛조차 들어오지 않는 곳이었으며 눈을 감고서 보이는 어둠보다 어두웠다. 다들 숨죽이며 한 걸음씩 앞으로 나아갔다. 손전등을 비춘 곳 이외에는 아무것도 보이지 않았고 5개의 빛만이 허공을 돌아다니고 있었다. 창고 문짝을 찌그러 놓은 거대한 동물은 어디로 숨었는지 작은 숨소리도 들리지 않았다. 아이들은 자칫 숨어 있던 짐승을 비추기라도 할까 봐 최대한 벽 쪽으로 붙어서 걸어갔는데 승호와 성민이는 등끼리 부딪히고 화들짝 놀라더니 서로의 얼굴을 비춰 보고는 안도의 한숨을 내쉬었다. 문 근처에서 한 발자국도 움직이지 않았던 민기는 어둠에 강한 동물을 하나씩 떠올리고 있었다. 유일하게 수진이만 중간을 천천히 가로질러 가다가 기다란 탁자를 발견했다. 탁자 가운데에 있던 향에서 피어오르는 연기에 기침이 나왔다. 그러자 주변에 있던 아이들이 이리저리 손전등을 비춰 보았다.

　"나야 괜찮아."

　아이들이 수진이 목소리를 듣고 안심한 사이에 창고 안을 울리는 쾅 소리가 들렸다. 큰 소리에 놀라 허공에는 손전등 불빛 4개가 빠르게 돌아다녔다.

　"나야. 문 좀 닫았어."

　승호가 머쓱한 듯 손을 뻗어 벽을 더듬거리다 '탁' 소리와 함께 창고 안의 불이 켜졌다. 소스라치게 놀란 민기는 놀란 가슴을 쓸어내렸고 나머지 아이들이 정말 잘했다며 승호를 칭찬해 주었다.

창고 안은 위험한 동물이 있을 거라고 생각했던 것과는 다르게 작은 벌레도 보이지 않았고 오히려 깨끗하게 정돈되어 있었다. 벽면마다 잡동사니들로 가득 메운 선반들이 있었으며 가운데는 기다란 탁자 위에 향이 피어오르고 여러 금색 잔 종류들이 놓여 있었다.

아이들은 본격적으로 샅샅이 훑어보기로 했다. 성민이와 수진이는 기다란 탁자 위에 있는 다양한 모양의 황금 잔들을 살폈다. 그중에서 3개의 잔에만 물이 담겨 있었다. 성민이가 가운데서 피어오르는 연기를 마시고 기침을 하다가 수진이의 팔목을 재빠르게 잡았다.

"만지지 마!"

"진짜 금인가? 이상한 문양도 있어 뭘까?"

"모르지. 아무튼 수상한 잔들이야. 향도 피우고 있고." 성민이가 손전등으로 관찰하며 말했다.

"분명 무슨 의식을 치르고 있거나 그랬을 테지?"

"그럴 수도 있고… 만지지 않는 게 좋을 거 같아."

한창 창고 문을 서성이던 승호는 의아해하고 있었다. 밖에 있었을 때에는 누군가 창고 안에서 나올 듯이 강한 압력으로 두들겨서 찌그러져 있었는데 안쪽에는 움푹 들어간 자국조차 없었다. 승호가 창고 문을 다시 열자 끼이익거리는 소리에 소스라치게 놀란 아이들이 문 쪽을 쳐다보았다.

"제발 말 좀 하라고! 애들아 잠깐 이리로 와 봐!"

오른쪽 선반 쪽에 있던 민기가 승호에게 짜증을 내며 아이들을 불러냈다. 선반 옆에는 대리석으로 된 사각 화분이 있었는데 빽빽이 자란 잎을 옆으로 젖혀보니 페인트가 칠해진 사이에 정묘하게 색이 다른 구간이 있었다.

"여긴 열쇠를 꽂는 자리 같은데?" 민기가 중간에 뚫린 작은 구멍을 보며 말했다.

"와 어떻게 찾은 거야 이럴 수가! 잘했어 민기야!"

민호가 해맑게 웃으며 아직도 문을 살피고 있던 승호를 불러서 화분을 한쪽으로 치웠다. 혼자 곰곰이 생각하던 민기는 이번엔 옆으로 치운 화분 안의 흙을 파대기 시작했다. 그러다 금방 얼굴에 화색이 돌면서 흙 안에서 새끼손가락만 한 열쇠를 꺼내들었다. 잔뜩 흥분한 민호는 척척 찾아내는 민기를 향해 거듭 칭찬해 주었다. 기다란 탁자 모서리까지 유심히 살펴보고 있었던 수진이도 호기심에 이끌려 아이들 쪽으로 가까이 다가갔다. 민기가 작은 열쇠를 꽂고 오른쪽으로 돌리려는 순간 걱정스러운 어조로 말했다.

"애들아… 아까 그 동물이 여기에 숨어 있을 수도 있잖아. 여기 안에는 뭐가 있을까? 음… 크기를 보니 아나콘다 같은 뱀 아냐?"

"아닐 수도 있어. 내가 좀 수상한 걸 발견했거든(승호는 한 걸음에 문 쪽으로 달려가서 말했다). 지금 여기 창고 문 안쪽 부분을 봐봐 움푹 파인 데가 하나도 없어. 그런데 바깥은 찌그러져 있는 상태야. 안에서 두들겼는데 바깥만 찌그러졌다고? 말이 안 된다는 거지. 그래도 이 정도의 문이라면 아까처럼 큰 동물은 아니겠지 뭐." 승호가 대수롭지 않다는 듯 말했다. 인정하는 듯 고개를 살짝 끄덕거린 민기가 열쇠를 돌리려다 그 동물이 자유자재로 몸이 늘어나고 줄어드는 동물일지도 모른다며 민호에게 황급히 열쇠를 건넸다. 승호는 예상한 듯 고개를 설레설레 저었다. 민호는 얼떨결에 열쇠를 받았지만 군말 없이 열쇠를 바로 오른쪽으로 돌렸다. 딸깍거리는 소리가 들리자 열쇠를 뽑아서 민기에게 건넨 뒤 문을 열고 그 안을 살펴보았다. 민기는 행여나 안에 있던 짐승이 민호의 얼굴을 잡아먹을지도 모른다는 생각에 눈을 질끈 감았다. 나머지 아이들도 그만큼 긴장한 채 문 안으로 머리를 넣은 민호의 뒷모습만 바라보고 있었다. 민호가 손전등을 꺼내서 자세히 살펴보니 안에는 커다란 원형의 배수관처럼 생겨서 네발로 기어갈 수 있는 높이였다. 민호가 고개를 들고 뒤를 돌아보니 아이들이 궁금한 표정으로 빤히 쳐다보았다. 민호는 몸을 일으켜서 무릎을 툭툭 털어 내었다.

"아무것도 안 보여. 내가 저기로 한번 가볼게. 오려는 애들은 손전등 켜서 따라와."

"뭐라고? 이제는 또 저 안을 기어가겠다고?"

"네가 찾아준 공간이잖아." 민호가 미소를 지으며 대답했다.

아이들은 민호의 말을 묵묵히 따르고 있었다. 민호 다음 승호가 들어갔고(이번에는 민기가 중간에 넣어달라고 했기에) 민기 다음으로 수진이와 성민이로 결정했다. 캄캄해서 앞이 보이질 않아 손전등으로 비추면서 기어 갔는데 마지막으로 들어온 성민이는 아무런 생각 없이 고개를 들었다가 앞에 기어가고 있던 수진이의 치마 속 살짝 보이려는 속옷에 손전등을 끄고 바로 고개를 숙였다. 얼굴이 붉어졌지만 아무도 성민이의 얼굴을 보지 못했다.

"은근 길다. 여기 언제 끝나는 거야?" 승호가 물었지만 돌아오는 대답은 없었고 한참 뒤에야 맨 앞에 있던 민호가 말했다.

"애들아! 바닥에 축축한 잎들이 깔려 있어! 손전등으로 바닥 잘 확인하고 기어와. 나 이제 나갈게."

그제야 긴장이 풀리며 서로 괜찮은지 물어보았으나 앞으로 나간 아이들 목소리가 들리지 않았다. 성민이는 고개를 숙이고 앞으로 기어가다가 민호의 손이 머리에 부딪혔다.

"손전등도 안 켜고 기어왔어 성민아? 얼른 나와서 여기 좀 봐봐."

민호가 고개만 끄덕거리는 성민이의 손을 잡고 일으켜 세웠다.

배수관을 통해 기어왔지만 그곳은 유리병을 발견하고 놀란 것보다 상상하지 못했던 공간이었다. 높은 하늘로 치솟은 우거진 나무들이 마치 식물들을 포함해 어딘가로 끝없이 이어졌고 전부 얽히고설킨 넝쿨로 뒤덮여 있었다. 무성한 나무로도 가려지지 않는 하늘에는 수많은 별이 박혀 있었고 질척한 땅 냄새가 진동하고 있었다. 아이들은 숲속의 어느 한 공간에 들어온 것처럼 믿기지 않는 듯 입을 벌리고서 둘러보았다. 주변에 있던 나무들은 이상한 기운이 느껴졌기에 멀리 가지는 못하고 각자 그 주변의 넝쿨식물들과 자신의 신체만 한 축축한 잎들이 진짜인지 아니면 장식품인지 툭툭 건드려 보고 있었다. 뒤늦게 확인한 아이들이 기어서 나온 문은 초록색 풀에 가려진 커다란 나무 밑동 부분이었다.

그때 수진이의 어깨 위로 빛을 내는 나비가 살포시 내려앉았다. 승호가 눈빛으로 알려주자 수진이는 자신의 어깨에 앉은 나비가 놀라서 날아갈까 봐 조심히 관찰하고 있었다. 그런데 민호가 갑자기 다급한 목소리로 말했다.

"큰일 났다! 우리 여기서 더 이상 둘러볼 시간이 없어. 경비원이 화가 머리끝까지 나 있을 거야!"

아이들도 이제야 생각났는지 큰일 났다고 안절부절못했다. 아까와 달리 민기는 자신이 찾아낸 공간에서 나가야 한다는 말에 아쉬워하는 기색이 보였다.

"도대체 이곳은 어디인 걸까? 누가 우리의 말을 듣고 있는 건가?"

그러나 더 늦어지기 전에 얼른 밖으로 나가기로 했다. 들어왔던 대로 민호가 풀을 젖히고 들어온 문으로 먼저 들어갔다. 민기가 밑동 속에 이어지는 공간이 신기했는지 풀 주변을 살펴보았다. 아이들이 한 명씩 몸을 일으키며 앞에서 잡아주는 민호의 손을 잡고 나왔고 마지막으로 성민이의 손을 잡아주던 민기가 성민이의 귀가 빨개졌다며 안에서 뭔가에 물린 것 같다고 말했다. 다들 성민이의 귀를 걱정했고 그 말에 성민이의 귀는 더 빨개졌다. 민기는 자신의 주머니 안에 넣어 두었던 열쇠를 꺼내 문을 도로 잠갔고 승호와 민호가 화분을 밀어서 원상태로 해 두었다. 그 다음 찌그러진 창고 문을 잠그고 다들 1층으로 올라가 복도를 지나쳐 정신없이 유리문을 열고 나왔다.

"도대체 뭘까? 저곳은?" 민기는 아직도 신비로운 공간에 머물고 있는 것처럼 여운이 남아 있었다.

"모르겠어. 어딘가 이상한 건 맞아." 성민이의 말에 다들 고개를 끄덕였다.

"일단 빨리 밖으로 나가자."

민호가 기침을 하면 그때 신속히 운동장 밖으로 나오라고 말했다. 아이들은 소리가 나지 않게 작은 울타리를 넘어 축축해진 잔디밭으로 넘어가 조심히 걸었다. 벚꽃나무 밑에서 잔디 냄새가 진동하자 민기가 코를 비벼댔다. 반대편 연못에서는 아이들의 행적을 알리려는지 잉어들이 힘차게 헤엄을 쳤다. 아이들은 걸리지 않고 민호가 무사하기만을 바랐으며 민기는 혹시 아침이 될 때까지 이곳에서 기다려야 하는 상황이 되진 않을까 걱정했다. 돌아온 기회는 다시 한 번뿐이었다.

민호는 운동장 밖으로 나오면서 무슨 말로 늦은 이유를 둘러대야 할지 도무지 생각이 나지 않았다. 호흡을 가다듬고 경비실 창문을 정확히 세 번 두들겼다. 창문이 열리자마자 경비아저씨가 민호를 노려보았다.

"책은 챙긴 게냐?"

"아? 아. 없더라고요. 집에 두고 왔었나 봐요. 제 친구는요? 먼저 올라갔나요?" 민호가 경비실 안을 두리번거렸다.

"아직 여기 누워 있다 들어와라. 두 번 다시 너희가 학교 안에 들어갈 일은 없을 거야 알겠어!?" 그는 한쪽 눈썹을 치켜들었다.

"네? 아! 죄송합니다!"

민호는 혜성이가 오랜 시간 동안 경비실에서 혼자 고생했다고 생각하니 미안하면서도 고마웠다. 경비원이 문을 열어 주기 위해 의자에서 일어나자 민호가 기침을 크게 두 번 하면서 경비실 손잡이를 꽉 붙잡았다. 그 소리를 듣고 아이들이 양손에 신발 한 짝씩을 들고 나와서 허겁지겁 뛰어올라갔다. 작은 모래들이 아이들의 양말에 다닥다닥 붙었고 하마터면 넘어질 뻔한 승호를 보고 민호가 눈을 질끈 감았다. 어느 정도 아이들이 올라간 것을 확인한 민호가 손잡이에서 힘을 빼자 벌컥 열린 문에서 경비원이 잔뜩 성질을 내며 손잡이를 살폈다.

"아니 왜 이렇게 문이 안 열려! 아 늦게 왔다고?"

"아…. 사실 반으로 가려다가… 혼자 가기 무서워서 다시 왔어요."

경비실 안으로 들어온 민호는 시간을 보고 입이 떨어지지 않았으나 빠르게 말을 이었다.

"그랬군…. 얼른 들어와라. 잠든 것 같은데 도통 흔들어도 꿈쩍도 안 해. 숨은 쉬고 있는데 말이지." 민호는 평소와 다른 어색한 웃음을 지었다.

실눈을 뜨고 있던 혜성이는 민호와 경비원을 흘끗 보더니 조심스레 눈을 뜨며 몸을 일으켰다. 그리고 경비아저씨를 불러서 물 한 잔을 부탁했다. 혜성이가 물 한 컵을 시원하게 마시면서 가끔씩 이런 증세가 나온다고 둘러대는 사이에 민호가 서랍 속에 열쇠를 넣었다. 대성공이었다.

*

경비실에서 나온 민호와 혜성이가 천천히 아이들 앞으로 걸어왔다. 다들 가로등 밑으로 보이는 민호의 표정이 심각해서 그의 얼굴만 바라보았으나 혜성이는 오로지 이 순간을 기다렸다는 듯이 아이들에게 떠들었다.

"애들아 너희가 나의 연기를 보았다면 난 아마 배우로 타고난 운명이라고 말했을 거야."

"오래 있었지? 고생했어. 넌 정말 대단한 아이야." 수진이가 말했다.

"응? 어 그래, 그렇게 오래까지는 아니긴 했는데."

혜성이가 말하고 있는 사이 민호가 입술에 검지를 대었다. 핸드폰 시간을 확인한 승호의 눈이 2배나 커졌고 옆에 있던 성민이도 흘끗 보고선 둘은 고개를 끄덕거렸다. 혼자 풀 속을 멍하니 바라보고 있던 민기는 여전히 자신이 찾은 공간에 대해 곰곰이 생각하고 있었다.

정자에 도착할 때까지 혜성이는 자신의 연기력에 대해 수없이 떠들었으며 긴박한 상황에 대해 자신이 어떻게 행동했는지에 대해 말했다. 승호는 언덕을 오르고 내려가는 내내 눈살을 찌푸리고 있었다. 혜성이는 실컷 떠들고 난 뒤 이 정도면 됐다 싶었는지 정자 앞에서 핸드폰 시간을 보며 말했다.

"에? 어떻게 된 거야? 너희 들어갔다 온 지 10분도 안 됐네? 땀은 왜 이렇게 많이 흘린 거야?"

그 말에 수진이와 민기의 두 눈이 휘둥그레졌다.

"진짜 아무것도 없더라고 알아낸 것이 아무것도 없어…. 창고 안은 말 그대로 철통 보안이었어…." 민호가 말했다.

"엥? 정말이야? 뭐야… 진짜 목숨 걸고 열쇠를 가져온 거랑 나의 연기력이 아무런 소용이 없게 됐네….” 혜성이가 실망한 표정을 지으며 민호를 쳐다보았다.

"아냐 그래도 진짜 고마워. 너 덕분에 우리가 확인이라도 해 봤잖아. 다음에 다시 모이자. 고생했어! 우리는 야자실에 가방 두고 와서 올라가야 해."

혜성이는 여전히 아쉬운 듯 다시 한 번 자신의 연기력을 뽐내었다. 승호를 뺀 나머지 아이들이 혜성이의 연기력이 대단하다며 장단을 맞춰주자 만족한 듯 손을 흔들며 언덕으로 올라갔다. 혜성이가 언덕배기 아래로 사라질 때쯤 승호가 주머니 안에서 핸드폰을 꺼내며 말했다.

"아까 시간이… 이럴 수가 뭐야?"

"말도 안 돼. 세상에!"

다들 믿기지 않다며 소리쳤다. 분명 1시간이 훌쩍 넘었다고 예상했으나 고작 10분이 지나 있었다.

"내가 경비실에 도착했을 때 혜성이가 누운 지 얼마 안 된 것처럼 보였어. 오히려 왜 벌써 왔는지 실눈을 뜨고 날 쳐다봤어. 우리가 학교에 있었던 시간이 거의 1시간이나 흘렀다는 것을 전혀 모르는 표정이었어(민호는 경비원이 혜성이에게 몸을 돌린 사이에 걸리지 않도록 서랍에 열쇠를 놓느라 애를 먹었다고 덧붙였다). 시간이 멈췄던 게 분명해. 그런데 어디서부터 멈췄을까. 그 범위를 알지 못하겠어. 오늘 우리가 건물 안에서 본 것에 대해서 사실대로 말한다면 어른들은 우리한테 하나같이 미쳤다고 하겠지. 이것도 그렇고."(민호는 주머니 안의 투명한 유리병을 꺼내었다).

"세상에! 가져왔구나!?" 수진이가 소리쳤다.

"그게 도대체 뭘까? 슈퍼에서 한 번도 저런 음료수는 못 봤던 거 같은데. 만약 팔았다면 불티나게 팔렸을 거야." 승호가 말했다.

"그래 그 말에는 공감해. 아까 너희를 본 내가 느끼는 바야." 민기가 말했다. 민호가 물병을 다시 한 번 수진이에게 건네주었지만 전과 같은 현상이 나오지 않아 아이들은 의아해했다.

"정말 수상해. 하지만 우리는 하루 만에 이걸 확보하고 왔어. 어른들도 찾아내지 못한 것을 말이지! 수진아 네가 보관하면서 관찰해 보고 내일 점심시간에 말해줘. 그냥 갖고만 있어. 절대로 그걸 마시거나 몸에 붓는 행동은 하지 말고."

"응, 나도 같은 생각이야. 먹었으면 벌써 먹었을 테고 몸에 뿌리려고 했으면 벌써 뿌렸을 거야. 첫째 언니가 여자는 향수나 반짝이는 걸 보면 그것을 가지려는 힘이 몇 배나 강해진다고 했거든." 수진이가 유리병을 바라보며 말했다.

손전등에 비춰진 유리호리병 안에는 아무것도 비춰지지 않았고 야자실 건물에서 몇몇 아이들이 나오는 것을 보고 잽싸게 뒤로 감추었다. 민기는 먼저 야자실 건물 좀 들어가 보겠다고 말하며 긴장이 풀리니 화장실이 급하다고 했다. 아이들의 대화는 민기가 야자실 건물 안으로 들어가도 끊이지 않았다. 이어서 민호가 말했다.

"확실한 건 야자실 건물이 아닌 우리가 있는 학교 건물이 위험하다는 거야. 여학생들이 빛도 안 들어오는 어두운 학교 건물을 혼자 들어갔다는 것도 의문이긴 하지. 일단 자세한 건 내일 얘기하고 혜성이한테 오늘 본 것들은 비밀로 하자. 우리를 도와주었지만 걔는 우리 학교 정보통이야. 정보통인 만큼 입이 가볍다는 거지."

"뭐… 가벼운 것은 이미 알고 있었어. 우리가 오늘 학교 안을 둘러본 것도 조만간 여기저기 소문이 날 거 같단 말이지. 그리고 얘기했다간 며칠 안으로 우리가 힘들게 구한 이 물병을 보기 위해 전교생이 몰려들겠지. 정말 끔찍할 거야." 승호가 고개를 끄덕거리며 말했다. 아이들은 바람에 휘날리는 목련나무를 지나쳐 야자실 건물에서 짐을 챙기고 나왔다.

"헐 애들아 큰일 났어! 창고 문 찌그러져 있잖아." 정자에 앉아있던 민기가 자리에서 벌떡 일어났다.

"아!(정자 기둥에 기대있던 승호가 눈을 동그랗게 떴다) 그러네. 그리고 체인도 풀어져 있어!"

"오 이럴 수가…. 제일 중요한 건 생각지도 못했다." 성민이가 허탈해하며 말했다.

"아니야. 그것 말고도 수상한 게 한두 가지가 아니야. 우리가 있는 동안 시간도 멈춰 있었어. 일단 혜성이한테는 말하지 말자." 민호의 말에 아이들은 고개를 끄덕거렸다.

교문에서 아이들과 헤어진 후 수진이와 성민이는 신호등을 기다리고 있었다.

"다음에는 체육복 바지로 입고 와." 성민이가 말했다.

"왜? 진짜 그곳은 실제로 존재하는 곳이겠지? 내 어깨에 앉은 나비도 말이야. 넌 빛이 나는 나비를 본 적 있어?"

"물론 없지. 그래도 마냥 신기해하기만 해서는 안 돼. 위험할지도 모르잖아. 넌 가방에 있는 물병이나 조심해."

성민이는 수진이가 2층으로 올라간 것을 확인하고 집으로 들어왔다. 포근한 집 냄새에 목에 잔뜩 엉켜 있던 긴장이 조금 풀어졌다. 부엌에서는 엄마가 과일을 씻고 있었고 아빠는 식탁에 앉아 신문을 보고 있었다. 아들이 1시간도 안 되어서 돌아온 것을 확인한 그녀가 그럴 줄 알았다는 표정으로 말했다.

"너…."

"아 그냥 방에서 공부하려고!"

문을 쾅 닫고 성민이가 화장실로 들어가자 그녀는 입술이 씰룩거리며 화가 나는 듯 보였지만 이내 텔레비전에 시선을 돌리더니 깔깔거렸다.

'10분 동안 그렇게나 많은 일이 있었다니.'

성민이는 물을 틀어 놓고 화장실 거울을 멍하니 바라보고 있었다. 그러나 머릿속으로 떠오른 것은 다름 아닌 수진이의 속옷이었다. 곧바로 얼굴을 씻어냈다. 허둥지둥 화장실을 나와서 아무도 없는 거실을 지나쳐 방문을 열다가 화들짝 놀라며 문턱에 발가락을 찧었다. 침대에 앉아 성민이를 보고 있던 엄마의 한 손에는 손전등을 또 다른 한 손에는 종이가 들려 있었다. 바닥에는 텅 빈 가방이 입을 크게 벌리고 있었다.

"뭐야. 공부하고 온 거 맞아? 책가방에 책은 하나도 없고 이 손전등은 또 뭐야?" 그녀가 손전등을 켜고 앞뒤로 종이를 비추면서 말했다.

"아, 아무것도 아니야! 그거… 과학숙제 때문에 그런… 거였다고 빨리 나가. 시험공부 해야 해." 성민이는 통증이 느껴지는 발을 잡고 말했다.

"시험기간인데 숙제 내주는 선생이 어디 있어!" 그녀가 소리를 버럭 질렀다.

"아 우리 학교는 있어! 있다고!"

성민이는 잔소리하는 엄마를 강제로 일으켜서 문밖으로 내보내려고 했다. 그녀가 발바닥에 힘을 주었지만 힘없이 끌려갔다.

"너 수상한 행동했다가는 엄마가 가만 안 둬 진짜!"

방문은 간신히 닫았지만 밖에서 그녀가 문에 대고 소리쳤다. 성민이는 귀를 틀어막고 침대에 누워서 학교에서 있었던 일들을 하나씩 되새겼다. 캄캄한 복도를 지나쳐 창고 문 앞에서 발견한 신기한 물병과 심하게 찌그러진 창고 문, 설명하기 힘든 공간들. 그러다 또다시 수진이의 속옷이 떠올랐다. 침대 위 천장이 보였고 때마침 핸드폰 진동이 울렸다.

"성민아" 수화기 넘어 수진이 목소리가 떨리고 있었다.

"왜? 무슨 일 있어?" 성민이의 심장이 쿵쿵 뛰었다.

"유리병 바닥부터 뭔가 소용돌이가 쳤는데 푸른색 빛이 번쩍하더니 다시 원상태로 돌아갔어."

"뭐? 내가 잠깐 올라가서 가져갈까? 일단 책상 서랍에 넣어놔. 잘못하다 자칫 너의 삼촌이나 둘째 누나가 손댈 수도 있으니까 조심하고." 성민이는 침대에서 벌떡 일어나 방을 돌아다니며 앞에 수진이가 있는 것처럼 말했다.

"내일 학교 같이 가자. 8시까지 집 앞에서 봐."

"모르겠다. 일단 알겠어." 수진이가 힘없이 대답했다.

*

- 6월 14일 토요일 -

다음 날 성민이는 문 앞에서 기다리고 있던 수진이와 함께 등교했다. 수진이는 어젯밤에 잠을 살 못 잤는지 한쪽 눈에는 짙은 쌍꺼풀이 생겨 있었다.

"사실… 새벽에 잠깐 눈을 떴는데 글쎄. 내가 물병을 쥐고 있었어. 그래서 잠을 못 잤어." 수진이가 자신의 손을 쳐다보았다.

"뭐라고? 진심이야?!"

성민이는 신호등을 멍하니 쳐다보고 있다가 너무 놀란 나머지 목소리를 크게 냈다. 주변에서 신호등을 보고 있던 학생들이 움찔거리며 쳐다보았고 옆에서 눈이 반쯤 풀려 있던 여학생은 악하고 소리를 질렀다.

"야! 조용히 해! 다 쳐다보잖아!(목소리를 줄이고 다시 말을 이었다) 나도 놀라서 벽에 던질 뻔했어. 삼촌한테 말할까 했는데 그러면 모든 게 들통 날 테고 무능력하고 죄 없는 사람들만 당할 거란 생각에 말이야. 그래서 말 안 했지. 난 내 방에 누워서 아직 살아있었으니까. 아침에 일어나서 스스로가 얼마나 대견스럽던지. 어른이 된 기분인 거 있지? 어른이 되면 책임감이 생긴다잖아. 이런 느낌일까 생각했지." 수진이는 한쪽에 생겨난 쌍꺼풀진 눈으로 해맑게 웃었다.

"아주 잘했어. 이제 나한테 줘." 성민이가 유리병을 다시 받아냈다.

신호등 건너 편 매점 앞에서는 몇몇 아이들이 파란색 손바닥 사탕과 콜라 맛 사탕을 사 들고 나와 맛있게 먹고 있었다. 수진이와 성민이는 어젯밤 학교에서 있었던 일에 대해 주변 아이들이 눈치 채지 못하도록 속닥거리며 지나갔다.

교실에 도착하니 반 아이들이 종이컵에 물을 따라서 화분에 물을 주고 있었다. 뒷문에서 물을 따르고 있던 민호가 해맑은 목소리로 말했다.

"성민아! 화분에 새싹 자라났어!"

화분에는 흙 속을 비집고 나온 작은 새싹이 돋아나 있었다. 귀엽기도 했고 어떠한 꽃을 피우게 될지 궁금했다. 가까이에 있는 승호와 민기의 화분에도 작은 새싹이 자라났고 민호는 아직 그대로였기에 아이들과 똑같았다. 민기는 흙이 중간에 썩어서 늦게 필 줄 알았는데 빠르게 자라났다며 좋아했고 줄곧 화분에 관심이 없었던 승호도 자신의 화분에 작은 새싹이 자라났다는 말을 듣고 신기한 듯이 화분을 뚫어지게 쳐다보았다. 왜 갑자기 자랐는지는 모르겠지만 아이들은 마치 꽃이라도 피운 것처럼 기뻐했다.

그러다 성민이가 아침에 수진이와 얘기했던 내용을 말해 주었다. 아이들은 화분 때문에 번진 미소가 싹 사라졌다. 민호는 그 말에 사실이냐며 거듭 반복하며 물어보았고 민기는 새싹이 자라난 자신의 화분을 쳐다보았다. 마음을 안정시키는 그림을 보는 것처럼 화분을 통해 놀란 마음을 다스리고 있었다. 승호는 화분에 시선을 고정한 채로 애매모호한 표정을 짓는 민기를 보고 크게 웃음을 터뜨렸다. 달리 심각해진 민호는 몸을 앞으로 끌어당기며 말했다.

"성민아 그 물병 조금 있다가 나한테 줘. 내가 보관하고 있을게."

"그런데 애들아… 아침에 등교할 때 여자애들이 나한테 쪼르르 달려와서 멋있다고 했어." 갑자기 승호가 불쑥 끼어들어 말했다.

"어? 나돈데." 듣고 있던 민호가 맞장구쳤다.

"뭐야? 너도 그랬어? 얼마나 당황했는데. 덕분에 깨달은 것도 있어. 여자애들이 한꺼번에 우르르 오니까 진짜 무서웠어. 근데 왜 그러는… 아 최혜성 개자식 내가 그 자식을 가만두지 않을 거야(승호는 주먹을 불끈 쥐며 말했다). 아무튼 걘 처음부터 마음에 안 들었어. 지금 우리가 조심해야 하는 건. 범인이 나타나기 전까지는 그 자식의 나불대는 주둥아리야." 승호가 씩씩거렸다. 민기도 이때만큼은 손을 잡고 편이 되었는지 어깨를 들썩이며 1반 쪽을 향해 말했다.

"대단하다. 언제 얘기한 거지? 이중 스파이 녀석."

민기의 말이 끝남과 동시에 뒷문에서 승원이가 들어왔다. 승원이는 자리에 앉자마자 바로 고개를 숙였다. 입학한 지 3개월이 지났음에도 여전히 알 수 없는 아이였다. 매번 독특한 행동을 보이는 승원이에 대해서 아이들이 지어낸 갖가지 소문이 돌았는데 온통 엉뚱하고 확실치 않은 소문들이었다. 누구 말로는 학교생활 부적응자로 이곳으로 왔거나 아니면 부모님이 알 수 없는 조직에 관련된 사람일지도 모른다 했고 게이일지도 모른다는 소문과 함께 주술을 한다고 했다. 반면 여학생들 사이에서는 전교생 중에서 제일 잘생긴 얼굴로 각인되었는지 쉬는 시간마다 반을 기웃거리던 여자아이들은 승원이가 오기 전에 책상 위에 우유나 빵과 과자를 잔뜩 올려놓고 돌아갔다. 무엇보다 늦게 오는 승원이를 대신해서 화분에 물도 주었다. 이렇게 화분을 직접 기르지 않았음에도 불구하고 승원이의 화분에는 꽃이 피어났다. 1학년 반을 통틀어 가장 빨리 자란 것이다. 처음에는 4반 아이가 먼저 자랐다고 생각했지만 2반 담임이 발견하지 못한 승원이의 화분은 어느새 꽃을 피운 상태였다. 승원이의 꽃봉오리는 푸른색이었으나 물감을 튀긴 듯 군데군데 검은색으로 얼룩져 있었다. 아이들은 심오한 승원이의 꽃을 보고선 화분의 새싹은 자라서 주인의 성격과 닮은 꽃을 피우게 된다고 짐작했다. 검게 얼룩진 파란색 장미 꽃을 피운 승원이는 새로운 화분을 다시 키우고 있었고 다른 반 여자아이들이 지금까지도 번갈아가며 물을 주었다.

조례시간이 되자마자 복도에는 평소보다 큰 담임의 구두 소리가 울리고 있었다. 그 소리에 반 아이들이 긴장했고 2반 담임은 들어오자마자 좌불안석인 민기 옆으로 가까이 다가갔다. 그녀는 민기의 어깨 위에 손을 살포시 올리곤 안경을 힘껏 끌어올리며 말했다.

"다들 시험공부는 열심히 하고 있지? 주말인데 일찍 끝났다고 바로 놀러 가는 정신 나간 아이들은 없겠지? 민기야!(오히려 성민이가 흠칫 놀랐다) 이번에도 중간고사 때의 실력을 보여주도록 하렴. 공부 못하는 친구들을 대신해서 말이다."

민기는 바람 빠진 풍선처럼 기어가는 목소리로 "네"라고 대답했다. 성민이도 함께 안도의 한숨을 쉬었다. 승호는 그런 민기의 모습이 재밌었는지 웃음을 꾹 참았다. 3분단에 있던 아이들은 그녀가 발꿈치 쪽에 휴지를 끼워 넣은 것을 보고 낄낄대고 있었다. 다행히도 그녀의 구두 소리가 컸던 이유는 새로 산 구두 때문이었다.

담임이 나가고 나서 아이들은 찌그러진 창고 문을 언급하지 않은 것에 대해서 확실히 수상하다고 생각했다. 성민이가 유리병을 꺼내 민호에게 주려는 순간 혜성이가 앞문을 열고 개구리처럼 폴짝 뛰어 들어왔다. 깜짝 놀란 민호가 유리병을 떨어트렸다. 다행히 가방 속으로 들어가면서 깨지진 않았기에 슬쩍 본 성민이가 한숨을 내쉬었다.

"성민아 아침부터 웬 한숨이야. 애들아 내가 또 알게 된 사실이 있다."

"뭔데?" 승호는 혜성이를 한 대라도 치고 싶은 표정이었다.

"우리 학교 목련나무 알지? 마을의 수호신이었잖아."

"그게 뭐? 다들 아는 사실이잖아." 민기가 싸늘해진 말투로 대꾸하자 혜성이가 주변을 살폈다.

"여기까지는 중요한 건 아니야 가장 중요한 게 무엇이냐면! 너희 목련나무의 개화시기를 알고 있어? 우리 학교는 벚꽃나무도 있지만 그건 이미 초록색으로 자연의 섭리에 맞게 바뀌었으니까. 그런데 목련나무도 벚꽃처럼 3~4월이야. 둘이 비슷하대. 아는 여자애가 말해 줬어. 걔 누나가 3학년인데 목련 잎이 재작년부터 안 저물고 있대. 그러니까 내 말은 자연의 섭리를 무시하고 무려 2년 넘게 필 수가 있냐는 거야."

혜성이는 말이 끝난 후 갑자기 자리에서 벌떡 일어나더니 뒷문으로 들어온 승원이한테 걸어갔다. 고개를 든 승원이가 아이들을 흘끗 쳐다보았다.

*

 학교가 끝나고 혜성이를 제외한 5명이 잔디밭으로 모였다. 승호는 작은 눈으로 모랫길 위를 걷는 아이들의 복장상태를 점검하고 있었고 잔디를 한 움큼 뽑아서 휘젓고 있었다. 창고 문에 대해서 언급하지 않았다는 얘기를 듣고 수진이는 소름이 끼친다고 몸서리를 쳤다.
 "얘들아 이상하지 않아? 정말 너희 담임이 아무 말도 안 했단 말이야? 창고가 그렇게 찌그러졌는데도? 어휴 승호야! 잠깐만이라도 가만히 좀 있어."
 수진이가 잔디를 고르게 펴며 말을 이었다.
 "그리고 보니 목련나무도 건물에 들어갈 때처럼 시간이 멈춘 듯이 그대로네. 목련나무랑 무슨 관계가 있는 걸까?" 수진이의 말이 끝나자 승호가 작은 눈을 부릅뜨더니 구름다리 쪽을 향해 소리치며 달려갔다.
 "야! 잠깐만 야! 너 이리로 와봐!"
 깜짝 놀란 아이들이 승호가 뛰어가는 곳을 덩달아 쳐다보았다. 1학년 남학생들이 구름다리 쪽으로 과자 한 봉지를 들고 가자 주변에 다른 선도부가 없는 것을 보고 직접 달려가 주의를 주었다. 수진이가 다시 말을 이었다.
 "우리가 어제 본 그 창고 안…. 그런 공간을 지어서 숨기고 있는 이유가 뭘까? 숲속이 어디로 이어지는 거지? 그 공간 안에 갇혀 있는 거 아니야!?"
 수진이의 말에 민호가 자신의 주머니를 탁탁 두들기며 말했다.
 "음… 그럴 수도 있고 제일 이상한 게 이 물병이야. 도대체 이건 뭘까? 호리병 모양에 유리로 만들어졌고…. 지금까지 알게 된 것들에 어떤 유사관계가 있는 거지? 우리가 유일하게 증거물로 확보할 수 있었던 건 이거야. 수진이가 잡으니까 더욱이 이상해지기도 했지. 민기 말로는 우리가…."
 "그래! 너희 그때 미친 건 줄 알았어!" 가만히 있던 민기가 소리쳤고 승호가 울타리를 넘어 자리로 돌아왔다.

"그렇다면…. 그 물병 말이야. 우리 중 누군가 마셔봐야 하는 거 아닐까? 그래야 하나가 해결되는 거 아니겠어? 수상한 것 중에서 하나라도 줄어드는 셈이잖아?"

수진이의 말에 민기가 기겁했고 성민이가 경고했다.

"눈에 보이는 증거물이 더욱 무서운 법이야. 더 조심해야 한다고 이대로 추리만 하다가 시간만…."

"그래 맞아. 이대로 추리만 하다가는 시간만 흘러가는 법이지(민기가 민호의 말에 성민이를 노려보았다). 그 작은 문을 분명 가려둔 이유가 있을 거야. 민기가 또 잘 찾기도 했어. 그런데 너희 다시 학교 안으로 갈 생각은 있는 거야? 앞으로는 다를 거야. 이제는 한 단계 앞으로 나아간 거라고."

수진이가 부채질하던 손동작을 멈추고 살짝 들뜬 목소리로 말했다.

"응, 좋아! 난 해 볼게. 뭔가를 해야지 사건의 진도가 조금씩 나가는 거잖아? 창고 안에 들어간 이후로부터 이 사건을 뭔가 파헤쳐 보고 싶어." 수진이가 민호를 향해 미소를 시었다.

"그리고 보니 그땐 나도 내가 왜 그랬는지… 이해가 안 가긴 해." 민호가 인정하며 대답했다.

"그렇지만 네가 나서지 않았다면 우린 되돌아갔을 거야. 우리가 창고 문 앞까지만 가 놓고 두려워서 되돌아갔다면 다시 일어나는 사건에 대해서 이렇게 또 앉아만 있었겠지. 그 안에 있던 문은 민기가 못 찾았다면 그곳을 상상하지도 못했을 거고 승호가 창고 안의 찌그러지지 않은 문을 못 봤다면 여전히 그 안에 있는 거대한 동물이 범인이라고 생각했을 거야. 나는 창고 안의 기다란 탁자 위에 여러 종류의 황금 잔들을 놓여 있던 것도 이상했어. 마치 제사를 드리는 것처럼 말이야! 그 속에 물을 왜 채워 놨는지도 궁금해. 우리가 이 모든 것을 보게 된 시점에서 도중에 그만둔다는 건 겁쟁이로 남게 되는 거야. 그래서 내 결론은! 우리가 증거물로 확보한 물병부터 확인하자는 거지. 나랑 함께 마셔 볼 사람 없어?" 수진이의 말에 아이들은 전날 자신이 한 일에 대해 회상하며 뿌듯해져 있었다.

"음 내가…."

"그래 나랑 먹어 보자. 그럼 괜찮겠어?"

성민이가 말하려는 찰나에 민호가 먼저 대답했다. 선뜻 나서는 민호를 보고 승호가 기겁하며 말했다.

"야! 너랑 수진이가 없으면 남은 애들은 이렇게 겁쟁이들뿐이라고."

"참나. 스스로 겁쟁이라고 말하네." 콧방귀를 끼며 민기가 바로 반박했다.

듣고 있던 승호는 수진이가 고르게 핀 한 움큼 정도의 잔디를 민기에게 휙 던졌다. 그러나 잠깐 불어온 바람을 타고 수진이 얼굴을 향해 가고 말았다. 깜짝 놀란 승호의 작은 눈이 2배로 커졌다. 눈을 질끈 감은 수진이가 입술에 붙은 잔디를 푸푸거리며 팔에 떨어진 잔디를 툭툭 털어내었다.

"아냐 됐어. 생각해 보니까 나도 겁쟁이니 안 먹을게. 차라리 용감한 너희 둘이 먹을래. 그럼? 이번 기회에 둘이 좀 친해지게?"

수진이가 어금니를 꽉 깨물고 민기와 승호를 노려보았다. 민호가 중재하기 위해 박수를 치며 말했다.

"좋아! 우리 해 보자! 지금이라도 빠지고 싶은 사람은 얘기해. 대신 빠지게 되면 우리가 했던 일들을 다른 사람에게 절대로 누설하지 않기로 약속하자. 그리고 월요일에 다시 야자실 앞에서 모이는 거야. 어젯밤과 같은 시간에 말이지. 열쇠는 필요 없어. 일단 창고 앞에서 물병을 확인하러 가는 거야."

"시험공부는 아예 안 할 생각인 거야?" 민기가 주변을 살피며 물었다.

"주말이 있잖아. 싫은 사람 있어?"

민기는 이번 기말고사 시험은 망했다며 작게 중얼거렸다. 민호는 아이들이 전부 자신의 말에 동의했다고 생각하며 만족한 듯 고개를 끄덕거렸다. 창고 안은 열쇠를 열고 들어갈 수 있었기 때문에 여학생들이 창고 앞에 있는 물병을 발견했을 가능성이 컸다. 우선 유리병 안의 액체를 알아보고 하나하나 천천히 나가기로 결정했다.

"난 말이야. 왠지 사라진 여학생들이 살아있을 수도 있다는 생각이 사뭇 들기도 해." 수진이의 말에 다들 고개를 끄덕거렸다.

*

- 6월 16일 월요일 -

저녁부터 소나기가 온다는 기상예보를 듣고 다음 날로 미뤄야 하진 않을까 염려했지만 날씨 상태를 보고 결정하기로 했다. 민기는 성민이 옆에서 창문을 보며 좋지 않은 날씨에 좋아했고 반면 민호는 날씨가 아주 좋다며 만족해했다. 민호가 말하는 안 좋은 날씨의 기준은 하늘에서 우박이 내리거나 천둥이 치게 될 경우를 뜻했다.

점심시간이 되자 민호는 아이들을 향해 미소를 지으며 말했다.

"애들아 하늘 좀 봐봐. 학교 오기 딱 좋은 날씨야." 그 말에 황당한 표정을 지은 민기가 하늘을 푹 찌를 것처럼 가리켰다.

"대체 무슨 소리야? 살짝 건들기만 해도 쏟아져 내릴 거 같은데?"

종례 시간에 담임이 주말 동안 공부하지 않을 멍청이는 없을 거라며 말하자 뜨끔했던 민기가 고개를 내리 숙였다. 하교 길에 성민이와 수진이는

7시 30분까지 집 앞에서 보기로 약속했다. 집에 도착해서 소파에 앉아 텔레비전을 보고 있던 성민이는 뒤에서 들려오는 인기척에 뒤를 돌아보았다.

"오빠 어제 공부하러 간다 하고 친구들이랑 놀았지? 표정 보니까… 헐 사고 쳤구나!?" 성원이가 헤어핀으로 앞머리를 옆으로 고정한 뒤 수상쩍은 표정을 짓고 있었다.

"놀라는 것 보니 딱 맞네. 내가 원래 추리를 잘하거든."

때마침 텔레비전에서 흘러나온 긴급 속보라는 말에 성민이가 소리를 키웠다. 성원이도 성민이 옆에 앉았다.

"그제 밤 10시 김그린 건축가가 갑자기 나타난 몸의 이상으로 쓰러져 신속히 보람병원으로 이송되었습니다. 김그린 건축가는 작은 지역에 학생들이 공부하기 좋은 학교를 만들어 대입률을 상당히 증가시켰으며 많은 사람들이 옮겨가는 사태로 그의 인기를 더욱 실감할 수가 있었습니다. 이후 건축뿐만 아니라 꾸준한 기부와 선한 행실로 수많은 학생들의 우상이자 멘토가 된 그는 이제 많은 사랑을 받고 있는 건축가이자 그리고 사업가입니다. 하지만 오랜 시간 그는 자신이 가진 고질병에 대해서 가까운 지인들한테까지 숨겨 왔다고 합니다. 동료 건축가들의 말에 의하면 그의 모습은 날이 갈수록 핼쑥해지고 항상 의욕이 없는 사람처럼 보였으나 건축 회의를 시작할 때마다 눈빛이 달라지고 열띤 모습을 보였으며 학생들을 사랑하는 마음은 누구와 견줄 수 없을 정도로 대단했다고 합니다.

누구보다 학생들을 진심으로 사랑했던 김그린 건축가는 미리 예상했던 자신의 상황을 침착하게 받아들이며 검사를 위해 병실에 누워 잠시 안정을 취하고 있는 상황입니다.

지금 저희 취재진들이 있는 보람병원으로 연결해 보겠습니다."

화면이 바뀌었고 모자이크로 얼굴을 가린 김그린 건축가가 화면에 나왔다.

"아이들을 위한 학교를 만들려면 빨리 일어나야죠. 많은 걱정을 끼쳐 죄송할 뿐입니다. 수많은 학생들을 위해서 다시 곧 일어설 테니 걱정하지 마세요."

예전 인터뷰와 다른 목소리였다. 소문이었던 목소리 대역을 쓴다는 말이 일리가 있다고 생각했다. 성민이는 텔레비전에 시선을 고정한 채로 작은 테이블 위에 올려 있는 딸기 잼이 발라진 토스트를 한입 베어 물었다.

"아 그거 내 건데!" 성원이가 냅다 소리치자 현관문이 벌컥 열렸다.

"어? 성민이 있었구나."

성민이가 고개를 숙여 인사했다. 엄마와 과일가게 단골 할머니였다. 성원이는 인사하며 방으로 들어갔고 거실에 성민이 옆으로 온 할머니가 뉴스를 보더니 소리를 더 키웠다.

"끝내… 쓰러졌구먼 저 사람. 많은 사람들이 좋아한다 하지만 나만큼 그를 비난하는 사람들도 분명 있을 거라고 생각하고 있지."

"네…." 말끝을 흐린 성민이는 텔레비전에 시선을 고정한 할머니를 바라보았다. 깊게 파인 주름과 서글서글한 눈매로 상당히 슬퍼 보였다. 펑퍼짐한 반팔 티로 갈아입은 성민이 엄마는 부엌에서 냉장고 문을 열고 과일을 하나씩 정리하고 있었다.

"요즘 공부하러 학교에 간다매?" 할머니가 말했다.

"아… 어제부터요…."

"성민아 너도 조심해라. 너희 학교는…."

"할머니! 과일, 복숭아 어때요?" 할머니가 고개를 휙 돌리자 냉장고 안에 고개를 숙인 엄마가 할머니와 성민이를 향해 복숭아를 머리 위로 들고 있었다. 고개만 끄덕거린 할머니가 다시 성민이를 보며 말했다.

"너희 학교는 안심해서는 안 돼. 나는 내 손녀딸이 언젠가 꼭 다시 돌아올 거라고 믿는다. 너도 그렇지?"

고개를 살짝 끄덕거리다가 시계를 본 성민이가 자리에서 벌떡 일어났다. 성민이 엄마는 현관문으로 달려간 성민이의 손에 아무것도 없는 것을 보며 의심스러운 눈초리로 물었다.

"어디 가? 공부하러 가는 거 같지는 않고?"

"아냐 책, 책은 어제 사물함에 넣어놨어."

신발을 다급하게 신고 있는 성민이의 뒷모습을 바라보고 있던 할머니가 말했다.

"오늘 저녁에 잠깐 소나기가 내린다는데 우산 챙겨 가라. 성민아 조심하고."

"아… 괜찮아요. 집 올 때는 안 올 거예요. 비 오면 빨리 뛰어오면 돼요!"

밖으로 나오자마자 씩씩거리고 있던 수진이가 손에 들고 있는 빨간색 3단 우산을 길게 펴서 성민이를 찌를 것처럼 가리켰다.

"야! 거의 20분이나 기다렸잖아!" 수진이의 입술이 학교에서 봤을 때와 다르게 조금 부르터 있었다. 성민이는 한 발자국 가까이 다가가 입술을 가리켰다.

"너 입술이 왜 그래?"

"아… 삼촌한테 공부하러 나간다 했는데 양심에 찔려서 입술을 있는 힘껏 깨물었더니 이렇게 됐어." 수진이가 우산을 바닥에 쿡쿡 찌르며 대답했다.

"참 독특하네. 아니 왜 깨물어?"

"내 마음이야! 너는 공부한다는 애가 가방도 없냐? 늦게 나와 놓고 우산도 안 챙기고 나왔네?"

"누가 할 소리!"

수진이와 성민이가 동시에 웃음을 터뜨렸다. 하늘에서 회색빛 먹구름이 아이들을 지나서 학교 쪽으로 서서히 향하고 있었다.

"이따가 제발 비가 안 와야 할 텐데…."

"그러게…. 운동장이랑 학교 건물이 더 어두울 거야."

야자실 건물 앞에 도착하자 연락하는 대로 정자 밑에서 보기로 했다. 수진이가 야자실 건물로 들어가니 다들 가방에 짐을 싸고 있었고 야자실 문 옆에 이름과 시간을 체크하고 있었다.

성민이는 남학생 야자실 건물 2층으로 올라갔다. 늦게 오니 신발 켤레 수가 확 줄었다. 시험기간이지만 비가 온다는 소식에 남학생들도 별로 없었다. 야자실 창문 밖으로 비가 한두 방울 떨어지며 창문을 톡톡 두들겼다. 날씨가 이런데도 공부하려는 학생들이다 보니 엎드려 자는 학생들보다 눈을 부릅뜨고 공부하는 학생들이 더 많이 보였다. 민호는 책상에 무언가 적고 있다가 성민이의 발걸음 소리에 고개를 들었다.

"왜 이렇게 늦었어. 오늘은 학교에 들어갈 때 시간 체크할 거야." 민호의 목소리보다 공부하던 아이들의 책장을 넘기는 소리가 더 크게 들렸다. 한 명씩 야자실 문을 열고 나왔고 신발을 신고 있던 민기가 초조해하며 말했다.

"애… 애들아 배가 더 아픈 거 같아. 이런 날씨에 저 깜깜한 학교 건물에 들어가자고?"

민기의 말을 들은 승호는 미간의 주름이 깊게 팰 정도로 찡그렸다. 야자실 건물 밖으로 나오면서 성민이는 수진이에게 연락했다. 떨어지는 비를 피해 정자로 모이자 민기가 더욱 불안해하며 말했다.

"아니 안 그래도 무서운데 비까지 오면 더 위험하지 않을까? 우리 내일 다시 올까? 민호야 지금 이 날씨는 우리가 아닌 범인한테 딱 좋은 날씨야."

승호도 민기의 말을 부정하지 않고 잠자코 정자 기둥에 기대있었다. 얼마 안 있어서 조금 더 굵어진 빗소리가 들려왔고 수진이는 손바닥을 펼쳐서 떨어지는 비를 모으고 있다가 정자 지붕 위로 튕겨 내리는 비를 보며 입을 열었다.

"민기야."

나지막이 기둥 끝에 바짝 붙어 앉은 민기를 불렀지만 조용해진 탓에 모두 수진이를 쳐다보았다.

"지금 가장 두려워할 사람은 바로 나야. 물병은 나한테서 반응했으니까. 그래도 난 여기까지 온 이상 두려워하면 안 된다는 것을 느꼈어. 든든한 너희들이 있었기 때문에 용기가 생겼거든. 그런데 지금 널 봐. 중요하게 생각하는 시험공부도 안 하고 왔잖아. 친구들 때문에 억지로 끌려나온 게 아니야. 스스로 용기가 생겼기 때문이야."

민기는 잠시 생각하더니 수진이를 보면서 고개를 끄덕거렸다. 교문 쪽으로 내려가는 동안 가로등 불이 하나씩 켜지면서 아이들이 쓴 우산을 비춰주었다. 저벅저벅 걸어가는 발소리는 빗소리와 함께 섞였다. 담벼락 안의 학교 건물은 이틀 전보다 어두웠고 옆의 길로 축축해진 풀들 사이에서 귀뚜라미 소리가 들렸다. 갑자기 쏟아 내리는 비 때문에 수진이가 우산을 접고 성민이 우산 속으로 들어가자 성민이가 움찔거렸다.

"풀 속에서 뭔가 튀어나올 것 같아."

아이들은 경비실 쪽으로 내려가기 전 중간치에 멈춰서 우산을 3개만 쓰고 가까이 모였다. 우산 속으로 들어온 빗방울이 수진이의 뺨을 타고 흘러내렸다. 수진이가 짜증을 내며 뺨에 묻은 물을 닦아냈다.

"야! 우산 좀 잘 들어 봐. 얼굴에 다 맞고 있잖아. 이것 봐 어깨가 다 젖었다고(성민이가 기어들어가는 목소리로 "미안"이라고 말했다). 어제는 민호랑 혜성이가 갔으니까 민호가 또 가면 아마 경비 아저씨가 널 의심할 거야. 이번에는 나랑 승호가 가도록 하자."

다들 빗소리에 집중했는지 그저 멍한 상태였다. 수진이가 소리쳤다.

"얘들아? 너희 정신 좀 차려!"

수진이 말대로 한 명도 빠짐없이 다른 생각에 빠져 있는 얼빠진 아이들 같았고 그중에서도 민호의 눈빛만 살아있었다. 약간 머쓱해하던 승호는 도리어 큰 목소리로 대답했다.

"무슨 소리야! 넌 절대 못 들어가. 백퍼센트라고." 같이 우산을 쓰고 있던 민기가 깜짝 놀라며 주변을 확인했다.

"조용히 말해. 아주 잘 들리니까. 그래서 네가 있잖아. 아니면 한 명 더 끼고 들여보내 달라고 부탁하자."

"과연 허락해 줄까…? 그것도 비가 오는 날씨인데?" 민기가 교문 쪽을 쳐다보며 말했다.

"한번 해 보는 거지. 나도 안 될 거 같긴 한데 이대로 돌아가긴 좀 그렇고 해 보지 않고서는 또 모르는 거잖아?"

힘차게 내리는 빗소리에 다들 눈을 위로 치켜뜨며 불안한 표정으로 어느새 경비실 가까이 내려왔다. 민기가 조금이라도 비가 그칠 때 가 보자고 했지만 민호는 이럴수록 운동장 진입은 한결 쉬워질 수도 있다고 말했다. 수진이가 승호의 우산 속으로 들어가 팔목을 잡고 앞으로 걸어갔다. 민기와 민호는 조금 큰 성민이의 장우산 속으로 들어왔고(남자 셋이 우산 하나를 쓰려고 하니 굉장히 작았다) 민기와 민호의 한쪽 어깨가 젖어 들었다. 앞서가고 있던 수진이가 긴장한 탓에 몸이 뻣뻣해진 승호에게 말했다.

"승호야 긴장 좀 풀어. 기회는 한 번뿐이야."

"긴장 안 했는데? 난 하나도 무섭지 않아." 승호가 약간 떨리는 목소리로 말했다.

민호와 민기 그리고 성민이는 경비실에 조금 가까워지자 풀 속으로 들어갔다. 추적거리던 비가 땅에 스며든 뒤라 많이 질퍽했다. 최대한 수풀 쪽으로 걷고 경비실 지붕 아래에서 벽에 찰싹 기대어 우산을 접었다. 앞에 있는 풀들 위에 뒷산과 연결된 돌 벽 위에는 우거진 수풀들이 비를 맞고 있었다.

아이들을 확인한 수진이가 경비실 창문을 두들겼다. 빗소리 때문인지 아무런 반응이 없어 다시 두 번 두들겼다. 창문이 스르륵 열렸고 경비원이 고개를 숙이고 있었다. 한쪽으로 넘겼던 머리는 비가 와서 이마 쪽으로 살짝 흘러내렸다.

"왜?" 걸걸한 그의 목소리는 내리는 빗소리와 잘 어울렸다.

"저 아저씨 제가 공부할 과목을 두고 와서요…."

"…여학생 목소리인데?(그는 보고 있던 신문을 반으로 접고 안경을 내려놓고 고개를 들었다) 넌 아직도 집에 안 갔어? 지금 시간이 몇 시인데 혼자 가겠다고? 우리 학교 학생 맞는 게야? 여학생은 안 돼. 절대 안 돼. 이 비 좀 봐라. 내가 보내줄 거라고 생각하는 거야? 요즘 애들은 왜 이리 무서운지를 모르는 거지? 학교 안은 어둡기 때문에 굉장히 위험해." 속사포로 말하는 그의 왼쪽 입술이 연신 씰룩거렸다.

"아니요. 아, 알죠. 그래서 제 친구한테 부탁했더니 같이 가주겠대요. 얘도 공부할 책을 두고 왔거든요."

"어떤 또 정신 나간 놈이 저 안을 같이 가주겠대?!"

수진이는 팔목을 힘껏 끌어당겨 시야에서 가려진 승호를 내세웠다. 비에 젖은 승호가 어깨 쪽을 탈탈 털며 쫙 찢어진 눈으로 자신을 쳐다보는 경비아저씨를 보더니 버벅대며 말했다.

"아… 네, 네! 수진이가 도, 도저히 혼자 못가겠다고 해서요 걱, 걱정 마세요." 승호는 왠지 그가 벌떡 일어나기라도 할까 봐 긴장되었다. 경비원은 신문을 한쪽으로 치우며 말했다.

"어디서 굴러온 2명인 거야? 넌 괜찮아도 너 옆에 있는 여자아이가 사라지면 내가 일자리를 잃을 수도 있어! 오늘은 비까지 와서 나도 꺼림칙하구만 니들은 안 무섭다는 거야? 안 그래도 어제 2명을 들여 보내 준 것을 알고 교장 선생님이 앞으로 그 시간대에 학생들을 다시는 보내지 말라 했어. 그러니 절대 안 돼."

승호를 보면서 온갖 인상을 찌푸리더니 구시렁거리며 고개를 숙였다. 이마의 주름은 더욱 깊어졌고 광대는 뼈가 보일 것처럼 2개의 계란이 도드라졌다. 그러자 수진이가 애걸하는 목소리로 말했다.

"책만 금방 가지고 올 거예요…. 한 번만요."

벽에 기댄 3명의 아이들도 범인은 새로 오신 교장 선생님일지도 모른다는 짐작을 했다. 그녀가 알고 들여보내지 못하게 하고 있는 걸까. 수진이와 승호는 이후로 10분도 넘게 경비아저씨와 실랑이를 벌였다. 경비아저씨는 목이 쉴 만큼 소리를 지르다 폭발할 지경까지 왔는지 자리에서 벌떡 일어나더니 문 쪽으로 걸어갔다. 당황한 수진이와 승호가 뒷걸음질 치자 문이 벌컥 열렸다. 문을 여는 소리에 지붕 아래 벽에 기대고 있었던 3명의 아이들은 크게 움찔거리며 벽에 바짝 붙었다. 경비 아저씨는 민기처럼 작은 키는 아니었지만 서 있는 것조차 힘들어 보일 정도로 빼빼 마른 몸이었다.

"너희는 내 말을 귓등으로 듣는 거냐 아니면 내 말을 지금 무시하고 있는 거냐! 안 된다니까! 너희 대체 뭐야! 이렇게 비가 쏟아지는데 학교에 가겠다는 게 뭐야! 당장 집으로 돌아가!"

호통을 치던 그의 눈알이 밖으로 튀어나올 것만 같았다. 문 바로 옆에 숨어있던 민기가 고개를 살짝 내밀어 보았다가 경비원의 뒷머리가 바로 앞에 있는 것을 보고 악 소리를 질렀다. 그때 성민이가 민기를 재빨리 끌어당겨 입을 틀어막았다. 다행히도 굵은 빗소리에 묻혀서 걸리지 않았다. 경비원은 눈앞에 승호와 수진이를 무섭게 번갈아 본 다음 운동장 입구 쪽을 가리키며 말했다.

"지금 학교를 봐. 작은 불빛조차 안 들어오고 있어. 그런데도 들어가겠다는 거냐? 여기 학생들이 어제부터 집단으로 미쳐 돈 게야? 머리 아파 죽겠네."

운동장 쪽으로 뻗은 오른팔이 흠뻑 젖었다. 수진이가 다시 용기를 내서 책만 가져오겠다고 말하자 그는 고개를 설레설레 저으며 문을 열고 다시 안으로 들어갔다. 수진이와 승호가 도망가려던 찰나 창문 밖으로 노트를 내밀었다. 한숨을 작게 내쉰 수진이가 이름을 차례대로 적으며 말했다.

"아저씨 저 달력이 조금 삐뚤어졌어요."

"그래 대단한 고집쟁이들이구나. 일단 들어가 봐라. 지금 들어가서 뭔 책을 가져오겠다고 이리 실랑이를 벌였는지 모르겠다만…."

경비원이 빨간 동그라미로 빽빽이 표시된 달력 쪽으로 걸어가자 승호가 잠시 민기의 어깨를 툭툭 건드려 들어가라는 신호를 보냈다. 앞에 풀만 보고 있던 민기는 자신의 어깨를 친 승호가 경비원인 줄 알고 비명을 지를 뻔했다. 간신히 성민이가 민기의 입을 틀어막았다. 내리는 빗소리 때문에 아슬아슬한 순간들이 전부 지나가자 성민이는 민호 말대로 최적의 날씨라고 느껴졌다. 승호가 시야를 더 가릴 때쯤 아이들은 재빨리 들어가서 벚꽃나무 밑으로 피했다. 나뭇잎 사이사이로 떨어지는 빗방울이 교복에 스며들었다. 그런데 그 순간 달력을 고치고 있던 경비아저씨가 몸을 휙 돌리더니 승호를 보며 말했다.

"거 잠깐만 비켜 봐."

Part 5

파란색 외눈동자

혹시라도 봤을까 승호는 식은땀이 났고 수진이는 다리가 저려왔다. 승호가 천천히 옆으로 비키자 그는 창문 밖으로 얼굴을 쑥 내밀어 왼쪽 눈을 가느다랗게 뜨고 운동장 입구를 쳐다보았다. 그는 이 아이들이 수상하다고 생각했다.

"어제부터 학생들이 왜 자꾸 왔다 가는지 모르겠지만 다들 무사히 돌아왔으니 다행이지. 너희도 30분 이내로 다시 와라 알겠냐? 그 이상은 나도 학교로 들어가마."

수진이와 승호는 "감사합니다."라고 연달아 말하며 운동장 안으로 들어갔다. 거센 빗방울이 바닥을 두들겼고 비에 젖은 잔디 냄새와 쾌쾌한 나무 기둥 냄새가 났다. 중앙 현관문 앞에서 민기가 손을 흔들었고 성민이는 머리카락을 탈탈 털어 내고 있었다.

"하마터면 걸릴 뻔했어." 승호가 놀란 가슴을 쓸어내리며 말했다.

"들어가자 8시 30분이야." 민호가 말했다.

첫 번째 유리문과 두 번째 유리문 사이에 5명이 서 있었다. 마지막으로 들어온 승호가 유리문을 닫자 밖에서 내리는 빗소리가 커졌다 작아지기를 반복했다. 아이들은 젖은 손전등의 앞부분을 옷 끄트머리 부분으로 닦아내었다.

"애들아 또 신호가 왔어." 민기의 말에 승호가 째려보았다.

"제발 그러지 좀 마. 오늘은 참아. 어제보다 많이 늦어져서 안 돼. 하마터면 학교 건물 안에도 못 들어올 뻔했어. 이미 범인은 우리가 왔다는 걸 어제부터 알았을 거야. 건물 내 어딘가에 숨어서 지켜보고 있을지도 모른다고!"

"어제보다는 위험하겠지?" 민기가 입술을 씰룩거렸다.

"아직은 모르겠지만 우리는 5명이니 할 수 있어. 겁먹지 마!"

"그…래. 고마워. 너 말 들으니 배가 조금 진정이 된다."

"너 배가 진정되라고 한 말은 아니야. 마음이 진정되라고 한 말이지."

승호의 말에 아이들이 피식거렸다. 저번과 달리 비가 와서 더욱 으쓱하게 느껴졌다. 정신을 차리고 손전등으로 이곳저곳을 비춰보며 걸었다. 거대한 사진 속에서 김그린 건축가가 뚫어지게 쳐다보고 있었으나 마음을 단단히 먹은 아이들은 무서운 곳에 눈길을 주거나 손전등으로 비추지 않고 피해 걸었다. 민기가 자꾸만 깜빡거리는 손전등을 툭툭 쳤고 옆에 다가온 승호가 예상했다는 듯 고개를 저었다. 전신 거울 앞에 아이들이 나란히 서자 민호가 속삭였다.

"오늘은 조금 더 빠르게 행동하자. 한 명이라도 무슨 일이 생길 경우에는 중단하고 다 같이 밖으로 나갈 거야."

거울 속을 보고 있던 4명의 아이들이 고개를 끄덕거렸다. 창문 밖으로 보이는 벚꽃나무 잎사귀가 흔들리고 있었고 갑작스레 천둥이 치는 소리에 다들 멈칫했다. 아이들은 들리지도 않을 만큼 작은 소리에도 몸이 절로 움찔거렸다. 이동하던 중간에는 맨 뒤에 있던 민기가 갑자기 성민이의 손을 뒤에서 확 잡아당기더니 다급한 말투로 말했다.

"나 정말 가고 싶지 않은데 진짜 화장실이 급해."

성민이가 그건 안 된다며 고개를 저으려고 하자 민기가 어느새 손을 놓고 자리를 이탈해 여자 화장실 문을 열고 들어갔다. 성민이는 민기의 손전등 불빛이 깜빡거리기도 하고 많이 흐려진 것을 보았다. 앞서가던 아이들이 화장실 문을 여는 소리에 화들짝 놀라 몸을 돌렸다. 승호가 한숨을 내뱉었고 다들 멈춰 서서 민기를 기다렸다. 기다리던 사이 천둥이 치자 승호가 키득거렸다. 화장실 안에 있던 민기의 깜빡거리던 손전등이 꺼지고 말았다. 문을 열고 나온 민기는 자신을 비추던 아이들의 손전등 불빛에 민망해했다.

"저 안이 더 무서워…."

마침내 도착한 3학년 1반 뒷문에서 민호가 나무 난간 아래를 확인 한 후에 앞을 가리키자 다들 반동처럼 튀어나와 1반 뒷문 모퉁이를 돌아서 내려갔다(민기가 아이들을 가로질러 제일 먼저 내려갔다). 성민이가 뒤늦게 내려오자 4명의 아이들이 창고 문 앞에 멍하니 서 있었다.

"왜 그래?" 성민이가 말했다.

"어떻게…. 말도 안 돼."

손전등으로 비추고 있던 창고 문은 찌그러진 흔적 하나도 없이 멀쩡했다. 작은 흠집조차 보이지 않았으며 찌그러지기 전처럼 그대로였다. 다들 믿기지 않다는 듯 문 위에 손을 올려보거나 손전등을 비춰 보고 있었다. 민호가 이럴 시간이 없다는 것을 느꼈는지 주머니 안을 뒤적거렸다.

"찾았다!"

민호가 유리병을 수진이에게 건네주었다. 물병은 수진이의 손끝에 닿자마자 아래에서부터 소용돌이를 치더니 영롱하게 푸른색을 띠기 시작했다. 시간차로 번뜩이며 주위가 뚜렷하게 보일 만큼 빛이 났는데 아주 밝아졌을 때에는 모여 있는 5명 아이들 얼굴이 전부 보였다. 아이들은 또다시 그 빛에 현혹되었다. 그때 민기가 모여든 아이들 사이로 손을 불쑥 내밀며 말했다.

"애들아… 여기 또 있는데?"

민기의 손에 똑같은 유리호리병이 있었다. 다들 어디서 찾았냐며 주변을 살폈지만 그것 말고는 없었다. 2개의 물병은 민기의 손과 수진이의 손에 하나씩 있었다.

"애들아…지금 8시 30분이야. 시간이 멈춰있어….". 핸드폰 시간을 확인한 승호가 말했다.

"더 이상 지체하면 안 되겠어." 수진이가 물병의 뚜껑을 열자 흰 연기가 나오더니 이내 주변으로 흩어지면서 달콤한 냄새가 났다. 수진이가 쿵쿵거리며 조금 떨어져 있던 민호에게 건네주었다. 아이들도 가까이 다가가 냄새를 맡아 보았다. 조금이라도 느껴지는 거부감은 전혀 없이 마음이 차분해지면서 계속 맡고 싶은 은은한 향기였다.

"우리… 꼭 마셔야겠지? 마셔도 안전할까?" 민기가 걱정스레 물었다.

민호는 고개를 한번 끄덕거린 후 고개를 젖혀 반 정도를 마셨다. 꿀꺽거리며 목 뒤로 넘어가는 소리에 긴장된 민기가 민호 발밑에 손전등을 비춰주고 있었다. 다들 긴장된 표정으로 민호를 뚫어지게 쳐다보며 보이는 변화를 관찰했다.

"어때 민호야? 이상한 반응 같은 게 온다 하면 바로 얘기하고."

계단 쪽에 있던 승호가 말했다.

"음…(민호가 입맛을 다셨다). 달콤한 음료 먹는 거 같아. 물에 사탕을 녹인 맛처럼? 괜찮아. 오 진짜 맛 괜찮은데? 아직까지는 아무렇지도 않아. 독약 같은 건 아닌 거 같아."

이번에는 성민이가 손전등으로 민호에게 유리병을 건네받은 수진이의 상체 쪽에 비춰주었다. 수진이는 의심이 가는지 남아있는 액체를 한번 들여다보더니 고개를 뒤로 젖혀 마셨다. 그 순간 어디선가 '탁' 소리가 들렸다. 아이들 모두 근처에 유리병이 또 떨어졌을 것이라는 생각에 두리번거렸다. 알고 보니 소리의 원인은 다름 아닌 민기였다. 다들 한숨을 돌렸지만 승호가 버럭 화를 냈다.

"야 미쳤어? 깜짝 놀랐잖아!"

"아 미안해 애들아… 미끄러졌나 봐. 떨어뜨렸어. 이거 아예 손전등이 안 켜지네." 민기가 몸을 굽혀 손전등을 주워서 툭툭 쳤다.

"기다려 봐 내 걸로 줄게." 계단 쪽에 있던 승호가 손전등을 건네주었다. 하지만 민기가 다시 불안한 목소리로 말했다.

"애, 애들아. 애들아…. 어, 어디 갔지?"

"손전등은 네가 방금 주머니 속에 넣었잖아." 승호가 밀려오는 짜증을 가까스로 참아내며 말했다. 성민이와 수진이도 바닥을 손전등으로 비춰 보고 있었다.

"아니…. 분, 분명 방금 전까지 있었잖아." 승호는 창문을 때리는 굵은 빗소리보다 목소리를 작게 내는 민기가 답답했다.

"무슨 소리 하는 거야. 혼자 웅얼거리지 말고!"

"민호가 없어졌어!"

소리친 민기의 목소리가 1층 복도에 울려 퍼졌다. 정적이 흘렀고 아이들 모두 민기를 쳐다보았다. 승호가 위로 급히 뛰어올라갔으나 돔 창문 쪽의 내리는 비만 세차게 내렸다. 민기는 울먹거리며 아이들에게 누군가 자신의 손을 툭 쳤다고 횡설수설했다. 정말 민호가 사라졌다. 아이들은 불안해하면서 봤던 곳이라도 재차 확인했다. 정신없는 틈에 수진이가 들고 있던 우산을 떨어트렸다.

"민호가 사라졌어…. 나도 그렇게 사라지겠지?"

　손전등 불빛에 수진이의 모습이 고스란히 보여졌다. 두려움에 떨며 얼굴을 감쌌고 몸이 점점 흐릿해지고 있었다. 손을 뻗어 성민이의 코에 가까이 닿으려 할 때쯤 비명 소리와 함께 사라져버렸다.

　손전등에는 아무것도 비춰지질 않았고 조용한 정적이 감돌았다. 아이들은 믿을 수 없는 상황에 아무 말도 하지 못했다. 2명의 아이들이 사라진 것에 대해 미처 실감하기도 전이었다. 쿵 소리가 나면서 땅에서 진동이 느껴졌다. 아이들이 비명을 질렀고 성민이가 바로 창고 문을 비춰보니 굳게 닫혀 있는 창고 문이 찌그러졌다. 2명의 아이들이 사라진 상황을 믿고 싶지 않았으나 잠깐 동안 생각할 여유조차 없는 상황이었다.

　성민이는 서둘러 수진이 자리에 덩그러니 남아있는 우산을 숨었던 공간에 던져놓고 정신을 못 차리는 민기와 승호를 밀어 넣었다. 그리고 벽에 있는 커다란 나무판자를 질질 끌어서 공간을 막고 안으로 들어갔다. 무슨 일이 생기면 밖으로 나가자는 계획은 이미 어긋난 상태였다. 나무판자로 가린 공간은 저번보다 넓어졌지만 갑갑하고 더 좁게 느껴졌다. 민기는 몸을 사시나무 떨듯 했고 항상 옷매무새가 단정했던 승호는 식은땀이 흘러서 머리카락이 제멋대로 엉켜 있었다. 그때 아이들 머리 위로 누군가 내려오는지 삐그덕 소리가 들렸다. 흐느끼고 있던 민기가 멈추었고 3명의 아이들이 천천히 고개를 들었다.

*

　잠잠해졌을 때 성민이가 틈 사이를 보며 조금씩 나무판자를 밀어냈다. 공간 밖으로 나오니 배 크기만 한 커다란 자물쇠가 땅에 떨어져 있었다.

조금 열려 있는 창고 문 사이에서 불빛처럼 보이는 파란색 점 하나가 보였다. 뒤에서 나무판자 밖으로 승호와 민기가 모습을 나타내자 파란색 점이 사라졌다. 우르르 쾅쾅 소리와 번쩍거리며 천둥이 쳤고 아이들은 참았던 비명을 내질렀다. 찌그러진 창고 문이 살짝 열린 것을 보고 겁에 질린 민기가 성민이와 승호의 옷자락을 뒤로 확 잡아당겼다. 너무 세게 잡아당긴 탓에 성민이가 민기 위로 넘어지면서 쓰고 있던 안경이 바닥으로 툭 떨어졌다. 민기가 안경을 줍고 자리에서 벌떡 일어나 제일 먼저 계단 위로 뛰어 올라갔다. 3명의 아이들은 범인이 뒤따라 올 거라는 상상을 하며 중앙 현관문을 향해 미친 듯이 달렸다.

 유리문을 힘껏 열고 시계탑까지 달려가 벤치 위에 앉았다. 연못 속에서는 거세게 내리는 비로 인해서 잉어들이 연못 아래 깊숙이 숨어 있었고 잔디들도 굵은 비를 피하기 위해 몸을 움츠렸다. 아이들의 우산 위로 좀처럼 잦아들지 않은 비가 사정없이 때리고 있었다. 민기는 안경다리 한쪽을 잡고 소리 내어 울고 있었고 모랫길 위에 만들어진 물웅덩이만을 보고 있던 승호는 조용히 눈물을 훔쳤다.

 작은 울타리를 넘어 입구 쪽에 도착하니 벚꽃 나무 밑에는 초록 잎들이 땅에 많이 떨어져 있었다. 승호는 마음을 최대한 진정시킨 후 운동장 입구를 나왔다. 승호가 경비실 창문에 가까이 다가가 우산으로 가렸다. 그 사이에 입을 틀어막은 민기와 성민이가 빠져나와서 야자실 건물 쪽으로 걸어 올라갔다. 야자실로 올라가는 탁탁거리는 소리에 창문을 연 경비원은 앞에 누군가 왔다는 인기척을 느끼고 신문을 한 장 넘기며 말했다.

 "것 봐라. 얼마 안 있다가 다시 나올 줄 알았다. 같이 갔던 너 옆에 여자애 어디 갔어. 너는 오든 말든 궁금하지 않아. 여기 수진이라는 애 말이다."

경비아저씨는 노트에 적힌 수진이 이름을 손가락으로 가리켰다.

"수진이는 먼저 올라갔어요. 야자실로요." 승호는 말끝을 흐리며 우산 밑으로 물에 젖은 손을 바지에 대충 닦아냈다.

"다행이네. 조금 더 늦었으면 내가 학교로 들어가서 너희를 찾았을 게야."

"몇 시예요 지금?"

"8시 45분"

실랑이를 벌인 탓에 시간이 조금 지체되었는데도 학교 건물 안에 있었던 시간은 포함되지 않았다. 승호는 경비원이 고개를 완전히 들기 전에 언덕을 올라갔다. 야자실에는 먼저 도착한 민기와 성민이가 2층으로 올라가는 계단에 앉아있었다. 승호가 문을 열고 들어왔음에도 아이들은 멍하니 다른 곳을 바라보고 있을 뿐이었다.

위층에서 공부하다가 내려오던 남학생들이 계단에 나란히 앉은 3명을 보고 흠칫거리며 멀찍이 떨어져 내려갔다. 간혹 '깜짝이야'라며 소리 내서 놀라는 아이들도 있었다.

"내일 다시 모이자. 아니 모여야만 해." 긴 침묵을 깨고 성민이가 말했다.

"진심이야? 제정신인 거지? 지금 애들이 사라졌는데 내일 또 이곳에 모이자고?" 민기가 고개를 들고 말했다.

"응. 구하러 가야지. 그럼 넌 수진이랑 민호가 사라지는 걸 두 눈으로 봤는데 가만히 앉아 있을 생각이야?"

"아니야. 그게 아니야. 가장 중요한 건 민호가 사라졌어. 우리도 물병을 마시게 되면 사라질 수도 있다는 거야. 매년 여자아이들이 사라졌다는 건 범인이 그렇게 유도하고 있었다는 거지. 그런데 범인이 누군지도 못 본 상황에 다시 이곳으로 오자는 거야? 아무런 대책도 없이? 무작정 오자고?

한 명씩 사라지게? 지금 우리가 범인을 직접 보고 상대는 했다고 생각해? 눈앞에서 민호랑 수진이가 사라졌어. 사라진 아이들을 어떻게 구할 생각인데 도대체." 민기는 모든 게 끝났다는 생각에 절망했다.

"나도 네 말이 무슨 뜻인지 알아. 하지만 내일 우리가 가지 않는다면 하루 만에 수진이랑 민호가…."

"조금만 조용히 말해. 방금 지나간 애가 쳐다봤어." 승호가 말하자 민기가 목소리를 조금 낮추며 말을 이었다.

"생각해 봐. 물병 하나 마셨다고 민호랑 수진이가 5분도 안 되어서 사라졌어. 뭐 어떻게 할 생각인 건데? 난 애초부터 이 방법은 아니라고 생각했어."

민기의 목소리는 작았지만 힘이 들어가 있었다. 혼자 조용히 듣고 있던 승호가 눈을 부릅뜨더니 자리에서 일어나 소리쳤다.

"잠깐만! 경비실 노트에 내 이름이랑 수진이 이름이 적혀 있잖아! 난 경비아저씨한테 수진이가 야자실 건물로 올라갔다고 말했고. 거기다가 민호까지 행방불명되어 버렸어."

승호의 말을 듣던 아이들은 심각한 문제가 생겼다는 것을 깨달았다. 그간 잠잠했던 학교가 떠들썩해질 테고 수진이와 함께 학교 건물 안으로 들어간 승호를 의심할 것이다. 불현듯 스치는 생각들로 승호가 머리를 감싸며 말을 이었다.

"오, 안 돼 그럴 수 없어…. 그건 말도 안 되는 거잖아. 난 분명 범인으로 지목당할 거야. 모두가 나를 의심할 거라고. 이건 말도 안 돼."

승호의 말에 민기가 안경다리를 잡고 자리에서 일어났다.

"그건 아니야. 설마 그러겠어? 우리가 그런 짓을 벌일 리가 없잖아. 내일 아침 우리가 할 일은 혜성이를 입막음시켜 두는 거야. 일단 침착해."

"지금 침착하게 생겼어? 내가 범인으로 오해받게 생겼는데?" 승호가 갑자기 민기의 멱살을 부여잡았다. 그러자 민기가 잡고 있던 안경이 계단 밑으로 떨어졌다.

"뭐야 지금 무슨 짓이야 이거 놔!"

민기의 눈앞에는 승호의 얼굴이 뿌옇게 보였다. 옆으로 지나가는 학생들이 흠칫거리며 지나치자 성민이가 빠르게 계단 위로 올라와 승호를 말렸다.

"지금 뭐 하고 있는 거야! 정신 차려. 이건 누구의 탓도 아니야! 여기 있다가는 혜성이가 없어도 의심당하겠어."

승호가 민기의 옷자락을 놓았고 민기는 구겨진 교복을 정리하며 떨어진 안경을 주워 들다가 안경알이 깨진 것을 알고선 발로 힘껏 짓눌렀다.

*

어느덧 시간은 10시 가까이 되었다. 다행히 비는 그쳤으나 땅은 축축했고 야자실에는 아무도 남지 않았다. 아이들은 무거운 발걸음을 이끌고 교문을 나오면서 내일 다시 의논하기로 했다. 민기는 안경이 없어서 잘 안 보였기 때문에 어쩔 수 없이 버스가 올 때까지 승호가 잠시 기다려 주기로 했다. 건물 밖으로 나와서 신호등을 기다리고 있던 성민이는 몸이 으슬으슬했다. 단발머리 미용실 앞에는 싸인 볼이 깜빡거렸고 성민이네 과일가게는 셔터가 내려가 있었다. 현관문을 열고 조심히 들어가니 소파에 잠들어 있는 엄마가 있었고 작은 테이블 위에는 깎아 둔 과일이 덩그러니 놓여 있었다. 이제는 집 안에서 느껴지는 따듯함과 포근함이 괴롭게 느껴졌다. 씻고 나온 성민이를 따라 엄마가 방으로 들어와서 거실 바닥을 보고 흠뻑 젖은 생쥐 새끼 한 마리가 들어온 줄 알았다고 찍찍 소리를 내면서 성민이 엉덩이를 찰싹 때렸다. 자고 일어난 그녀의 뒷머리는 짓눌려 있었고 눈은 탱탱 부어서 얼굴 전체가 동그란 쟁반 같았다.

"그러니까 부모님 말씀 안 들으면 나가서 생고생이야."

그녀는 성민이가 듣든 말든 바닥에 떨어진 젖은 교복을 주섬주섬 들었다.

"거실로 와. 생강차 끓여 줄게."

그녀가 엉덩이를 씰룩거리며 부엌으로 가더니 물을 끓였다. 부엌 테이블에 앉은 성민이는 다시 이어진 엄마의 폭풍 잔소리가 하나도 귓가에 들어오지 않았다. 그녀는 성민이 앞에 마주 보고 앉아 공부는 진짜 하고 온 거냐며 소리를 빽 질렀고 거실의 시끄러운 소리에 방에서 나온 성원이는 부엌 테이블에 앉은 핼쑥한 성민이의 꼴을 보고 쯧쯧거리더니 다시 방으로 들어갔다. 넋이 나가 있던 성민이는 생강차에 둥둥 뜬 생강 찌꺼기를 바라보며 학교에서 일어났던 일들이 모두 자신이 만들어낸 상상에서 그치기를 바랐다. 지금쯤 사라진 민호와 수진이는 끔찍한 시간을 보내고 있을 거라고 생각하니 자신이 물 위로 둥둥 뜬 생강 찌꺼기보다 못한 기분이 들었다.

'이건 꿈이야. 이건 꿈일 거야. 꿈이었겠지. 하나의 망상을 본 것뿐이야. 현실에서 있을 법한 일이 아니었어.'

성민이는 방에 들어와도 옆에 있는 누군가에게 말하는 것처럼 혼자 중얼거렸다. 설마 이대로 영영 못 보게 되는 건 아니겠지? 계속되는 걱정과 불안한 생각들로 잠은 오질 않았고 온몸이 심하게 아파왔다. 이후 한참을 뒤척이다 겨우 잠에 들었다.

*

– 6월17일 화요일 –

창문 틈에서 나온 따스한 햇볕이 성민이의 머리를 쓰다듬었다. 방으로 들어온 성민이 엄마는 평소에 작은 불빛조차 들어오는 것을 싫어했던 아들 방에 불이 켜져 있어서 눈이 휘둥그레졌다.

"어머 웬일이야. 커튼도 안 쳐놨었네?"

그런데 이불을 걷어내자 성민이가 창백해진 낯빛을 띠며 끙끙대고 있었다. 어젯밤에 쫄딱 맞은 비로 몸에서 식은땀이 났고 열이 펄펄 끓었다. 베개가 흠뻑 젖은 걸 확인한 그녀는 이마에 손을 살짝 대었다가 흠칫 놀라며 체온계를 가지러 갔다. 겨드랑이에서 '띠' 소리와 함께 성민이의 체온은 38.5도였다.

깜짝 놀란 그녀가 감기약과 생강차를 다시 주었다. 잔을 호호 불고 있는 아들의 모습을 측은하게 바라보았고 보통 철이 들 때는 몸과 마음이 한 번쯤은 크게 아픈 법이라고 다독였다. 성민이는 생각했다.

'엄마 말대로 철이 들려는 게 아니고 아마 겁쟁이가 되고 있는 과정일 거야.'

머리카락이 사방으로 쭈뼛거렸고 온몸을 떨면서 밖으로 나왔다. 수진이가 왜 늦었냐며 미간을 찌푸리며 서 있을 것만 같았지만 2층 계단은 조용했다. 열은 떨어졌지만 무기력했고 하늘을 떳떳하게 쳐다볼 수가 없었다. 내리쬐는 태양이 온몸의 기운을 들이마시는지 서 있기도 힘들었다. 땅만 보고 걷다가 학교 앞 신호등에 서서 어딘가에 수진이와 민호가 있을지도 모른다는 생각에 고개를 들어보았다.

'지금쯤이면 범인과 피나는 사투를 벌이고 있을 거야. 아니 이미 숨이 가빠오면서 물 밖으로 나온 물고기처럼 헐떡거릴 수도 있겠지. 아 그건 안

돼. 하루라도 빨리 모든 것을 원상태로 돌려놓아야만 해.'

건너편 매점에서는 아무것도 모르는 아이들이 비닐에 쌓인 달콤한 고체 스틱을 핥으며 깔깔거렸고 크림빵을 계산하는 친구 옆에서 크게 하품하는 아이도 보였다. 잠시 바라본 오른쪽 경비실엔 아무도 없었으며 담벼락 앞에 있는 기다란 풀들은 이슬을 머금고 있었다. 성민이는 교문을 지나 운동장 안으로 들어왔다. 모랫길 위에는 중간마다 물웅덩이가 생겨 있었고 비 온 뒤 다음 날이 되니 은은한 꽃향기와 섞인 습한 냄새가 코를 찔렀다. 그런데 이제는 그 냄새가 역겹게 느껴졌으며 냄새의 원인을 찾아 없애버리고 싶었다. 모랫길 위에는 어제보다 더 많은 물웅덩이가 생겨 있었다. 물이 흐르던 분수 앞에 선생님이 등교하는 아이들을 노려보며 호루라기를 삑삑거렸다. 어떤 아이가 후다닥 피해 가자 끝에 있던 선도부 아이가 덥석 잡았다.

"어딜 도망가려고 명찰 어디 갔어."

건물 안으로 들어온 성민이는 복도에 걸려있는 김그린 건축가를 쳐다보았다. 저녁과 비교하면 오선에는 조금 너그러운 표정에 가까웠다. 터덜터덜 계단을 오르고 교실에 도착하니 민기가 책을 거꾸로 들고 얼굴을 가리고 있었다(뒷자리 승호는 책상에 엎드려 있었다). 민기의 촌스러운 빨간 뿔테로 된 동그란 안경을 본 성민이가 피식하고 웃었다.

"나도 이상한 거 알아. 학교 끝나고 엄마랑 사러 갈 거야. 맞다. 너 화분에는 내가 물 줬어. 줄기가 좀 더 자랐더라." 민기의 목소리는 아예 나가서 민기의 외형적인 모습과 어울리지 않은 허스키한 목소리가 났다.

"고마워. 너 근데 책 거꾸로 들고 있는 거 알고 있어?"

"아! 안경을 가리고 있었어. 초등학교 때 잠깐 꼈던 건데 애들이 놀려서 오래 못 꼈거든. 간신히 어제 하나 찾은 거야. 그래서인지 지금 구레나룻 쪽이 꽉 껴."

"어쩐지. 목소리가 의외로 잘 어울리네." 성민이의 말에 민기가 씩 웃었다. 민기는 종소리가 울리기 전까지 책 너머 앞문과 뒷문을 번갈아 쳐다보았고 민호의 모습이 제발 나타나길 바라고 있었다. 그러다 하민이랑 승표가 가까이 다가오자 책으로 재빨리 얼굴을 가렸다.

"성민아 민호는?" 하민이가 물었다.

"아… 나도 잘 모르겠어." 성민이가 시선을 피하며 대답했고 연이어 승표가 물었다.

"너 얼굴이 오늘따라 왜 이렇게 창백해?"

"아… 감기에 걸렸거든…."

하민이는 여름감기에 걸려 불쌍하다며 다독여주다가 담임의 구두 소리가 복도에서 울리자 잽싸게 자리로 돌아갔다. 어제와 달리 몇 배나 커진 그녀의 구두 소리는 마치 총소리와 같았으며 복도를 걸어오는 그녀의 표정이 선명하게 그려졌다. 민기와 성민이는 잔뜩 긴장했고 승호는 아직도 책상에 엎드려 있었다. 말없이 들어오던 이기자 선생님은 비어있는 민호의 자리를 쳐다보았다. 민기가 책을 떨어뜨렸고 3분단에 있던 아이들이 민기의 안경에 웃음을 터뜨렸다. 담임은 교탁으로 올라가더니 엄숙하게 말했다.

"조회 끝나고 박승호는 내 자리로 와라."

반 아이들이 수군거리기 시작했고 뒷자리에서 승호의 깊은 한숨이 들렸다. 그때 뒷문이 열리고 승원이가 들어왔다. 다시 조용해진 2반 아이들이 승호에게 둔 시선을 뒤로하며 담임과 승원이를 번갈아 보았다(아이들은 담임을 더 많이 쳐다보았다). 담임은 승호를 뚫어지게 쳐다보며 미묘한 표정을 지었고 승원이는 고개를 들고 민호의 자리를 쳐다보고 있었다. 성민이와 민기는 늦게 온 승원이를 보다가 문득 혜성이가 있다는 것을 깨닫고 큰일 났다는 표정을 지었다.

조례가 끝나고 승호가 담임의 호출로 나갔고 앞문이 열리더니 뭔가 다 안다는 표정의 혜성이가 들어왔다. 그는 빈 의자를 돌려 앉아서 민기의 눈을 뚫어지게 쳐다보며 말했다.

"…너희 어제 갔었지?"

민기의 눈동자가 심하게 흔들렸다. 들고 있던 책은 앞으로 넘어졌다. 때문에 혜성이는 민기의 꽉 끼는 빨간 뿔테 안경을 보고 픕 하고 웃음을 터뜨렸다.

"무, 무슨 소리야. 어디를 가." 주변 아이들이 민기의 말에 집중했다.

"너 목소리는 왜 이리 쉰 거야. 여자애들 반은 벌써 소문 쫙 퍼졌어. 수진이가 하루 만에 사라졌다고. 그리고 동시에 민호도 사라졌잖아. 드디어 범인을 만났구나? 그런 거지? 그랬던 거지?" 혜성이는 민기에게 얼굴을 들이대며 물어보았다.

"조용히 하지 그래? 다들 집중하고 있잖아." 화가 난 성민이가 말했다.

주변을 둘러보니 아이들이 범인이라는 단어에 흥미로운 듯이 쳐다보고 있다가 성민이의 말에 안 듣고 있었다는 듯이 움직였지만 왠지 어색해 보였다. 그때 혜성이가 뒷문에서 들어온 승원이를 보고는 점심시간에 보자는 달갑지 않은 약속을 하고 서둘러 앞문으로 나갔다.

과학실에서 실습 도중 30분이 더 흐르고 나서야 앞문을 열고 어두운 표정인 승호가 들어왔다. 흰 가운을 입고 서 있던 아이들이 전부 쳐다보았고 몇 명이 삼각글라스를 떨어트려 곳곳에 쨍그랑 소리가 났다. 승호는 아이들의 시선을 피해 고개를 숙이고 성민이와 민기 옆에 앉았다.

"음 괜찮아요. 괜찮아. 위험하니까 다들 가만히 있어요."

생물 선생님은 유리병이 깨진 곳으로 걸어가다 들어온 승호를 흘끗 쳐다보았다. 승호의 작은 눈은 벌에 쏘인 것처럼 팅팅 부어서 거의 안 보일 지경이었다.

힘겨웠던 오전 수업 시간들이 지나고 3명에서 편히 말할 수 있는 점심시간이 되었다. 이번 주 주말이 지나가면 1학년 기말고사 시험이었기 때문에 운동장 아이들은 거의 2학년 학생들이었다. 오후의 햇살은 비가 온 다음 날이라 뜨겁고 더욱이 따가워서 몇몇 여자 아이들만 벤치 옆에 머물러 있었으며 오늘 사건에 대해서 심각하게 얘기를 나누고 있었다. 아이들도 다 마른 시계탑 벤치 쪽에 앉아 자리를 잡고 혜성이를 기다렸다. 잔디밭에서는 덜 마른 곳에 앉아 엉덩이가 젖어서 아이들의 짜증 섞인 목소리가 여기저기 들려왔다. 중앙 현관 유리문 쪽에서 뛰어나온 혜성이를 발견한 승호가 무섭게 노려보았다. 성민이는 아무래도 오늘 혜성이가 자칫 말을 잘못하면 승호가 주먹을 날릴 수도 있겠다고 생각했다.

"아이들이 사라지는 학교에, 거기다가 덤으로 살인적인 날씨네. 암튼 이 야기해 봐 무슨 일 있었어? 서운하네…. 나한테는 안 하다니."

말이 끝나기가 무섭게 승호가 자리에서 벌떡 일어나 때리려는 동작을 취하자 혜성이가 몸을 수그렸다. 옆의 벤치에 있던 여자아이들이 쳐다보았고 승호는 자신의 팔에 두른 선도부 완장을 보더니 화를 꾹꾹 참아내며 말했다.

"넌 도대체 왜 또 나온 거냐? 도움도 안 되는데. 절대 아무한테도 얘기하지 마. 조금이라도 들렸다간 그땐 주먹을 날릴 테니까. 알아들었어?(승호는 다시 주변을 살피다가 성민이와 민기에게 말했다) 우리가 어제 발견하지 못했던 게 있어. 내가 수진이랑 야자실에 같이 올라갔다고 했더니 수진이가 입실만 적혀 있었대…(그 말을 들은 성민이와 민기가 경악했다). 그래서 뒷산을 수색해 보고 아무것도 발견되지 않으면… 나를 경찰에 넘길 수밖에 없다 했어. 말이 돼? 범인이 이름을 친히 적어서 학교 안으로 들어간다는 게? 더 웃긴 건 넘기기 전에 자수하라는 거야. 내가 듣고 기가 막혀서 아무 말도 안했더니 지금은 말하기 어렵겠지만 여름 방학 전까지 시간을 주겠다면서 말할 수 있을 때 말하라는 거야. 담임으로서 자신이 할 수 있는 마지막 호의라면서…. 그리고 민호는 어찌 된 거냐고 나한테 캐묻더라. 담임이랑 얘기하는 내내 교무실이 그렇게 조용했던 적은 처음이었어."

기가 막힌 담임의 추리능력을 듣고 있던 아이들이 말을 잃었다.

"그건 무슨 소리야? 담임이 왜 그러지? 무작정 너로 몰아가는 거 아냐? 뭐야? 콜록 콜록" 격분하던 성민이는 불현듯 어젯밤 파란색 불빛이 떠올랐지만 확실하지 않으니 얘기하지 않는 편이 더 좋을 것 같다고 생각했다.

"몰라 혼자 추리했나 봐. 초등학생이 추리해도 이건 아니지."

민기가 말했다.

"그러니까 내가 이럴 때 도와줘야지." 혜성이의 말이 탐탁지 않은 듯 승호가 주먹을 내지르며 말했다.

"넌 다시 한 번 주변에 누구한테라도 이 사실을 알리면…."

"무슨 소리야 난 알린 적 없어! 애들은 어디로 간 거야? 범인한테 잡혔어?"

"사라졌어." 승호가 말했다.

"그게 무슨 말이야? 갑자기 사라졌다고?"

혜성이의 물음에 3명의 아이들은 빠르게 눈빛을 주고 받았다.

"그, 그래 갑자기" 성민이가 어물쩍하게 대답했다.

"너한테 이렇게 말해도 될까 모르겠네. 음. 너무 찜찜하단 말이지. 콜록"

민기가 탐탁지 않다는 표정이었다.

"야! 그래도 난 도움도 많이 주고 주변에서 들은 이야기를 많이 전해 줬어. 오히려 내가 배신감을 느끼고 있다고!"

"무슨 소리야! 넌 다른 사람들한테도 말해서는 안 될 말까지 전부 전해서 문제라는 거야 너는…." 승호가 다시 주먹을 내보였다.

"하… 얘기한 적 없대도! 진심이야! 아무튼 앞으로 이틀 동안 비가 온댔으니까 그치고 나서 시작해 보자. 비가 오면 학교 건물도 가뜩이나 어두워지니 악조건이야."

"그렇지만… 하루라도 미루게 되면… 애들이 위험해. 얼른 구하러 가야지."

"안 돼. 그것도 그렇지만 지금 너희 상태를 봐봐. 성공하려면 컨디션도 좋아야지."

혜성이의 말에 잠시 고민하던 3명은 고개를 끄덕거렸고 교실에 들어가기 전에 양호실에서 감기약을 하나씩 먹었다. 조급함과 서서히 조여오는 불안감 때문에 하루라도 빨리 학교에 가야 했지만 비가 오는 이틀 동안은 어쩔 도리가 없었다. 이틀 동안은 어떻게 해야 할지 계획하며 최상의 컨디션을 만들어 내야 했다.

5교시 음악시간에는 40퍼센트 실기시험으로 박옥주 선생님이 지정해 준 노래를 개시하여 점수를 매겼는데 차례가 된 민기가 어물쩍거리며 작은 무대 앞에 나왔다. 민기는 짧은 한숨을 내뱉고 목을 가다듬은 후 노래를 불렀다. .

영원한 나의 친구야.
힘들어 넘어지려 할 때 내가 잡아 줄게.
어딘가를 향해 뛰려고 할 때면 뒤를 돌아봐. 내가 있을 테니.

누군가 너를 향해 비난하면 나는 너의 편에 서 있을 거야.
나는 너를 항상 믿으니까. 내가 항상 함께 할게.

한 소절을 부르자마자 숙연해진 분위기에 민기는 끝내 마지막 소절까지 부르지 못하고 그만 울음을 터뜨리고 말았다. 반 아이들이 당황해했고 승호와 성민이가 고개를 숙였다. 음악시간 이후로 몇몇 아이들은 승호를 측은하게 생각했으나 소문은 학교 전체를 돌고 돌아서 윗동네 성수 고등학교까지 퍼져 갔다. 뿐만 아니라 문제가 하나 생겼다. 오늘부터 저녁 7시 이후론 학교 건물 내 출입이 금지였다. 앞으로 더 이상 경비실 노트에 이름을 적고 운동장 안으로 들어갈 수 없었다.

*

승호는 오늘이 생애 끔찍한 하루였으며 전교생과 선생님들에게 왕따를 당하고 있는 기분에 최악이라고 말했다. 도중에 뒤에서 수군거리는 소리에 조용히 귀를 기울여 보니 여자애들 무리였다(민호와 승호를 보고 멋있다고 한 아이들이었다). 그중 통통한 여자아이가 봉지 안의 과자를 입안에 탈탈 털다가 두 눈을 동그랗게 뜨고 소리쳤다.
"애들아! 쟤, 쟤 파마한 애, 아니 걔 말고 아니 야! 파마한 애라고 했잖아! 헐! 방금 뒤돌아본 것 같아. 무서워. 애들아 우리 좀 천천히 걷자(주변 여자 아이들이 호들갑을 떨며 그녀의 말에 고개를 심하게 끄덕거렸고 서로 가까이 붙었다). 눈 마주치면 우리도 다음 차례가 될지도 몰라."
마지막 말에 승호는 고개를 숙이고 크게 한숨을 내쉬었다. 성민이가 승호의 어깨를 토닥거렸고 그때 민기가 앞으로 씩씩거리며 걸어가더니 왼쪽 방향으로 시계탑을 지나온 여자아이들 앞을 가로막았다. 그녀들이 비명을 질렀고 과자 봉지를 털고 있던 통통한 여자아이가 말했다.

"뭐야 이 초등학생은?"

"뭐? 무서워? 그래서 너희도 그렇게 해줘!? 알지도 못하면서 뒤에서 지껄이지 마."

생각지도 못한 민기의 굵고 허스키한 목소리에 당황해하며 뒷걸음질했다. 여학생들은 연약한 민기의 몸에 비해 어울리지 않은 목소리를 듣고 재수 없다고 수군거리며 민기를 피해 저만치 앞으로 달려갔다. 성민이와 승호가 민기의 행동에 두 눈을 끔뻑거리며 쳐다보고 있었다. 민기가 달려가는 여자아이들을 쳐다보며 고개를 돌려 벙쪄있는 성민이와 승호를 보며 당당히 말했다.

"왜. 억울하잖아. 잘못도 없는 우리가 고개 숙일 필요는 없으니까. 여러 명이 나를 보고 도망치다니. 기분이 짜릿한데?"

하루 종일 표정이 어두웠던 승호가 점점 표정이 밝아지더니 민기에게 다가가 헤드록을 걸었다. 성민이도 승호가 웃음을 보이자 안심하며 덩달아 웃었.

아이들과 헤어진 후 신호등을 기다리고 있던 성민이의 머릿속에선 수많은 생각들이 꼬리에 꼬리를 물었다. 생각을 떨쳐버리기 위해 집으로 들어가지 않고 집 근처에 있는 작은 놀이터로 향했다. 벤치에 앉아서 놀이터 안을 둘러보니 볼이 통통한 남자아이가 그네를 탄 귀여운 여자아이를 뒤에서 밀어 주고 있었다.

"세게 좀 밀어 줘! 나무 꼭대기에 내가 닿을 수 있게!"

"알겠어! 꽉 잡아!"

남자아이가 세게 밀어주자 여자아이가 꺄르르 웃었다. 성민이는 앞에 보이는 큰 돌을 하나 집어서 벤치 옆에 쭈그려 앉았다.

'애들아 조금만 견뎌 줘 찾으러 갈게.'

한 자 한 자 적다 보니 친구들이 너무 보고 싶었다.

'우리가 구하러 오기만을 기다리고 있겠지.'

그때 핸드폰 진동이 울렸다.

"여보세…."

"성민아." 승호가 흐느끼고 있었다.

"무슨 일 있어?" 성민이의 심장이 빠르게 뛰었다.

"창고 앞에서 흙이 묻은 발자국을 발견했나 봐. 내가 끌고 왔다고 확신하는 것 같아. 내가 순순히 말할 때까지 부모님이 필요할 거 같다고 데리고 가셨대. 의심되는 상황인 만큼 연쇄 사건이 관련되어 있다고 생각했는지 나로 몰아가고 있어. 다들 나한테 왜 이러는 거지? 테이블 위에 부모님이 걱정하지 말라고 메모를 적고 가셨는데 무슨 일이 있었는지는 모르겠지만 믿는다고 적혀 있어. 나 때문에 잡혀가셨는데 오히려 나를 걱정하시고 가셨다고…. 내가 아닌데…. 진짜 나는 아무 잘못 없는데(승호가 꺽꺽거리며 서럽게 울었다). 그래…. 차라리 내가 사라지면 경찰들도 우리가 피해자라는 걸 알고 우리 부모님을 풀어 주시겠지. 그치? 내 말이 맞지?"

"너 혼자 사라지진 않아. 우리가 있다고. 다들 몰라서 그러는 거야. 우리가 시작한 일이고 끝을 내더라도 우리가 해야만 해."

"일단 알겠어. 내일 보자."

통화가 끝난 후 성민이는 눈앞에서 사라진 민호와 수진이를 생각하며 막중한 책임감을 가지고 집으로 돌아갔다.

Part 6

두 번째 수색 시작

– 6월 18일 수요일 –

다음 날 학교는 아침부터 떠들썩했다. 3학년 2반 앞에 누군가 쓰러져 발견되었는데 일찍 온 여학생은 쓰러진 아이를 보고 기절해서 양호실에서 안정을 취하는 중이었다. 다소 충격적인 건 쓰러진 아이는 바로 혜성이었다. 소식을 들은 승호랑 성민이가 조례시간이 끝나고 1반으로 급히 달려갔으나 혜성이는 단 하나도 기억하지 못했다.

"아니 무슨 소리야 기억이 안 나?" 승호가 물었다.

"응 아무것도. 눈을 떠보니까 3학년 2반 앞이었어…."

"어찌된 일이지?"

"다친 데는 없어서 괜찮아. 기절한 여학생이 걱정되는데?"

혜성이의 밝은 얼굴에 비해 아이들은 꽤 심각했다. 수업 시간 내내 고민하다가 점심시간 때 운동장 벤치로 온 혜성이에게 도와주지 않아도 된다고 했으나 혜성이는 고개를 저으며 말했다.

"난 괜찮아. 그냥 너희를 도와주고 싶어서 그래."

그는 이어서 다른 소식을 알려 주었다. 그것은 수진이의 화분에 작은 새싹이 자라나 있었는데 하루아침에 새싹이 사라졌다는 것이다. 그 말을 들은 아이들이 설마하며 민호의 화분을 확인해 보니 화분 속의 자라난 줄기가 사라져 있었다. 혹시나 다른 아이들이 보기라도 할까 봐 민기가 좋은 생각이 있다고 말했다. 종이를 돌돌 말아서 물감을 칠해 비슷하게 줄기로 만드는 방법이었다. 그러기엔 누군가 물을 주게 될 경우 금방 젖을 게 분명했다. 어쩔 수 없이 그냥 두기로 했다. 다행히 반 아이들은 주변에 있는 화분에 물을 주면서 누구의 화분인지 확인하지 않고 물을 주고 있었다. 오로지 꽃을 피우거나 피어난 새싹이 있을 경우에만 이름을 확인했다.

- 6월 19일 목요일 -

이틀 내내 무섭게 내리던 비가 그쳤다. 민기는 검은색 사각 뿔테 안경으로 바꾸었고 원래대로 목소리가 돌아오자 그리 좋아하지 않았다. 다른 반 아이들이 성민이와 민기를 조금씩 피하기 시작했으나 그 둘은 그런 시선에 대해 전혀 개의치 않았다. 승호는 하루가 일 년처럼 길게 느껴져서 지금까지 무려 3년을 보냈다며 저녁마다 부모님과 통화를 한 번씩 하면 하루의 괴로움이 날아간다고 말했다.

이틀 동안 계획이 떠오르지 않아 고민하다가 일단 7시에 학교로 모이기로 했다. 성민이는 힘을 내기 위해 저녁밥을 꾸역꾸역 먹었다. 화장실에 가려고 나온 성원이가 입이 빵빵해지도록 밥을 먹는 성민이를 빤히 보며 말했다.

"오빠가 갈수록 진짜 이상해진단 말이지…."

흐뭇한 표정으로 성민이를 보고 있던 엄마는 잘 먹는 것이 보기 좋은 거라며 방문 좀 살살 닫으라고 성원이를 나무랐다. 위층 수진이네 집은 첫째 언니가 서울에서 내려왔고 성수고등학교에 다니는 둘째 언니는 삼촌과 함께 달래 마을을 벗어난 지역까지 수진이를 찾아다녔다. 성민이네 엄마는 곧 있으면 달래 마을 사람들이 전부 나서서 학교에 불 지르는 일이 실현될지도 모른다고 말했다.

　시간이 6시를 향하고 있을 때 성민이는 야자실 주변을 조금 훑어봐야겠다는 생각을 했다. 집을 나서서 학교 교문을 지나는 도중 뒤에서 누군가 자신의 어깨를 쳤다. 순간 심장이 철렁하며 뒤를 돌아보니 아니나 다를까 혜성이었다.

　"야 뭐 이리 놀래." 혜성이도 성민이의 반응에 깜짝 놀랐다.

　"제발 이름으로 불러줘. 너도 일찍 왔구나. 나랑 야자실 건물 주변 좀 둘러보자."

　"나도 그럴 생각이었는데." 혜성이가 해맑게 웃었다. 언덕 양옆으로 가로등 불이 하나씩 들어왔다. 구름이 낀 하늘에 붓처럼 그려 놓은 나뭇가지를 빤히 올려다본 성민이가 설마 하며 혜성이에게 말했다.

　"시간이 멈춰 있는 나무라면 수진이랑 민호의 위치를 알 수도 있겠지?"

　"목련나무가 위치를 안다고 해도 우리가 알 수 있는 방법이란 없잖아. 우리가 나무랑 대화를 할 수도 없고…."

　혜성이의 말에 아무런 대답도 하지 못했다. 목련나무가 아이들의 행방을 봤다 해도 방법이 없었다. 성민이는 기둥 표면을 위에서 아래로 천천히 쓰다듬었다. 보통 나무와 달리 조금 더 부드러운 감촉일 뿐…. 오랫 동안 그 자리를 지킨 달래 마을의 수호신이었다. 갈수록 커진다는 혜성이의 말은 와 닿지 않았으나 보통 나무와는 달리 장엄하고 기품이 있었다. 잠시 후 긴장한 표정이 역력한 민기와 승호가 도착하고 4명은 정자 쪽에 모여서 앉아 있었다.

　"애들아…. 나 진짜 미안한데 화장…."

　"또 시작이네. 급하지 않으면 좀 참아봐! 아니 제발 학교 오기 전에 해결 좀 하고 오란 말이야." 정자 기둥에 기대고 있던 승호가 소리치며 짜증을 냈다. 성민이는 침울해진 민기의 어깨를 다독여주며 말했다.

"음. 다 모였고. 혜성아… 너는 우리를 따라가는 것보다는 여기에 남는 게 좋을 거 같아. 네가 쓰러졌던 사건이 아무래도 뭔가 이상하거든(혜성이가 고개를 끄덕거렸다). 음 그런데 오늘은 어떻게 운동장 안으로 들어가지…?"

잠자코 있던 혜성이가 배를 움켜쥐고 있는 민기를 보며 퍼뜩 떠오른 생각이 있었는지 승호에게 다가가 귓가에 속삭였다. 왠지 그럴듯한 생각에 민기와 목련나무를 번갈아보았다.

"배 아직도 아프지 민기야?" 눈치를 챈 성민이가 민기를 보며 말했다.

"왜? 설마. 아냐. 그건 아니야. 아직 이렇게 밝은데?"

"왜 딱 좋은데? 어두워서 안 보이잖아." 승호가 씩 웃으며 대답했다. 하지만 여학생 야자실 건물은 아직도 불이 켜져 있었다. 목련나무 기둥 뒤로 민기가 가려졌고 아이들은 주변에 지나다니는 아이들이 있는지 망을 보았다.

잠시 후 목련나무 기둥 뒤에서 민기가 쭈뼛거리며 양말 한 켤레만 들고 그들에게 다가왔다.

"휴지 달라니까 왜 아무도 대답을 안 해!"

민기의 말에 성민이와 혜성이가 참고 있던 웃음을 터뜨렸고 승호가 배꼽을 잡으며 깔깔거렸다.

"야! 핸드폰 당장 넣어둬." 민기가 승호를 가리키며 말했다.

언덕을 내려가던 아이들은 나름 괜찮은 계획이라며 만족하고 있었고 민기는 어딘가 불편한지 절뚝거리며 걸었다. 3명의 아이들은 자연스레 경비실을 지나쳐 교문 밖의 담벼락에 기대 있었다. 고개를 끄덕인 혜성이는 목을 한번 가다듬고 경비실 창문을 다급하게 두들겼다.

"아저씨! 아저씨!"

얄팍한 눈을 치켜 뜬 경비원이 창문 밖으로 고개를 내밀어 혜성이 옆에 아무도 없는지 확인했다.

"뭐냐 넌 그때 쓰러졌던 애 아니냐? 아무리 중요한 거여도 이제 안 돼."

"아뇨, 건물에 들어갈 생각은 전혀 없어요. 야자실 건물에서 나왔는데 목련나무 기둥 뒤쪽에 누가 글쎄 볼일을 봤어요."

"에!? 뭐야? 뒷산의 짐승 새키가 내려왔나." 그가 자리에서 벌떡 일어나 소리쳤다.

"지금 가서 치우셔야 할 거 같아요. 구역질이 나요. 야자실 건물 근처에서 구린 냄새가 난다구요."

혜성이가 한쪽 손으로 코를 감싸고 손사래를 치며 말하던 도중에 문이 벌컥 열렸고 그는 한바탕 욕을 하더니 양손에 빗자루와 삽을 챙겨서 언덕을 뛰어 올라갔다. 언덕배기 아래로 그의 모습이 희미해졌을 때 혜성이가 교문 밖으로 나오자 대기하고 있던 아이들이 깜짝 놀라 악 소리를 질렀다.

"빨리! 지금이야!" 혜성이가 소리쳐 말했다.

아이들은 헐레벌떡 운동장 입구로 들어갔다. 시계탑은 7시를 가리켰고 더 이상 시간이 흐르지 않았다.

무작정 앞만 보고 달린 아이들은 온몸으로 기뻐하며 유리문을 열고 들어갔다. 복도는 비가 왔던 3일 전과 달리 어둡게 느껴지지 않았다. 다들 주머니 속에서 손전등을 꺼내 들었고 민기는 교체한 손전등으로 더 이상 온오프를 번갈아 누르지 않았다. 성민이가 벽에 걸려 있는 김그린 건축가를 가리키며 어느 방향으로 봐도 자신을 보는 것만 같은 저 사진은 이제 보기도 싫다며 가운데 손가락을 추어올렸다. 이에 질세라 승호는 두 손으로 욕을 날렸다. 그 사이 민기는 조용히 전신 거울 앞에 다가갔다. 하교할 때 전신 거울 앞에 모여 떠들었던 5명의 친구들이 며칠 사이에 3명으로 줄어 있었다.

"애들아 두려워하지 말자." 민기 옆으로 다가온 성민이가 나지막이 말했다.

"전혀 안 무서워." 가까이 다가온 승호가 거들먹거렸다.

"허세는…. 난 이미 양말 한 짝을 잃었어. 또 뭔가를 잃고 싶지 않아." 민기의 말에 승호와 성민이가 피식하고 웃었다.

성민이가 선두로 나섰고 승호가 맨 마지막으로 따라왔다. 수가 3명으로 줄어든 만큼 한시도 긴장하지 않아서는 안 되었기에 두려워질 때면 빈자리에 수진이와 민호가 있다고 생각하기로 했다. 지금도 함께 있다고 믿었기에 아이들은 5명이 있을 때와 같이 천천히 움직였다. 창 밖의 바람 소리는 전혀 무섭지 않았다. 걸음을 조금 빨리하다가도 갑자기 늦추기도 하면서 좌우를 살피는 것도 잊지 않았다. 그러다 보니 마침내 3학년 1반에 도착했다. 성민이는 민호가 했던 것처럼 손바닥을 민기에게 보여주며 걸음을 멈추게 한 뒤 까치발을 세우고 2반 앞으로 걸어갔다. 그 사이를 지나갈 때에는 어찌나 심장이 두근거리던지 성민이는 민호가 대단하다고 생각했다. 난간 아래를 내려다보며 손전등을 비춰 확인한 후 아이들과 함께 쇠사슬을 피해 계단 밑으로 내려갔다.

*

체인으로 감겨져 있는 문 그리고 묵직한 자물쇠가 그대로 있었다. 하루만에 찌그러진 창고 문을 복구하는 것을 보면 범인이 누군지 더욱 궁금해졌다. 시간을 멈출 수 있는 것을 보니 초능력자 아니면 마법을 부릴 수 있는 사람이 아닐까?

"나는 우리 3명에서 여기까지 온 것만으로도 감사해." 민기가 침을 꼴깍 삼키며 말했다.

"가져왔지?"

민기가 주머니에 손을 집어넣자 '탁' 소리가 나며 유리병이 데구르르 굴러가는 소리가 들렸다. 곧바로 승호가 1층 위로 뛰어 올라갔다.

"아무도 없어. 누가 떨어뜨리는 거지?" 승호가 계단을 내려오면서 말했다. 성민이는 다시 생겨난 물병을 주머니 안에 넣으며 말했다.

"도대체 이 물병은 어디서 굴러 들어오는 거야? 일단 얼른 시작해 보자. 우리가 지체될수록 민호랑 수진이가 상당히 괴로울 거야. 지금 옆에서 우리를 지켜보고 있을 수도 있고."

다들 비장한 표정을 지으며 고개를 끄덕거렸다. 얼마 안 있다가 천장이 무너지는 '쾅' 소리가 나겠지. 민기가 귀를 막고서 주머니 안에 있던 물병을 꺼내 들었지만 수진이가 들고 있을 때처럼 빛이 나지 않았다.

"하… 나 엄마한테 편지라도 적고 올 걸 그랬나 봐. 사랑한다는 말도 못 해드렸는데." 손에 쥔 물병을 보며 민기가 말했다.

"우린 죽으러 가는 게 아니야 애들을 구하러 가는 거지."

민기가 고개를 끄덕거렸고 서둘러 물병을 마시기로 했다. 하지만 물병 뚜껑을 열어봐도 그때처럼 하얀 연기도 보이지 않았으며 달콤한 향기도 나지 않았다.

"아무 냄새도 안 나는데? 아무런 일도 안 일어나는 거 아니야?"

"일단 먹어 보고 확인해 보자."

제일 먼저 승호가 마셔 보았다. 이번만큼은 절대 놓치지 않겠다면서 민기가 손전등을 붙잡고 눈을 크게 뜨고 있었다. 승호는 눈이 부시다며 얼굴을 찡그렸다.

"어때?"

"음…. 사탕 맛이 나긴 해. 맛은 좋아."

이어서 성민이가 마신 다음 민기에게 건넸고 민기는 쓰디쓴 약을 먹듯이 눈을 질끈 감고 마셨다.

"이상하다. 아무렇지도 않은데?" 승호가 몸을 더듬으며 말했다.

"효과가 좀 더딘가 봐."

"조금만 기다려 보자 어차피 시간은 멈춰 있으니까." 잠깐 사이에 사라지기라도 할까 봐 서로를 향해 손전등으로 비춰 주고 있었다. 바로 그때였다.

"뭐야! 거기 누구냐!"

조용했던 복도에서 경비아저씨의 갈라지는 목소리가 들려왔다. 아이들은 질겁하며 급한 대로 손전등 불을 껐지만 서로의 몸은 아직까지 보이는 상태였다. 초조했던 민기가 성민이의 손을 잡았고 승호와 성민이도 자연스레 손을 잡았다. 서로 무사하길 바라는 무언의 약속과 함께 조금이라도 두려움을 덜기 위해서였다. 복도에서는 누구냐고 계속 되묻는 경비원의 목소리가 점점 크게 울려대고 있었다.

"누구냐! 얼른 나오도록 해라! 당장 얼굴을 보여!"

어쩔 줄 몰라 하는 상황에 엎친 데 덮친 격으로 '쾅' 소리가 났다. 민기가 손전등을 비추었고 창고 문이 찌그러져 있었다. 다시 한 번 '쾅' 소리가 들렸다. 문에 감겨 있던 체인이 바닥으로 스르륵 풀려졌다. 심장이 쿵쾅거리며 요동치기 시작했다.

"어떡해? 이제 어떻게 해야 해?"

성민이의 손을 잡은 민기가 풀린 체인을 보며 손을 떨고 있었다. 그러나 어디로 가야 할지 아무도 몰랐다. 창고 문 안으로 범인에게 끌려 들어가는 것보다 차라리 경비아저씨를 지나가는 편이 더 나을 거 같다는 생각에 아이들은 창고 문 앞에서 1층 계단으로 뛰어 올라갔다. 전신 거울 앞에 서 있던 경비원이 손전등을 켠 채로 복도를 달리는 아이들 쪽 방향을 주시하고 있었다. 가만히 서 있는 그와 점점 가까워지자 성민이가 외쳤다.

"우리가 안 보이나 봐!"

전신 거울 앞에서 성민이와 승호가 그의 옆을 지나쳤고 그 찰나에 경비원이 민기의 팔목을 덥석 잡아냈다. 잡힌 팔목에 민기가 비명을 내지르자 성민이와 승호가 멈춰 섰다. 경비원은 자신의 허락 없이 아이들이 몰래 건물 안으로 들어왔다는 생각에 화를 참을 수가 없었다. 왼쪽 입술이 파르르 떨렸고 성이 나서 큰소리로 외쳤다.

"이 자식들이! 몇 학년 몇 반이냐! 도대체… 어떻게 들어온 게야!"

"이럴 수가 실패야…." 승호가 나지막이 말했다.

그는 앞에 있는 3명의 얼굴을 손전등으로 한 명씩 비춰 보더니 승호를 보고선 뒷걸음질 치며 말했다.

"아니 너, 너는 여학생이랑 같이 왔던 학생 아니냐? 지금까지 여기서 뭘 한 거지? 그럼 너희들까지… 설마…."

"아저씨! 전 절대로 아니에요!" 승호가 설움이 복받쳐 흐느꼈다.

"그때 넌 분명 그 아이가… 먼저."

그 순간 복도에서 진동이 느껴질 만큼 크게 '쾅' 소리가 났다. 경비원이 몸을 웅크렸고 소리가 들린 복도 끝을 쳐다보았다.

"이번에는 어떤 여학생을 잡은 거야! 오늘은 또 다른 아이를 가둬 둔 거야!?"

그는 아이들이 밖으로 도망가지 못하도록 앞을 가로막으며 말했다.

"아니에요. 아저씨 이건 오해예요! 그, 그냥 밖에서 누군가 돌을 던진 걸 거예요." 아이들은 조급해졌고 경비아저씨가 그쪽으로 가지 않도록 무슨 짓이라도 해야 할 판이었다.

"뭐? 그걸 믿으라는 말이야? 거짓말까지 하다니! 지금 살려 달라고 저렇게 문을 두드리고 있는데! 너 혼자가 아닌 너희들도 공범인 게로구나? 어린 것들이 미친 짓을 하고 있었네. 내가 너희들을 밝혀내야겠어! 아침이 되면 학교에 이 모든 사실을 싹다 말할 테다! 괘씸한 녀석들 벌을 받아도 마땅하지. 이 동네에서 썩 꺼져버려!" 아이들도 창고 쪽 복도로 가려는 경비아저씨를 막아섰다.

"아니요. 아저씨가 지금 헛다리 짚으신 거예요." 성민이가 그를 뚫어지게 쳐다보았다.

"맞아요. 아저씨 이제 나가요. 나가요 제발!" 옆에서 안달복달거리는 민기를 보며 아이들이 확실히 수상하다고 느낀 경비원은 승호와 민기의 사이를 비집고 걸어갔다.

"우리라도 일단 나가자." 성민이가 말했다.

"승호는? 승호 어디 갔어?" 갑자기 민기가 주위를 둘러보며 승호를 찾았다. 승호의 몸이 사라졌다고 생각했으나 어느새 승호는 창고로 걸어가는 경비원의 옷자락을 붙잡고 있었다

"안 돼! 승호야 따라가지 마!" 민기가 경비원이 걸어간 복도를 향해 소리쳤다. 성민이가 곧바로 뒤쫓아 갔다. 잔잔했던 바람 또한 거세지더니 갑자기 돔 창문을 통해 벚꽃 나무줄기들이 스멀스멀 복도로 기어 들어오고 있었다.

"성민아 조심해!" 민기가 경악하며 크게 소리쳤다.

성민이는 뒤에서 들려온 민기 목소리에 몸을 최대한 수그리고 복도 바닥을 내리치는 나무줄기들을 피하며 앞을 향해 달려갔다. 모퉁이를 꺾는 1반 뒷문에 도착하자 복도로 들어온 나무줄기들이 창문 밖으로 도로 나가더니 잠잠해졌다. 급격히 조용해진 분위기에 긴박감이 감돌았다. 창문 밖을 확인하며 슬금슬금 걸어오던 민기는 창고 속에서 나온 범인이 승호와 경비원을 한입에 집어삼켰을 거라는 생각에 입술을 파르르 떨었다. 성민이는 모퉁이를 돌기 전에 1반 앞문에 서 있는 민기를 향해 손바닥을 보이며 손전등을 켜고 앞으로 걸어갔다.

"아니…. 콜록 이게 뭐, 뭐머… 뭐야!?"

겁에 질린 경비아저씨 목소리가 들렸다. 성민이는 까치발을 들고 입술에 검지를 대었다. 민기가 고개를 끄덕였고 1반 뒷문 쪽으로 천천히 걸어왔다. 성민이는 조심히 난간 쪽을 향해 기어간 다음에 밑을 내려다보았다. 난간 아래로 새하얀 연기가 바닥에 가득 메웠고 주저앉은 경비원 뒤에 얼어붙은 승호가 있었다. 어두워서 손전등으로 비춰 볼까 고민하던 도중 창고 문에서 쉭쉭거리며 점점 모습을 드러낸 정체에 성민이가 소스라치게 놀라며 난간에서 얼굴을 떼었다.

살짝 보인 범인의 뒷모습은 물에 젖은 머리카락이었으며 승호와 경비원을 가릴 만큼 키가 굉장히 커 보였다. 성민이는 난간 사이로 얼굴을 더 내밀어 보고 싶었지만 용기가 나지 않았다. 1반 뒷문에 붙어 있던 민기는 벌써 소리를 듣고 성민이에게 오라며 손을 다급하게 휘젓고 있었다. 승호의 손전등이 바닥에 떨어져서 창고 문 쪽을 비추고 있었다. 범인의 정체를 바라보고 있던 승호는 아이들이 살아남았을 가능성이 희박하다고 느껴졌다.

"아저씨… 하나 둘 셋 하면 뛰어요." 승호는 주저 앉은 경비원에게 말하던 도중 정체 모를 범인 뒤로 난간 사이에서 내려다보고 있는 성민이를 발견하곤 즉각 소리쳤다.

"도망쳐!"

승호의 외침과 동시에 창고 문 안에서 무언가 목을 쑤욱 내밀었다. 깜짝 놀란 성민이가 난간에서 손을 떼고 뒤로 엉덩방아를 찧고 말았다. 연이어 들려오는 승호의 비명소리에 성민이는 허겁지겁 1반 뒷문으로 달려가 민기와 함께 전신 거울 쪽을 향해 도망쳤다. 벚꽃 나무줄기가 다시 창문 틈새를 하나씩 열고 들어왔고 나무 바닥을 내리치고 있었다. 내리치는 줄기들을 피하며 중앙 현관문 앞으로 갔지만 유리문은 굳게 닫혀 있었다.

"안 돼! 말도 안 돼!" 성민이가 유리문을 붙잡고 세게 흔들었다.

"어떻게 좀 해 봐봐!"

민기가 초조해하며 뒤를 계속 확인했다. 그러나 아무리 해도 문이 열리지 않을 것을 알았는지 그대로 이성을 잃고 바닥에 주저앉았다. 깜짝 놀란 성민이가 민기의 어깨를 정신없이 흔들어대자 초점이 흐려졌다.

"정신 차려! 이 자식아!"

성민이는 휘청거리는 민기의 팔목을 잡고 중간 계단으로 뛰어 올라갔다. 승호의 목소리는 도망치라는 말 이후로 들리지 않았다. 곧이어 시끄럽게 들려오는 소리에 그들이 복도 전체를 인정사정없이 휘저으며 빠른 속도로 다가오고 있다는 것을 느꼈다. 정신이 혼미해진 민기는 애써 자신의 귓가에 들리는 소리로 떠오른 온갖 추측들을 무시하며 침착해지려 했다. 도망치던 아이들이 계단을 한 층 올라가는 그 순간 학교 안에서 누군가의 목소리가 들려왔다.

"너희들은 이제 빠져나갈 수 없겠구나."

성민이가 잠깐 멈춰 서서 주변을 두리번거렸다. 그녀의 목소리는 섬뜩하면서 중간마다 갈라지고 있었다. 하지만 쫓아오는 소리가 들려 다시 움직였다. 밖으로 나갈 수도 없는 상황이었고 교복은 온통 땀으로 젖어 있었다. 눈물 콧물 범벅이 된 민기는 3층 복도 끝 계단에 앉아 잠시 벽에 기대어 말했다.

"난 이제 더 이상은 못 뛰겠어. 이것 봐(핸드폰 화면을 보며 말했다). 아까 학교에 들어온 이후로 1분도 흐르지 않았어. 우리가 아무리 뛰어봤자 멈춰 있는 시간에 꼼짝 없이 갇혀 있는 거라고…."

"아니야. 포기해선 안 돼. 경비아저씨까지 붙잡혔어. 우리가 이대로 잡혀선 안 돼." 잠시 생각에 잠기던 민기는 성민이를 빤히 바라보며 말했다.

"생각해 봐. 더 이상 빠져나갈 구멍은 없어. 난 지금 달릴 힘도 없다고. 차라리 갈라지자. 나 때문에 둘 다 잡히고 말 거야."

민기의 말이 끝나자 소름이 끼치는 웃음소리가 복도 전체를 휘감았다. 성민이는 민기를 붙잡고 3층 여자 화장실 안으로 들어왔다. 민기는 세면대의 물을 틀고 얼굴을 씻었다. 민기의 얼굴에서 물이 뚝뚝 떨어졌지만 거울에는 민기가 비춰지지 않았다.

"이제 끝났어. 독 안에 든 쥐야. 이미 독은 먹은 듯하고." 민기가 세면대에 내려놓은 안경을 닦으며 말했다

"뭘 끝나. 아직 시작도 안 했어!" 성민이가 울먹였다.

"무슨 시작도 안 해! 지금 우리를 보라고…. 불과 5일 전만 해도 5명이었어. 알아?"

"알아. 5명이었던 거."

"태연한 척하지 마. 우린 끝났어! 다시 되돌아갈 수 없다고! 그냥 애초부

터 시작하지 말았어야 했어! 분명 난 처음에 돌아가자고 말…."

"제길! 그래! 너 말대로 며칠 사이에 3명이나 사라졌어. 알아. 안다고! 그럼 넌 민호랑 수진이 내버려둘 거야? 안 찾을 거냐고! 누군 겁 안 나는 줄 알아!? 그렇지만… 우리까지 잡히게 되면 애들은 누가 구하겠어."

그 순간 '쾅' 소리가 나면서 문 쪽에 서 있던 성민이가 충격에 앞으로 넘어졌다. 둘은 빠르게 화장실 끝 칸으로 들어가 문을 걸어 잠갔다. 성민이는 두 손으로 손잡이를 꽉 붙잡고 있었고 변기에 올라간 민기는 문을 있는 힘껏 밀고 있었으나 문이 달달 떨리고 있었다. 잠시 후 문짝이 그대로 떨어졌고 쉭쉭거리는 소리가 아이들이 숨어있는 문 앞에서 나지막이 들려왔다. 성민이는 눈을 바늘처럼 가늘게 떠서 문틈 사이를 확인했다.

틈 사이로 한 명이 몸을 굽히고 들어왔는데 키가 커서 머리는 천장 쪽에 머물러 있었고 우람한 남성의 몸이었다. 혹시라도 눈이 마주칠까 봐 몸을 낮춰서 문과 바닥의 10센티 정도의 틈새를 보았다. 성민이는 두 눈을 의심했다. 있어야 할 사람의 두 다리가 보이지 않았고 눈앞에는 비늘이 있는 기다란 몸통이 보였다. 그 몸통은 문 밖까지 쭉 이어져 있었고 비늘은 나무 바닥보다 짙은 갈색이었다.

"스스로 나오게 내비 둬."

또 다시 들려온 목소리에 겁에 질린 민기가 온몸으로 화장실 칸을 밀어냈다. 성민이는 몸을 바로 하며 범인의 정체가 사람도 아닌 반인반수 괴물이라는 것을 깨달았다. 아이들 중 한 명이라도 이 괴물을 봤다면 다시 오자는 말은 절대로 하지 않았을 것이다.

성민이가 다시금 고개를 들고 틈 사이에 눈을 대었다. 너무나 두려웠기에 주변의 공기가 사라진 것처럼 호흡을 제대로 쉬기가 어려웠다. 갑자기 괴물이 보이지 않았으나 쉭쉭거리는 소리는 여전히 들리고 있었다. 화장실 칸 문을 밀고 있었던 민기의 이마에 맺힌 땀이 바닥으로 뚝뚝 떨어졌다. 이 상태로 나갔다가는 꼼짝없이 붙잡힐 것이다. 하지만 이대로 있을 수도 없을뿐더러 더 이상 오래 못 견딜 것이라고 생각한 성민이가 떨고 있는 민기에게 속삭였다.

"내가 나갈게."

민기의 눈빛이 흔들리며 좋은 생각은 아니라고 말하고 있었다. 성민이가 조심히 손잡이를 돌렸고 철컥하는 소리가 나는 동시에 쉭쉭거리는 소리가 멈추었다. 삐걱거리며 문을 열려고 하는 순간 뒤에 있던 민기가 갑자기 성민이를 왼쪽으로 힘껏 밀쳐내고 문 사이로 불쑥 나가버렸다.

민기 앞에는 문틈 사이로 보이지 않았던 괴물이 나타나 있었고 두꺼운 갈색 비늘로 된 몸통이 화장실 바깥까지 길게 이어져 있었다. 경직된 민기는 닫힌 입을 떼어내느라 시간이 조금 걸렸다.

"그, 그래. 나날… 날… 잡아가!" 민기가 두 눈을 감고 크게 외쳤다.

칸 안에 있던 성민이도 따라 나가려고 했으나 민기가 세게 붙잡고 있어서 손잡이가 돌아가지 않았다.

"도망가! 성민아 너라도 도….'

민기의 목소리가 중간에 끊기면서 안경이 바닥에 툭 떨어졌다. 성민이가 고개를 숙여서 화장실 칸과 바닥 사이의 틈을 확인했다. 한쪽이 깨진 안경이 바로 문 앞에 떨어져 있었고 기다란 뱀의 꼬리가 눈앞에 길게 늘어뜨려져 있었으며 보였다가 안 보였다가를 반복하다 순식간에 문짝을 넘었는지 다 떨어진 문틈 사이로 나무 가루들이 휘날렸다. 잠시 후 그들의 소리가 들리지 않았다. 다리가 풀린 성민이가 힘없이 화장실 칸에 몸을 기대며 주저앉았다.

"남겨진 자가 더 괴로운 법이니."

아까 들렸던 목소리가 성민이의 귓가에 다시 속삭였다. 머리가 아프기 시작했고 이대로 더 생각하다간 자칫 머리가 터질 수도 있겠다는 생각이 들어 눈을 감았다.

'학교에서 도대체 무슨 일이 벌어지고 있는 거지?… 나 혼자… 이제 어떻게 해야 하는 거지?'

거대한 괴물 두 명이 민기를 데리고 가버렸다…. 성민이는 그렇게 혼자 학교에 남겨졌다.

Part 7

먼저 잡힌 수진이

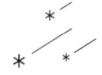

- 6월 16일 월요일 창고 앞 -

수진이는 물병을 마시고 사라진 민호를 찾는 아이들을 보며 덜컥 겁이 났다. 이제 곧 자신도 눈앞에서 사라질지도 모른다는 생각에 들고 있던 물병을 떨어트렸다.

"민호가 사라졌어…. 나도 그렇게 사라지게 되는 거겠지?"

수진이는 앞으로 더 이상 친구들을 볼 수 없다는 사실에 손이 떨려왔다. 성민이에게 손을 뻗으려 하는 순간 누군가 머리를 세게 가격한 것처럼 띵하면서 어지러웠다. 깨질 듯한 두통에 몸을 비틀거렸고 다시 고개를 들었을 땐 희미하게 보이는 투명한 막이 피부 위를 둘러싸고 있었다.

"괜찮아 수진아? 내가 비틀거리다가 민기 손전등을 친 거 같아…."

수진이는 민호의 목소리를 듣고 조금이나마 진정이 되었다. 역시 민호의 몸 주위에도 띠가 존재했다.

"세상에… 수진아 이것 좀 봐봐." 민호가 수진이 등 뒤의 창고 문을 보며 말했다. 이전보다 문의 크기가 2배로 커졌고 여러 번 감긴 체인과 배 크기만 한 자물쇠는 보이지도 않았으며 순백의 대리석으로 바뀌어 있었다. 문에는 비범하게 자신의 자태를 뽐내는 우람한 나무의 모습이 양옆에는 천사의 날개를 가진 두 여성이 나무를 보호하고 있었고 그녀들이 앞으로 뻗은 손이 손잡이였다.

"애들도 지금 이 문을 보고 있는 건가?" 수진이가 말했다.

하지만 아이들은 찌그러진 창고 문을 쳐다보며 사라진 수진이 때문에 온몸이 굳어 있었다.

"빨리 들어가. 빨리 들어가라고!" 민호가 넋이 나간 아이들을 보며 소리쳤다.

민호의 목소리를 들었는지 성민이가 아이들을 한 명씩 공간에 넣고 나무 판자를 끙끙 옮겼다. 민호랑 수진이도 성급히 1층으로 올라갔다. 수진이는 민호에게 등진 채로 1반 뒷문에 바짝 붙어서 현실과 동떨어지게 만드는 자신의 손을 감싸고 있는 띠를 없애려 교복 위에 계속 닦아냈다.

조용한 정적이 흐르자 민호는 난간 아래로 조심스레 고개를 내밀어 창고 밑을 확인했다. 수진이의 귓가에 쉭쉭 하며 뚜렷이 들리는 그 소리가 돔 창문 바깥의 바람소리라고 생각했지만 그건 명확히 창고 쪽에서 들리는 소리이며 무언가 그 안에서 나오고 있다는 것을 느낄 수 있었다. 수진이와 민호의 생각으로는 큰 동물이 나오는 것일 수도 있고 정말 믿기 말대로 존재해서는 안 되는 괴 생명체가 나오는 것은 아닐까 하고 생각하니 더욱 긴장이 되었다. 문이 끼이익 열리며 뿌연 안개 속에 얼굴을 내민 뒷머리가 먼저 보였다. 거의 땅을 기어 나오는 듯했지만 그가 몸을 일으키자 사람의 뒷머리와 흡사했다. 그리고 그 옆에서 또 다른 한 명이 바닥으로 몸을 낮춰 나왔는데 첫 번째 계단까지 몸이 둥둥 떠 있는 상태로 나와 목을 기다랗게 쭉 내밀었다. 민호가 유심히 그들을 지켜보았다. 고개를 쭉 내밀며 무엇을 찾는지 지하창고 주변을 두리번거렸는데 고개를 움직이는 모습이 자연스러워 보이지 않았다. 창고 문 밑을 바라본 한 명이 다른 한 명에게 쉭쉭거리는 소리로 수진이가 떨어뜨린 유리병을 찾았는지 자세히 보고 있었다. 유난히 쉭쉭거리는 소리를 냈는데 발끝에서 전율이 느껴졌다.

그런데 그 순간 다른 한 명이 난간 위로 고개를 들었다. 미처 도망가지 못한 민호는 숨죽이며 난간 사이로 나타난 정체 모를 괴물을 바라보았다. 민호의 심장은 미친듯이 쿵쾅거렸다. 그는 어둠 속에서도 한쪽 눈은 잿빛으로 얼룩져 있었고 다른 한쪽 눈은 파란색 눈동자였다. 젖은 검은색 머리카락이 어깨까지 닿았으며 얼굴의 미간에는 깊게 파인 주름과 날카로운 턱을 가졌고 턱 끝에서는 물이 뚝뚝 떨어졌다. 그리고 입에서 두 갈래로 갈라진 기다란 혀가 나왔다가 들어가기를 반복했다. 거의 자신의 코까지 닿을 뻔한 두꺼운 혀를 보고 움찔한 민호는 수진이에게 도망치라고 소리를 질러야 할까 고민했다. 다행히도 민호를 빤히 보고 있던 그가 난간 밑으로 얼굴을 서서히 내렸다. 민호는 떨리는 숨을 내뱉으며 수진이를 쳐다보았다. 다시 난간 밑을 내려다보고 싶지 않았다. 아니 그럴 용기가 사라져버렸다.

민호는 몸을 웅크리고 있던 수진이에게 다가가 손가락을 수진이 입술에 대었다. 이내 쉭쉭거리는 소리가 멈추었고 동시에 아이들도 동작을 멈추었다. 잠깐의 조용했던 적막을 깨듯 스르륵거리는 소리가 들렸다. 민호는 이때라고 생각하며 수진이의 팔목을 잡고 앞을 향해 뛰어갔다. 밖에서는 갑자기 거센 비바람이 불어왔고 오른쪽 창문을 바라본 수진이는 비명을 질렀다.

"민호야 저것 좀 봐봐!"

닫혀 있던 창문 틈 사이로 나무줄기들이 스멀스멀 나오더니 앞에 지나치는 아이들을 잡을 듯이 복도 바닥을 철썩 내리쳤다. 민호는 자신과 눈을 마주쳤던 파란색 눈동자를 가진 괴물이 눈이 보이지 않고 냄새를 못 맡을 거라고 대충 짐작했다. 만약 자칫 움직이거나 소리를 질렀다면 그대로 잡혔을 거라는 생각을 하니 눈앞이 아찔했다.

중앙 현관문이 닫혀 있자 곧바로 2층으로 뛰어 올라갔다. 고개를 돌려 캄캄한 복도 끝을 쳐다보았다. 아까 보았던 푸른색 눈을 가진 괴물이 나무 줄기에 손을 뻗으니 창문이 차례대로 잠잠해졌다. 목재로 된 복도는 그들이 오는 대로 우두둑거리며 갈라지고 있었다. 다른 한 명은 그보다 앞질러 지그재그로 빠르게 오고 있었다. 복도 끝에서 거대한 그림자를 본 수진이가 즉각 비명을 내지르며 민호의 손을 뿌리치고 2층으로 올라갔다. 그들을 직접 상대하기란 불가능이었기 때문에 달리는 것을 멈추면 잡히기란 시간문제였다. 어떻게든 무사히 학교 건물 밖으로 나가야만 했다.

*

건물 안을 한참이나 도망다니다 그들의 소리가 잠잠해졌을 때 수진이는 화장실 안에 숨어 있었다. 문에 기대앉아 몸을 웅크리고 '괜찮아 괜찮아'를 되뇌었다. 민호는 중간 계단 사이로 고개를 내밀어 그들의 동태를 살피고 있었다. 중간 계단과 복도를 번갈아가며 확인하다가 복도 창문 쪽에서 희끄무레한 빛을 발견했다. 확인하러 가기엔 반대편 복도에 있는 화장실에서 수진이가 언제 나올지 몰랐기에 신경 쓰지 않기로 했다. 다시 수진이한테 가기 위해 벽으로 붙었다. 바라 본 복도 끝에서는 푸른색 눈동자가 허공에서 움직이고 있었다. 민호의 몸이 그대로 얼어붙었다.

수진이가 계속 숨어 있기를 바라며 마음속으로 간절히 기도했다. 그러나 화장실 문이 열리고 수진이의 한쪽 발이 나오자 민호는 절망했다(수진이는 중간계단과 복도 사이에 있었는데 복도 끝이 훨씬 가까웠다). 어딘가 싸한 느낌을 감지한 수진이는 고개를 천천히 돌려 왼쪽 복도 끝을 쳐다보았다. 동시에 푸른 눈동자의 미세한 움직임이 멈추었다. 진정되었던 마음은 다시 초조해졌고 한 발짝 뒤로 물러서서 화장실 문에 몸을 바짝 붙였다. 혼란스러워던 민호는 수진이와 미동조차 보이지 않는 파란색 눈동자를 번갈아 쳐다보고 있었다.

그때 1층에서 돔 창문을 열고 나무줄기가 들어왔는지 쾅쾅 소리가 들려왔다. 그건 바로 하늘이 내려준 도망칠 수 있는 기회였다!

"지금이야!"

큰 목소리에도 푸른색 눈동자가 평정심을 잃고 이리저리 흔들리고 있었다. 하지만 수진이는 차마 발길이 떨어지지 않는 듯 선뜻 민호에게 달려가지 못했다. 민호는 안달이 나기 시작했다.

'도망쳐.' 수진이가 입모양으로 말했다.

민호는 수진이의 말에 고개를 크게 저었다. 이대로 수진이가 잡히도록 내버려 둘 민호가 아니었다. 내려오던 빗줄기와 나무줄기는 금세 잠잠해졌고 복도 끝에서 흔들리고 있던 푸른색 눈동자가 허공에서 멈추었다. 왜 움직이질 않고 있는지 알 수 없었지만 수진이가 잡힌다면 민호는 그들의 긴 몸통에 매달릴 작정이었다. 그렇게 된다면 가장 끔찍한 방법인 범인과 맞대결이겠지만.

끔찍했던 민호는 팔을 앞으로 길게 뻗었다. 끝내 고민하던 수진이가 결심한 듯이 몸을 화장실 벽에서 살짝 떼고 입 모양으로 말했다.

"하나… 둘, 셋…!"

그녀가 화장실 문에서 등을 떼자마자 복도 끝에서 푸른빛이 번쩍거렸다. 그때였다. 수진이가 달리려 하는 순간 그녀가 공중으로 붕 뜨며 앞에서 강한 인력을 받았는지 복도 끝으로 날아가기 시작했다. 순식간에 일어난 상황에 민호는 바로 뒤쫓아 갔다. 허공을 가로지르며 날아가는 수진이 옆으로 아까 보이지 않았던 한 마리의 몸이 뚜렷하게 나타났고 수진이의 허리를 감싸고 복도로 향해 지그재그로 기어가고 있었다. 민호가 몸을 날려서 매끄러운 그의 짙은 갈색 꼬리를 잡으려 했지만 바닥으로 곤두박질했다.

다시 몸을 일으키고 달려가서 꼬리를 붙잡았다. 그러자 수진이를 들고 있던 괴물이 소스라치게 놀라며 기다란 혀를 내밀고 고개를 휙 돌렸다. 수진이가 두 갈래로 갈라진 기다란 혀에 질겁하며 소리를 질렀다. 괴물은 민호에게 잡힌 꼬리를 뒤로 튕겼고 민호는 중간 계단까지 날아가 나무 바닥에 떨어졌.

"으…."

공중에 오르락내리락하던 수진이는 괴물의 얼굴을 빤히 쳐다보았다. 그의 한쪽 노란색 눈동자가 깜빡거릴 때마다 몸이 사라졌다 나타나기를 반복하자 그의 팔을 사정없이 때렸다.

"으악! 이거 놔! 이거 놓으라고!"

그러나 괴물은 기다란 혀를 날름거리며 복도 끝을 향해 기어갈 뿐이었다. 민호가 정신을 차리고 몸을 일으켰지만 이미 수진이는 복도에서 멀어져 가고 있었다. 복도 끝에서 파란색 눈동자가 서서히 민호에게 다가오고 있었고 수진이가 비명을 지르며 모퉁이를 돌았다.

"민호야! 살려줘!"

민호는 급하게 일층으로 내려갔다. 중앙 계단 층계 위를 바라보니 3층에서 내려다보는 파란색 눈동자가 고개를 휙 돌린 채 사라졌다. 더 이상 민호를 따라오지 않았다. 덜컥 겁이 난 민호는 계단 손잡이 쪽에 주저앉았다. 이중유리문 밖으로 거세게 불던 바람이 휘휘 소리를 내며 유리문을 두들겼다. 민호는 손으로 얼굴을 감쌌다. 도저히 수진이를 구하러 갈 용기가 나지 않았다.

"남겨진 자가 더 괴로운 법이니."

민호가 고개를 번쩍 들고 두리번거렸다. 복도 끝에서 또다시 들리는 소리에 몸을 숨겼다. 파란색 눈동자는 계속 텅 빈 복도를 주시했다. 민호는 자신의 위치가 발각될까 봐 몸을 웅크려 숨죽이고 있었다.

곧이어 창고 문이 닫히자 잔잔해진 빗소리가 들려왔다. 잠시 딸깍거리는 소리에 흠칫거렸으나 중간 유리문 잠금이 풀리는 소리였다. 전신 거울 속에는 겁에 질린 민호의 모습이 비춰졌다. 한 걸음씩 거울 앞으로 다가갔다.

'자신의 내면을 바라보기'

평소에 이상한 문구라며 지나치던 글 속에서 메시지를 알게 된 민호는 자신이 사자의 탈을 쓴 한 마리의 작은 생쥐처럼 느껴졌다. 이루 말할 수 없는 부끄러움과 수진이를 지켜 주지 못했다는 생각에 괴로워졌다. 민호는 뒤에서 자신을 비웃듯이 쳐다보는 사진 속의 김그린 건축가의 시선을 피해 유리문을 밀고 달려 나갔다. 세차게 내렸던 비는 보슬비처럼 내리고 있었고 수진이의 비명 소리가 바람을 타고 메아리쳐 들려왔다. 운동장 밖으로 나오니 어느덧 시간은 10시가 훌쩍 지나 있었고 현실을 부정하려 해도 민호는 혼자였다.

야자실 건물 2층으로 올라오니 바깥과 다른 묵직한 고요함이 내려앉아 있었다. 창문에서는 투두둑거리며 잦아든 빗소리가 들렸다. 교복은 이미 흠뻑 젖은 것도 모자라 이곳저곳 먼지투성이에 여름바지이다 보니 종아리와 허벅지 부분이 살짝 찢겨 있었다. 방 안쪽의 구석진 자리를 잡아 바닥에 쭈그려 앉았다. 벽에 기댄 민호는 두려움과 죄책감을 느끼곤 흐느꼈다. 조용해지니 수진이의 비명 소리가 귓가에 다시 들려왔고 민호는 혼자만 도망쳐 왔다는 생각에 불안한 상태가 꿈속까지 쫓아왔는지 어느 방 안에 갇혀 쾅쾅거리는 소리를 듣는 꿈을 꾸었다.

밤새 내린 비가 그쳤고 잠에서 깨어났다. 얼마나 잠에 빠졌는지 창 밖에선 아이들이 등교가 아닌 하교를 하는 중이었다. 야자실 의자에 체중을 실어서 간신히 몸을 일으켰다. 지금 교실로 가면 아이들을 만날 수도 있다고 생각했다가 가던 걸음을 멈추었다. 왠지 발을 떼기 어려웠고 앞으로 나갈 수가 없었다. 끙끙대며 글을 기록했던 책상에 앉아 뒹굴고 있는 펜 하나를 쥐었다.

> 6월 17일 화요일 오후 3시
> 나 때문에 수진이가 잡혔어.
> 모든 게 전부 내 잘못이야.
> 나 혼자 해결할게. 오지 말아 줘. -민호-

아이들 중 한 명이라도 제발 이 글을 읽어보길 바라며 펜을 내려놓았다. 어젯밤은 무사히 아침이 찾아오기를 빌었다면 지금은 창문 밖으로 빨리 어둠이 찾아오길 빌었다. 창문에 다가가 턱을 괴고 밖을 유심히 바라보았다. 날씨가 점점 흐려졌고 보슬비가 내렸다 멈추기를 반복했다. 민호는 햇빛 쪽에 축축해진 교복을 말렸다. 이후 누군가 들어오긴 했었지만 민호가 숨어 있는 방까지 들어오지는 않았다.

*

　시간이 꽤 흐른 뒤 시계를 보니 7시가 되었다. 드디어 민호는 자리에 일어나 숨어 있던 방에서 나왔다. 민호가 지나치는 느낌에 어떤 아이가 소름이 끼쳤는지 온몸을 비벼댔다. 잠깐 멈칫했던 민호는 자신이 안 보인다는 사실을 깨닫고 유리문을 조심히 열고 나왔다. 회색빛 하늘을 보며 여학생들은 한시바삐 서둘러 건물 밖으로 나오고 있었다. 교문으로 내려가는 방향에는 일정한 간격으로 설치된 가로등 불이 켜져 있었고 가로등 밑으로는 작은 벌레들이 '윙윙' 소리를 내며 자리다툼을 하고 있었다. 손을 펼쳐 키가 큰 풀들을 스치며 빠르게 걷던 민호는 앞에 두꺼운 가방을 맨 여학생 두 명이 있다는 것을 뒤늦게 알아채고 그 행동을 바로 멈추었다.
　여학생 한 명이 잠시 뒤를 돌아보며 소름이 끼친다는 듯 옆에 있던 친구에게 찰싹 붙었다.
　"아 맞다. 들었어? 어제는 1학년 남자애랑 여자애가 사라졌대."
　"뭐라고? 남자애? 난 왜 이걸 지금 들었지?" 여자아이는 처음 듣는 얘기에 눈이 휘둥그레졌다.
　"여태껏 공부만 했니!? 나도 들은 얘기야. 내 생각으로는 이러다가 학교가 없어지는 게 아닐까 싶어."
　"학교가 없어져? 차라리 그게 나을 거 같아. 난 지루하다던 성수고등학교가 부러울 지경이야. 이 학교 무섭단 말이야."
　민호는 요란법석을 떠는 그녀들의 대화를 듣다가 한숨을 쉬며 옆으로 슥 지나쳤다. 수풀이 흔들리자 머리를 묶고 있던 여학생이 풀 쪽을 가리키며 비명을 지르는 바람에 단발머리 여학생은 보지도 않고 친구를 끌어안으며 꺅 하고 비명을 질렀다.

"뭐야 무슨 일이야!"

"풀! 풀이 움직였어! 풀 속에 뭔가 있어!"

그녀들은 호들갑을 떨면서 서로 가보라고 밀어댔다. 풀 쪽에 멀찍이 떨어져 장우산으로 키 큰 풀 속을 툭툭 건드렸다. 기다란 풀 속에 붙어 있던 벌레가 툭 하고 나오자 여학생들은 비명을 지르며 교문 쪽을 향해 달려갔다. 뒤에서 내려오던 여학생들은 풀 쪽을 흘끗 쳐다보더니 너 나 할 것 없이 덩달아 교문을 향해 빠른 속도로 달려갔다. 민호는 자신 때문에 풀을 보고 놀라는 그녀들을 보고 민망해하며 운동장 안으로 들어왔다.

비가 차츰 내리기 시작하며 한두 방울씩 얼굴 위로 떨어졌다. 두 번 다시 교복을 젖게 하고 싶지 않았다. 고개를 옆으로 돌리니 잔디 밭 위에서 누군가 자신을 쳐다보는 기분이 들어서 왠지 섬뜩했다. 중앙 유리문을 열고 들어와서 복도를 지나 창고 문 앞에 도착했다. 이제는 그 벽을 전부 차지하는 커다란 순백의 대리석 문이었다. 고민하면서 손잡이를 잡으려고 하는 찰나 위에서 낯익은 목소리가 들렸다.

"왜 여기 있지?"

깜짝 놀란 민호가 고개를 들고 난간 위를 쳐다보았다. 손전등을 아래로 비추고 있어서 불빛 때문에 눈이 부셨던 민호는 얼굴을 찡그렸다.

"누구야? 불 좀 꺼!"

누군가 계단 손잡이를 잡고서 한 계단씩 내려오고 있었다. 범인이 드디어 모습을 드러내는 걸까. 아이들과 함께 숨었던 공간 위의 계단에서는 역시 '삐끄덕' 소리가 났고 지하창고 문 앞 계단에서 손전등을 끄고 민호에게 다시 한 번 말했다.

"놀라지 마 나야."

눈앞에 남아 있는 불빛의 잔상 때문에 앞이 제대로 보이지 않았다. 민호는 잠시 눈을 감았다가 조심스레 떠 보았다. 과연 누구일까. 점점 형체가 보이면서 뚜렷해졌다.

혜성이었다.

"뭐… 뭐야?" 민호가 한 발자국 뒤로 물러섰다.

혜성이가 한쪽 입꼬리를 씨익 올렸다.

"난 줄 몰랐지?"

혼란스러운 민호의 등 뒤로 거대한 문이 열린 후 의식을 잃고 풀썩 쓰러졌다.

*

정신이 돌아왔을 때 눈은 제대로 떠지질 않았고 양팔이 밧줄도 아닌 넝쿨식물에 묶여 있었다.

"일어났구나. 드디어. 머리가 많이 아플 거야."

"최… 혜성, 너…." 민호가 있는 힘껏 목소리를 짜내어 말했다.

머리가 여전히 지끈거렸다. 조심스레 눈을 떠 보니 벽에는 습기가 가득했는지 굉장히 축축해 보였으며 벽에 붙은 나무 선반이 자신의 앉은키와 같은 위치에 놓여 있었다. 주변을 둘러보다가 다시 한 번 앞에서 부르는 소리에 고개를 들었다.

"목숨은 스스로가 선택하는 거지."

"여긴 도대체 어디지?" 들려오는 목소리에 민호가 중얼거렸다.

"잘 감시하도록 해."

민호는 정신을 못 차리고 앞을 향해 소리를 질렀다. 그러나 아무런 대답이 없었다. 목도 마르고 기운조차 없었다.
 잠시 후 누군가 고개를 푹 숙이고 있었던 민호의 머리를 툭툭 쳤다. 초점이 흐릿한 상태로 고개를 든 민호가 흠칫 놀랐다.
 눈앞에는 90센티 정도 되어 보이는 갈색 털 뭉치가 있었다. 자세히 보니 복슬복슬한 털은 머리카락이었고 길어서 땅에 끌리고 있었다. 키는 작았지만 발 사이즈가 굉장히 커서 머리카락 사이로 삐져나온 버선코 모양의 긴 신발 위에 박힌 별 2개가 눈에 들어왔다. 털북숭이 난쟁이는 얼굴을 거의 덮고 있던 머리카락 사이로 손잡이가 없는 금색 잔을 내밀었다.
 "도대체 이건 무슨 생명체인 거지?"
 겉모습과 다르게 금색 잔을 감싼 손은 길쭉하고 마른 앙상한 손이었으며 분홍색의 피부로 미끈거려 보였다. 민호가 최대한 고개를 뒤로 뺐다. 이상한 외계 생명체 같아 보이기도 했다. 왠지 모르게 잔을 마시게 되면 그의 미끈거리는 분홍색 피부를 갖게 될 것만 같았다. 난쟁이는 금색 잔을 민호의 얼굴 가까이 내밀었다.
 민호는 참을 수 없을 만큼 목이 말랐기 때문에 고개를 내밀어 와인 잔 속을 보았다. 보라색 물이 담겨 있었는데 마치 보라색 물감을 똑 떨어트리고 풀어 놓은 듯해서 마시고 싶지 않았다. 난쟁이는 못내 알았다는 듯 아까 보았던 낮은 위치에 있는 선반 쪽으로 걸어가 금색 잔을 살포시 올려놓았다. 그쪽으로 걸어가면서 자신의 발보다 큰 버선코 모양의 신발을 끌 듯이 걸어가는 모습이 제법 우스꽝스러웠다. 민호는 미심쩍은 표정을 지었지만 무엇보다도 목이 너무 말랐다.
 "잠, 잠시만요!" 그를 한번 믿어 보기로 했다.
 난쟁이는 선반에 올려놓으려던 목이 긴 금색 잔을 다시 집더니 버선코 신발을 질질 끌면서 걸어왔고 손을 내밀었다. 손에서 미끈거리고 끈적한 액체가 뚝뚝 떨어졌다. 민호가 두 눈을 질끈 감고 잔을 꿀꺽꿀꺽 마셨다.
 목 뒤로 넘어가는 걸쭉한 느낌에 금방이라도 구역질할 것만 같았지만 신기하게도 타는 듯한 갈증이 눈 씻듯이 사라졌다. 정체를 알 수 없는 난쟁이는 몸을 획 돌리더니 선반 쪽으로 걸어갔다. 민호는 축축한 돌에 살며시 기대서 마음속으로 간절히 되뇌었다.
 '애들아 구하러 와줘. 제발 구하러 와줘.'

Part 8

민호의 흔적

- 6월 20일 금요일 아침 여자 화장실 -

성민이가 크게 몸을 움찔거리며 깨어났다.
'민기를 어디로 끌고 간 거지? 승호랑 경비아저씨는 어떻게 된 거지?!'
어느덧 멈춰 있던 시간이 흐르고 아침이 되었다. 복잡한 성민이의 머릿속과는 반대로 화장실 안은 평온했으며 창문의 틈새로 새어 나오는 빛이 화장실 바닥을 비추고 있었다. 찌뿌둥한 몸을 일으켜 끝 칸에서 문을 열고 나왔다. 어제 그들이 부신 문짝은 아주 멀쩡한 상태였다. 눈을 비비고 다시 확인해 봐도 그대로였다. 화장실 문 위에 손을 살포시 올려 보았다. 누군가 잠든 사이에 떨어진 문짝을 붙이기라도 한 걸까. 혹여나 꿈은 아닐까 하며 고개를 돌린 성민이가 '헉' 소리를 냈다. 거울 속에는 성민이의 모습이 비춰지지 않았고 피부 표면에는 만질 수 없는 띠가 둘러싸여 있었다. 수도꼭지를 틀어 흐르는 물에 갖다 대니 손이 젖었고 거울 속에는 물의 흐름이 중간에 끊겼다. 지금 이 모든 것들이 현실이었으며 몸이 사라진 것을 보았음에도 믿겨지지 않았다.

일단 수도꼭지를 잠그고 화장실 문을 조심스레 연 다음 복도를 좌우로 살폈다(아침이 돼서 혹여나 등교하는 학생 누군가가 혼자 열리는 문을 보고 기절할 수도 있었다). 마치 어젯밤에 일어났던 일들이 꿈이 아니었을까 의심이 될 만큼 복도는 조용했다. 돔 창문에 다가가니 여학생들 화분이 차례대로 놓여 있었는데 스티커가 붙어있거나 형형색색이었다. 하나씩 살펴보던 성민이는 9반으로 가서 수진이의 이름을 찾아냈다. 흙을 살짝 파헤쳐봤지만 작은 새싹은 사라져 있었다.

'몸이 사라지면 새싹도 같이 사라지는 건가?'

성민이는 그리 생각했다. 주위에는 작은 새싹조차 자라지 못한 화분들이 대다수였다. 그렇게 복도를 거닐다 유일하게 파란색 꽃이 핀 간판을 확인하니 4반이었다. 전교생 중 승원이 다음으로 가장 빨리 핀 꽃이었다.

곧장 2반 교실 앞으로 가보았다. 돔 창문에서는 흙만 있는 화분들 옆으로 승원이의 화분은 꽃봉오리가 생겨 있었다. 그것도 꽃봉오리가 한 줄기에 2개나 있었는데 꽃봉오리의 색은 4반 아이와 같은 푸른색이었다. 여자아이들의 정성 때문인 건지 남들과 다르게 훌쩍 크고 있었다. 호기심이 생겨난 성민이가 손가락으로 꽃봉오리를 살짝 건드리자 꽃봉오리의 잎이 활짝 펴졌다. 깜짝 놀란 성민이는 눈을 비빈 후 꽃을 재차 확인했다.

활짝 핀 꽃은 반디지치라는 파란 색 꽃이었는데 꽃받침이 5개로 갈라져 깔때기 모양이었고 줄기에는 거친 털이 붙어 있었다. 그런데 꽃이 미세하게 양옆으로 흔들리고 있었다. 또 한 번 놀란 성민이가 옆의 다른 꽃봉오리도 한번 건드려 보려다가 고개를 휙 돌렸다.

'잘 못 본 게 분명해.'

그러나 아직 피지 못한 다른 하나의 꽃봉오리가 자신도 만져 달라는 듯이 등을 돌린 성민이를 향해 고개를 쭉 빼고 있었다.

보지 못한 성민이가 반 앞에서 기웃거리고 있는 도중에 바닥에서 아주 미세한 진동이 느껴졌다(성민이가 바라보는 방향으로 승원이의 꽃도 함께 고개를 돌렸다). 학급 중에서 제일 키와 덩치가 제일 큰 승표였다. 가까이

다가오던 승표는 그저 멍한 표정으로 반 간판을 응시하고 있다가 갑자기 걸음을 멈춰섰다. 성민이는 승표가 자신을 알아본다는 생각에 한 걸음 다 다갔다.

"승표야 내가 보여? 오 정말 다행이다."

그런데 승표가 다가온 성민이를 피해 돔 창문에서 최대한 멀찍이 떨어져 출석부에 달린 열쇠로 다급하게 앞문 자물쇠를 따기 시작했다. 놀란 성민이는 자신의 몸이 확실히 사라졌다는 것을 깨닫고 앞문을 열고 있는 승표의 뒷모습을 쳐다보았다. 승표는 성민이 뒤의 꽃을 힐끗힐끗 보면서 교실 문 열기에 급급해 보였다. 성민이는 꽃이 움직이는 행동을 잘못 본 게 아니라고 확신했다.

그 사이 앞문을 연 승표가 교탁에 출석부를 올려놓고 앞문을 닫으려 하자 성민이가 교실 안으로 잽싸게 들어왔다. 단 한 발자국만 늦었더라도 승표와 부딪힐 뻔한 아슬아슬한 상황이었다(아직은 사라진 몸이 상대방에게 어떤 영향을 끼치거나 어떠할지 몰랐기 때문에 접촉은 피하기로 했다). 승표는 문을 닫기 전에 복도에서 움직이던 승원이의 꽃을 재차 확인하며 고개를 꺄우뚱거리며 문을 닫다가 성민이가 일으킨 바람 때문에 두툼한 살에 덮인 두 눈이 커지더니 오물거리며 말했다.

"뭐, 뭐야 방금…."

온몸에 소름이 돋았는지 벽에 손을 짚었다. 그곳에 서 있던 성민이는 자칫 얼굴을 맞을 뻔했다. 자신의 몸이 사라졌다는 사실에 두렵기도 했지만 한편으로는 신기하기도 했기에 물병의 근원이 궁금해졌다.

승표는 자리로 성큼성큼 걸어가더니 가방 안에서 초코바를 꺼내었다. 먹으면서도 자신의 가방 속을 들여다보며 흡족한 표정으로 가방 문을 잠근 후 시간을 확인했다. 교탁 위 동그란 시계는 7시 40분을 가리켰다. 성민이는 승표를 바라보고 있던 것도 잠시 교실 안 창가 쪽에 있는 누군가의 화분을 보고 곧장 걸어갔다. 그것은 민기의 화분이었다. 그새 기다란 줄기가 자라났고 꽃봉오리가 생겨났다. 성민이는 승표가 알아보는지 확인하기 위해 다시 한 번 민기의 꽃봉오리를 살짝 건드렸다. 노란색의 꽃봉오리에서 커다란 잎을 가진 꽃이 활짝 피었다. 마치 그 꽃이 고개를 들고 자신을 보고 있는 것처럼 느껴졌다.

'과연 꽃이 나를 향해 움직이고 있는 걸까?'

초콜릿을 먹고 있던 승표가 창문을 바라보다 갑작스레 핀 민기의 꽃을 보며 놀란 듯이 자리에서 벌떡 일어났다. 성민이가 화분 쪽에 얼굴을 가까이 대고 있다가 자세를 바로 하자 어느 새 다가온 승표가 자신의 화분을 바라보며 침울한 표정을 짓고 있었다.

뾰로통해진 승표는 기분을 달래기 위해 밖으로 나갔고 성민이는 자리에 가서 앉아 있기로 했다. 너무 의자를 많이 꺼내 앉으면 아이들이 이상하게 생각할까 봐 앉을 수 있을 만큼만 의자를 빼내었다. 항상 4명이서 옹기종기 앉았던 자리였지만 지금은 사라진 아이들 4명의 자리였다. 앞으로 어떻게 해야 할지 걱정이 되었다. 남은 아이들까지 찾아낼 수 있을까. 다시 전으로 돌아갈 수 있을까.

자리에 앉은 성민이는 입학식 때처럼 풍겨오는 향기에 취한 듯이 잠에 들었다.

*

시끄러운 소리에 고개를 들어 보니 빈자리에는 반 아이들로 가득 차 있었고 시계를 보니 벌써 8시 50분이었다. 그런데 반 아이들이 전부 성민이를 쳐다보고 있었다. 몇몇이 책상에 걸터앉아 말했다.

"세상에… 이번엔 3명이야. 승호랑 성민이랑 민기까지. 며칠 사이에 일어난 걸 보면 범인은 가까운 곳에 살고 있을 거야."

"맞아. 계속 이 근처에서 살고 있을지도 몰라. 다시 나타났다는 걸 알리려는 거야!"

"그런데 지금 며칠 사이에 계속 일어난 사건들을 보면 우리 반에서 일어나고 있어."

"우리 반 학생들이라는 걸 알고 있는 건가?"

아이들은 고개를 갸우뚱거렸는데 범인을 추측하기가 힘들었기 때문이었다. 창가에 앉은 아이들은 활짝 핀 꽃을 보며 민기가 이걸 봐야 한다며 난리 법석이었다. 그때 뒷문에서 승원이가 들어왔다. 성민이는 승원이를 보며 불현듯 잊고 있었던 혜성이가 퍼뜩 생각났다.

'이럴 수가. 혜성이가 있었어!'

승원이가 반 아이들을 쳐다보자 아이들은 시선을 피하며 못 본 척했다. 승원이는 자리에 앉아 눈을 비비더니 사라진 아이들 자리를 쳐다보았다.

"애들아! 담임 온다! 담임!"

앞문에서 하민이가 소리치자 다들 자리로 돌아갔고 반 아이들은 잔뜩 긴장한 표정이었다. 창문을 통해 이기자 선생님은 교실을 한번 훑어보더니 '쿵' 소리를 내며 앞문을 열었다. 교탁 계단으로 한 발자국씩 올라가는 그녀를 향해 아이들은 무슨 말이라도 해 달라는 듯이 말똥말똥 쳐다보았다. 그녀는 말없이 움켜쥐고 있던 출석부를 높이 들더니 교탁에 내리쳤다. 교실에 있던 아이들이 다들 깜짝 놀랐다. 교탁 바로 앞에 앉아 있던 준우의 안경이 코끝까지 쭈욱 내려갔다.

"놀랐니 애들아? 너희들에게 더 놀랄 만한 얘기를 해 줄게(담임은 얼굴이 미세하게 흔들릴 정도로 숨을 크게 들이마셨다가 내쉬었다). 어젯밤에 승호랑 성민이 그리고 민기까지 사라졌단다."

"네?"

몇 초간 정적이 흐른 뒤 교실에는 반 아이들이 엉덩이를 들썩거리며 시끌벅적 떠드는 소리로 가득했다. 성민이는 주변 아이들의 대화가 귀에 쏙쏙 들어왔다.

"세상에 말도 안 돼!"

"며칠째 연이어 나타났어!"

"야 내가 처음부터 아닌 거 같다고 했잖아. 사라졌다는 건 쟤가 아니란 말이잖아."

"그래도 요새 수상하긴 했잖아."

"우리가 도대체 왜 그랬지?" 현우가 자책하며 머리를 감쌌다.

"이제 곧 시험에다가 여름방학인데 뭔 사건이람? 나중에 우리 학교에 관련된 공포영화가 나올지도 몰라…."

"헐 뭐야. 이것 좀 봐! 벌써 성수고등학교까지 소문났대!"

사라진 아이들을 감싸는 아이들은 단 한 명도 없었으며 다들 범인에 대한 추궁만 할 뿐이었다. 승표와 하민이는 몇 명 아이들에게 말조심하라며 주의를 주고 있었다. 성민이는 얘기를 듣고 있다가 뒷통수에 따가운 시선이 느껴져 고개를 돌려 보니 승원이가 움찔거리며 시선을 급히 돌렸다. 그때 담임이 말했다.

"애들아! 조용히 좀 해라. 1년 안에 사라진 학생이 그것도 우리 반에 무려 4명이나 생기다니 말이 된다고 생각하니? 너희들 집에 바로 가라는 말은 귓등으로 듣는 거지? 이대로 가다가 얼마 안 있으면 동네 아이들 60퍼센트를 차지한 고등학교가 문을 닫을지도 모르겠구나."

성민이는 교실을 빠져나왔다. 혜성이를 만나야 했지만 전교생이 있는 학교에 머물고 있다간 하루 종일 숙덕대는 소리에 머리가 터질지도 몰랐다.

성민이가 일어낸 바람에 언덕 옆의 풀들이 앞뒤로 춤을 추었다. 목련나무 앞에 도착하니 사방으로 뻗어 있는 잔가지들 위에 앉은 목련들은 아름다운 자태를 뽐내고 있었다. 걸음을 옮겨 남학생 야자실 건물 안으로 들어갔다. 불과 일주일 전에 5명의 아이들과 이야기하던 곳이었다. 혼자 남았다고 느껴진 성민이는 옆에 아무도 없다는 사실이 믿겨지지 않았다. 2층으로 올라간 성민이는 손전등을 켜서 친구들이랑 앉았던 자리로 가 보았다. 왼쪽 모서리 부분에 민기가 처음 새겨둔 글이 있었고 그 밑에는 민호가 적은 글이었다.

> 6월 13일 금요일 오후7시 30분
> 총 6명의 탐정가들
> 김민호, 한성민, 박승호, 최민기, 이수진, 최혜성
> 수색 시작.

> 6월 14일 토요일 오후 8시
> 어제 우린 수상한 증거물을 발견했고
> 사건의 실마리를 풀기 위해 다시 모였다.
> 다들 꼭 무사하길 바라며…

성민이는 손전등을 잠시 끄고 책상에 앉았다. 한없이 고요했고 똑딱거

리는 시계 소리가 뚜렷하게 들리고 있었다. 고개를 든 성민이는 뺨을 타고 흐르는 눈물을 닦아냈다. 다시 아이들이 쓴 글을 읽어보다가 그 밑에 또 다른 글을 발견했다.

> 6월 17일 화요일 오후 3시
> 나 때문에 수진이가 잡혔어.
> 모든 게 전부 내 잘못이야.
> 나 혼자 해결할게. 오지 말아 줘. -민호-

민호였다. 성민이는 눈을 비비며 다시 글을 확인했다. 확실히 민호였다. 글을 남겨 놨다! 그런데 어딘가 이상하다고 생각했다. 수진이와 민호가 사라진 날은 16일 월요일이었는데 기록된 날짜가 다음 날 17일 화요일로 적혀 있었다. 이에 민호도 학교에 남아 하루를 더 버텼을 거라고 추측했다.

'만약 17일에 물병을 마셨더라면 민호를 만났을까?'

그리고 정확하지 않지만 이날 분명 무슨 일이 생겼고 민호가 그것 때문에 자책감을 느끼고 적었던 게 아닐까 짐작했다. 밑에 또 다른 글이 있을 거라고 생각하며 이리저리 손전등을 비춰보았지만 마지막 글이었다. 책상 위에 놓인 펜을 들었다. 오늘 마주치지 못한 혜성이가 혹시나 이 글을 볼 수도 있지 않을까 하는 마음에 오늘 날짜와 시간을 표기한 후 밖으로 나왔다.

*

성민이는 목련나무 앞에 서 있었고 뿌리 부분 옆으로 목련 잎 몇 장이 떨어져 있었다. 성민이는 주변을 살핀 후 떨어진 한 장의 잎을 들었다. 매끄러운 비단처럼 굉장히 부드러웠다. 그 순간 성민이 머리 위로 나뭇가지 하나가 바람 한 점 불지 않았는데 파르르 떨더니 목련 잎을 떨어뜨렸다. 깜짝 놀란 성민이는 교문을 향해 달려갔다. 뭘까. 또 우연의 일치일까? 집 현관문에 다다르기 전 집 앞 놀이터로 향했다. 벤치에 앉아 놀란 마음을 진정시키기 위해 숨을 크게 들이마셨다.

그때 멀리서 놀이터 사이를 가로질러 몸이 축 쳐진 단골 할머니가 걸어오고 있었다. 그녀의 코는 빨개져 있었고 눈은 통통 부은 채로 훌쩍거리며 바닥만 멍하니 보며 걷고 있었다. 미처 보지 못한 반대편에서는 쫙 달라붙은 바지를 입은 단발머리 미용사가 찰랑거리는 머리카락을 휘날리며 어딜 급하게 가는지 할머니를 툭 치고 지나갔다. 미용사는 머리카락을 귀 뒤로 넘기다 사방으로 흩어지는 과일 주인이 할머니인 것을 확인하고 소스라치게 놀라더니 굴러가는 과일들을 허겁지겁 주웠다. 말없이 바닥만 보던 할머니는 떨어진 과일만 주워 담았고 미용사는 옆에서 그녀한테 연신 죄송하다고 말하더니 저 멀리 달아났다.

성민이는 느낌이 좋지 않았다. 손녀딸이 사라졌을 당시 할머니의 모습과 똑같은 모습이었다. 웃음이 사라진 채로 거의 말도 하지 않고 그저 먼 산만 바라보는 표정으로 동네를 다녔기 때문이었다. 할머니는 하나 남은 복숭아를 못 보고 지나갔다.

성민이는 문득 벤치 옆에 적었던 글이 생각났다. 글은 누군가 지웠는지 보이지 않았고 다시 적기 위해 적당한 크기의 돌을 골랐다.

"넌 왜 여기 있지?"

뒤에서 낯익은 목소리가 들렸다. 심장이 다시금 빠르게 뛰었다. 뻣뻣해진 다리 때문에 겨우 고개를 돌리니 누군가 모자를 푹 눌러쓰고 있었다.

"아저씨? 아저씨가 어떻게…."

그는 성민이의 반응을 예상한 듯 낄낄거렸고 목소리가 더욱 거칠어져서 거의 쉰 목소리를 내었다. 깡마른 그의 광대뼈는 마치 낙타의 등처럼 움푹 솟아 있었다. 그는 평소와 다른 경비아저씨였다.

"아무도 자신을 못 알아보는 기분이 어때? 끔찍하지?" 경비원이 떨어진 복숭아를 들고 누런 이를 보이며 한입 물었다. 그러자 오른쪽 입술에서 복숭아 즙이 주르륵 흘러내렸다.

"아저씨도 그들과 한편이었나요? 제 친구들은요?"

"난 누구의 편도 아니야. 너 친구들? 난 몰라. 그들이 죽든지 식물들처럼 말라 비틀어버리든지."

그의 눈빛은 냉혈했고 눈동자 왼쪽이 푸른색으로 얼룩져 있었다. 창고 문틈으로 봤던 파란색 불빛… 바로 그의 눈동자였다. 성민이는 그래도 경비아저씨가 지금 누군가에게 조종당하고 있다고 생각했다. 그러나 주변에는 놀이터 밖으로 동네 사람들이 몇 명 지나가는 것 말고는 아무도 없었다. 그가 다 먹은 복숭아를 바닥에 버리며 말했다.

"너의 오른쪽 주머니 안의 물약은 내가 만든 거야. 너희들 모두 내 손 안에 있다는 것과 마찬가지라는 거지."

성민이는 떨어진 복숭아를 빤히 바라보며 그동안 숨어 있었던 범인이 아주 가까운 곳에 있었다는 생각에 혐오스러웠다.

"도대체 무슨 짓을 꾸미고 있는 거야. 당, 당신은?"

"알 필요 없어. 순조로운 나의 계획에 걸림돌이 된 너의 친구들을 없애버린 것뿐이니까." 경비원이 킬킬거리며 섬뜩한 미소를 지었다.

병 찐 성민이를 뒤로 하고 그는 천천히 놀이터를 벗어났다. 민호도 경비원과 마주친 걸까? 주머니 안에 물병이 있는지 확인했다. 굴곡 있는 물병은 주머니 위에 불쑥이 도드라져 있었다.

*

집에 도착해서 방문을 열자마자 깜짝 놀랐다. 도둑이 들었다고 해도 믿을 정도로 너저분해져 있었다. 그러나 머릿속이 복잡한 지금 아무런 생각도 하고 싶지 않았다. 푹신한 침대에 쓰러질 듯 누운 성민이는 두 눈을 감고서 깊은 잠에 빠져 들었다.

성민이는 물속에서 한가로이 헤엄을 치고 있었다. 주변 곳곳에 뿌리 깊은 나무가 바닥 깊은 곳까지 뻗어 있었고 수생식물들 사이로 크고 작은 물고기들이 어딘가를 향해서 빠르게 나아가고 있었다. 몸이 가벼웠던 성민이도 그들을 따라서 열심히 헤엄쳐 갔다. 그러다 점점 물의 색이 잿빛으로 탁해졌고 주변에 있던 물고기들이 한 마리씩 수면 위로 떠오르고 있었다. 성민이도 그중 한 마리의 물고기가 되어 괴로워하다 잠에서 깨어났다. 불안한 자신의 심리가 꿈에서 자꾸만 빗대어 보여지는 듯했다. 일어나서 이불을 조금 들춰 누운 자리를 없애려 했다. 조금이라도 전과 다르게 했다간 눈치 빠른 엄마가 수상하게 생각할 것이다.

다시 밖으로 나가기 위해 손잡이를 잡고 현관문을 열려고 하는데 문이 바깥으로 먼저 열렸다. 성민이는 얼른 한 걸음 뒤로 물러섰다. 학교가 끝나고 돌아온 성원이라고 생각했으나 앞에 서 있는 사람은 곱실거리는 머리카락과 아담한 키를 가진 엄마였다. 그녀의 몸에서 나는 좋은 체취에 안고 싶은 마음을 간신히 참아냈다. 그녀는 아들과의 간격이 한 뼘 차이에도 전혀 모른 채 손잡이 느낌이 이상하다고 느꼈는지 안쪽 문고리를 확인해 보았다. 그리고 나선 자리에 앉아 신발을 벗었다. 잘 안 벗겨지던 한 짝이 휙 돌아 거실 바닥까지 날아갔다. 성민이 엄마는 휙 날아간 신발 한 짝을 가지러 거실로 기어가려고 했다. 성민이가 살짝 피했다. 소파 쪽으로 엉금엉금 기어가 밑에 기어가던 그녀가 잠시 혼잣말로 무어라고 하고 있었다.

"…설마 아닐 거야…. 하필 왜…."

듣지 못한 성민이는 어떻게 밖으로 나가야 할지 고민하고 있었다. 그냥 미쳤다 생각하고 현관문을 열고 나가야 할까 그렇게 한다면 엄마가 기절할지도 모른다. 아니면 여기서 더 있다가 나가야 할까. 그럴 경우에는 성원이가 집에 들어오게 되고 곧 있으면 아빠도 올 테니 나갈 수 있는 방법은 더욱 없을 것이다.

혼자 고민하고 있던 성민이는 옆에서 들리는 소리에 고개를 돌렸다. 멍하니 앞을 바라보고 있던 엄마가 신발 한 짝을 품에 끌어안더니 점점 어깨를 들썩이며 흐느끼고 있었다. 성민이는 소파 쪽으로 다가가서 무릎을 꿇고 나지막이 그녀를 불렀다.

"엄마…."

"설마 말도 안 돼…. 말도 안 돼…. 이럴 수는 없어…."

아들이 곁에 다가온지도 모른 채 그녀는 가슴을 탁탁 치더니 목놓아 울기 시작했다. 당황한 성민이가 안절부절못하며 자신도 모르게 엄마를 향해 큰 소리로 외쳤다.

"엄마! 나 여기 있어. 울지 마! 옆에 있어. 엄마 옆에 있다고!"

성민이는 금방이라도 터져 나올 듯한 울음을 힘겹게 삼켜냈다. 보이지 않았지만 엄마 앞에서 자신이 우는 모습을 보여 주고 싶지 않았다. 성민이가 아무리 소리쳐도 그녀는 가까이 다가온 아들의 목소리를 듣지 못했다.

아침부터 소문이 삽시간에 퍼져서 과일가게로 단발머리 미용사와 사진관 아저씨가 찾아와 이게 무슨 일이냐며 난동을 피웠다. 아까 바빠 보였던 단발머리 미용사는 윗동네에 아이들을 찾으러 갔다가 오는 길이었다. 성민이 엄마는 가게를 사진관 아저씨에게 맡기고 오는 길이었다. 그녀의 눈은 이제 뜰 수 없을 만큼 탱탱 부어 있었고 손은 가지런히 모은 채로 덜덜 떨고 있었다. 울음이 조금 잦아 들은 그녀가 전화기가 있는 쪽으로 기어갔다. 그리고 누군가에게 급히 전화를 걸었다. 그녀는 상대방이 받은 신호를 듣고 간신히 멎은 눈물을 다시 쏟아내었다.

"할머니…. 할머니 말대로 사라져버렸으면 어떡하죠? 그래도 오늘 저녁에는 돌아오겠죠…? 하룻밤 사이에 아니… 성민이도 없으면 나는 이제 뭐 하러 사나요? 왜 경찰들은 하루가 넘어서까지도 못 찾고 있고 제 말은 듣는 둥 마는 둥 하질 않나. 저 진짜 성민이 없으면 안 돼요…. 진짜 살을 도려낸다는 느낌이 뭔지 알 것 같아요…. 하늘이 무너진다는 말이 어떤 느낌인지 알 거 같아요…. 네네 그럽시다. 할머니. 저희 달래 마을 사람들 모아서 학교랑 경찰서에 불 지르러 갑시다. 저는 이대로 성민이 보낼 수 없어요."

성민이는 꿀 먹은 벙어리처럼 통화하고 있는 엄마를 지켜볼 수밖에 없었다. 다시 전처럼 돌아가는 방법도 몰랐으며 눈앞에 사라진 존재였다. 이제 다시 평범한 가족들처럼 돌아갈 수 없다는 생각이 들자 덜컥 겁이 났다.

통화가 끝난 후 조금 진정이 된 그녀는 바닥에 엎드려 있다가 지친 몸을 이끌고 화장실에 들어가려는 듯 일어났다. 거실 시계를 확인해 보니 5시 30분이 되어 가고 있었다. 더 이상 지체할 수 없었다. 바로 지금이 기회라고 생각하며 빠르게 현관문을 열고 나갔다. 성민이 엄마는 문이 철컥 닫히는 소리를 듣고 화장실 문턱에 한쪽 발을 넣었다가 현관문을 쳐다보며 말했다.

"성원이니? 설마 성민이야?"

현관문이 쾅 하고 닫히자 성민이는 참고 있었던 눈물을 터뜨렸다. 다신 볼 수 없을지도 모른다는 생각에 현관문에서 등을 떼기가 힘들었다. 한참을 울다가 얼굴을 세수하듯 닦아 내었다. 지금까지 두려워하고 숨고 싶어 하고 피하고 싶어 했다면 돌아오기 위해선 견디고 맞서 싸울 용기가 필요했다. 이제 물러서면 안 되었다. 사랑하는 가족들에게 돌아가기 위해선 혼자가 아닌 아이들과 함께 돌아와야 했다. 그동안 울음을 삼켰던 걸까. 한참을 울고 나니 새로운 묘안이 떠올랐다. 경비원과 마주치기 전에 교실에서 잠복하고 있는 편이 더 안전하고 좋을 것 같았다. 그리고 멈추는 시간대와 함께 뭔가 하나라도 발견하지 않을까. 성민이는 닫힌 문에 대고 큰 소리로 외쳤다.

"엄마 저 꼭 돌아올게요!"

Part 9

기절한 혜성이

- 6월 20일 금요일 5시 30분 -

　누구라도 스스로 열리는 유리문을 본다면 기절초풍했을 것이다. 성민이는 주변을 살피며 2층 교무실에 도착했다. 높은 칸막이가 설치되어 있는 선생님들의 책상 위에는 가리키는 교과 과목과 그들의 취향과 특성대로 꾸며 있었다. 주변을 살피며 출석부가 꽂혀 있는 쪽으로 걸어갔다. 선반에 있는 1학년부터 3학년까지의 출석부 사이에 아무리 찾아봐도 1학년 2반 출석부가 꽂혀 있지 않았다. 아직 교실에 누가 남아있는 걸까, 짐짓 경비원일지도 모른다는 생각이 들었다.
　그때 교무실 문 쪽에서 끼익 소리가 났다. 화들짝 놀란 성민이가 얼른 칸막이 안으로 몸을 숨겼다. 살짝 고개를 들어 확인해 보니 피곤하고 울적해 보이는 혜성이가 들어왔다. 하늘이 내려준 기회였다. 혜성이가 출석부를 들고 꽂으러 가는 동안 성민이는 문을 닫으려 했다. 그러나 완전히 닫히기 직전 문에서 '끼익' 하며 소리가 났다. 깜짝 놀란 성민이는 눈을 질끈 감으며 문고리에서 서서히 손을 떼었다. 절대로 혜성이가 도망가게 해서는 안 되었다.
　"뭐…뭐야 누구야!" 혜성이가 소리쳤다.
　출석부를 방패삼아 앞쪽으로 쭉 내밀며 교무실 문 쪽으로 조금씩 다가왔다. 문 쪽에 출석부를 사방팔방으로 저었고 위협하려는지 이상한 소리까지 냈다. 성민이는 가까스로 웃음을 참고 있다가 혜성이가 휘젓고 있는 출석부에 맞을까 봐 살짝 옆으로 피했다. 혜성이는 아무도 없다는 것을 느끼고 민망했는지 머리를 긁적였다. 여닫이로 된 문 밖으로 얼굴을 내밀어 복도를 좌우로 살피더니 고개를 갸우뚱거리며 닫았다. 다시 소름이 끼치는 '끼익' 소리가 나자 혜성이가 움찔거렸다.

"뭐, 뭐야 괜히 겁먹었네!"

일부러 목소리를 크게 내던 혜성이는 혼자 억지웃음을 보였다. 성민이는 그런 혜성이가 반갑기도 했고 재밌기도 했으나 이제는 한시바삐 밝혀 내야 했다. 고민하던 성민이는 혜성이가 다시 출석부를 꽂으러 가자 문을 살짝 밀었다. 그러자 미닫이문이 '끼익' 소리를 내더니 미끄러지듯 반 정도가 열렸다. 온몸에 소름이 끼친 혜성이가 그대로 걸음을 멈추었다. 정확히 3초 후 몸을 휙 돌려서 들고 있던 출석부를 허공에 크게 휘저었다.

"뭐, 뭐야! 도대체 거기 누구야!"

성민이는 끝내 참고 있던 웃음을 터트렸다. 하필 그때 반 정도 열린 문 밖에서 계단을 오르는 구두 소리가 들렸다. 이 구두 소리는 정확히 이기자 선생님이었다. 웃음을 그치고 살짝 열린 문을 통해 밖을 쳐다보았다. 그녀가 교무실 쪽으로 걸어오고 있었다. 약간 긴장한 성민이는 옆으로 피했다. 여전히 교무실 안에서 잔뜩 긴장한 상태로 있던 혜성이는 문이 열리자 2반 담임의 구두를 보고 비명을 질렀다. 혜성이의 비명 소리를 따라 동시에 그녀도 소리를 지르며 들어왔다.

"뭐! 뭐야! 아니 이게 누구야 혜성이니? 간 떨어질 뻔했잖아 이 자식아! 왜 우리 반 출석부를 들고 있는 거야?"

날카로운 그녀의 질문에 당황해하던 혜성이는 출석부를 2반에 꽂았다.

"아! 선생님이셨어요? 아? 아니에요…. 얼른 가야죠. 집에."

"빨리 들어가라니까 아직도 남아 있었니? 너희 반 담임 선생님이 빨리 집에 가라고 안 하든? 누구더라? 물리 선생님이셨나? 그 선생님이라면 분명 얘기 하셨을 텐데. 꼭 훌륭한 선생님이 있어도 너 같은 아이들이 있어서 사건들이 생기는 거야 알아들었어? 그리고 시험이 얼마나 남았다고 그런 여유가 있니?"

성민이는 눈앞에 있는 혜성이와 담임이 서로 대화하는 사이에도 자신을 전혀 알아보지 못하고 있다는 사실이 신기했다. 그녀는 자신의 자리로 걸어가면서 혜성이가 단 한 마디도 대꾸하지 못하도록 속사포로 잔소리를 하다가 마무리로 그의 어깨를 톡톡 두들겼다. 자리로 걸어가는 그녀의 뒷모습을 보며 혜성이가 그녀의 딱 달라붙는 바지에 눈살을 찌푸렸다. 그녀는 짐을 챙기고 나가면서까지 혜성이에게 한 번 더 주의를 주었다. 교무실 문이 쾅하고 닫히자 혜성이가 문 쪽을 향해 말했다.

"누…누구야? 잠을 하루라도 편히 잘 수가 있어야지. 이것도 딱 꿈에서 나온 장면이었어. 그렇다면 거기에 있는 애는 민호야?"

혜성이의 행동에 성민이는 깜짝 놀랐다. 자신이 지금 누군가의 시선을 받고 있다는 것. 혜성이는 확실히 뭔가 알고 있었다. 시간이 부족하다고 느꼈던 성민이는 우선 혜성이 앞에 보이는 책상 근처로 달려가 연필꽂이에서 펜을 꺼냈다. 그러나 흥분했던 나머지 펜을 놓쳐 바닥에 떨어뜨리고 말았다. 그 소리에 놀란 혜성이가 꽂아 두었던 출석부를 빠르게 뽑아서 방어 태세를 했다.

"으 으악! 뭐야! 말로 해!"

혜성이가 문 쪽을 향해 꽃게처럼 걸어갔다. 밖에 있는 누군가라도 들어 달라는 듯이 벽에 등을 대고 무작정 악을 질렀다. 성민이는 초조해지기 시작했다. 바닥에 떨어진 펜을 주우려 했다가 공중으로 들리는 펜을 보면 혜성이가 교무실 밖으로 뛰쳐나갈 것 같았다. 눈에 보이는 다른 펜을 들고 빠르게 적었다.

'나야. 성민이'

그 사이 혜성이가 뒷문 쪽에 다 닿으려 하자 성민이가 순식간에 달려가서 뒷문을 닫았다. 혜성이는 자신의 코끝을 스치며 닫힌 문을 올려다보며 뒷걸음질했다. 자신을 가두려한다는 느낌에 혜성이는 두려움을 느끼고 손에 들고 있던 출석부를 놓쳐버렸다.

"뭐, 뭐야! 도대체 누구야! 날 데리러 가겠다면 쉽게 안 될 거다! 나 무서운 사람이야!"

혜성이는 안절부절못하더니 주먹을 얼굴 위로 올렸다. 성민이는 답답할 지경까지 이르렀다. 더 이상 지체할 수 없어 쓴 종이를 얼른 보여 주었다. 그런데 혜성이가 눈앞에 나타난 흰 종이를 보고서 짧은 외마디 비명과 함께 기절했다. 성민이는 허탈감과 어떻게 해야 할지 몰라 당혹스러웠다. 혹시나 연기를 하고 있는 건 아닐까 하며 쓰러진 혜성이의 얼굴을 찰싹 때려 보았다. 미동조차 없었고 피부가 하얀 편이다 보니 빨갛게 자국이 났다. 종이에다가 적고 주머니에 넣어야 할까 하다가 이대로 경비원이나 경찰들한테 발각되어서 의심을 받거나 위험할지도 모른다. 일단 깨어나기 전까지 교실에 데려가서 같이 있기로 결정했다(창고 앞으로 가기 전까지 못 깨어나면 잠그고 나가면 될 테니까).

성민이는 출석부를 챙긴 다음 혜성이를 부축했다. 그런데 생각보다 혜성이의 몸이 상당히 무거웠다. 몸을 축 늘어뜨린 혜성이는 물에 푹 담갔다 뺀 큰 솜뭉치 같았다. 끙끙대며 3층에 도착한 성민이는 2반 교실을 향해 걸어갔다. 성민이가 4반 앞을 지나치자 창문에 고개를 숙이고 있던 꽃이 서서히 고개를 들었고 마찬가지로 2반 돔 창문에 있던 승원이의 화분 속 활짝 핀 꽃도 성민이를 향해 천천히 고개를 들었다. 복도에 피어난 꽃들이 성민이가 가는 방향대로 움직였지만 몸이 축 늘어진 혜성이 때문에 볼 겨를이 없던 성민이는 드디어 2반 앞문에서 멈춰 섰다. 혜성이를 잠깐 내려놓고 출석부에 달린 열쇠로 문을 열려고 하자 손이 바들바들 떨렸다. 문을 열고 복도에 누워 있는 혜성이를 교실 안으로 질질 끌고 들어왔다. 다리가 문턱에 걸리자 교실 바닥에 상체를 잠시 내려놓고 발을 들어 교실로 휙 밀어 넣었다.

  앞문과 뒷문을 책상으로 막아두고 축 처져 있는 혜성이를 자신의 자리에 앉혀 두었다(일부러 그 자리에 앉혔다. 그럼 일단 누군지는 알 테니). 앉히자마자 혜성이는 옆자리인 민기 의자에 픽하고 넘어갔다. 도무지 깨어날 생각을 안 하는 혜성이를 보며 성민이가 교탁 주변을 왔다 갔다거리며 걱정했다. 이대로 깨어나지 못하게 되는 건 아닐까. 머뭇거리며 볼을 한 대 더 찰싹 때려 보았다. 혜성이의 뺨이 다시 빨개졌다. 코 밑으로 손가락을 대어 보았다. 다행히 숨은 쉬는 듯했다. 먼저 숨을 쉬는지 확인해 보는 거였는데 반대로 하는 바람에 빨개진 볼에 더욱 미안해졌다.

  '나중에 이 사실을 애들한테 말해 주면 승호도 좋아하게 될 거야…'

  뻐근한 어깨를 돌리며 시간을 보니 6시가 넘어갔다. 아직까진 시간이 흐르고 있었기 때문에 혜성이가 깨어나기 전까지 기다리기로 했다. 창밖에는 조금 어둑해진 하늘을 차지한 구름들이 많았다. 교실을 둘러보다가 창가 쪽 화분에 있던 민기의 꽃이 주황빛으로 작은 반딧불처럼 서서히 빛을 내고 있었다. 성민이가 두 눈을 끔뻑거리며 가까이 다가갔다.

  '왜 빛을 내고 있는 거지?'

*

고개를 갸우뚱거리며 화분을 쳐다보고 있다가 나머지 아이들의 서랍과 책상을 하나씩 꼼꼼히 살펴보았으나 아무것도 없었다. 어느덧 시간은 빠르게 흘러 7시를 가리켰다. 혜성이가 아직도 깨어나질 않았기에 어쩔 수 없이 뺨을 때려서 깨우기로 했다. 성민이가 가까이 다가가자 혜성이가 의자에서 꿈틀거리며 책상을 손으로 '탁' 짚었다. 성민이가 깜짝 놀랐고 눈을 뜬 혜성이가 몸을 일으켰다. 자신이 교실에서 깨어났다는 사실에 심히 놀라고 있었다. 또 다시 며칠 전에 사라진 아이와 관련된 곳에서 깨어난 것을 느끼자 최대한 침착해지려 했다. 양 쪽 문을 책상으로 막았다는 건 밖으로 못 나가게 하려는 속셈일 테니 그럼 누군가와 함께 교실 안에 있다는 뜻이다. 정신이 번쩍 들었다.

"도대체 누구야!" 혜성이는 자리에서 벌떡 일어나 사방을 번갈아 보며 소리쳤다.

성민이는 날뛰는 혜성이를 보며 어떻게 자신을 밝혀야 할지 고민하다 교탁 위로 올라가 분필 하나를 집었다. 혜성이가 공중에 뜬 분필을 발견하고 숨이 안 쉬어지는 듯 가슴에 손을 올리고 '헉' 소리를 냈다. 이대로 혜성이의 숨이 넘어가기 전에 성민이는 칠판에 글씨를 휘갈겨 쓰기 시작했다.

― 나 성민이야. 부탁이니까 제발 놀라지 마. ―

칠판에 탁탁 소리를 내며 한 글자씩 적히는 글씨에 혜성이는 믿기지 않다는 듯 넋을 놓고 칠판을 보았다. 그러다 도저히 믿기지 않은 듯 이미 빨개져 있는 자신의 볼을 꼬집어 가며 중얼거렸다.

"나 지금 꿈꾸고 있는 거 아니겠지?"

― 우리를 구해 줘. 너의 도움이 필요해. ―

칠판에 적힌 글을 보던 혜성이가 한순간 표정이 어두워졌다. 고개를 푹 숙이며 설레설레 젓더니 나지막이 말했다.
"난 너희를 도와줄 수 없어."
혜성이의 반응에 놀란 성민이가 다급히 칠판에 적었다. 이대로 혜성이라도 도와주지 않으면 큰일이었다.

― 제발 부탁이야. 너의 도움이 필요해. ―

그때였다. 갑자기 혜성이가 자리에 벌떡 일어나서 칠판을 향해 소리쳤다.
"너희 어제 어떻게 된 거야! 야자실에서 계속 기다리다가 1시간이 지나도 안 오길래 경비실 앞으로 갔는데 경비아저씨도 없었어! 설마 무슨 일이 생긴 건 아닐까 똥줄 탔다고! 다음 날 학교에 갔을 땐 나만 살아서 돌아온 기분이었어. 내가 너희 5명을 전부 사라지게끔 도와주고 있던 거야! 후회하기에는 이미 늦었지만…." 조급하게 말하던 혜성이가 마지막 말에는 기어가는 목소리로 말했다.
― 아냐. 이건 우리가 이미 정했던 일이었어. 부탁이야. 도와줘. ―
혜성이는 칠판에 적힌 글을 보며 잠깐 고민하는 표정을 지었고 결심한 듯 말했다.
"내가 너희를 도와주면 안 되는 이유가 있어. 사실 처음부터 누군가 너희를 도와주지 말라고 했어. 만약 너희들이 뭔가 도와 달라하고 하면 오히려 말리라고 했지. 모두 위험해질 거라고 했거든."

"뭐? 누가?" 성민이가 믿을 수 없다는 듯 입 밖으로 소리쳤다. 혜성이는 보이지 않는 성민이의 반응을 짐작하곤 허공에 시선을 고정한 채로 말을 이었다.

"승원이였어… 그 이유는 나도 모르겠어. 그래, 나는 아무것도 몰라. 이게 내가 너희를 도와주면 안 되는 이유야."

혜성이는 혼자 엉뚱한 소리를 주저리 얘기하더니 갑자기 자신의 머리를 쥐어짜듯이 감쌌다. 혜성이의 대답에 혼란스러웠던 성민이는 갑자기 비틀대는 혜성이를 보고 깜짝 놀라며 어깨를 붙잡고 흔들었다. 옆에 있는 것만으로도 큰 도움이 되었는데 이대로 기절할까 봐 두려웠다.

"아 괜찮아. 괜찮아졌어. 일단 네가 아는 거에 대해서 나한테 말해줘."

잠깐 비틀대던 혜성이가 손을 올리며 말했다. 한숨 돌린 성민이가 칠판에 빠르게 적었다. 그러나 똑딱거리는 교실의 초침 소리와 달리 운동장 시계탑 시간은 7시에서 멈춰 있었다. 성민이는 긴 문장을 쓰느라 알지 못했다.

― 몸이 보이지 않는 건 지하창고 앞에서 발견한 유리병을 마시고 난 뒤였어. 그리고 범인은 경비원이야. 그를 피해서 다녀. ―

"경비 아저씨는 왜?" 혜성이는 깜짝 놀라며 물었다.

― 그 아저씨의 행동이 굉장히 수상하거든. ―

"수상해 보여?" 혜성이가 되물었다.

― 응. 너도 느끼게 될 거야. ―

"아니. 넌 제대로 파악하지 못한 거 같구나."
성민이는 혜성이가 마지막에 내뱉은 말에서 느껴지는 싸한 기운에 고개를 돌렸다. 혜성이의 왼쪽 눈의 초점이 흐릿해지더니 킬킬거리며 웃기 시작했다. 성민이는 분필을 떨어트리고 뒷걸음질을 치다가 교탁 계단에서 발을 헛디뎌 중심을 잃고 자빠졌다. 앞문을 가리고 있던 책상 다리에 머리를 찧어서 눈물이 찔끔 나왔다. 올려다 본 혜성이의 흐릿해진 왼쪽 눈동자 안이 푸른색으로 촉수처럼 퍼지고 있었다. 오전에 보았던 경비원의 눈동자와 같았다. 저 눈동자는…?! 알 수 없는 범인의 정체에 성민이는 혼란에 빠졌다.

"어…어떻게? 당신은…. 도대체 뭐죠?"
혜성이의 입술이 왼쪽으로만 씰룩거리며 움직였다.
"나는 어느 누구도 아니야. 나는 실제로 존재하지 않아. 단지 이 아이의 몸속에 잠시 들어온 것뿐이지."
"도대체 무슨 일을 벌이고 있는 거지?"
"보통 소문이라는 것은 촛불처럼 잠시 번뜩였다가 꺼지기 마련이지. 이 지역은 작고 조용하기 때문에 여학생 한 명이 사라지기엔 딱 적합했지. 그런데 너희가 나를 방해하기 시작하더니 계획이 틀어지고 있어."
"너 누구야… 당장 내 친구한테서 나와! 당장 나오란 말이야!"
"뭘 알고나 소리 쳐! 인간은 정해진 자기의 운명에 맞춰서 살아가는 것밖에 불과해. 그저 나약하고 비참한 운명을 가지고 아등바등 살아야 한다는 건 괴로운 법이야. 나는 그런 여학생들에게 선택권을 주고 있는 거라고."

성민이는 무슨 말인지 도통 이해가 되지 않았다. 범인은 과연 사람의 몸을 이곳저곳 움직일 수 있단 말인가. 혜성이의 도움을 받기 위해 노력했던 모든 것이 헛수고가 되어 버리자 허탈해졌다.

"그래. 너흰 믿을 수 없을 거야. 인간은 본래 보는 것만 믿게 되는 법이지." 혜성이가 킬킬거리며 웃었다.

그 순간 창가에 있던 민기의 화분에서 환한 빛을 뿜어내었다. 앞에 있던 혜성이가 몸을 웅크리고 괴로워했고 교실 앞문이 우지끈거리며 뜯어졌다. 곧바로 앉아 있는 성민이 머리 위로 강한 바람이 훅 들어오더니 교실 책상이 우당탕거리며 벽으로 밀려났다. 소용돌이처럼 교실에 이는 바람에 먼지가 일어났고 민기의 화분이 바닥으로 떨어졌다.

먼지가 바닥에 가라앉았고 떨어진 화분에서 나오던 빛은 나타나지 않았다. 교실 중간에서 서서히 나타난 정체에 성민이가 비명을 질렀다. 그때 보았던 반인 반수 괴물이 똬리를 틀고 앉아 있었다. 그는 입술 밖으로 두 갈래의 기다란 혀를 보이며 성민이를 쳐다보고 있었다. 한쪽 눈동자가 노란색이었는데 그쪽 눈을 깜빡거릴 때마다 보호색처럼 사라졌다가 나타나기를 반복했다.

곧바로 앞문에서 고개를 숙이고 들어온 다른 한 명은 몸을 기울여 비스듬히 교실 안을 들어왔다. 앉아있던 성민이가 처음 본 그의 모습에 재빨리 뒤로 물러섰다. 하체로부터 달린 검은색의 두꺼운 몸통이 보이며 그의 기다란 꼬리는 문밖으로 쭉 이어졌고 윤기가 나고 매끄러운 검은색의 두툼한 몸을 가졌으며 교실 안에 있는 괴물보다 몸통이 훨씬 두꺼웠다. 그의 한쪽 눈에서는 파란색 빛을 내고 있었으며 문 앞을 가로막고 있던 의자에 손을 뻗자 번쩍거리더니 창문 쪽으로 날아갔다. 성민이는 눈앞에 자신을 정확히 쳐다보고 있는 괴물들을 보며 이제 이곳에서 그들을 피해 어떻게 빠져나가야 할지 막막해졌다.

"보고도 못 믿겠지. 너희 친구들도 믿지 못했지만… 아. 안 돼. 깨어나려 해." 혜성이가 말하던 도중 머리를 붙잡고 비틀거렸다.

똬리를 틀고 앉아 있던 괴물은 잠시 사라지더니 성민이 앞에서 모습을 나타내었고 그와 동시에 성민이는 그에게 몸이 들려졌다. 혜성이는 힘없이 그 자리에서 앞으로 고꾸라졌다.

"혜성아!"

성민이는 속이 울렁거렸으나 빠르게 복도를 지나쳐 그의 움직임에 따라 같이 움직였다. 그들의 긴 몸통과 나무로 된 바닥이 마찰대면서 스스슥거리는 소리를 내었다.

'지금 도대체 어디로 데리고 가는 거지? 이대로 잡혀 먹히는 건가?'

별의별 생각이 다 들었다. 최대한 좋은 쪽으로 생각하려다 생각의 꼬리들이 끔찍한 쪽으로 넘어가자 그만두기로 했다. 어느새 지하창고 문 앞에서 그들이 걸음을 멈추었다. '끼이익'거리는 소리와 함께 문이 열리며 안개가 가득한 창고 문 안으로 들어가고 있었다. 눈앞이 흐릿해졌고 잠시라도 정신을 차리기 위해 눈을 최대한 떠 보려 노력했다. 왠지 돌로 된 나선형 모양의 길을 끊임없이 내려가고 있다는 것을 느꼈다. 돌로 된 탑이었을까. 의구심이 생겨나면서 눈이 스르륵 감겼다.

Part 10

베일에 가려진
여인

"으아아악! 나가게 해 달란 말이야!"

눈이 번쩍 떠졌다. 눈앞의 시야가 겹쳐 보였고 깨질 듯한 두통에 미간을 찡그렸다. 소리라도 질러 보고 싶었지만 입에는 테이프를 붙여 놨는지 벌어지지도 않았으며 더군다나 천장에 거꾸로 매달려 있었다. 밧줄이 아닌 번데기처럼 실타래로 몸을 칭칭 감아 놓았는데 움직일수록 그 안에서 손과 발을 더욱 조였다.

'애들이 봤다면 애벌레라고 놀려댔겠지.'

다른 아이들도 이렇게 매달려 있는 상황일지 궁금해졌다. 짐작한 바 승호는 여태껏 소리를 낼 수 있었으니 입을 막은 상태는 아니었을 것이고(제일 시끄러운 승호의 입은 왜 안 막았을까) 민기는 최대한 눈에 띄지 않으려고 하면서 무릎에 얼굴을 파묻고 눈물을 훔치고 있을 거라 생각했다.

주변을 천천히 둘러보았다. 천장과 바닥까지 거리가 꽤 있었고 돌로 된 벽에는 물이 송골송골 맺혀 있었다. 바닥에서부터 높지 않은 정도에는 아무것도 올려있지 않는 작은 나무선반 하나가 놓여 있었다. 뭐라도 있을까 뒤에도 확인하기 위해 조금씩 몸을 움직이자 갑자기 '투두둑' 소리가 나면서 성민이의 몸이 4센티 가량 훅 내려갔다. 심장이 덜컹했고 식은땀이 절로 났다. 하마터면 바닥으로 쿵 떨어질 뻔했다.

천장에 붙은 끈은 거의 실오라기처럼 걸려 있는 위태로운 상황이었다.

자신의 체중을 앞으로 얼마 동안 버틸 수 있을까. 눈을 치켜뜨고 바닥을 확인해 보니 어떤 거무칙칙한 거품이 퐁퐁 터지고 있는 큰 항아리가 놓여 있었다. 창살문을 나가기 전에 일단 항아리에 빠지지 않고 내려오는 방법을 찾아내야 하는 게 우선이었다. 벌써부터 몸에 흐르는 모든 피가 얼굴로 내려온 기분이었다. 입술에는 잔뜩 묻어 있는 끈적거리는 분홍색 액체가 바닥으로 뚝뚝 떨어졌는데 찝찝하고 닦아내고 싶었다. 꽁꽁 묶인 상태에서 아무것도 할 수가 없던 성민이는 눈앞이 캄캄해졌다.

*

시간이 얼마나 흘렀을까. 바깥에서 '탁탁'거리는 소리가 들렸다. 지칠 대로 지쳤던 성민이는 창살문을 보고 있다가 두 눈이 크게 떠졌다. 창살문 밖에서 진회색의 넓적부리황새가 얼굴을 불쑥 내밀었는데 검은 눈동자를 통해 성민이를 올려다보고 있었다. 학교에서 봤던 괴물들이 아니라 다행이라고 생각이 들었지만 약간 어리둥절했다. 황새는 방 안을 훑어보더니 어딘가에 고개를 가볍게 끄덕거렸고 창살문에 부리가 부딪혀서 '팅' 소리가 났.

성민이는 그 상황에도 웃어야 할지 말아야 할지 몰라서 잠자코 있었다. 연이어 펄펄 끓는 가마솥이 뒤로 밀려났고 머리 위에는 털북숭이 난쟁이가 있었다. 축축한 벽 쪽으로 그것이 슥슥거리며 움직이자 성민이는 알 수 없는 정체에 이끌려 빤히 쳐다보았다.

이어서 난쟁이가 갈색 머리카락 사이로 앙상한 손을 꺼내더니 손가락을 부딪쳐 딱 소리를 내자 성민이가 밑으로 훅훅 내려갔다. 몸을 감싸고 있던 실타래들이 사르륵 풀리며 바닥으로 흩어졌다. 성민이는 이대로 도망가고 싶었지만 매달린 상태에서 몇 시간 동안 묶여 있었고 아무것도 먹지 못했기 때문에 다리에 힘이 들어가지 않았다. 그리고 뭔가 무릎을 짓누르고 있어서 확인해 보니 앞에 있는 난쟁이의 머리카락 사이로 버선코 신발이 삐져나와 있었는데 버선코 끝에는 방울처럼 생긴 은색 진주가 박혀 있었다. 키가 거의 성민이의 머리끝에도 미치지 못했던 난쟁이는 아무런 말이 없었다. 창살문 밖에서는 기다란 두 다리를 꼿꼿이 편 황새가 넓적한 부리로 자신의 몸을 벅벅 긁고 있었다. 성민이는 모든 상황이 신기하기도 했고 앞에 보이는 난쟁이가 무슨 말이라도 먼저 해 주길 바랐다.

성민이의 마음을 아는지 모르는지 그의 뽀글거리는 갈색 머리카락 사이로 금색 잔이 불쑥 나왔다. 성민이가 몸을 뒤로했지만 무력감에 멀리 달아나지는 못했다. 난쟁이는 금색 잔을 바닥에 잠시 내려 두더니 머리카락 사이로 분홍색의 기다란 손을 꺼내서 성민이의 입을 닦아주었다. 그의 기다란 손은 상당히 앙상했으며 끈적거리는 액체가 뚝뚝 떨어지고 있었다.

"으악! 어? 고마워…."

말을 할 수 있게 된 성민이는 자신을 도와준 난쟁이에게 경계심이 풀렸다. 바로 앞에 놓인 금색 잔을 조심스레 들여다보니 잔 바닥에는 구정물처럼 보이는 액체가 고여 있었다. 마실 마음이 사라진 성민이는(뽀글거리는 머리카락을 보고) 마시는 척을 한 다음 어색한 미소를 보이며 건네주었다. 곧바로 바닥을 짚고 자리에서 일어나려 하니 머리가 핑 돌았다. 중심을 잡으려 벽을 짚으려 했지만 이리저리 비틀거렸다. 끝내 성민이가 앞으로 넘어지자 창살문 밖에 있던 황새가 화들짝 놀라며 그대로 앞을 향해 달려갔다.

다시 한 번 성민이 얼굴 앞으로 난쟁이가 금색 잔을 내밀고 있었다. 어쩔 수 없이 마셔 보기로 결정했다. '이보다 더 나쁜 일은 안 생기겠지.' 그를 믿어 보기로 했다.

"우 웩."

성민이는 헛구역질을 하며 금색 잔을 바닥에 내려놓았다. 풀을 갈아 만든 것처럼 걸쭉했고 목 뒤로 넘어가는 느낌은 한마디로 최악이었으나 눈 씻겨 내려가듯 허벅지부터 발끝까지의 저림이 사라졌다. 난쟁이는 머리카락을 바닥에 질질 끌고 걸어가더니 나무선반 위에 금색 잔을 올려 두었다. 그 다음 털 사이로 분홍색의 앙상한 손을 꺼내었고 허공에다가 엄지와 중지손가락을 부딪히며 '딱' 소리를 냈다. 닫혀 있던 철창문이 철컥하며 열리면서 넓적부리황새가 아무 일도 없었다는 듯 다시 나타났다.

기운을 차린 성민이는 몸을 일으켜 일어났다.

"고마워."

얼굴을 가린 머리카락 때문에 표정을 알 수 없는 난쟁이를 지나쳐 철장 밖으로 나왔다. 그 공간에서 벗어나니 숨통이 트였다. 밖에는 아치형 복도로 창살문들이 다닥다닥 붙어 있었고 천장 쪽에는 일정한 간격으로 작은 촛불들이 흔들리며 길을 밝혀 주고 있었다. 아까 보았던 황새 말고도 다른 두 마리의 넓적부리황새가 나란히 앞을 보며 한 줄로 서 있었다. 가운데 있는 황새만 진회색보다는 조금 옅은 색을 띠고 있었는데(키가 140센티 정도 되었다) 맨 앞의 황새는 고개를 꼿꼿이 세운 채로 앞을 보고 있었다. 이어서 옆방 철창문이 드르륵 열리며 아무런 기력조차 없어 보이는 민기가 나왔다. 안경이 없어서 성민이도 알아보지 못하고 중간에 있던 황새에게 쓰러질 듯이 올라타자 황새가 살짝 비틀거렸다. 민기는 배를 움켜쥐고 끙끙거리며 아파하고 있었다(난쟁이가 준 금색 잔을 거들떠보지도 않았기 때문이다). 그 다음 차례인 철창문이 드르륵 열리며 눈은 탱탱 부어서 해바라기 씨앗 크기의 작은 눈이 되어버린 승호가 꾀죄죄한 상태로 나왔다. 승호는 고개를 들고 주변을 살피다가 성민이를 발견했다.

"오 이런 성민아!"

하지만 맨 앞의 황새가 부리로 막아서자 승호는 구시렁거리다 황새의 등 위로 올라탔다. 아이들은 다음 철창문이 열리며 민호와 수진이가 나올 거라며 생각했지만 승호가 마지막이었는지 옆에 있던 황새가 넓적한 부리로 성민이의 어깨를 툭 건드렸다.

성민이가 올라타자 황새들은 기다란 복도를 향해 걷기 시작했다. 황새의 깃털은 거칠어 보이는 진회색의 색깔과 다르게 굉장히 부드럽고 푹신했다. 민기가 날개 죽지를 잡고 있었는데 고개를 돌린 황새가 부리로 목 부분을 가리켰다. 타닥타닥 황새들의 발걸음 소리가 복도에 울렸고 천장에서 차가운 물이 머리 위로 뚝뚝 떨어졌다. 앞에 있던 승호가 머리카락을 마구 털어내며 천장을 보고 구시렁거렸다. 그리고 아이들 옆엔 쥐도 새도 모르게 나타난 난쟁이가 황새 옆에서 나란히 걷고 있었다. 엎드려 있던 민기는 눈앞에 나타난 난쟁이를 보고 깜짝 놀라서 황새의 깃털을 세게 잡아당겼다. 민기의 황새가 흥분하며 엉덩이를 들썩거렸다. 하마터면 민기가 떨어질 뻔하자 양옆에 있던 난쟁이들이 기다란 손을 뻗어 놀란 황새의 깃털을 살짝 어루만져 주었고 그제야 흥분이 조금 가라앉은 듯 다시 걸었다.

얼마 지나지 않아서 엎드려 있던 민기가 금색 잔을 들고 나타난 난쟁이를 보고 고개를 들었다. 이내 못 본 척 반대방향으로 고개를 돌리자 그쪽으로 다시 나타난 난쟁이가 전보다 더 손을 뻗어 내밀고 있었다.

"제발 마셔 지금보다 훨씬 괜찮아질 테니까." 그 모습을 보고 있던 보다 못한 성민이가 말했다.

잠시 고민하던 민기는 오만상을 찌푸리더니 몸을 일으켜 앉았고 3마리의 황새들이 걸음을 멈추었다. 민기는 금색 잔을 한번 들여다보곤 역겨운 듯 헛구역질을 했다. 눈을 질끈 감고 마시고 나서 입을 닦으며 고맙다고 말했다. 난쟁이는 복슬복슬한 털 속에 금색 잔을 넣었고 보이지 않았지만 아까와 달리 사뿐히 걸었다.

맨 앞에 있던 황새가 걸음을 멈추었다. 옆에 있던 난쟁이들이 손가락으로 '딱' 소리를 내자 3미터 정도 크기의 돌문이 양옆으로 열렸다. 아이들 일행이 밖으로 나오니 드르륵거리며 닫혔다. 앞에는 몇 그루의 나무 말고는 20미터 정도 앞에 뭉게구름이 길을 막고 있었으며 뭉게구름은 마치 솜사탕처럼 분홍색이었다.

"이제야 다 모였군?"

민기가 가까이서 들리는 목소리에 비명을 질렀다. 그곳에는 흰 머리카락이 고불거리고 큰 이빨이 듬성듬성 난 노파가 돌문 옆 낡은 의자 위에 앉아 아이들을 보고 있었다.

"아? 나머지 한 명은 혼자 갔어. 너희들보다 조금 더 빨리 왔으니 말이야."

옆에서 승호가 자신의 생각을 들은 노파를 보며 움찔거렸다.

"돌아갈 순 있지만 쉽지 않지."

이번에는 민기가 경악을 금치 못했다. 성민이가 그런 승호와 민기를 번갈아 쳐다보았다. 노파는 그녀의 허리처럼 굽은 막대기를 짚고 힘겹게 일어났다. 그리곤 굽은 막대기를 들고 분홍빛 뭉게구름 쪽을 향해 가리키며 말했다.

"저기 저 앞에 보이지. 저기로 가. 일단 황새들이 배고프다니까 되도록 앞쪽에서 먹이고 난 뒤에 저기 저쪽으로 가면 돼. 알아 들었지?"

아이들은 굽은 막대기로 멀리 있는 뭉게구름을 설명하고 있는 노파를 이상하게 쳐다보고 있었다. 오로지 황새들만 알았다는 듯 고개를 연신 끄덕 거리고 있었다.

"나 그렇게 이상한 사람 아니다!" 노파가 갑자기 민기를 보고 소리를 빽 질렀다.

"네! 죄송합니다!" 민기가 큰 소리로 대답했다.

"이제 물러가! 썩 가버리란 말이야!"

깜짝 놀란 황새가 쫙 뻗은 다리로 앞을 향해 달려갔고 민기는 노파의 목소리가 가뿐히 묻힐 만큼 날카로운 비명 소리를 질러대기 시작했다.

"뭐야! 어디 가! 뭐하는 거야 싫어! 안. 으아아악!"

황새가 뭉게구름 속을 향해 달려가자 민기는 넓적부리황새의 목을 거의 뜯을 듯이 잡아 당겼다. 황새가 비틀거리며 지그재그로 달려갔고 구름 속으로 쏙 들어갔다. 민기의 비명이 뚝 끊겼고 나간 자리는 다시 분홍빛 구름으로 채워졌다. 민기가 구름 속으로 사라지자 승호와 성민이가 침을 꿀꺽 삼켰다.

"저 황새가 원래 잘 안 날거든 큰 소리에만 날갯짓을 하지. 절대로 게을러선 안 돼. 그러다간 땅에만 계속 머물러야 하지."

노파가 다시 낄낄거리며 웃었다. 겁먹은 성민이와 승호는 긴장한 표정이 역력했다. 이어서 남은 황새들도 쭉 뻗은 긴 다리로 구름 속을 향해 달려가기 시작했다. 아이들 등 뒤로 낄낄거리는 노파의 웃음소리가 끊이지 않고 들려오고 있었다.

"우리가 또 어디로 끌려가는 거지?!"

앞이 보이지 않는 뭉게구름에 다가가자 성민이와 승호는 동시에 비명을 지르며 구름 속으로 들어갔다. 노파의 웃음소리가 들리지 않을 때쯤 옆에 있던 승호가 소리쳤다.

"성민아! 눈 떠 봐! 성민아 눈 떠!"

성민이가 눈을 조심스레 뜨자 승호의 황새가 2미터가 넘는 날개를 힘차게 퍼덕이고 있었다. 성민이의 황새도 마찬가지로 커다란 날개를 퍼덕이며 온통 분홍빛 뭉게구름으로 둘러싸인 곳을 가로질러 가고 있었다.

"정말 기분 짱이야!" 승호가 두 팔을 펼치며 환호했다.

승호와 다르게 성민이는 아직 아무것도 보이지 않는 구름 속에서 무언가 튀어나올까 봐 겁이 났다. 주변에 무언가 휙휙 지나가는 것이 보였지만 울렁거리던 성민이는 목을 꽉 끌어안았다. 그때 한창 신이 나 있던 승호가 말했다.

"안, 안 돼! 으아악!"

이번엔 황새들이 아래로 급강하했다. 분홍색의 구름이 점차 옅어지면서 사라지자 다른 세상이 불쑥 튀어나왔다. 넓은 바다가 발밑으로 펼쳐졌으며 양옆으로 울창한 나무들로 둘러싸인 길이 있었고 그 두 개의 길이 만나는 지점에는 거대한 신전이 있었다. 신전을 너머 저 멀리 오른쪽에 위치한 섬은 나무 위로 반짝이면서 움직이는 빛들로 가득했으며 반면 왼쪽 섬에는 축 처진 나무들이 서로 얽혀 있었고 나무 꼭대기에서 검은 해오라기 같은 새 무리가 모여 있었다. 승호를 태우고 있던 황새가 성민이 옆으로 와서 나란히 날았다.

"여기가 어디지?"

"나도 모르겠어…. 근데 정말 짱이다!" 걱정스러운 성민이에 비해 한껏 들뜬 승호가 큰 소리로 말했다.

구경하는 것도 잠시 다시 한 번 급강하를 하자 얼른 황새의 목을 감싸 안았다. 드넓게 펼쳐진 바다를 향해 내려갔고 이대로 가다간 자칫 물속으로 들어갈 수도 있다는 생각이 들자 문득 노파가 했던 말이 생각났다. 바로 황새들은 배를 채우려고 하고 있었다! 거기다 예상과 달리 드넓은 바다도 아니었고 가고 싶지 않았던 음침해 보이는 왼쪽 늪지대 방향이었다.

"안 돼!"

성민이가 급하게 황새의 오른쪽 깃털을 움켜잡고 세게 당겼다. 화들짝 놀란 황새가 몸을 오른쪽으로 틀었다. 뒤에 있던 승호도 똑같이 따라 했다. 당황했던 황새는 금세 또 무언가를 봤는지 오른쪽으로 몸을 회전하며 다시 급강하했다. 엎친 데 덮친 격이었다. 예상했던 대로 황새들이 바닷속을 향해 내려가며 입을 점점 크게 벌리고 있었다. 승호와 성민이는 심장이 몸 밖으로 튀어나오는 기분을 느끼며 바다를 향해 비명을 질렀다.

*

해면 근처에 다다르자 다행히도 황새들이 해면 위에 발끝을 살짝 담구며 바닷 속을 바라보고 있었다. 눈을 뜬 아이들은 해면 위에 얼굴이 비춰지는 걸 보고 몸을 천천히 일으켰다.

푸른 바다 위를 가로지르는 시원한 바람과 눈앞에 펼쳐진 신비로운 세계를 바라보고 있으니 기분이 짜릿했다. 황새들은 해면 위에서 바닷속을 유심히 살펴보다가 옆으로 급 꺾기도 했으며 맛있게 먹을 물고기를 찾고 있었다. 그럴 때마다 아이들의 몸이 휘청거렸고 재빨리 황새의 목을 끌어안고 빠질 뻔한 위기를 모면했다.

그때 황새만 한 물고기가 해면 위로 뛰어올라 화려한 색을 뽐내더니 바다로 다시 들어갔다. 그러다 눈앞에서 거대한 날개가 달린 은빛 물고기들이 펄쩍 뛰어올랐다. 성민이가 타고 있던 황새는 기회를 놓칠 세라 큰 부리를 벌려서 덥석 물었다. 물고기가 아쉽게 빠져나가자 뒤에 있던 승호가 아까워했다. 욕심이 없었던 승호의 황새는 작은 물고기가 뛰어오르자 덥석 물어서 맛있게 먹었다. 반면 성민이의 황새는 작은 물고기는 거들떠보지 않고 커다란 물고기를 먹기 위해 입맛을 다시며 해면 아래를 유심히 보고 있었다. 그런데 바로 앞에서 크기를 가늠할 수 없는 물고기의 머리가 해면 위로 오르려는 걸 발견한 승호가 소리쳤다.

"저 앞에 좀 봐봐!!"

자칫하면 부딪힐 수도 있다는 생각에 성민이가 몸을 뒤로 젖히며 황새의 목 부분 깃털을 힘껏 잡아 올렸다.

"승호야 따라와!"

성민이의 황새가 고개를 들면서 위로 상승했고 뒤따라서 승호도 깃털을 잡아 올렸다. 간발의 차이로 푸른 해면 위에 고래 크기의 거대한 초록색 비늘의 도마뱀 얼굴이 나타났다. 압도적인 크기에 승호와 성민이가 비명을 질렀고 아슬아슬하게 지나쳤다. 도마뱀이 입 사이로 두 갈래의 거대한 혓바닥을 내밀었고 하늘을 향해 휙휙 휘날리는 것을 보며 황새들이 이리저리 피하기 바빴다. 뒤이어 해면 위로 불쑥 나온 손가락에 승호가 잡힐 뻔했다. 아이들이 무사하게 하늘 위로 올라오자 거대한 도마뱀이 수면 아래로 다시 내려가면서 어마어마한 물의 양이 사방팔방으로 튀었다.

신전이 보이자 황새들은 속도를 조금씩 줄이며 앞에 놓인 수십 미터의 나무 꼭대기를 가뿐히 넘었다. 승호의 황새가 나무 꼭대기에 발이 살짝 스쳐서 수십 미터의 나무 꼭대기가 흔들거렸다.

땅으로 내려오니 모래로 뒤덮인 바닥에 황새 한 마리가 있었고 등에는 민기가 축 늘어진 채로 있었다. 황새도 힘이 빠진 듯 다리가 덜덜 떨리고 있었는데 목에는 깃털이 많이 빠져서 듬성듬성 빈 공간이 생겨 있었다. 승호와 성민이는 하마터면 도마뱀 밥이 될 뻔했지만 온몸이 저릴 만큼 짜릿한 경험이었다.

　민기를 태우고 있던 황새가 몸을 흔들면서 민기를 땅에 떨어뜨렸다.
　"으아악 이대로 죽기 싫어!"
　승호가 땅에서 허우적거리는 민기를 보며 깔깔거렸다. 성민이가 고개를 들고 높은 기둥으로 세워져 있는 신전을 올려다보니 황새가 부리로 등을 털었다. 그의 검은 눈동자가 신전을 가리키고 있었다. 눈앞에 보이는 신전은 그리스 양식처럼 층층이 지어져 굉장히 웅장했고 하늘에 닿을 만큼 높은 기둥으로 되어 있었다. 정신을 차린 민기를 데리고 내부로 들어오니 마치 오케스트라를 연주하는 홀처럼 넓어서 아이들의 저벅거리는 걸음 소리가 울렸다. 벽에는 일정하게 움푹 파인 곳에 놓인 촛불이 내부를 은은하게 비추고 있었다. 향을 피우는 곳은 올라가는 계단도 없이 땅에서 떨어진 높은 곳에 있었는데 그 위에는 얼굴에 불투명한 베일을 가린 석상이 들어왔던 문 위로 돔 천장을 둘러싼 큰 그림을 가리키고 있었다. 가리킨 그림 속에는 가운데에 놓인 의자에 불투명한 베일을 가린 여인이 앉아 있었으며 그 여인을 중심으로 왼쪽 벽의 배경에는 반을 차지하는 호수와 축 처진 울창한 버드나무의 나뭇가지 위로 검은 새들이 군데군데 앉아 있었고 주변에는 양치식물들과 각종 녹색식물들이 있었다. 그 앞에 또 다른 여인이 있었는데 불투명한 베일을 가린 여인을 바라보는 방향으로 한 여인이 서 있었다. 그녀의 얼굴은 코가 오똑하고 굉장히 아름다웠으나 사악해 보였다. 몸에는 검은 천을 두르고 있었으며 머리카락이 허리까지 왔는데 군데군데 초록색 잎들이 붙어 있었다. 반면 오른쪽에는 싱그러운 낙엽을 가진 나무들과 꽃들이 피어 있는 사이에 그 앞에도 다른 여자가 똑같이 앉아 있는 여인을 바라보고 있었다. 그녀는 초록색 천을 두르고 있었으며 그녀의 허리까지 오는 머리카락에는 색색의 꽃들이 붙어 있었다. 그녀 또한 화를 낸 표정이었으나 왼쪽에 있는 여성과 반대되는 느낌이었으며 그녀 역시도 아름다움이 드러나 있었다(그림을 펼쳐 보면 양쪽의 여인들은 베일을 가린 여인이 아닌 서로를 가리키고 있는 모습이다). 아이들은 그림을 보면서 언뜻 노파가 했던 말이 생각났다.

'너희들은 심판을 받아야 해.'

거대한 홀 안에서 아이들은 최대한 붙어 있었다. 성민이는 홀 안에도 일정하게 있는 두꺼운 기둥 사이로 무언가 튀어나올까 걱정되었지만 차라리 털북숭이 난쟁이가 나타나면 좋겠다고 생각했다. 민기는 상황을 파악하기 위해 추론하고 있었다. 저 석상은 무엇이며 홀을 둘러싼 이 심오한 그림은 또 무엇일까.

"애들아…!"

그 순간 민호가 아이들을 부르며 홀 안으로 뛰어 들어왔다. 너무 반가운 나머지 아이들은 서로 얼싸안았다. 민호는 못 본 사이에 힘이 하나도 없어 보였고 눈동자가 굉장히 흐려져 있었다.

"있잖아. 우린 황새를 타고 오다가 바다에서 고래만 한 크기의 도마뱀 봤어! 아주 아슬아슬하게 지나쳐 왔지! 하마터면 도마뱀 손가락에 잡힐 뻔했다니까!" 승호가 기세등등해하며 말했다.

이어서 민호는 늪지대에 잠깐 들어섰는데 어두운 호수 근처에서 황새가 악어새끼를 먹고 있는 사이에 연꽃을 바라보다가 그 밑으로 엄마인 악어의 눈과 마주쳤다고 했다. 듣고 있던 성민이가 눈을 크게 뜨자 민호는 악어의 눈 크기가 무려 연꽃만 했다고 말을 덧붙였다. 승호는 말도 안 된다며 고개를 저었다.

"야 그럼 아까 우리가 봤던 도마뱀은?"

"그건 우리가 두 눈으로 본 거잖아." 승호가 여전히 못 믿겠다는 식으로 대답했다. 바로 그때 민기의 날카로운 비명소리가 홀 안에서 울렸다. 다들 깜짝 놀라서 한 걸음에 달려가니 석상 자리에는 혈색이 도는 불투명한 베일을 쓴 여인이 그림이 아닌 아이들을 가리키고 있었다. 승호가 어금니를 꽉 깨물면서 민기에게 무슨 짓이냐고 노려보았다.

"나는 아무 짓도 안 했어! 그냥 잘 안 보여서 석상을 빤히 바라보기만 하고 있었는데 갑자기 움직였다고!" 민기가 억울한 듯 말했다.

- 이곳에 왜 온 것이냐? -

그때 홀 안에 들리는 그녀의 위엄 있는 목소리에 아이들은 찍소리도 못하고 조용해졌다.

"저희는 친구들을 구하러 왔습니다." 민호가 말하자 그녀가 호통을 쳤다.

- 이 모든 것이 인간의 잘못이다! 이곳에 어떻게 들어오게 된 것이냐! -

다시 홀 전체를 울리는 그녀의 쩌렁쩌렁한 목소리에 다들 입을 다물었다. 이번에는 성민이가 용기를 내서 말했다.

"저희들은 죄가 없으니 다시 돌려 보내주세요!"

- 이곳에 들어온 자체가 너희들의 죄다. 두 번 얘기하지 않겠다. -

그녀가 손을 휙 내렸다. 벽에 있는 촛불들이 미세하게 흔들렸.

"저희가 왜 잡힌 거죠? 저희도 억울하게 잡혔어요!" 승호가 소리쳐 말했다.

- 가당치 않은 소리 하지 마라. 너희들이 들어와서 섬들이 더욱 위태로워지고 있다 -

우리 때문에 이곳이 위태로워지고 있다고? 그런데 왜 우리를 이곳에 데리고 온 걸까. 아이들은 각자 다르게 생각하고 있는 범인을 떠올렸다.

– 이 세계를 너희들이 볼 수 있다는 건 이곳이 위태로워지고 있다는 것이다. 즉 너희들로 인해서 섬들이 생존하거나 멸망할 위기에 처해 있다는 것이다. –

아이들은 이어서 말한 여인의 말을 도통 알아들을 수가 없었다. 민기가 혼잣말로 중얼거렸다.

"우리 때문에 이곳이 멸망할 수도 있고 생존할 수도 있다고? 앞뒤 내용이 하나도 안 맞는 말이네."

민기가 콧대를 쓸어 올리며 조심스레 물었다.

"저희는 다시 못 돌아가나요?"

– 나는 이곳에 있는 것들의 옳고 그름을 심판해 줄 뿐이다. 죄를 가진 너희들에 대한 심판의 결정을 내릴 때까지 기다려라. –

민기는 울적해진 기분에 고개를 숙였다. 학교에서 사라진 이후로 며칠 동안 씻지도 못했기 때문에 교복에서는 찌든 냄새가 났고 민호의 교복은 먼지투성이에 바지 부분이 찢겨져 있었다.

"그럼 저희는 그동안 뭘 해야 하는 거죠? 다시 돌아갈 수 있는 방법은 없는 건가요?" 성민이가 물었다. 곧바로 그녀의 음성이 들렸다.

– 물은 가까이하되 조심하고 또한 작은 생명체를 조심하되 주변을 잘 살펴보아라. 곳곳에 도움의 손길이 있을 것이다. –

의문스러운 그녀의 대답은 아이들의 눈을 끔뻑거리게 할 뿐 이해하기에는 힘들었다. 도움의 손길이라는 단어는 귀에 들리지도 않았으며 물을 가까이하되 조심하라는 말도 피차일반이었다. 이곳의 생명체는 이미 바닷 속의 거대한 도마뱀과 민호에게 들은 악어의 크기를 보아 직감했다. 여인은 말이 끝남과 동시에 잿빛으로 변하며 돌로 굳어버렸다.

밖으로 나오니 황새들은 보이지 않았고 하늘에서 넓적부리황새 몇몇이 누비며 날아다니고 있었다. 그때 민기가 하늘을 보며 소리쳤다.

"애들아 뭔가 이리로 오고 있어!"

하늘을 누비던 4마리의 황새들이 아이들을 향해 내려왔다. 아까와 다른 넓적부리황새 4마리였다. 민기를 태우는 황새만이 바뀌었는데 민기를 태우고 꽤나 힘들었는지 전보다 큰 황새로 바뀌었고 건강해 보였다. 황새들은 구분 못할 정도로 전부 똑같이 생겼지만 아이들은 느낌대로 자신이 탔던 황새가 누군지 알 수 있었다. 승호가 튼튼해 보였던 민기의 황새한테 타려고 하자 승호의 황새가 부리로 쿡쿡 찌르며 노려보았다. 황새들은 아이들을 태우고 신전 앞의 동남쪽 방향의 길로 걸어갔다. 양옆으로 울창한 나무들이 있었고 중간마다 섬 밖의 바다가 보였다. 다행히 날씨는 춥지도 않고 따듯했다. 황새를 타고 위에서 바라 본 섬은 너무나 아름다웠다. 빽빽이 둘러싼 구름을 뚫고 푸른 바다 위를 가로질러 거대한 도마뱀과 악어를 봤다는 걸 과연 누가 믿을까. 다른 학생들은 꿈이라도 상상 못할 경험이었다(물론 민기는 하루빨리 이곳을 벗어나고 싶은 마음뿐이었다). 지금도 어디로 가는 건지 아이들은 궁금투성이였다.

*

어느덧 황새들이 걸음을 멈추었다. 승호가 눈을 비비며 일어났고 성민이의 황새는 입을 쩍억 벌리며 하품했다. 눈앞에는 지금까지 보았던 나무들 중에서도 비교할 수 없는 어마어마한 크기의 나무가 있었다. 사방으로 뻗어 있던 수많은 나뭇가지에는 열매와 작은 이파리조차 하나도 없었지만 옆의 평범한 나무들과는 달리 약간 경사진 모래 언덕에 혼자 자리 잡고 있었으며 주변의 작은 나무들은 그 나무와 떨어져 있음에도 불구하고 고개를 반대쪽으로 숙이고 옆으로 자라나고 있었다. 또한 나무는 신기하게도 나뭇가지에 있어야 할 잎사귀들이 나무 앞에 원 모양의 띠로 크게 둘러싸여 있었는데 지금까지 봤던 나무들과 다르게 신성한 기운이 나뭇가지와 기둥에서 흘러나오는 것만 같았다. 마치 그곳이 자기 자리라는 듯 굳건히 지키고 있었다.

"뭐야 여기가 어딘데?" 나무를 올려다본 승호가 빈정거리며 말했다.

민기는 황새의 목소리를 듣게 되는 것은 아닐까 하고 기대했지만 4마리 전부 검은 눈동자만 깜빡거리고 있을 뿐이었다. 나무를 둘러싼 수상한 띠 밖으로 황새들은 어느 정도 거리를 유지하며 나무 앞으로 가까이 다가갔다. 그 순간 어디선가 불어온 바람에 의해 아이들 주변의 있던 모래바닥이 잔잔히 일며 누군가의 부드러운 목소리가 들려왔다.

- 앞에 보이는 나무는 섬의 나무들 중에서 가장 특별한 신의 나무예요. 다른 나무와 다르게 생명을 불어넣어 인간처럼 감정을 느낄 수 있어요. 이곳에서 여러분들은 각자 필요한 것들을 공급받을 거예요. -

그녀의 목소리는 다시 일어난 잔잔한 바람과 함께 흩어졌다. 민호가 주변을 두리번거렸고 승호는 그녀의 말에 집중하지 않고 구겨진 옷을 가다듬고 있었다. 민기는 황새의 목을 꽉 끌어안고 있었는데 숨이 막혔는지 켁켁거리던 황새가 넓적한 부리로 민기의 손을 쿡쿡 찔러댔다. 성민이가 민기의 손을 때려가며 황새의 몸에서 억지로 내려오게 했다. 황새는 움푹 들어간 자신의 깃털을 보고 신경질 난 듯 부리로 한참이나 정리했다.

나무 자체에서 어떠한 기운이 주변을 둘러싸고 있었기에 아이들은 선뜻 가까이 다가가지 못했다. 황새들은 계속 움직이고 날아다녀서 힘들었는지 꼿꼿이 폈던 다리를 굽히며 잠깐 동안 꿀 같은 휴식시간을 가졌다. 호기심이 많았던 민호가 잎사귀 안으로 한쪽 발을 넣어 보니 가만히 있던 작은 나뭇가지들이 파르르 떨었다. 잎사귀 바깥으로 발을 빼 보았더니 파르르 떨던 나뭇가지가 멈추었다. 민기가 뒤를 돌아 자신을 태워 준 황새에게 위험한 나무인지 물어보았지만 감고 있던 한쪽 눈동자를 게슴츠레 떴고 무심하게 눈을 도로 감았다. 그때 민호의 귓가에는 그녀의 목소리가 들려왔다.

- 원으로 둘러싸인 잎사귀들은 나무를 보호해 주는 보호막이에요. 그저 잎사귀라고 쉽게 봤다간 큰일 나요. 잠에서 깨어난 나무가 당신이 앞에 있다는 것을 느끼고 있어요. 자칫 호기심에 나무를 대하다간 다칠 수 있어요. -

가만히 아이들을 보고 있던 민호의 황새가 자리에서 일어나더니 부리로 민호의 등을 떠밀었다. 순식간에 민호가 앞으로 넘어지면서 잎사귀 안으로 넘어갔다.

"무슨 짓이야!" 승호가 황새에게 소리쳤다.

그러나 보호막 안으로 들어간 민호는 아이들의 목소리가 들리지 않았다. 그때였다. 나뭇가지가 기지개를 켜듯 파르르 떨었다. 그 소리에 다들 숨죽였다.

- 이제부터 천천히 움직이세요. -

민호의 귓가에 다시 목소리가 들렸다. 누군가 지켜보고 있다고 느껴진 민호는 안심하며 아이들이 보는 방향으로 서서히 일어났다. 오른쪽 하늘을 향하고 있었던 나뭇가지 하나가 한 번 움츠리더니 길게 뻗으며 민호 옆으로 서서히 다가왔다. 지켜보고 있던 민기가 길어진 나뭇가지에 놀라 입이 떡 벌어졌다. 나뭇가지가 가까이 다가온 줄도 모르고 있던 민호에게 성민이가 손을 들어 가리켜 주자 옆에 있던 황새가 부리로 툭 하고 쳤다. 그새 커다란 나뭇가지는 민호의 왼쪽 귀 옆으로 다가갔다. 우지직거리는 소리에 민호가 얼굴 옆으로 다가온 나뭇가지에 몸을 움츠렸으나 소리를 내지 않았다.

나뭇가지는 파르르 떨며 잠시 옆으로 물러났고 뭔가를 털어내듯 살짝 흔들었다. 동시에 큰 나뭇가지에 붙어 있던 잔가지에서 작은 새싹이 작게 툭 튀어나와서 안으로 동그랗게 말리더니 작은 사탕처럼 변했다. 사탕의 크기가 점점 커졌고 순식간에 탐스럽고 싱싱한 사과 하나를 만들어냈다. 민호는 조심스럽게 사과를 따서 크게 한입 베어 물었다. 아삭거리는 소리와 함께 민호가 의심스러운 표정을 하며 천천히 씹었다. 눈이 달려 있는지 민호가 꿀꺽 삼키자마자 나뭇가지가 그의 허리를 감싸 안고 위로 높게 들었다. 깜짝 놀란 민호가 손에 쥐고 있던 사과를 떨어트렸다. 데구르르 굴러가던 사과는 잎사귀를 넘어서 민기의 발 앞에 부딪혔다. 그러자 아이들이 민호를 보며 어찌할 바를 몰라 발을 동동거렸다.

"아악 애들아 살려줘!"

"내려놔! 내려놓으라고!" 승호가 나무를 향해 소리쳤다.

민호는 공중에 들려져 이리저리 흔들리다가 하늘 위로 아주 높게 들려졌다. 아이들이 놓칠 세라 그 시선을 따라갔는데 강렬한 햇빛 때문에 눈이 부셔 제대로 뜰 수 없었다. 잠시 뒤 민호를 감싼 나뭇가지가 내려왔지만 민호가 보이지 않았다. 나뭇가지는 본래 제자리를 찾아갔고 한 번 크게 파르르 떨더니 멈추었다. 민기는 벌레가 들어가도 모를 정도로 입을 벌리고 있었고 성민이는 강렬한 태양 속에 민호를 받기 위해 찾아보고 있었으며 승호는 기가 막힌 듯 헛웃음을 터뜨렸다. 성민이가 나무에 가까이 다가가려고 하자 황새가 넓적한 부리로 막아서며 매서운 눈빛으로 쳐다보았다. 섣불리 혼자 나서면 위험하다고 말하는 것만 같았다. 성민이가 고개를 끄덕였다.

"아니 고작 사과 한입 먹었다고 저렇게 하늘로 던져버리는 거야? 민호는 어디로 사라져버린 거야…? 안 그래도 눈앞이 흐려서 아무것도 안 보이는데 벌써 멀미가 날 지경이야."

민기의 속사포 같은 말에 성민이는 지극히 공감하고 있었다. 이곳에 온 이후로 어디론가 계속 데리고 가고 있었다. 민기가 황새들을 번갈아보며 말했다.

"나는 밀지 마. 나는 내가 직접 걸어갈 거… 어? 잠깐 어디 갔어?"

민호를 태웠던 황새가 어디로 사라졌는지 갑자기 보이지 않았다. 하늘을 바라보니 몇몇 황새들만 보일 뿐 그중에서 민호의 황새를 알아보기란 힘들었다. 그때 승호가 보호막 안으로 성큼 발을 딛고 들어갔다.

"쟤 미친 거 아니야!?" 민기가 승호를 가리키며 말했다.

"야 어디까지 가는 거야! 위험하다고!" 성민이가 소리쳤다.

졸고 있던 황새들도 고개를 들고 유심히 승호의 행동을 살피고 있었으며 승호를 태워준 황새가 불안한 듯이 왔다갔다거렸다. 승호는 손바닥을 크게 펴서 성인 남성 7명이 손을 잡고 둘레를 잴 수 있을 정도의 두꺼운 기둥에 얼굴을 대었다. 기둥은 거칠거나 습하지 않고 포근하게 느껴졌으며 안에서 누군가 숨을 쉬는 듯 작은 숨소리가 들리고 있었다. 생각과 다른 촉감에 승호의 작은 눈이 두 배로 커졌다.

"나무가 숨을 쉬고 있어!"

아이들을 향해 기둥을 가리키며 크게 소리쳤다. 허나 그 말이 아이들에게 전혀 들리지 않았다. 승호는 고개를 들고 자신을 바라보고 있을 나무를 올려다보며 생각했다.

"나한테는 왜 사과를 주지 않는 거지?"

"쟤는 겁도 없이 저기서 뭘 하고 있는 거야." 승호를 주시하던 민기가 불안해하고 있었다.

"안 돼! 그러지 마!" 갑자기 성민이가 승호를 보며 크게 소리쳤다.

Part 11

신의 나무

황새들이 부리를 아래로 내리고 매섭게 승호를 노려보았다. 상황을 전혀 인지하지 못했던 승호는 범위 안에서 도대체 무슨 생각을 하는 건지 나무의 기둥을 연신 발로 차고 있었다.
 "제발 그만해!" 민기와 성민이가 함께 외쳤다.
 나뭇가지들이 크게 몸을 떨었고 나뭇가지 하나가 승호의 등을 쳐냈다. 순식간에 승호가 공중으로 날아가더니 민기와 성민이 앞에서 '쿵' 소리와 함께 고꾸라졌다. 성민이가 승호를 잡아 주려고 달려가자 승호의 앞으로 원으로 둘러싸인 잎사귀에서 기다란 줄기가 얽히고설키며 빠른 속도로 자라났다. 금세 승호의 키를 훌쩍 넘을 정도로 자라나더니 고개를 숙였다. 승호는 눈앞에 빠른 속도로 다가오는 줄기에 눈을 질끈 감았다. 다행히 쭉 뻗은 줄기가 코앞까지 다가와 멈추었기에 안도의 한숨이 절로 나왔으나 곧장 승호의 허리를 감싸며 위로 높이 들렸다. 다른 위치에서 자라난 줄기에게 승호를 공처럼 던지며 주고받기 시작했다. 몸이 허공을 붕붕 날아가다가 한 번 놓쳐서 땅에 떨어질 뻔하자 승호가 참았던 비명을 내질렀다.
 "애들아 살려 줘!"
 밑에 있던 아이들과 황새들도 움직이는 방향에 따라 눈을 좌우로 굴리며 승호를 따라가고 있었다.
 "눈 뜨고 도저히 못 보겠네!" 민기가 불안한 마음에 발을 동동거렸다.

"어떻게 좀 해 봐!" 성민이가 다급하게 승호의 황새에게 소리쳤다.

승호를 태웠던 황새는 그 소리에 화들짝 놀라더니 접었던 날개를 활짝 펴고 길쭉한 두 다리로 땅을 찍고서 날아가버렸다. 아이들은 너무 황당한 나머지 커다란 날개를 퍼덕이며 날아가는 황새를 쳐다보았으나 곧장 민기의 머리 위로 거대한 물체가 날아갔다. 거대한 물체는 바로 승호였다. 황새가 날아가던 승호를 잡아내었고 승호는 그대로 기절했다. 성민이와 민기는 안심한 듯 크게 한숨을 내쉬었다. 민기와 성민이는 기절한 승호를 바닥에 조심스레 눕혔다.

"정말 끔찍했어. 그런데 승호가 뭐라고 한 걸까?" 성민이가 물었다.

"별로 필요 없는 말이었을 거야."

"아니야. 기둥을 가리키고 있었어. 승호가 뭐라고 한 건지 한번 확인해 봐야 할 것 같아."

"아니야. 위험할 수도 있어." 민기가 고개를 세차게 저었다.

"괜찮아. 발로 차는 위험한 짓만 안 하면 되지."

성민이가 곧바로 보호막 안으로 조심스레 한 발자국 들어섰다. 나뭇가지가 다시 파르르 떨며 깨어났다. 방금 전 자신을 발로 찬 승호 때문에 기분이 꽤 불쾌했으며 경계하고 있었다. 천천히 걸어가던 성민이의 뒷모습을 바라보고 있던 민기는 긴장이 돼서 손에 난 땀을 황새의 깃털에 닦아 내었다. 성민이는 기둥 위에 손을 조심스레 올렸다. 학교에서 만졌던 목련 나무보다는 조금 더 부드러웠으며 기둥이 미세하게 오르락내리락하고 있었다. 성민이는 위에서 아래로 천천히 쓰다듬은 다음 기둥에 기대앉았다. 미세하게 나뭇가지가 흔들리고 있었으나 전처럼 움직이지 않았다.

잠시 후 나뭇가지 하나가 조용히 내려오더니 기대앉은 성민이의 머리를 한번 쓰다듬었다. 성민이가 깜짝 놀라며 몸을 웅크리자 나뭇가지가 주춤 하며 뒤로 물러섰다. 성민이를 줄곧 태웠던 황새가 몸을 일으켰다. 황새가 일어나는 것을 보고 초조했던 민기가 성민이에게 소리쳤다.

"성민아 그냥 나와!"

아무것도 들리지 않은 성민이 앞으로 물러난 나뭇가지가 다가왔다. 나뭇 가지가 쩌저적거리며 갈라지는 소리에 성민이는 눈을 동그랗게 뜨고 쳐다 보았다. 아까 민호에게 사과를 건네주었던 것처럼 나뭇가지 사이로 작은 연두색 새싹이 나오더니 동그랗게 말리며 작은 사탕에서 점차 커지기 시작 했다. 이내 전과 똑같은 탐스러운 사과를 만들어냈다.

그런데 나뭇가지가 뒤로 조금 물러서더니 사과의 밑 부분부터 황금색 물 감이 사과 전체를 덮었다. 민기가 어렴풋이 보이는 사과를 보며 탄성을 질 렀다. 황금사과를 똑 떼어낸 성민이는 과연 무슨 맛이 날까 한입 베어 물 었다. 아무 맛도 나지 않아 고개를 갸우뚱거렸다. 설마하며 노릇노릇하게 구워진 빵 위에 예전에 엄마가 만들어 준 무화과 잼을 듬뿍 바른 토스트를 생각해 보았다. 그러자 입안에서는 엄마가 만들어 준 무화과 잼을 바른 토 스트 맛이 나고 있었다. 성민이는 맛을 음미하며 미소를 지었다. 성민이가 아쉬워하며 꿀꺽 삼키자 나뭇가지가 성민이의 허리를 감쌌다. 두 눈을 질 끈 감은 성민이는 황금사과를 손에 꼭 움켜쥔 채로 높게 들려졌다. 민기가 올려다보았지만 눈부신 햇빛 때문에 제대로 볼 수 가 없었다.

"곧장 따라갈게 성민아!" 민기가 소리쳤다.

*

어느 순간 성민이는 흰 안개 속을 통과하고 있었다. 눈을 뜨지 않고 있어서 안개 속을 통과한다는 것조차 몰랐으며 대신 중간에 귀가 먹먹해질 때쯤 침을 꿀꺽 삼켰다. 두 발이 땅에 닿았고 허리를 감싸고 있던 나뭇가지가 스르르 풀렸다. 눈을 조심스레 떠서 안전하게 데려다 준 나무 기둥에 손을 대었다. 그런데 기둥은 전과 달리 홀쭉해져 있었고 나뭇가지에는 초록색 잎들이 촘촘히 붙어 있었다.

"야! 박성민!"

뒤에서 들려온 민호 목소리에 뿌리와 땅 사이 공간을 보지 못했던 성민이가 중심을 잃고 축축한 바닥 위에 엉덩방아를 찧었다. 황금사과도 바닥으로 떨어졌다. 주변에는 담쟁이덩굴을 포함해 허리까지 오는 무성한 수풀들이 원으로 둘러싸여 있었다. 민호가 심각한 표정으로 엉덩이를 비비는 성민이를 보며 말했다.

"성민아 여기 좀 봐봐. 우리가 기어갈 만한 작은 터널 같은 곳이 있어. 창고에서 우리가 발견했던 문처럼 말이야. 나머지 애들은?"

성민이는 승호 이야기를 해 주며 가리키는 곳으로 걸어갔다.

"그 자식 그럴 줄 알았어."

풀 사이에 네발로 기어갈 수 있는 통로가 있었다. 성민이가 그 공간을 보고 있는 동안 민호가 나무를 올려다보며 말했다.

"아 맞다. 나는 안개 속을 통과할 때 잠깐 기절을 했는지 도중에 꿈을 꿨는데 좀 이상한 걸 봤어."

"안개? 꿈을 꿨다니?"

"모르겠어. 꿈이었겠지. 물속이었거든 근데 그게 중요한 게 아니야. 중요한 건 여학생을 봤어."

"뭐?"

그때 주변에서 알 수 없는 소리가 났는데, 흡사 작은 날개를 퍼덕이는 소리와 같았다. 그 소리는 넓적부리 황새도 아니었으며 벌레들이 내는 소리도 아니었다. 민호가 검지를 입술에 갖다 대었다. 소리가 잠잠해지자 한 걸음 더 가까이 와서 한층 작아진 목소리로 말을 이었다.

"처음 보는 애였어. 아마… 내 생각으로는 사라진 여학생 중 한 명이라고 생각해."

"그걸 네가 어떻게 알아?" 성민이가 의심스러운 눈초리로 물었다.

"내가 이렇게 확신한 이유는 그 여학생이 우리 학교 교복을 입고 있었어. 나도 그것을 보고 짐작한 거지. 테두리가 금색으로 칠해진 유리관에 누워있었는데 주변은 자세히 보진 못했지만… 아무튼 물속이었어."

"유리관…? 뭘까? 왜 너 꿈속에 그 여학생이 나타난 걸까?"

"그건 나도 잘 모르겠어. 잠깐 눈을 비볐더니 이곳에 와있었어." 민호가 맥이 빠진 듯 대답했다.

"애들아…."

촘촘한 나뭇가지들 사이로 내려와 모습을 드러낸 민기가 힘겹게 성민이와 민호를 불렀다. 민기의 어깨에 매달려 있던 승호는 아직까지 정신을 못 차린 듯 비틀거리고 있었다. 민호가 한걸음에 달려갔다.

"괜찮긴 한 거지?"

말도 말라는 듯 고개를 설레설레 저었고 끝내 승호와 함께 황새들이 어디선가 물고 온 붉은 사과를 베어 물고 왔다고 말했다. 민기는 넘어온 공간을 둘러보더니 두 번 다시 하늘을 날아다닐 일은 없을 거라며 굉장히 좋아했다. 성민이와 민호가 승호의 상체와 하체를 들고 나무 밑동 쪽에 잎을 모아서 그 위에 눕혔다. 기다랗게 뻗은 두꺼운 뿌리에 살짝 걸터앉아 있던 민기는 나뭇잎으로 두 눈을 가렸다가 떼는 행동을 반복하며 말했다.

"헐 애들아. 잠깐만. 잘 보이는데? 나 눈이 잘 보여!"

"응? 눈이 잘 보인다고?" 성민이가 물어보자 신이 난 민기가 자리에서 벌떡 일어났다.

"그래!"

"우와 너한테 시력을 준 거야? 그거 멋진데? 그럼 나랑 민호는 뭘 받은 거지?" 성민이가 고개를 갸우뚱거렸다.

"얘는 받은 것도 없고 아직도 못 깨어나고 있는데?" 민호가 밑동 아래 누워 있는 승호를 보며 말했다. 그 소리에 뒤척이며 일어난 승호는 앞의 시야가 2개로 겹쳐 보여서 초점을 맞추려고 두 눈을 부릅떠 보았다.

"야 승호야 괜찮아? 눈은 크게 뜬 거 맞지?" 민기의 말에 성민이와 민호가 웃음을 터뜨렸다. 승호는 인상을 찡그리며 민기를 보았다가 목이 여러 개 달린 괴물로 보여서 흠칫 놀라 머리를 감싸 쥐었다.

"그런데 우리 어디로 들어온 거야? 물속을 어떻게 통과한 거지? 꿈을 꾼 건가?"

"뭐? 너도 봤구나? 그래! 내가 꿈을 꾼 게 아니었어!" 민호가 흥분하며 자리에서 펄쩍 뛰었다.

"너도 봤어?(민기가 고개를 저었다) 아 못 봤구나. 아무튼 난 이제 두 번 다시 나무를 발로 차는 행동은 안 하겠어."

"도대체 왜 그랬던 거야?" 민기가 물었다.

"한번 궁금했어. 인간처럼 감정을 느끼고 거기다 생명을 불어넣은 나무라니 평소에는 상상할 수도 없는 거잖아?"

"나는 다시 돌아가게 된다면 나무가 바람에 스치는 소리에도 무서울 것 같아." 민기가 아까 있었던 일들을 회상하며 진저리를 쳤다.

"또 시작이네 그런 걱정은 나중에나 해. 이곳에서 빠져나갈 궁리만 하라고."

"뭐? 아까 공처럼 하늘로 날아간 애가 누구였더라. 그걸 찍었어야 했는데."

티격태격하는 민기와 승호를 보며 성민이와 민호가 긴장이 풀린 듯 웃음을 터뜨렸다. 하지만 위기는 언제 찾아올지 모르는 법이다. 불투명한 베일에 가려진 여인이 경고한 말에 대해서 아이들은 조심히 행동해야 했다. 불현듯 작은 공간이 생각난 민호가 승호와 민기를 부르며 풀을 젖혀서 보여주었다.

"하…. 이제는 또 기어가야 하는 거야?" 진절머리가 난 민기가 울상을 지으며 말했다. 더구나 그 공간에는 빛이 없어서 어두워 보였다.

"그럼 내가 먼저 갈 테니까 한 명씩 뒤따라오는 거 어때?"

민기가 완강히 반대했고 결국 민호와 승호가 가기로 결정했다. 저 안을 어떻게 지나가야 하나 생각하고 있던 찰나 승호가 주머니 속에서 손전등을 꺼내들었다. 문득 주머니 속에 물병과 손전등이 있다는 것이 생각난 성민이가 물병도 꺼내들었다.

"저걸 가지고 있어!? 당장 버려!" 승호가 물병을 보며 난리법석이었다.

"아냐. 혹시 모르니까 잘 갖고 있어."

민호가 무릎을 굽히고 손전등을 꺼냈다. '딸깍' 소리와 함께 빛이 나왔지만 전과 달리 많이 옅어져 있었다. 얼굴을 집어넣고 그 안을 훑어보더니 학교에서 지나갔던 공간 크기와 비슷하니 덩굴 위로 지나다니는 벌레들만 조심하라고 당부했다. 승호는 작은 생명체를 조심하라는 여인의 말이 생각나자 걱정이 되었는지 팔짱을 끼고 한쪽 다리를 달달 떨었다.

"내가 애들 볼 테니까 넌 여기 감시하고 있어 민기야." 성민이가 말했다.

"그래. 차라리 그게 낫겠다."

민호는 입에 손전등을 물고 들어갔고 이어서 승호가 뒤따랐다. 그러나 얼마 못 가서 민기가 비명을 지르는 바람에 승호가 굉장히 화를 냈다.

"아 진짜 최민기! 깜짝 놀랐잖아!"

"성민아 내 말 좀 들어봐. 방금 여기서 날갯짓 소리가 들렸다니까?!"

성민이는 아까 민호와 함께 들었던 소리라며 나름 침착하게 민기를 안심시켰다. 한창 기어가던 민호는 조금씩 공간이 넓어지자 뒤에 있던 승호에게 알려주었다. 점점 승호의 뒷모습이 보이질 않자 걱정되었던 성민이가 공간 안으로 몸을 집어넣고 크게 소리쳤다.

"애들아 괜찮아!?"

성민이의 물음에 뒤에 있던 민기가 비명을 질렀다. 깜짝 놀라서 딱딱한 공간 안에 머리를 부딪쳤다. 성민이는 머리를 움켜잡은 채 얼굴을 빼고 민기에게 짜증을 냈다.

"아니 왜 그래! 정말!"

"야 성민아! 무슨 작은 날개를 가진 아니 벌레가 아니야. 분명해! 내 귓가에 들렸던 그 소리랑 똑같다니까!"

민기가 손톱을 잘근잘근 깨물며 초조한 눈빛으로 성민이에게 바짝 붙었다. 성민이는 괴물들에게 먼저 잡혔던 민기의 용기가 어디서 나왔는지 의아해졌다. 그 순간 민호와 승호의 탄성 소리가 들렸기에 성민이가 공간 속에 얼굴을 도로 집어넣었다.

"어때? 괜찮아?"

"응! 이리로 얼른 와 봐!"

멀리서 승호의 대답이 작게 들려왔다. 성민이가 안으로 들어가려고 하자 민기가 상당히 겁에 질린 표정으로 애원하기 시작했다.

"성민아. 아냐 저기는 위험할 거야. 지금 그러고 있을 때가 아니야. 애들 보고 빨리 나오라 해. 지금 우리를 지켜보고 있는 거야! 이곳에서 못 빠져나오도록 꿍꿍이를 벌이고 있는 거라고! 제발 그냥 가자. 수진이랑 여자애들을 구하려면 시간이 없어!"

성민이는 얼마나 지체되었을지 모를 시간과 혼자 두려움에 떨고 있을 수진이가 떠올라 고개를 끄덕거렸다. 고개를 다시 집어넣고 아이들에게 나오라고 소리쳤다.

"아냐! 일단 이리로 와 봐! 빨리!" 이번에는 민호의 다급한 목소리가 들려왔다.

잠시 고민하던 성민이는 그럼 혼자만 들어가겠다고 말하자 민기가 질색하며 말했다.

"뭐? 그럼 나 혼자 이 무서운 공간에 남아 있으라는 거야? 여기에 혼자 남느니 차라리 나 먼저 들어가겠어!"

잔뜩 열을 낸 민기가 고개를 숙이고 먼저 들어갔다. 성민이가 고개를 숙이며 들어가려고 하는 순간 생각해 보니 손전등이 없었다. 민기가 그럼 어떻게 가냐며 울상이었다. 핸드폰을 꺼내 플래시를 이용하려고 했지만 작동되지 않았다. 성민이는 어차피 승호와 민호도 무사하니 괜찮을 거라고 민기를 다독였다. 그래서 어쩔 수 없이 손전등 없이 들어갔다. 민기가 연신 끙끙거리는 소리를 내며 기어가던 도중 갑자기 멈춰 서는 바람에 성민이의 머리가 민기의 엉덩이에 부딪히고 말았다.

"아 진짜! 뭐야!"

민기는 손가락이 뭔가에 물려서 따끔거린다고 난리법석을 떨며 그 상태로 움직일 생각을 하지 않았다. 앞으로 가라고 성민이가 소리쳤고 조금 떨어진 곳에서 불빛이 보이며 승호의 목소리가 들렸다.

"뭐야? 손전등 아무도 없어!?"

"나 지금 손이 따끔거려서 미치겠어. 날 뭔가 찔렀어! 두 번째 손가락이 너무 아프다고!"

"그래서 그러고 가만히 있을 거야? 저쪽 가서 확인해 보면 되잖아. 난 계속 너 엉덩이만 쳐다보고 있다고!"

팔꿈치를 이용해 민기가 간신히 기어갔고 승호가 온몸이 땀으로 젖은 민기를 끌어올렸다.

"애들아. 이곳 봐. 말도 안 되지."

성민이가 몸을 일으키자 그곳엔 민기가 징징대던 아픔도 잠깐 잊고 있을 만큼 영롱하고 아름다운 연못이 있었다. 어느새 하늘은 분홍빛으로 물들였고 원으로 둘러싸인 사철나무 벽 위에는 축 처진 넝쿨식물이, 아래에는 수풀들이 둘러싸여 있었다. 바닥은 축축하고 마른 잎사귀들이 덮고 있었다. 연못 바로 왼쪽에는 소나무 한 그루가 있었고 지금까지 본 나무 중에서도 제일 작았으며 팔을 뻗은 굵고 긴 나뭇가지가 연못 아래를 가리키고 있었다. 이곳에 들어오게 된 이후부터 신기한 일들만 일어났기 때문에 아이들은 이제 말없이 감상하고 있었다.

"애들아! 정신 차려. 물을 조심하라고 했어. 이건 함정일 수도 있다고 아름답게 보이도록 만든 걸지도 몰라." 밖으로 나오니 조금 부어오른 자신이 손가락을 확인한 민기가 아이들 눈을 찌를 듯이 가리키며 말했다.

그리고 나선 항상 그렇듯 안경을 추켜올리던 습관처럼 콧대를 쓸어 올렸다. 멍하니 바라보고 있던 3명도 뭔가 그럴듯한 민기의 말에 동요하듯이 고개를 끄덕거리며 정신을 차렸다. 생각해 보니 목소리도 들려오지 않았고 의자에 앉아 있던 노파도 없었다. 연못의 고요함을 보고만 있으니 숲속 중간에서 길을 잃은 기분이었다. 아이들 모두 민기의 말대로 이 모든 것이 속임수일지도 모른다는 생각이 들자 선뜻 연못으로 가까이 가지 않았다. 누군가의 도움 없이는 수수께끼 같은 이곳에서 무사히 살아남기란 힘든 걸까.

"아니! 우리는 평범한 고등학생이야. 함정에 빠뜨리지 않아도 충분히 아무것도 모르는 상황이라고! 더 이상 나무는 꼴도 보기 싫어!" 승호가 머리를 감싸며 외치자 민기가 말했다.

"아까는 네가 발로 찬 거였잖아. 평범한 나무가 아니니까 조심하라고 분명 경고했어. 네가 듣지 않아서 그런 거지. 그건 누구의 탓도 할 수 없는 거야. 헐 내 손 좀 봐." 민기의 손가락이 빨갛게 부풀어 올랐다.

"그래. 너 잘났다. 그래서 넌 불어터질 것 같은 손가락으로 뭐 어떻게 할 생각인데?" 승호가 민기를 툭 밀쳤다. 힘없이 민기가 뒤로 자빠지며 엉덩이를 바닥에 찧었으나 바닥이 그리 딱딱하지 않은 듯 다행히 다치지 않았다.

"지금 날 밀친 거야? 이렇게 나온다 이거지?"

민기는 벌떡 일어나서 승호에게 몸을 들이밀었다.

"너희 둘 지금 뭐하는 거야!"

민호가 둘 사이를 가로막으며 제지했다. 얼핏 민기의 손을 본 성민이가 화들짝 놀라며 손을 들어 올렸다.

"헐 민기야, 너 손가락이 왜 그래? 빨개졌어."

"이것 봐. 내가 엄살 부렸던 게 아니라고! 되게 욱신거려. 뭔 일 나는 거 아니겠지? 에취!"

민기의 손이 부어올라도 해결할 수 있는 방법이 딱히 있진 않았다. 아이들은 일단 민기의 손을 지켜보기 위해 잠시 앉아 있기로 했다. 마음 같아선 연못에 얼굴이라도 담그고 싶었지만 섣불리 행동할 수 없어서 연못을 둘러싼 큰 바위 위에 나란히 앉아 분홍빛 하늘이 드리워진 연못을 바라보고 있었다. 민기가 침묵을 깨며 재채기를 했다.

"에취! 그리고 보니 지금 몇 시지? 시간 개념이 없어졌어. 시험은 끝났겠고 방학도 했을까? 그리고 보니 경비 아저씨는 어떻게 됐어? 그때 승호 너랑 잡혔었잖아. 에취! 나 감기 걸렸나 봐."

"무사해. 범인이 경비원 몸을 조종했었어." 성민이의 말에 민호가 크게 성을 내며 말했다.

"뭐? 무슨 소리야. 혜성이 그 자식이 범인이야. 내가 쓰러지기 전에 봤거든."

"너도 혜성이를 봤어?"

"뭐라고? 혜성이가?" 성민이의 물음과 함께 민기가 소리쳤고 승호는 민호의 말에 그럴 줄 알았다고 이를 갈았다.

"네가 쓰러지기 전에 혜성이를 봤어?" 성민이가 다시 물었다.

"응. 내가 걔 보고 정신을 잃었어."

"잠깐만 민호야. 난 네가 17일에 써 둔 글을 봤었어."

"그래. 난 그날 저녁에 잡혔어."

"승호야 기억해? 그 다음 날 18일에 혜성이가 3학년 2반 앞에서 깨어났잖아."

"그것 봐. 걔가 범인이었어." 민호가 확신에 찬 목소리로 말했으나 성민이가 고개를 저으며 말했다.

"그렇지 않아. 혜성이는 하나도 기억하지 못했어."

성민이는 학교에 있을 혜성이가 깨어났을 때도 다시 기억을 못한다면 범인에게 노출된 상태로서 제일 위험할 수도 있겠다는 생각이 들었다. 아이들에게 그때 있었던 일들을 이야기하며 승원이가 도와주지 말라고 했다는 것까지 말해 주었다. 충격을 받은 민호가 벌떡 일어나는 바람에 엉덩이에 묻은 이끼들이 떨어졌는지 민기가 옆에서 손을 휘저으며 재채기를 심하게 해댔다.

"아 민기야 미안해. 그렇다면 범인이 몸을 조종할 수 있다는 거잖아."

"이상한 건 자신은 실제로 존재하지 않는다고 그랬어."

"그것도 속임수겠지." 민호가 민기의 말에 고개를 저으며 말했다.

"일단 우리가 있는 곳부터 보면 범인은 사람이 아닐 거라고 생각해. 나는 여태껏 괴물들이랑 혜성이가 공범이라고 생각했어."

"혜성이가 3학년 2반 앞에서 발견되었을 때 아무것도 기억하질 못했어. 범인은 혜성이를 계속 이용하고 있는 게 분명해." 성민이가 말했다.

"지금까지 기억을 못할 수도 있겠다. 아니면 우리처럼 이렇게 잡혀 있을 수도 있어." 민호의 추측에 민기가 눈을 비벼대며 반박했다.

"아냐. 혜성이는 잡히지 않았을 거야. 걔는 물병을 마시지 않았잖… 에취! 잠깐 승원이는 뭐야? 어떻게 미리 그것을 알고 혜성이한테 우리를 도와주지 말라고 경고한 거지? 전부터 걔는 수상하단 말이지…. 범인이 사람을 조종한다면, 설마 승원이 아니야? 혜성이랑 엄청 붙어 다녔잖아."

"아냐 촉이라는 게 있잖아 그런 거겠지. 딱 봐도 우리는 몇 달 동안이나 수진이랑 혜성이를 데리고 수상하게 행동했잖아. 우리 반에 있는 멍청한 동민이도 알겠다." 민기의 퉁퉁 부은 손가락을 보며 승호가 대수롭지 않다는 듯 대답했다.

"야 멍청하다니 너는 걔한테 미안하다고 무릎 꿇고 빌어야 해. 걔는 너 때문에 수학시간마다 기저귀 차야 할 지경이라고 하잖아." 민기가 맞받아치며 말했다. 그러자 승호가 낄낄거렸고 문득 지금까지 봤던 범인의 공통점이 떠오른 성민이가 나지막이 말했다.

"범인은 파란색 눈동자를 가졌어."

"뭐?!" 아이들이 동시에 성민이를 쳐다보았다.

"혜성이의 몸속에 있을 때 그리고 경비원 몸속에서 말할 때 한쪽 눈이 파란색으로 번뜩였어. 괴물들도 그랬잖아. 그리고 창고 안에서도 봤었지."

"오… 이런 심각한 걸. 피해자가 더 많아질 거야." 민기가 얼굴을 감쌌다.

"제일 위험한 건 혜성이야. 무려 2번씩이나 당했거든."

성민이는 바지 주머니 안에 있는 핸드폰을 다시 꺼내 보았다. 신호는 잡히지 않고 핸드폰의 시간과 날짜는 6월 19일 오후 7시로 되어 있었다.

"시간이 7시로 멈춰 있어. 우리가 앞으로 얼마나 갇혀 있을지는 모르겠지만 여기서는 낮과 밤으로 우리가 며칠 동안 이곳에 있는지 파악할 수 있을 거 같아."

성민이의 말에 다들 핸드폰을 꺼내 시간을 확인했다. 민호는 8시 30분에 멈춰 있었고 민호를 제외한 나머지 전부 7시였으므로 즉 7시부터 시간은 멈춰 있을 거라고 추측했다. 핸드폰을 보면서 민기는 걱정하고 계실 부모님이 생각난다며 괴로워했다. 낯선 곳에서 가족에 대한 그리움까지 더해져 기분이 울적해지자 연못은 더욱 반짝거리며 아이들의 슬픔을 위로해 주었다.

"우리 부모님은 이제 내가 사라진 걸 알고 풀려나셨겠지? 그런데 얘들아… 설마 내 추측인데 말이야… 범인이 사람을 조종할 수 있다면… 점점 사람들 기억 속에서 잊혀지도록 만들어버리는 건 아니겠지? 그래서 다 그렇게 소문에 무감각해졌나?"

가만히 연못을 보고 있었던 승호가 내뱉은 말에 다들 표정이 굳어졌다. 끔찍한 소리였지만 범인의 정체를 어느 정도 파악해 보니 그럴지도 모른다는 생각에 아이들은 원망에 가득 찬 눈빛으로 쳐다보았다. 민기는 다시 나오려는 재채기까지 참고 있었다. 승호는 당황한 듯 손사래를 치며 이야기했다.

"아, 아니 그럴 수도 있을 거 같다는 거잖아…."

"에에에취!" 민기의 참았던 재채기가 우렁차게 터져나왔다.

*

아이들은 도무지 알 수 없는 시간에 조금씩 미쳐가고 있었다. 현실에서는 크게 신경 쓰지 않았던 시간을 여기서는 알고 싶어서 안달이 났다. 작동하지도 않는 핸드폰은 주머니 속의 쓰레기일 뿐 아무런 도움이 되지 않았다. 승호는 시간을 세 보겠다며 초단위로 분을 세다가 3분에 이르자 바로 포기했다.

회색 구름이 서서히 찾아오며 연못 주변으로 옅은 어둠이 깔리자 아이들은 바위 밑으로 내려와 축축하지 않은 잎사귀 위로 누웠다. 민기는 이제 1분에 한 번씩 재채기를 반복했고 승호는 민기의 재채기가 일정하다며 시간을 세고 있었다. 성민이와 민호는 걱정이 됐는지 교복 상의를 벗어서 자리에 앉은 민기의 어깨에 덮어 주었다(교복 안에 흰 반팔티를 입었는데 땀에 잔뜩 더럽혀져 있었다). 그럼에도 코를 틀어막거나 계속해서 흐르는 눈물에 괴로워했고 갈수록 부어오르는 손가락을 보면서 속삭였다.

"만약 내가 아침에 깨어나지 않고 숨통이 끊겨 있게 되면 벌레에 물려서 이렇게 된 거라고 말하긴 말아줘. 범인과 싸워서 전사한 용맹스러운 학생이었다고 기억하게끔 말이야."

 승호가 고개를 숙이고 웃음을 참고 있었다. 수면에서는 빛이 나기 시작했는지 연못이 반짝거렸고 바람소리가 귀를 간지럽히자 아이들은 서서히 잠에 들고 있었다.

 "…얘들아 에취! 일어나 에취! 얘들… 에취! 아아 빨리 여기 봐봐 당장 에취!"

 어딘가 다급해 보이는 민기의 목소리를 들은 승호가 벌떡 일어나려고 했으나 무엇을 보았는지 그대로 멈추었다. 뒤척이던 민호와 성민이는 승호의 엉거주춤한 자세를 보고 몸을 일으켰다. 어둠 속에서 보니 수풀 사이에서 얼핏 옥수수수염을 한 가득 쌓아놓은 것처럼 보이는 난쟁이가 금색 잔을 들고 서있었다. 민기의 비명 소리에도 금색 잔을 꿋꿋이 내밀고 있었다. 민기는 자빠진 상태로 난쟁이를 가리키며 소리를 다시 내질렀다. 왠지 난쟁이보다 어느 새 2배로 부풀어 오른 손가락을 보고 소리를 지르는 것만 같았다.

 "진정해 그때 봤던 난쟁이야 제발 진정해."

 승호가 겁에 질린 민기를 부르며 당황하지 않도록 타일렀다. 성민이와 민호도 따라 일어나서 민기에게 금색 잔을 내미는 난쟁이를 쳐다보고 있었다. 얼굴이 하도 부어서 불독처럼 보이는 민기는 오만상을 찌푸린 자신이 비춰지는 금색 잔을 바라보았다. 초록색 구정물이 찰랑이고 있었다. 민기가 눈을 질끈 감고 마시는 동안 난쟁이는 고개를 휙 돌려 스스로 젖혀지는 풀을 지나 작은 공간 안으로 걸어갔다. 난쟁이가 종적을 감춘 후 승호는 끝내 폭발했다.

 "저 난쟁이가 우리를 도와주려다가 네가 비명을 질러서 그냥 가버린 거야. 너 때문이라고!"

"그래. 이제 그만 소리 질러 민기야." 민호도 더 이상은 안 되겠다는 듯이 말했다.

"나도 모르게 자꾸 나와…. 재채기도… 어? 멈췄구나…."

민기는 멋쩍은 듯 입을 툭툭 털어냈다. 그런데 바로 그 순간 벽에서 진동이 느껴지더니 땅이 무너져 내릴 정도로 흔들리는 움직임과 '우지끈' 소리가 들려왔다.

"침착해 애들아!"

아이들은 중심을 잡기 위해 주춤한 상태로 서서 어렴풋이 보이는 주변을 빠르게 살펴보았다.

"저기야! 저 공간에서 나는 소리라고!" 민기가 가려진 수풀 쪽을 가리키며 다급히 소리쳤다.

아이들은 일단 소나무 뒤로 달려가 몸을 숨겼다. 크지 않았기 때문에 아이들 네 명이서 숨기란 무리였다. 어떻게든 바위 옆에 몸을 웅크리고 앉았고 잠잠했던 연못이 큰 진동에 사방으로 물이 튀어 올랐다. 아이들은 얼른 손을 머리 위로 올려 큰 바위 사이로 튀기는 물을 피했다.

아이들이 꼼짝 없이 물벼락을 맞는 사이 작은 공간에서는 단단하고 굵은 줄기들이 뻗어 나왔고 문어다리처럼 벽을 탁탁 짚어가며 점점 공간을 넓혀가기 시작했다. 상황을 몰랐던 아이들은 고막을 울려대는 커다란 소리에 다 같이 비명을 지르기 시작했다. 승호는 그 와중에도 귀를 막고 있는 민기를 향해서 난쟁이가 화가 나서 그런 거라고 소리를 지르고 있었고 민기도 자신의 탓은 아니라며 똑같이 대응하고 있었다. 이상한 괴성을 내는 나뭇가지 소리를 들은 승호가 잔뜩 겁에 질려 말했다.

"우린 이제 죽은 목숨이야! 분명 저 안에서 큰 괴물이 나와서 우리를 잡아먹을 거라고!"

"제발 그런 멍청한 소리 좀 하지 마!"

얼굴에 물을 잔뜩 뒤집어쓴 민기가 마지막으로 크게 외치니 '쿵' 하는 소리와 함께 멈추었다. 소나무는 큰 진동에도 불구하고 요지부동이었다. 주변이 조용해지자 아이들은 귀를 막고 있던 손을 살포시 떼 보았다. 민호가 비스듬히 얼굴을 내밀어 상태를 살폈고 여전히 귀를 막고 있는 성민이의 어깨를 툭툭 쳤다. 바닥에 떨어진 교복들을 주워 들고 들뜬 목소리로 다들 빨리 나와 보라고 말했다. 작은 바위 옆에 숨어 있다 머리가 많이 젖어서 더욱 곱실거려진 승호가 짜증이 났는지 투덜거렸다.

"꼴이 말도 아니군 교복도 젖었고."

다리에 힘이 풀린 민기는 비틀거리며 걸어갔다. 얼굴을 대충 손으로 닦다가 가라앉은 손가락을 보고 펄쩍 뛰면서 좋아했다. 나머지 아이들은 큰 아치형의 터널로 바뀌어 있는 걸 보고 경악을 금치 못했다. 어두운 탓에 잘 보이지 않았지만 아이들 4명이 나란히 서고도 충분히 설 만큼 확연히 공간이 넓어져 있었다. 천장에는 굵은 나무줄기들이 서로 엉켜 있었고 바닥에는 모랫길과 아이들의 신체만 한 무성한 풀들이 양옆으로 쭉 이어진 길로 되어 있었다.

"우리…. 이제 기어서 갈 필요 없겠다. 대신 우리가 기어 나왔던 거리보다는 좀 더 멀어졌네." 성민이가 높은 천장을 보며 말했다.

"이젠 저 큰 수풀 사이를 지나가야 하는 거야? 저기에도 나무가 한 그루 정도는 있겠지?"

질색하는 승호를 빤히 쳐다보던 민기가 기회를 놓치지 않고 비웃었.

"나보고는 겁쟁이라고 하더니."

"무슨 소리야? 지금 네가 여기서 제일 무서워하고 있었잖아."

승호가 헛기침을 하며 대답했다.

"아냐. 난쟁이는 우리를 도와주러 온 거야. 처음부터 우리한테 악의가 없었잖아. 일단 이곳으로 지나가라는 거겠지." 민호가 말했다.

그동안 성민이는 넓어진 터널 테두리를 보고 있었다. 나무줄기들이 아치형 모양대로 높은 사철나무 벽 속으로 깊게 박혀 있었다.

그 안에서 무언가 나올까 봐 아이들은 마음 편히 잘 수가 없었다. 민기와 민호는 터널 주변을 서성이고 있었고 성민이는 승호와 함께 연못 바위 위에 앉아 있었다. 나뭇가지에는 젖은 교복 상의와 흰 반팔 티가 겹겹이 널려 있었다.

"왜 수진이만 떨어트려 논 걸까?"

"모르겠어. 일단 수진이를 구하기 전까진 우리가 무사해야만 해."

성민이는 잠잠해진 연못에 시선을 고정한 채로 말했다. 나뭇가지에 널어 둔 교복에서 반짝이는 연못 위로 몇 방울씩 물이 뚝뚝 떨어졌고 일렁거리며 원으로 퍼져갔다. 민호는 넓어진 공간 옆 넝쿨식물에 기대앉아서 성민이와 승호의 뒷모습을 보고 있었다.

"그런데 민호야. 우리가 심판을 받아야 하는 이유가 도대체 뭘까…?" 옆에 앉아 있던 민기가 물었다.

"…그러게….."

번뜩 생각난 게 있었는지 민기가 민호를 보며 말했다.

"맞다. 민호야 나 사실 저 반대편 공간에서… 뭔가를 봤어."

"뭘 봤는데?" 민호가 민기를 바라보았다. 민기는 흥분한 듯 콧대를 쓸어 올리며 대답했다.

"아마 넌 믿지 못할 거야. 나도 보고서 믿지 못하고 있거든."

잠시 생각에 잠긴 민호는 연못 쪽에 앉아 있던 성민이와 승호를 불러냈다. 바위 위에 앉아 있던 승호와 성민이가 일어나서 엉덩이를 가볍게 털어냈다. 민호는 성민이에게 받은 손전등을 깜깜한 터널 안에 비추었다.

"우리 여기 두 명이서 한 번 지나가 보자. 더 어두워지기 전에 저쪽으로 한번 넘어가봐야 할 것 같아."

민기가 고개를 세차게 저었다.

"우리는 시간을 너무 지체했어. 아침이 언제 올지도 몰라. 아직 수진이… (다시 민호의 표정이 어두워졌다). 얼굴조차 보지도 못했고 벌써 밤이 지나고 있어. 그만큼 하루가 지나가고 있다는 거잖아. 지금 일주일 넘게 있는 기분이지만…. 걱정하시는 부모님도 있고… 천천히 생각하기엔 우리에게는 많은 시간이 주어지지 않았어." 민호는 아이들을 보며 말했다.

"아니 곧 있으면 아침이 올 수도 있잖아. 꼭 이렇게 어두울 때 뭐가 있을지도 모르는 저 안을 가 봐야 해? 난 고작 작은 벌레에 물렸다고 괴로워 죽는 줄 알았다고! 저 넓어진 공간에는 더욱 끔찍한 것들이 숨어 있을 거야." 민기가 넓어진 공간을 가리키며 말했다.

"그렇지만 이곳을 넓혀 준 건 다름 아닌 우리한테 도움을 줬던 난쟁이였어! 부어오른 손가락도 고쳐줬잖아. 언제까지 이곳에 머물 수도 없어. 성민아 밤이 가기 전에 나랑 한번 가 보자. 승호야 손전등 성민이 줘 봐."

승호와 민기의 의견대로 성민이도 아침에 가길 원했지만 민호의 말대로 아침에 무슨 일이 일어날지도 모르는 상황이었다. 행동하기 전까지 누구의 의견이 정답이라고 할 수 없었다.

고민한 끝에 성민이와 민호가 지나가기로 했다. 손전등 불을 켜 보니 거의 약이 떨어졌는지 민호가 쥔 손전등 불빛이 꺼졌다 켜지기를 반복했다. 앞으로는 비상시에 사용해야 할 손전등이었다. 승호가 연못의 물이라도 조금 담아 가라는 장난을 쳤지만 아무도 웃지 않았다. 민호가 먼저 넓어진 공간 안으로 한 발을 성큼 내밀자 성민이도 따라서 한 발자국 디뎠다. 상의를 벗은 상태여서 그랬는지 터널 안의 제법 싸늘한 기운에 소름이 끼쳤다. 성민이가 민호의 팔목을 잡고 있었는데 각자의 몸에 닭살이 돋은 것이 느껴졌다. 잔뜩 경계한 상태로 양옆의 수풀을 쳐다보지 않고 앞으로 나아갔다. 너무나 조용해진 주변에 절로 긴장되었다. 걷던 도중에 민호가 조심스레 뒤를 돌아보며 얼굴이 굳어지더니 옆에 있던 성민이를 끌어당겼다.

"성민아 뒤 좀 봐봐."

성민이가 고개를 끄덕거리며 천천히 뒤를 돌아보았다. 중간까지 걸어왔지만 걸어온 길이 암흑으로 뒤덮여 지켜보고 있던 아이들도 보이지 않았다. 굉장히 높은 아치형 터널의 천장에는 엉켜 있는 나무줄기에서 이상한 기운이 흐르고 있는 것처럼 보였다. 들어온 것을 후회하기 시작했으나 아침이었더라도 분명 똑같았을 거라며 스스로 위로했다. 그러다 얼마 가지 못해서 민호가 다시 속삭였다.

"놀라지 말고 너 옆에 나무 봐봐…."

성민이는 고개를 돌렸다가 하마터면 비명을 지를 뻔했다. 무성한 풀들 사이로 작은 나무 한 그루가 있었는데 사람의 형태를 하고 있었다. 나무로 된 팔을 양쪽으로 쭉 뻗었고 팔에는 작은 나뭇가지와 작은 잎사귀들이 듬성듬성 붙어 있었다. 물론 몸은 나무의 기둥이었다. 행여나 그녀가 눈을 뜨기라도 할까 봐 아이들은 발뒤꿈치를 들고 빠르게 지나쳤다.

다행히도 터널을 지나쳐 큰 나무가 있었던 곳에 도착했다. 이곳에도 밤이 찾아왔는지 자매 나무는 잎사귀들이 들었다 내리기를 반복하며 쌔근쌔근 자고 있었고 어딘가에서는 쿨쿨거리는 소리도 들렸다. 민호가 나무 앞으로 걸어가더니 성민이에게 오라며 손짓했다.

"아까 저 나무로 굳어버린 여자는 누굴까…? 여학생들 중 한 명인가?" 성민이가 걱정되는 목소리로 말했다.

"민기가 이곳에서 뭘 봤대." 민호가 나무를 올려다보며 말했다.

"응. 나도 들었어. 아닐 거야. 잘못 본 거겠지."

"아니. 난 그렇게 생각 안 해. 사실 나도 봤거든."

"뭐라고!?" 성민이는 생각지도 못한 민호의 말에 깜짝 놀라 목소리가 커졌다. 풀들 사이에서 무언가 놀란 듯 파드득거리는 소리가 났다. 그러자 민호는 눈치를 살피더니 입술에 검지를 가져다 대며 조용히 말했다.

"쉿. 목소리 낮춰. 먼저 이곳으로 왔을 때 저기 나뭇가지에 걸터앉아서 나를 빤히 쳐다보고 있었거든. 그런데 네가 나타나고 순식간에 그 자리에서 사라졌어. 나도 그때 잘못 봤다고 생각이 들었는데 민기가 말해 주고 나니까 확신했어. 지금도 몰래 우리 얘기를 듣고 있을 지도 몰라." 민호가 나뭇가지 사이를 천천히 훑어보며 말하고 있었다. 성민이도 흥미로웠는지 민호의 시선이 가는 대로 쳐다보았다.

"왜 진작 나한테 말하지 않았어?"

"나도 봤다고 말하면 민기는 난리 칠 것이 분명하니까."

주변을 살피던 성민이가 뭔가를 발로 툭 쳤다. 민호가 곧바로 손전등으로 비추어 보았다. 흙과 축축한 낙엽에 뒤덮여 있었다. 민호가 그것을 들고 툭툭 털더니 눈을 번뜩거렸다.

"세상에… 이럴 수가! 이건 황금사과야! 네가 아까 떨어뜨렸던 게 이거

였구나!?"

　성민이는 황금사과를 보며 즉각 얼굴이 굳어졌고 민기와 민호의 말을 믿게 되었다. 사과는 반쪽만 남아 있는 상태였다. 서둘러 황금 사과를 챙기고 터널 안으로 들어왔다. 민호가 중간 치쯤 가서 뒤를 돌아보니 또다시 캄캄해져 있었다. 옆에서 조용히 걷던 성민이가 무언가에 놀라며 걸음을 멈추자 민호도 걸음을 멈추었다. 사람의 형태를 하고 있던 나무는 사라져 있었고 그 자리에는 깊게 파인 자국과 흙과 모래들이 이리저리 흩어져 있었다. 등골이 오싹해진 아이들은 좋지 않은 예감을 느끼고 걸음 속도를 빨리했다. 저 앞에 트인 출구에는 희미한 손전등 불빛을 들고 이마에 손을 대고 있는 민기와 허리에 손을 올리고 눈썹을 찡그리고 있는 승호가 보였다. 수풀 속에서 사사삭거리는 소리가 나자 걸음을 조금 더 빨리했고 수풀을 스쳐 지나가는 소리가 가까워지자 달리기 시작했다. 심장이 팝콘처럼 탁탁 튀었다. 그들은 터널 밖으로 나오자마자 짧은 외마디와 함께 민기와 승호 위로 넘어졌다.

　"으아아아악!"

　"나야 나! 성민이! 놀라지 마!" 성민이가 민기의 입을 빠르게 틀어막았다.

　"아니 어디서 나타난 거야? 분명 아무도 없었는데?" 승호가 몸을 일으키며 말했다.

　"우리도 너희가 안 보였어. 지나간 곳은 안 보이는 거 같아(승호와 민기가 영문을 모르는 표정으로 쳐다보았다). 아무튼 이 터널도 이상해. 아! 그리고 저 안에서 어떤 여자를 봤어." 혹시나 민기가 소리 지를까 봐 입을 가려 주었다. 민기가 무슨 짓이냐며 성민이의 손에 침을 뱉었다.

　"뭐? 사라진 여자애인 거야?" 승호가 눈썹을 치켜 올렸다.

"모르겠어. 나무로 굳어버린 여자였어. 팔에는 잎사귀도 달고 있었고 눈도 감고 있었어(민호는 그녀가 도중에 사라졌다는 말을 하지 않았다). 흠… 사라진 여학생 중 한 명일지도 몰라." 민호가 수상쩍은 듯 말했다.

"그런데 민호야 너 손에 있는 그건 뭐야… 흙 잔뜩 묻은… 그 그거 말야." 승호가 민호의 손에 쥔 사과를 발견하며 말했다.

"아! 맞다! 이거 성민이가 먹었던 황금사과야!" 민호가 환하게 웃으며 말했다.

"뭐라고? 성민이는 황금사과를 받았어? 너한테는 왜 이걸 준 거지? 승호의 한쪽 입술이 씰룩거렸다 .

"한입만 베어 물지 않았어? 왜 이렇게 작아진 거야?" 민기가 콧대를 쓸어 올리며 의심스러운 표정으로 민호를 쳐다보았다. 순간 어쩔 줄 몰라 하는 민호를 대신해 성민이가 말했다.

"아… 내가 이곳에 오면서 반쪽을 잃어버렸거든… 그런데 빨리 나와야 하니까…."

"말도 안 되는 소리 하지 마! 넌 거짓말을 잘 못해." 민기가 기가 막힌 듯이 비웃었다. 성민이는 민기를 피하며 말을 이었다.

"이건 한입만 먹어도 배고픔을 싹 사라지게 해 줬던 사과야. 거기다 음식을 떠올리면 똑같은 맛이 나지."

그 말에 승호가 사과를 낚아채가더니 바위 위에 훌쩍 뛰어올라갔다. 반짝거리는 연못에 더러워진 사과를 조심히 닦아내자 반짝이는 연못 물이 스며들었는지 황금빛이 돌았다.

"아싸! 그럼 내가 먼저 먹어 보겠어! 나는 입안에 넣자마자 온몸이 따뜻해지는 뜨거운 콘 수프를 먹을 거야." 승호가 반짝거리는 연못 위에 서 있으니 마치 무대 위에 오른 뮤지컬 배우 같았다.

"진짜 그 맛이 날까? 사과일 뿐인데…." 의심스럽다는 민호와 달리 한껏 신이 난 승호는 한입을 크게 베어 물었다. 얼마 지나지 않아서 수프를 먹고 있다는 듯 입김을 허허 불면서 씹고 있었다. 민호가 신기한 듯 바라보며 바위 위에 앉아있었고 민기와 성민이도 승호를 쳐다보고 있었다.

승호는 기분이 좋아졌는지 아이들을 바라보면서 표정을 우스꽝스럽게 하더니 개다리 춤을 추었다. 성민이가 웃음을 터뜨리자 민기가 바위 위로 펄쩍 뛰어 올라갔고 나뭇가지에 걸려 있던 아이들의 옷가지가 흔들거렸다. 승호가 쫓아오는 민기를 피해 도망 다녔다. 어쩌다 보니 연못 주변을 학교 시계탑처럼 빙빙 돌고 있었다.

"비교적 여기 나무들은 조용한 거 같네. 우린 저 나무 아래에서 드러눕기도 했고 굵은 뿌리에 앉아 있기도 했잖아. 안개 속에 봤던 여학생은 왠지 꿈이 아니라 메시지일지도 몰라." 민호는 넓어진 공간을 잠시 쳐다보며 성민이에게 말했다.

"나는 눈을 감고 있어서 보질 못했어. 그럼 민기도 눈을 감아서 못 본 건가? 민기야! 너도 눈 감았지?" 민기가 쫓는 것을 멈추자 승호가 멈춰 섰다.

"난 공중에 들리자마자 눈 감았지!" 민기가 말했다.

"나는 기절했다가 잠깐 눈을 뜬 거였거든. 난 내가 꿈을 꿨던 게 아니라고 생각해. 두 눈으로 똑똑히 보고 있다가 다시 정신을 잃었지." 승호의 말에 잠시 생각에 잠긴 민호가 턱을 만지며 말했다.

"그렇다면 승호랑 나는 물속을 통과하고 온 게 분명해. 꿈이 아니라 진짜였던 거야! 물을 가까이하되 조심하라고 그랬잖아. 설마 이 연못이 아니었을까?"

"…? 뭐라고?" 민기가 고개를 갸우뚱거리며 말을 덧붙였다.

"야 말도 안 돼. 우리는 연못 속이 아니라 나뭇가지를 통해서 이리로 넘어왔잖아."

그 말에 애들이 이상하게 쳐다보았다. 민호도 충분히 예상했던 반응이었는지 고개를 끄덕거리며 말했다.

"추측일 뿐이야. 자칫 들어갔다가 모두 위험해질 거야. 그런데 그 여자 말로는 또 가까이하라잖아. 직접 들어가지 않고서는 모르니까 말이야." 민호가 확신에 찬 목소리로 말했다.

"설마 저 연못에도 들어간다는 말은 하지 말아 줘." 민기가 당부하며 자리를 피했다.

넓어진 아치 터널 위에는 길게 늘어진 나뭇가지가 올라가 있었다. 하늘에서는 수많은 별이 떠올랐고 연못은 하늘을 드리워 반짝거렸.

승호가 신고 있던 신발을 벗고 발끝으로 연못 위를 건드리자 물결이 일렁거리며 아름답게 사방으로 퍼져갔다. 민기가 승호를 말리려다가 눈이 휘둥그레지더니 고개를 숙여 손으로 툭 건드렸다. 그러자 원 모양으로 물의 파동이 선명하게 나타났다. 그러다 아예 자리를 잡고 바위 위에 몸을 엎드려 연못 위를 톡톡 건드렸다. 그 사이 성민이와 민호는 바닥의 축축한 잎은 걷어 내고 마른 잎을 모아서 그 위에 누웠다.

"애들아 여기 누워 봐 따뜻해."

성민이가 말하자 승호와 민기가 바위 밑으로 내려왔다. 하루 종일 긴장한 상태로 돌아다니느라 피곤했는지 눕자마자 바로 곯아떨어졌다. 민호와 성민이는 승호의 드르렁거리는 코 고는 소리와 민기의 흐느낌과 같은 이상한 잠꼬대 소리를 들으며 눈을 감았다.

"성민아 자? 나무가 나한테는 무엇을 준 걸까? 여자아이가 물속에 잠들어 있다는 건만 알려 준 걸까?"

"아냐. 다른 것도 줬겠지. 받았는데 아직 눈치를 못 챈 거일 수도 있어. 손이 고무처럼 늘어난다거나 치타처럼 달리기가 빨라졌을 수도 있고." 성민이는 민호가 나무의 선물을 받지 못해 속상해하고 있다고 생각했다. 잠깐 동안 침묵이 흘렀고 민호가 어렵게 말을 꺼냈다.

"난 받을 자격이 없어."

성민이가 고개를 돌려 민호를 쳐다보았다.

"내가 하루를 더 머물 수 있었던 건 나 혼자 도망쳐 나왔기 때문이야. 지금쯤 수진이가 날 원망하고 있겠지."

"아냐. 원망하지 않을 거야. 전날 민기도 먼저 잡혔는데 나는 민기를 구하러 나가지 않았어. 그래도 민기는 나를 원망하지 않아." 성민이는 야자실에 적힌 글을 읽으며 민호의 감정이 복잡하다는 것을 조금은 알고 있었다.

"그날 수진이를 두고 나온 감정이 아직도 잊히지가 않아. 여기 잡혀 있던 내내 수진이가 지르던 비명 소리가 들려서 괴로워. 지금까지 말이야…"

성민이는 흐느끼고 있는 민호의 등을 보고 있었다. 조심스레 민호의 어깨 위에 손을 올리자 이내 흐느끼는 소리가 잠잠해졌다.

*

아침이 되니 수풀들이 차츰 깨어났고 풀 속에서 작은 벌레들이 모습을 보였다. 지난밤 민기를 물었던 곤충이 아치형 터널 안에서 붕붕거리는 소리를 내며 모습을 보였는데 벌처럼 끝에 침이 있었지만 침보다는 칼처럼 사선으로 꼬리에 붙어 있었다. 스스로 빛을 내던 연못은 에메랄드의 색을 띠고 있었고 나뭇가지에 걸어 놓았던 아이들의 교복 상의와 흰색 티셔츠는 거의 말라 있었다.

"성민아 빨리 일어나서 여기 좀 봐봐."

민호가 옆에 있던 성민이를 흔들며 깨웠다. 성민이는 강한 햇빛에 눈을 찌푸리며 깨어났다. 민호는 뜬 눈으로 밤을 지새웠는지 피곤해 보이는 얼굴에 옅은 미소를 띠었다. 어젯밤과 달리 두 눈이 조금 부어 있었으나 기분이 한결 나아진 듯했다. 민호는 바위 위로 올라가서 교복 상의를 성민이에게 건넸고 아직 덜 마른 흰색 티셔츠는 탁탁 털어 다시 걸어두었다. 성민이가 입을 떠억 벌리고 자는 승호와 민기의 얼굴 위에 교복을 휙 던지자 민기가 '왁' 소리를 내며 일어났다. 둘 다 마른 교복을 주섬주섬 입으며 밝아진 주변으로 보이는 아름다운 연못과 경치에 탄성을 질렀다.

"애들아 빨리 여기 안 좀 봐봐." 민기가 터널 안을 가리키며 말했다.

양옆으로 놓인 키가 큰 수풀 속에서 잠에서 깨어난 작은 벌레들과 날아다니는 벌레들이 모랫길에 나와서 산책을 하고 있었다.

"세상에… 아침에 올 걸 그랬나 봐…." 성민이가 한숨을 내쉬었다.

"오늘은 연못을 한번 확인해 보는 게 좋을 거 같아." 민호가 나지막이 말했다.

"뭐? 하지만…."

"아니야. 더 이상 지체할 순 없어."

민기는 하던 말을 이어서 아무런 말도 하지 못했다. 언제까지 이곳에 갇혀 있어야 할지도 몰랐기 때문이다. 아이들은 우선 수영할 줄 아는 사람을 고르기로 했다.

"들어가고 싶은데 난 수영할 줄 몰라."

의견을 제시했던 민호가 수영을 못한다는 말에 승호의 표정이 어두워졌다. 머뭇거리는 틈에 선뜻 누가 먼저 나서는 사람은 없었다.

"내가 가 볼게. 너희들은 여기에 서 있어 여기도 보초를 서야 하니 말이야."

성민이가 신발을 벗고 바위 위로 올라갔다. 뒤로 물러난 아이들은 심히 놀랐으나 말리지는 않았다. 성민이는 바위 위에서 연못 속을 한번 들여다보았다. 에메랄드 색 연못 아래로 물속의 깊이를 가늠하기란 힘들었다. 빤히 연못을 내려다보는 성민이가 걱정이 됐는지 민기가 뒤에서 무슨 일이냐고 물어보았다. 성민이는 아무것도 아니라고 말하며 바위에 앉아 발바닥을 쭉 뻗어서 수면에 살짝 대 보았다. 얼음장같이 차가울 거라고 생각했던 것과 달리 발등을 오르락내리락하는 물의 온도가 굉장히 따듯했다.

"어제 승호랑 담그고 있었는데 물은 따듯하더라고." 민기가 말했다.

아이들은 아치형 터널 앞에 기대서 지켜보고 있었다. 성민이는 벗은 신발을 바위 아래에 던졌다. 신발을 줍기 위해 민호가 가까이 달려왔다.

"괜찮은 거 맞지?" 민호가 성민이에게 속삭였다.

"응 괜찮겠지."

"이상하면 바로 나와. 알겠지?"

"걱정 말고 애들한테 가 있어. 괜찮을 거야." 성민이가 상의 교복을 벗어 던지자 민호가 받아내며 고개를 끄덕거렸다. 성민이는 걱정스러운 눈빛으로 쳐다보고 있는 민기와 승호에게도 손을 흔들어 주었다. 주변에는 수풀들과 아이들 뒤로 아치형으로 된 크고 아름다운 터널이 눈에 들어왔다. 이곳 전체가 신비하고 아름다웠다.

'우리가 사라졌다는 것을 반 아이들은 벌써 잊었으려나? 우리를 그리워하고 있을까? 아님 이미 잊혀서 기억 속에 묻혔을까…? 반드시 돌아가야 해.'

발을 푹 담갔다. '첨벙' 소리가 들리자 앉아 있던 아이들이 금세 몸을 일으켜 고개를 내밀고 바위 쪽을 바라보았다. 성민이는 몸을 획 뒤로 돌려서 하체부터 허리까지 천천히 담갔다. 발장구를 치고 있었으나 아직까지는 물의 깊이를 알 수 없었다. 순간 발목을 스쳐 지나가는 물체가 있었지만 연못 속을 들여다보고 싶지 않았다. 성민이의 손이 커다란 바위 위로 나타나자 승호가 외쳤다.

"어때? 괜찮아?"

"성민아 이상하면 바로 나와!"

민기가 발을 동동거리며 더 크게 소리쳤고 승호는 그런 민기에게 한마디 했다.

"제발 호들갑 좀 떨지 마. 없던 귀신도 나오겠어."

"응 아직 괜찮아! 물도 따뜻하고!"

민호가 성민이 목소리에 한숨을 쉬었다. 터널 위에 있었던 나뭇가지에서 꿈틀거리는 미묘한 움직임이 있었으나 아무도 알지 못했다. 연못이 평온하고 고요하다는 생각에 안심했고 오로지 물의 깊이에만 치중하고 있었다.

"오줌 싸고 있는 거 아니지?" 가까이 다가온 승호가 연못 속에 몸을 담근 성민이를 보며 웃었다. 반면 민호는 근심이 가득한 표정으로 외쳤다.

"도움 필요하면 바로 불러!"

"여기 좀 깊은 거 같아!"

열심히 휘젓는 다리에 힘이 풀리고 있었다. 일단 손바닥으로 바위를 잡고 발을 뒤로 쭉 뻗었다. 다행히 발바닥을 디딜 곳이 있었다.

"그냥 이제 빨리 나와!" 성민이익 말에 불안했던 민호가 말했다.

"알겠어!" 성민이가 조금 늦게 대답했다.

잠시 그곳에 발을 디뎠다가 물 밖으로 몸을 일으키려 하자 잔잔했던 연못 밑에서 누군가 잡아당겼는지 갑작스레 밑으로 훅 빠졌다. 당황한 성민이가 바위를 놓치면서 팔을 크게 휘저었다. 그 순간 연못 중간에서부터 물의 흐름을 따라 성민이가 원으로 돌기 시작했다. 깜짝 놀란 승호가 큰 바위 위로 성큼 올라서서 소리쳤다.

"제길! 소용돌이야!"

연못 중간에서부터 작은 소용돌이가 생겨나기 시작하더니 서서히 속도를 붙이며 돌기 시작했다. "뭐?!" 민호가 자리에서 벌떡 일어나 두리번거렸고 민기는 앉은 자리에서 충격을 머금은 표정이었다. 성민이는 이를 악물고 빠른 속도로 돌아가는 소용돌이에서 팔을 뻗은 승호의 손을 잡기 위해 안간힘을 썼으나 도무지 잡히질 않았다. 민호는 두리번거리다 벽에 붙어 있던 긴 넝쿨식물을 뜯어내고 있었으며 자리에서 일어난 민기는 안절부절못하고 있었다. 그 사이에 아치형 터널 위에 올려져 있던 반대편 공간의 나뭇가지가 터널 위를 내리치자 터널 천장에 엉켜있던 나무줄기들이 잠에서 깨어나 '우지끈' 소리를 내며 움직이기 시작했다. 그 소리를 들은 민기가 터널 속 천장을 보며 소리쳤다.

"민호야! 여기 좀 봐봐!"

민기의 목소리를 듣지 못한 민호는 넝쿨이 잘 뜯기지 않자 빠르게 연못 쪽으로 달려갔고 성민이를 보더니 기겁했다. 민기는 연못을 향해 달려가며 크게 외쳤다.

"터널이 움직여! 다시 움직이…!"

터널 위로 뻗어 있던 나뭇가지가 터널을 다시 한 번 두드리자 나무줄기가 민기의 다리 한쪽을 순식간에 잡아당겼다. 민기가 '악' 소리를 내며 앞으로 고꾸라졌다.

그 소리를 들은 민호는 그대로 몸을 날려서 끌려가는 민기의 손을 간신히 붙잡았다. 그 순간 민호의 머릿속에 뱀의 꼬리에 매달렸던 복도와 수진이의 비명 소리가 귓가에 들려오더니 머릿속이 새하얘졌다. 잠깐 방심한 사이 다른 나무줄기가 민호의 손까지 붙잡았고 두 명을 터널 안으로 끌어당기고 있었다. 승호가 아이들의 비명 소리에 고개를 돌렸다.

"애들이 끌려가고 있어!"

그러나 소용돌이에도 속도가 거세게 붙기 시작하더니 성민이가 바깥에서부터 안쪽으로 점점 빨려 들어가고 있었다. 이제는 팔을 뻗어서 승호와 닿기란 불가능했다. 손을 더 뻗으려 할수록 무언가가 자신을 더욱 세게 밑으로 잡아당기려고 하는 것만 같았다.

"도저히 안 되겠어!" 성민이가 말했다.

연못 중간까지 길게 뻗은 나뭇가지를 보며 잠시 고민하던 승호는 바위 위에서 점프하더니 나뭇가지를 잡고 앞으로 천천히 이동하며 성민이 머리 위에 가까이 다가갔다.

"내 다리 잡아! 빨리!"

자신의 다리를 꼿꼿이 뻗고 소리쳤다. 성민이는 이번에 놓치지 않기 위해서 팔을 위로 최대한 뻗었다. 가까스로 승호의 다리를 잡았다. 승호가 기쁨에 겨워 크게 소리쳤다.

"됐다! 됐어! 자 이제 조금만 더! 으아아아악!"

승호가 있는 힘껏 두 팔로 몸을 잡아당겼다(체육시간에 철봉 매달리기를 매번 10초 이상 못하던 승호였다). 잠깐은 빠져나갈 수 있다는 희망이 생겼지만 성민이 발밑에서 강한 힘이 아래에서 끌어당겨졌다. 승호가 비명을 지르며 버텨냈으나 한계에 다다랐고 연못 속으로 풍덩 빠져버렸다.

 아치형 터널에 끌려가던 민기와 민호는 천장에서 바닥을 오르락내리락 하며 이동하고 있었다. 나무줄기가 하마터면 민호를 놓칠 뻔해서 코가 거의 땅에 닿을 뻔했다.

 "터널이 작아지고 있어!" 민기가 입구를 보며 소리쳤다.

 아이들이 지나온 자리가 빠른 속도로 작아지고 있었다. 나무줄기에 정신없이 끌려가던 민호와 민기는 이리저리 날아다니며 이동해 가다가 전 공간에 있던 나무 앞으로 내동댕이쳐졌다. 질퍽하고 축축한 낙엽 위로 곤두박질치는 동시에 민호는 숨이 턱 막혀 얼굴을 찌푸리고 신음소리를 냈고 민기는 처음에 세게 잡혔던 발목을 만지며 아프다고 통증을 호소했다. 터널은 아이들이 나오는 동시에 '우지끈' 소리를 내며 거대한 나무줄기가 그 안으로 들어가더니 공간이 다시 풀에 가려질 만큼 작아졌다. 민기가 엉금엉금 기어가서 작아진 공간을 보려다 질겁하며 소리쳤다.

 "난쟁이가 있어 또 그 난쟁이라고!"

 민기가 민호 옆으로 달려갔다.

 "저 털 뭉치는 왜 내 앞에만 나타나는 거야…. 다음은 우리 차례야. 그 여자 말이 맞았어. 이곳에 들어온 이상 나갈 수는 없는 거라고." 민기를 쳐다보며 민호가 말했다.

 "혼자 또 무슨 소설을 쓰는 거야. 그리고 봐봐 난쟁이가 저 앞만 지키고 있지 우리한테 안 오잖아." 민호가 풀 쪽으로 가까이 다가갔다. 그러나 난쟁이는 또다시 사라졌는지 보이지 않았다.

 "…하 또 사라졌네. 이제 앞으로 털 뭉치가 나타나면 제발 놀래키지 좀 마 뭐랄까… 차라리 그래 갈색 푸들이라고 생각하란 말이야! 그래 구름이!(민기가 키우는 강아지 이름이다)"

"아니 그게 어떻게 갈색 푸들이야! 우리 구름이가 훨씬 귀엽다고!" 민기가 끔찍하다는 듯 소리쳤다.

"아니 지금 그 말이 아니잖아!"

민호는 뿌리에 걸터앉아 황금사과를 저글링하듯 위로 살짝 튕기다 받는 것을 반복했다. 그러다 무언가 떠올랐는지 위로 던진 황금사과를 받아내며 말했다.

"오 그래 맞아! 승호랑 성민이는 안전할 수도 있을 거야."

"뭐? 말이 된다고 생각해? 지금쯤 숨통이 끊겨 있을지도 모른다고!" 민기가 소리쳐 말했다.

"어젯밤에 승호도 황금사과를 먹었잖아. 괜히 황금사과가 아닐거야. 이건 신의 나무가 준 선물이잖아."

"제발 그랬으면 좋겠는데…."

"음… 이 나뭇가지들도 움직이던데 생명이 들어간 나무일까?"

두 눈을 끔뻑거리던 민기가 자리에서 일어나 나무 기둥에 손을 살며시 올렸다.

"뭐하는 거야?"

"여기 오기 전에 성민이가 한번 이렇게 쓰다듬었는데 그 나무가 성민이한테만 황금사과를 줬거든."

"정말?!"

"응. 나무는 숨을 쉬고 있어. 확실히 느껴져." 민기는 손을 떼고 가려진 수풀 쪽으로 다가갔다. 민호는 설마하며 기둥 위에 가까이 손을 대었다. 기둥이 오르락내리락하고 있었다.

"우릴 연못 속에 들어가지 못하도록 말린다는 건 뭔가 있는 거야. 분명해. 나랑 승호가 잠깐 봤었던 물속에 있는 여자아이가 저기 안에 있다는 내 추측이 맞을 수도 있을 거 같아. 지금 이 나무가 우리를 감시하고 있어." 그 순간 민기가 소리를 지르자 민호가 깜짝 놀라 중심을 잃고 뿌리 밑으로 떨어질 뻔했다.

"으아악! 민호야! 또 난쟁이야!" 민기는 한걸음에 민호 옆으로 달려왔다.

"미치겠네. 소리 지르지 말라니까! 어차피 너 목소리에 또 도망갔을 거야!"

그런데 아까와 달리 옆으로 젖혀진 수풀 사이로 별이나 진주가 없는 버선코 신발을 신은 난쟁이가 걸어 나왔다. 울상을 지은 민기가 필요 없다고 작게 중얼대자 민호가 민기의 입을 막았다. 민기가 잠시 민호의 눈치를 보았으나 민호의 눈썹이 다시 꿈틀거렸고 눈을 번뜩이며 말했다.

"어! 그래 우리는 그곳을 지나가야 해. 도와준다는 거야?"

들어간 줄 알았던 난쟁이가 앙상한 손을 꺼내 수풀 사이의 작아진 공간을 가리키고 있었고 민호의 말에 손을 내리더니 다시 수풀 사이로 사라섰다. 그 모습에 민기가 키득거리며 말했다.

"도와주긴 무슨. 가버렸네."

"웃지 마. 지금 주어진 기회를 계속 놓치고 있잖아."

바로 그때 수풀 뒤편에서 작게 우지끈거리는 소리가 들렸다. 이 소리는 연못 쪽에서도 터널이 생기기 전에 나던 소리였다.

"오. 말도 안 돼. 이럴 수가." 민기가 뒷걸음질을 쳤다.

"기회를 잡은 거야!" 민호가 새하얀 이빨을 보이며 크게 기뻐했다. 굵은 나무뿌리 뒤로 얼른 몸을 숨겼고 민호가 나무뿌리 넘어 넓어지려 하는 공간을 주시했다. 작은 공간 안에서 굵은 나무줄기들이 뻗어 나오며 자신의 영역을 차지하듯 전처럼 넓혀 가더니 아치형의 거대한 터널이 다시 생겨났다. '쿵' 소리와 함께 다시 조용해지자 민호는 기다렸다는 듯 벌떡 일어나 아직도 귀를 막고 웅크리고 있는 민기를 보며 말했다.

"얼른 저쪽으로 가자! 빨리 일어나!"

민기가 고개를 끄덕거리기도 전에 민호는 먼저 터널 안으로 달려갔다. 터널 천장에는 나무줄기들이 징그럽게 꿈틀거리고 있었고 민호가 뒤를 돌아보니 들어온 길은 어둠이 깔려 있었다. 민기가 바로 뒤따라 들어오지 않자 잠시 서 있으니 민기가 나타났다.

"나 이번에는 거짓말 아니야. 두 눈으로 똑똑히 봤어. 날개 달린 이상하게 생긴 애를 봤다고."

"응, 알아 나도 봤었어."

한시가 급했던 민호는 당황한 표정인 민기의 팔목을 잡고 달렸다. 그러나 작은 나무가 있던 자리에 다다르기 직전 강한 바람이 민호와 민기의 사이를 훅 지나갔는데 그 바람에 민기가 몸을 휘청거렸다. 고개를 돌리니 작게 몸을 웅크리고 있던 나무 기둥이 혈색이 띠더니 사람의 형체로 변하고 있었다. 맨발로 땅을 딛고 있는 그녀는 숨을 크게 들이마시며 눈을 조심스레 떴다. 속눈썹 위에 살포시 내려앉은 작은 잎을 떼려 했으나 올리던 팔이 나뭇가지처럼 굽혀지질 않았다. 그녀는 반대편 손으로 작은 잎을 떼며 속상한 표정을 지었다. 그녀의 검은 머리카락 사이로 색색의 잎들이 군데군데 꽂혀 있었고 몸을 둘러싼 초록색 천이 발등을 살짝 덮고 있었다.

"반가워요. 전 요정들의 여왕이며 린데라 요정이라고 해요. 많이 놀랐다면 미안해요. 그렇지만 계속 도와드리고 싶어서요."

민기가 그녀의 아름다움에 나지막이 탄성을 질렀다.

"지금 나무…. 나무가 말을 하고 있는 건가? 사람인 건가?"

"우리를 도와주신다고요? 지금 저희가 많이 놀…라서요."

아이들은 연못으로 달려가야 한다는 사실을 까맣게 잊어버렸다.

"그러실 것 같아요. 충분히 놀랄 만한 상황이긴 하죠."

그녀가 대답하며 옆에 있던 수풀을 쓰다듬자 주변에 있던 풀들도 쓰다듬어 달라는 듯 고개를 더욱 숙였다. 민기는 두 눈을 의심하며 살짝 뒷걸음질 했다. 그러자 민호가 민기의 팔목을 잡고 천천히 말했다.

"조금이…라도 이곳에 대해서 얘기해 주실 수 있나요?" 천장을 살짝 흘겨본 그녀가 작게 속삭였다.

"만약 전부를 얘기하게 된다면 이곳에서 당신들은 1년 밤을 꼬박 새우게 될지도 모르죠. 우선 짧게 말하자면 당신들을 이곳으로 데려다 준 나무는 섬들의 수호신인 나무로 특별한 능력을 가져서 신의 나무라고 불러요. 저 공간에 있는 나무는 신의 나무와 자매나무로서 저에게 항상 충실했어요. 그런데 언제부턴가 제가 속삭이는 말들을 듣지 않았죠. 땅은 썩게 만들어 질퍽해지고 푹신했던 잎사귀들은 전부 축축해졌고 꽃들은 사라지기 시작하더니…. 마치 늪지대의 숲처럼 변하기 시작했어요. 그래서 난쟁이들이 터널을 몰래 만들어 놨어요. 난쟁이들도 상황이 이만저만이 아니었지만요. 그런데 어느 날부터 천장에 난폭하고 거대한 나무줄기들이 생기더니 싱그러운 꽃들과 연두색의 잎사귀들까지 전부 삼켜버렸어요."

그녀가 말하는 내내 팔에 붙어 있던 낙엽들이 나풀거렸으며 풀들은 그녀의 몸을 쓰다듬고 있었다.

"원래 이곳은 제 허락 없이 누구도 들어오지 못하는 곳이었지만 이제는 자매나무가 이곳을 허락하지 않으면 안개 속에서 다른 곳으로 보내버리거든요. 그곳이 어디가 될지는 아무도 알지 못하지만요."

"우리도 하마터면 다른 곳으로 가게 될 뻔했네…. 그럼 저 나무를 처단하면 되는 거 아닐까요?" 민기가 콧대를 쓸어 올리며 말했다. 그러나 그녀가 고개를 저었고 팔에 붙어 있던 잎 하나가 힘없이 떨어졌다.

"지금 자매나무는 분명 고통받고 있을 거예요. 스스로를 조절하지 못하는 상태까지 왔으니까요. 그리고 절대 이곳의 나무를 베면 안 돼요. 이곳의 나무를 하나라도 벤다는 건(그녀의 눈이 촉촉해졌고 잠시 말을 멈추었다) 여왕인 제가 고통스럽게 죽을지도 몰라요."

린데라 요정의 눈에서 눈물 한 방울이 뚝 떨어졌다.

"그러다 저는 얼마 있지 않아서 앙상하고 힘이 없는 나무로 남게 되고 말 거예요…."

그녀는 말을 마친 후 땅이 움푹 파인 곳에 두 발을 넣고 양쪽 팔을 어깨 위로 올렸다. 그러자 바닥에 있던 모래가 그녀의 발목을 서서히 감싸 안았고 그녀의 몸이 다리에서부터 딱딱한 나무의 기둥으로 변하기 시작했다. 나무로 변해 눈을 감은 린데라 요정의 눈에서는 눈물 한 방울이 흘렀다.

"당신들이 자매나무를 구해 주길 원해요."

그 주변에 있는 잔잔한 바람이 다시 민호와 민기를 감싼 뒤 스쳐 지나갔다. 흔들리던 수풀들은 그녀가 나무로 변하자 고개를 들더니 잠잠해졌고 수풀 사이로 작은 벌레들이 나와서 떨어진 잎사귀를 지고 수풀 속으로 들어갔다. 민기는 터널을 나오자마자 호들갑을 떨며 말했다.

"이럴 수가! 나무처럼 변하는 요정이라니! 너무 안쓰러워. 어… 그러니까 자매나무를 구해야 하는 거고… 아니 짧게 얘기한다면서 이해가 더 안 되게 많은 것을 얘기했어. 넌 이해했어?" 민기가 심각한 표정을 짓는 민호를 쳐다보았다.

"응. 확실히 이곳은 위험해지고 있고 자매나무도 지금 위험한 상태라는 거야." 민호가 유심히 터널 속을 쳐다보았다.

"저 나무는 우리가 연못 속으로 못 가게 했잖아. 그렇다면 연못을 보호하고 있다는 거겠지. 연못 안에는 도대체 뭐가 있는데 그러는 걸까?"

"나도 정확히는 모르겠어. 위험하니까 쉽게 생각하고 행동해서는 안 될 것 같아. 일단 확실한 건 애들은 위험한 상황이야. 하, 생각 좀 해 보자. 방법이 있을 거야."

"그런데 민호야 우리가 해결하려면 도움이 필요해. 그렇지만 린데라 요정이 작게 말하는 것을 보면 누군가 그녀의 얘기를 듣고 있다는 게 아닐까?"

"자매나무가 듣고 있잖아. 우리 얘기도 다 들었으니까. 그녀도 최대한 나무에게 들리지 않도록 조심하고 있는 걸 거야. 하 도대체 나무는 우리한테 뭘 줬다는 거야."

민기가 잠시 생각하더니 이내 뿌듯한 표정을 지으며 대답했다.

"시력을 줬잖아."

*

연못에 빠진 성민이와 승호는 소용돌이를 따라 연못 속으로 빨려 들어갔다. 성민이는 몸을 동그랗게 웅크린 채로 눈을 질끈 감았다. 눈을 뜬 승호는 얼굴로 올라가는 상의를 벗어서 몸을 공처럼 몸을 둥그렇게 말고 있는 성민이를 건드렸다. 그때 밑에서 가라앉고 있던 교복이 생겨난 물의 흐름을 따라 승호를 지나쳐 다시 수면 위로 올라가고 있었다. 교복을 확인한 승호가 성민이를 앞뒤로 세게 흔들었다. 그제야 눈을 뜬 성민이를 보며 승호가 위를 가리켰고 재빨리 헤엄쳤다. 주변에는 형형색색의 작은 물고기 떼가 아이들을 보고 화들짝 놀라며 방향을 틀고 있었다. 승호가 수면에 손을 뻗자 어느새 생겨난 투명한 유리막이 그들을 가로막고 있었다. 교복은 유리 위로 둥둥 떠다녔다. 당황한 것도 잠시 승호가 얼른 밑으로 내려가 성민이를 양손으로 받쳐서 들었다. 연못의 아름다운 에메랄드 색 유리 밑으로 성민이의 내리치는 손이 잠깐 보였다. 그러나 통통 소리만 날 뿐 물속에서 단단한 유리를 깨기란 계란으로 바위 치기였다.

한계에 달하던 성민이와 민호는 목을 감쌌다. 몇 초 뒤면 코로 물을 들이마실 지경이었다. 끝내 숨을 내쉬어버린 승호가 성민이의 팔을 덥석 잡았다.

"이것 봐! 숨을 쉴 수가 있어!"

승호의 목소리가 선명하게 들리자 성민이가 눈을 부릅뜨며 숨을 크게 들이마셨다. 물이 코 안으로 들어가지 않았다.

"이럴 수가 설마… 그 나무가 우리에게 또 선물을 준 거야!? 이상하다, 나는 단지 배를 채워 주는 사과를 받았는…."

"그래! 그거야! 황금사과는 오로지 배만 채워 주는 게 아니었어!"

주변엔 작은 물고기조차 보이지 않았고 아무런 소리도 들리지 않을 만큼 잠잠했다. 헤엄치고 있는 발밑에 뭔가 보일 거라고 생각이 들었지만 중간에서부터는 짙은 어둠이 깔려 있었다.

"민호랑 민기는 어떻게 된 거야?"

성민이가 묻자 승호가 나무줄기들이 아이들을 이리저리 끌고 갔다고 했다. 걱정이 된다는 성민이의 말에 승호가 기가 막힌다는 듯 말했다.

"우린 지금 물속에 갇혀 있어. 그것도 유리막이 생겨서 나가지도 못하는 최악의 상황이야. 우리가 언제까지 이렇게 숨을 쉴 수 있을지 알 수도 없는 상황이라고."

"나 때문이야. 미안하다."

"됐어."

승호는 성민이의 사과에 낯간지러운 듯 시선을 피했다. 이젠 어디로 가야 할지 몰라서 막막해졌다. 선뜻 밑으로 헤엄쳐 가자는 말은 하지 못했지만 이대로 수면 쪽에서 하염없이 머물러 있을 수도 없었다.

"승호야 우리 각자 흩어져서 찾아볼까? 시간 절약을 위해서 말이야"

"아냐. 이곳에서 흩어져 찾다간 위험에 처해도 서로 못 찾을 수도 있어. 지금 수면 위로도 올라갈 수도 없는 상황이라서. 안 돼." 승호는 성민이의 의견을 단칼에 거절했다.

"안 그러면 시간이 너무 오래 걸릴 거 같아. 너 말대로 언제까지 숨을 쉴 수 있는지 모르는 상황이고…." 성민이도 의견을 굽히지 않았다.

"여기는 물속이야 길이었으면 가능했겠지만 우리가 가는 방향대로 흩어진다 해도 방향감각이 금방 사라져버린단 말이야! 어딘가에 또 이런 곳이 있다면 돌이킬 수 없을 거야."

"아냐! 너는 앞으로 가고 나는 아래로 가보면 돼. 그럼 방향이 헷갈리진 않아."

시간은 촉박한 가운데 의견이 좁혀지지 않았다. 좋은 방법이 없을까 생각하던 성민이는 먼저 승호의 의견을 따라 같은 방향으로 헤엄쳐 가기로 했다.

"이게 뭐지?" 팔을 뻗은 성민이의 손끝에 무언가 닿았다. 헤엄치는 것을 멈추고 이상하다는 생각을 하며 다른 손도 대 보았다. 뒤에 있던 승호도 손을 올려보았다.

"이럴 수가 또 유리야!"

승호가 급하게 밑으로 헤엄쳐 내려가니 갑자기 사방으로 생겨난 유리가 그들을 가로막았다. 숨을 쉴 수 있다고 기뻐하는 것도 잠시 설상가상으로 유리관이 사방으로 좁혀 오며 그들을 감쌌고 관 안에서 물이 빠져나가기 시작했다. 곤두서 있던 머리카락이 얼굴에 들러붙었다. 교복 바지는 흠뻑 젖었고 턱에서는 물이 뚝뚝 떨어져 유리 상자 바닥에 물이 고였다. 게다가 수면을 막고 있던 유리보다도 얇게 느껴졌다. 성민이와 승호는 무릎을 굽혀 교차해서 앉았다.

"물을 가까이 하라고? 웃기고 있네." 승호가 초점이 없는 눈으로 말했다.

"아니야. 조심하라고도 했잖아. 희망을 가져. 기다려 보자…." 성민이는 기어 들어가는 목소리로 말했다.

"희망…? 물속에 잠겨서 죽을 뻔했는데 엎친 데 덮친 격으로 유리 상자에 갇혀버렸어. 게다가 수면 위를 막고 있던 것보다 얇은 유리라고! 자칫 깨지기라도 하면 우린 바로 죽을 목숨이야! 손가락 크기만 한 작은 물고기 한 마리라도 나타나면 긴장해야 할 판이라고! 근데 작은 물고기? 퍽이나. 아. 그리고 보니 민호의 짐작이 딱 맞았어. 우리도 그 아이들과 똑같이 갇힌 거라는 거지."

승호가 내뱉은 말에 성민이가 질색하며 말했다.

"뭐? 그런 끔찍한 소리는 하지도 마. 지금 상황에 부정적인 생각 좀 하지 말란 말이야. 우리가 몰랐기 때문에 숨을 참다가 힘들었던 거지. 또 혹시 몰라? 이 깊은 바다든 호수든 눈속임일 수도 있는 거라고."

"이 상황에서도 긍정적으로 받아들이려고 하다니 대단하네. 눈속임일 뿐이라면 여기서 어떻게 나갈 생각인데 넌?"

"어떻게든 나가게 되겠지. 기다려. 행운의 여신이 도와주겠지." 성민이는 승호의 시선을 피하며 유리 상자 한쪽 벽에 머리를 기댔다.

"행운의 여신? 말이 되냐 그게?"

승호는 반대편을 쳐다보았다. 아무것도 보이지 않는 물속을 들여다보았다. 이대로 쳐다보고만 있다가는 미쳐 버릴 수도 있다는 생각이 들자 성민이가 좌우로 몸을 흔들어 보았다.

"뭐하는 짓이야! 자칫하다 깨질 수도 있다고!" 눈이 두 배로 커지며 승호가 소리를 버럭 질렀다. 바로 그때 상자가 옆으로 살짝 이동했다.

"움직였어!" 아이들이 동시에 소리쳤다.

"얼른 이동해 보자." 승호의 작은 눈이 휘둥그레졌다.

"뭐라도 나타나면 어떡할래? 자칫하다 유리가 깨지기라도 하면 그대로 죽음이라며." 성민이가 비아냥거리며 말했다.

"이렇게 아무것도 안 하고 앉아 있는 것보단 뭐라도 시도해 보고 죽을 때 후회하지 않겠어. 너 말대로 행운의 여신이나 만나러 가보지 뭐."

"저 수면 위에 뜬 교복이 부럽게 느껴지는 건 난생 처음이네."

승호가 성민이의 말에 피식거렸다. 유리 상자에 엉거주춤 서서 무릎을 굽혔다가 펴는 동작을 연속해서 해 보았다. 아이들은 깨질까 봐 유리에 손을 올리고 크고 정확하게 움직이며 엉덩이를 들썩거렸다. 생각 외로 쉽게 깨지지 않았지만 그래도 안심할 수는 없었다. 사방에서 뭔가 튀어나올 것 같았고 왠지 바닥 아래에는 거대한 이빨을 벌리고 있을 바다괴물이 존재할 것 같았다. 차츰 아래로 이동했다. 이동한 거리는 고작 2미터였으며 이 방법으로 바닥까지 내려가기에는 무리였다.

"작전을 바꾸는…."

성민이가 말하는 도중에 갑자기 유리 상자가 꿀렁거렸다.

"가, 가만히 있어." 승호가 말했다.

그 순간 다시 한 번 상자가 덜컹거리더니 걷잡을 수 없이 빠른 속도로 가라앉기 시작했다. 아이들은 즉시 비명을 내지르며 캄캄한 어둠 속을 향해 빨려 들어갔다.

Part 12

잃어버린 기억

- 6월 21일 토요일 AM 7:00 2반 교실 -

교탁 아래에 있던 혜성이가 눈을 비비며 깨어났다. 얼굴은 누군가에게 두들겨 맞은 것처럼 얼얼했고 온몸이 쿡쿡 쑤셨다. 걷어찬 이불을 찾기 위해 손을 아래로 쭉 뻗어 교실 바닥을 짚어 보았지만 손끝에 닿는 것은 나무 바닥의 딱딱한 질감이었다. 옆으로 뻗었던 손이 교탁 다리에 부딪히자 두 눈이 저절로 떠졌다.

"깜짝이야!"

부딪힌 손이 아팠지만 놀란 마음에 아픔이 덜했다. 게슴츠레 눈을 뜨며 고개를 살짝 들었다. 혜성이의 턱이 두 개로 겹쳐졌다. 활짝 열린 창가에서 화분들이 따사로운 햇빛을 받고 있었다. 혜성이가 두 눈을 의심하며 몸을 일으켰다.

"아야!"

교탁 모서리에 머리를 박았다. 언제부터 교실에서 잠이 들었는지 기억하려고 했지만 작게나마 떠오르는 것은 하나도 없었고 두통에 머리를 감쌌다. 얼핏 만져진 뒷머리 가운데로 굴곡을 느낄 수 있을 만큼 커다란 혹과 함께 굳은 피딱지가 생겨 있었다.

'내가 왜 교실에 쓰러져 있는 거…. 설마?'

교실 앞문을 향해 달려가 다급히 문을 열려고 했으나 잠겨 있었고 손에는 말라서 굳은 피가 묻어 있었다. 뒷문으로 가서 벽걸이 거울을 통해 확인한 얼굴을 보고 깜짝 놀랐다. 코피를 한 바가지나 흘렸는지 코 전체와 입술 주변까지 마른 피로 얼룩덜룩 묻었고 눈은 제대로 뜨지 못하고 있었다. 혜성이는 기가 막혀 헛웃음을 터뜨렸다.

'아니야…. 내가 지금 웃을 상황이 아닌데. 왜 얼굴이 이 모양인거지? 아직 꿈속인 건가?'

몸을 돌려서 머리카락을 살짝 들춰 보았지만 상처가 보이지 않았다. 손으로 더듬거리며 만져 보니 정확히 손가락 한 마디 정도의 혹이 난 상태에 피딱지가 군데군데 굳어져 있었다. 자다가 생긴 상처보단 세게 맞은 것 같았다. 그 부위를 머리카락으로 감추고 우선 코 주위를 닦기로 했다. 휴지에 물을 조금 묻혀서 깨끗이 닦아 내니 콧등에는 시퍼런 멍이 나 있었다.

'어젯밤에 무슨 일이 있었던 거지? 심하게 두들겨 맞은 얼굴 같은데….'

그러나 혜성이는 자신의 모습을 확인한 지금도 얼핏 떠오르거나 스치고 지나가는 기억조차 없었다. 창문을 통해서 반 간판을 확인하니 1반이 아닌 2반 교실이었다. 어렴풋이 기억이 나는 건 성민이의 얼굴을 보았던 것 같았는데 그건 확실히 꿈이었다. 그러나 집이 아닌 2반 교실에서 정신을 잃고 쓰러져 있으니 꿈인지 현실인지 분간이 되지 않았다. 혜성이는 혹시나 하는 마음에 반대쪽 볼을 세게 꼬집었다.

"아악! 뭐야! 진짜란 말이야?"

우선 마음을 진정시키고 주머니 속에서 핸드폰을 꺼내 보았다. 하루가 지나고 오전 7시 15분이었다. 부모님의 부재중 전화 20통과 메시지가 와있었다.

'전화 왜 안 받아. 도대체 어디서 뭘 하고 있는 거야? 학교로 아빠랑 같이 가기 전에 전화 당장 받아 최혜성' pm10:20

'야자실에도 없고…. 경비 아저씨가 오늘은 운동장 안으로 아무도 못 들

어가게 했다는데…. 진짜 무슨 일 생긴 거니?' pm11:00

'제발 저번처럼 무사히 있다아오… 혜성아 화 안 낼게 엄마가 잘못했어.' pm12:00

하나씩 읽던 혜성이는 점점 심각한 표정으로 변해갔다.

"오… 난 이제 엄마한테 죽었다. 여기서 몇 시부터 쓰러졌던 거지?"

3일 전 18일에도 아무런 기억이 없었고 왜 그런지 생각하려고 하니 머리가 아파왔으며 다친 곳도 없었으니 바로 그만두었다. 그 사건은 아직도 미스터리였으며 승원이에게 몇 번 얘기하려고도 했었지만 아이들을 도와줘서 그런 거라며 모질게 대할 것이 뻔했기 때문에 말하지 않았다. 경우가 비슷한 오늘은 잘 생각해 보자며 집중하려 했으나 머리가 다시 지끈거리며 아파왔다. 역시 저번과 똑같은 상황이었다. 2번이나 반복되는 상황이 사라진 학생들과 관련된 장소에서만 일어났다고 생각하자 온몸에 소름이 돋은 혜성이는 미친 사람처럼 중얼대기 시작했다.

"맙소사. 저번에 쓰러졌을 때는 민호가 꿈속에 나왔고 이번에 성민이를 봤던 건… 단지 꿈이 아니었나? 이번에는 닫힌 교실에서 깨어났다는 건….”

한참을 생각하던 혜성이는 범인이 갇혔다고 되레 짐작하자 발끝에서부터 전율이 일어났다. 일단 승원이 자리에서 잠시 앉아 있기로 했다. 시간은 거의 8시가 되어 가고 있었고 그제야 똑딱거리며 초침이 움직이는 소리가 들렸다. 생각에 잠긴 사이 창문 옆으로 거대한 체격을 가진 아이가 지나갔다.

앞문에서 '탁' 소리가 났다. 혜성이는 잔뜩 긴장했다. 떨어진 출석부를 주우며 짧은 한숨을 내뱉고 교실 안으로 모습을 드러낸 아이는 승표였다. 성민이네 반 앞자리에 앉은 하민이에게 들은 바로는 육중한 체격과 몸무게로 점심시간에는 친구 것을 대신 퍼 주는 거라며 식판을 두 개로 받았고 반 아이들은 승표를 완전한 방패삼아 뒷자리에 앉아 수업시간에 자는 대신 승표의 등을 쓴 대가로 매점에서 사 온 과자를 줘야 했다. 이렇듯 대화보다 행동으로 성격을 파악할 수 있었던 유별난 아이였다. 마른 입술에 침을 바르고 있던 혜성이는 둔한 승표가 자신을 알아볼 때까지 인사를 먼저 하지 않기로 했다. 승표가 힐끗 쳐다보자 혜성이는 움찔거렸다. 그럼에도 표정의 변화가 전혀 없는 승표는 반으로 들어와 출석부를 탁탁 털은 후 교탁에 올려놓고 혜성이의 앞자리로 걸어갔다. 승표가 알아보지 못한다는 생각을 한 혜성이는 믿기지 않는 듯 뚜렷이 보이는 자신의 손을 뚫어지게 바라보았다. 승표는 책상 위에 가방을 살포시 내려놓았고 혜성이는 자신의 얼굴을 감싸며 연이어 생각했다. 사라진 아이들도 처음엔 교실에서 이렇게 앉아 있었을까. 애들이 사라진 이유가 이런 과정을 통해서였나?

천천히 얼굴에 손을 떼며 고개를 든 혜성이는 소스라치게 깜짝 놀랐다. 뒤로 앉은 승표가 혜성이를 빤히 보고 있었다.

"너 왜 아침부터 남의 반 창문으로 들어와서는 승원이 자리에 앉아 있냐. 섬뜩하게. 난 승원이가 처음으로 일찍 온 줄 알고 놀랐잖아. 걔는 항상 조례시간에 들어오거든. 너라면 이상한 행동을 많이 해서 그렇다 하지만. 근데 얼굴이 왜 이래? 코는 왜 멍이 든 거야?" 승표는 볼 살이 입 안쪽에서 씹히지 않도록 말하다 보니 말투가 상당히 어눌했다. 승표의 질문에 혜성이는 가까스로 입을 열었다.

"잠깐… 뭐, 뭐야 넌 내…가 보여? 보이는 거지?"

"아~알겠다. 드디어 미쳐가는구나."

기가 막힌다는 듯 껄껄 웃던 승표는 고개를 설레설레 저으며 자리에서 일어나 앞으로 앉았다.

"야… 승표야 내 얘기 좀 들어 봐. 넌 지금 내가 보여?"

"뭐? 아침부터 남의 반에 와서 무섭게 뭐 하는 거야. 너희 반에나 가란 말이야. 네가 귀신이냐? 우리 반 애들도 사라져서 입맛도 없는데 너까지 왜 그래!"

승표가 짜증이 난 듯 책상에 엎드렸다. 왠지 흐느끼고 있다는 느낌에 당황한 혜성이가 엉덩이를 들고 그의 귓가에 속삭였다.

"아 미안해 승표야. 대박 사건을 알려 주기 위해서였지. 정말로 흥미로운 이야깃거리가 있어."

그 말에 승표는 고개를 치켜 들더니 두 눈을 동그랗게 뜨고 고개를 뒤로 돌렸다. 호기심에 가득 찬 표정이었다. 자신의 얼굴이 다 돌아가지 않자 승표는 눈동자만 힘껏 돌려서 혜성이를 보았다. 아마 남들이 보면 혜성이보다 흰자만 보이는 승표가 더 무서워 보일지도 모른다. 눈이 아픈 듯 조금 불편해 보였던 승표가 잠시 기다리라는 뜻에 손바닥을 올리더니 가방에서 샌드위치와 초콜릿을 꺼내 뒤를 돌아 앉았다. 방금 전까지 입맛이 없다던 승표였다.

"뭔데? 무슨 얘기인데 아! 이 초콜릿?(혜성이는 궁금하지 않았다) 어제 매점에서 산 거야. 새로 나온 건데 안에는 부드러운 크림치즈가 있대. 먹어 봐." 승표의 눈에는 그렁그렁한 눈물이 맺혀 있었다. 몇몇 아이들이 반에 들어오자 혜성이가 작게 속삭였다.

"아, 아냐 너 먹어. 일단 놀라지 말고…. 가장 대박 거리니까…(승표가 멈칫했다). 좀 더 가까이 와 봐."

"얼른 말하기나 해 줘."

"나 성민이를 만난 것 같아."

"뭐라고?!"

소스라치게 놀란 승표가 책상을 등으로 밀쳐내며 일어났다. 깜짝 놀란 건 승표뿐만 아니라 문을 열고 차례대로 들어오던 아이들도 있었다. 뒷문에서는 종이컵에 물을 따르고 있던 성준이가 그만 물주전자를 놓치는 바람에 '우당탕' 소리를 내며 바닥에 물을 엎었다.

"아 깜짝이야! 박승표 너 죽을래?"

"야 놀랐잖아!"

교실에 들어오기 시작한 아이들이 승표에게 비난을 퍼부었다. 성준이가 구시렁거리며 대걸레로 흘린 물을 닦아냈다. 모르쇠 표정을 짓고 있던 혜성이는 승표가 입술을 삐죽 내밀며 자리에 앉자 말을 이었다.

"잘 들어 봐. 나도 어딘가 이상해서 그래…." 혜성이는 기억해 내기 위해 골똘히 생각했다.

"뭐가 이상한데? 빨리! 말해 줘!" 승표는 혜성이가 답답했는지 재촉했다. 주변에서는 아이들이 화분에 물을 주기 위해 그들 앞을 자주 스쳐 지나갔고 뒤늦게 뒷문으로 들어온 아이들은 흘린 물을 피해 폴짝 뛰어 들어왔다. 들어올 때마다 바닥은 왜 젖어 있냐며 서로 물어보았다. 주변을 살피던 혜성이가 승표에게 더 가까이 오라고 말하자 승표는 긴장한 듯 침을 꿀꺽 삼켰다.

"음 그래…. 출석부를 갖다 놓으려고 교무실로 갔는데 다들 집에 갔는지 교무실에 아무도 없더라고…. 음…. 그리고 나선 성민이를 봤어."

얼렁뚱땅 말하는 혜성이를 보며 승표는 두 눈을 깜빡거렸고 크게 웃음을 터뜨렸다. 그런 승표가 짜증이 났던 반 아이들은 혜성이를 보며 무슨 소식이 있는 거냐며 물어보았다. 승표는 가방에서 몇 개의 초콜릿을 꺼내 심각한 듯 혼잣말을 했다.

"아… 말도 안 돼…. 이제 초콜릿 몇 개 안 남았네." 승표의 말에 혜성이가 목소리에 힘을 주었다.

"야! 지금 이 얘기를 듣고도 넌 몇 개 안 남은 초콜릿이 문제야? 이건 정말 중요한 거야! 그만 좀 먹고 들어 봐! 아 승혁아 왔구나. 잠깐만 있다 갈게." 혜성이 옆자리에 앉은 승혁이가 고개를 끄덕거리며 말했다.

"그냥 계속 있어 줘. 하루 종일. 오늘 끝날 때까지 말이야. 승원이가 오지 못하도록 말이지. 그리고 난 아까 왔었어. 잠깐 화장실 다녀왔거든. 그런데 너 코는 왜 그러는 거야?"

"아 하하하 넘어졌어…." 혜성이는 승혁이에게 들리지 않을 정도로 목소리를 낮추고 승표를 보며 말을 이었다.

"암튼 그래서 그 상태로 성민이를 보았던 거 같은데 꿈이 아닌 것처럼 아직도 생생하다는 거야."

마지막 말에 승표는 얼굴이 즉각 굳어지며 목소리를 낮춰 말했다.

"야. 지금 교실을 봐봐 가뜩이나 4명이나 사라져서 다들 극도로 예민한데 이 상황에 애들한테 그딴 말을 했다가는 넌 분명 쳐 맞을 거야. 다들 널 의심할지도 모른다고. 그리고 지금 말도 안 되는 말을 하고 있는 네가 더 무서워. 그건 꿈이야 꿈. 정신 차려. 며칠 전에도 이상했고 오늘은 우리 반 교실을 열고 들어와서 다시 창문으로 나가서 문을 잠그고 다시… 음. 너가… 왜 그렇게까지 했는지 모르겠지만…." 옆에 있던 승혁이는 혜성이의 시퍼런 멍이 든 코를 유심히 쳐다보고 있었다. 따가운 시선에 혜성이가 옆을 돌아보았다.

"승혁아 별 얘기 아니야(다시 손으로 입을 가리며 승표에게 시선을 돌렸다). 그래 수상하지? 게다가 이것 좀 봐. 내 뒷머리에 커다란 혹도 생겼고 피도 흘렸다고!(혜성이가 뒤 머리카락을 들추고 승표에게 보여 주었다) 범인과 싸우다가 이 꼴이 난 거야 지금 내 코 안 보여? 시퍼렇게 멍든 코 안 보이냐고! 난 머리까지 다쳤어."

"헐! 너 뒷머리는 왜 이래?" 옆에 있던 승혁이가 기겁하며 말했다.

"아…어젯밤에 화장실에서 뒤로 자빠졌어." 혜성이가 억지웃음을 지었다. 그러자 듣고 있던 승표가 소리쳤다.

"그래! 답이 나왔네! 넌 네가 말한 대로 어젯밤에 화장실에 자빠져서 머리를 다쳤고 오늘 아침에 코를 책상에 부딪쳐 넘어지면서 정신을 잃고 헛것을 본 거야. 이거 완전 순 엉터리구만?"

"하 아니라니까? 난 교실에 갇혀 있었어! 이것 봐 우리 엄마, 아빠 부재중도 20통이나 와 있다고." 승표가 보지 않으려 눈을 질끈 감자 혜성이의 목소리가 커지고 있었다.

"웃기지 마! 화장실에 자빠졌을 때 정신을 잃어서 성민이가 꿈에 나타났던 거 아니냐?" 승표가 호탕하게 웃었다.

혜성이는 답답할 노릇이었다. 여태껏 승표에게 믿어 달라고 부탁하고 있었기 때문이었다. 교실에 있는 아이들은 어느새 그들의 대화에 집중하고 있었고 혜성이는 그 상황을 전혀 모르고 있었다.

"하, 뭘 들은 거야! 난 심각해! 아니 나도 이해 못하고 있는 상황을 이해시키려고 앉아 있냐고! 내가 교실에 갇혀 있었다니까?! 그래 범인과 내가 싸웠다는 건, 그건 아니라고 쳐. 나도 그건 확실치 않으니까, 생각해 봐 내가 굳이 너희 반 교실 문을 열고 들어와서 창문을 통해 나가면서 그런 짓을 뭣 하러 해. 아침부터 피곤하게." 잠시 혜성이를 빤히 쳐다보던 승표가 골똘하게 생각하더니 턱을 만지며 말했다.

"음… 내 생각엔 넌 양호실부터 가 봐야 해. 머리를 심하게 다쳤어. 이거 줄 테니까 먹고 정신부터 차려."

승표는 자신이 한입 베어 물은 초콜릿을 혜성이 손에 건네주며 앞으로 돌려 앉았다. 쳐다보고 있었던 아이들도 흥미가 떨어진 듯 자기들끼리 떠들었다. 분통이 터진 혜성이는 승표에게 말한 것을 크게 후회했다. 승표에 대한 아이들의 평판이 괜찮았던 것은 그저 이 녀석의 무식하게 널찍한 등판 때문이었다. 등을 세게 후려치고 싶었고 언제까지나 승표는 멍청한 아이였다.

시간을 확인한 혜성이는 1반 교실로 돌아갔다. 자리에 앉아 무엇이라도 떠오르길 원했지만 생각할수록 아파오는 머리에 이제는 짜증이 솟구쳤다.

"너 왜 이제… 헐! 세상에 너 코가 왜 이래? 지나가던 초등학생한테 맞고 오는 길이야?" 홀쭉한 성현이가 말했다.

그 말에 옆에 있었던 통통한 백준이가 품 하고 웃었고 혜성이 얼굴을 보더니 경악했다.

"야 너 면상이 왜 이래?"

때마침 앞문이 스르륵 열렸다. 교실로 들어온 1반 담임인 황동근 선생님이 갑자기 두 눈을 튀어나올 듯이 부릅뜨더니 혜성이를 향해 소리를 질렀다.

"최혜성! 이놈의 자식이! 어제 도대체 어디 갔던 거냐!? 집도 있는 애가 또 학교에서 잠들었던 거야? 근래에 누가 수면제라도 먹인 게냐!? 코는 왜 저렇게 시퍼렇게 멍든 거야! 이번에는 어떤 놈의 자식들이랑 고등학생이나 돼가지고 패싸움을 한 거야! 나이를 거꾸로 처먹고 있는 거지!? 너희 부모님이 얼마나 난리가 난 줄 알아? 난 충분히 너에게 화를 낼 만한 자격이 있어! 나는 너의 담임이고 담임은 잘못된 길로 가려는 아이에게 따끔한 벌을 내릴 수 있는 의무가 있지! 그렇지 않으면 나는 화병 나 뒤질 거다! 넌 좀 있다 교무실로 와!"

교탁이 바들바들 떨렸고 그의 주먹 쥔 손이 얼굴처럼 빨개졌다. 교실 몇몇 아이들은 혜성이를 보며 요즘 왜 저러나 싶은 표정이었다.

"너 요새 무슨 일 있어?" 백준이가 옆에서 작게 속삭였다.

가까스로 진정된 담임은 교실 아이들을 보며 말을 이었다.

"얘들아 끔찍한 일이 더 이상 생기지 않게 각별히 조심하도록 해. 며칠 안 남은 시험에 집중해. 공부는 야자실에서만 하고 괜히 쓸데없이 누구처럼 에너지를 소비하지 말란 말이야."

담임은 그 이후로 조례가 끝날 때까지 폭풍 잔소리를 하였다. 황동근 선생님은 항상 무슨 이야기를 시작하면 끝에 훈계하듯 듣기 싫은 잔소리를 섞어 30분가량 얘기를 했기 때문에 몇몇 아이들은 잔소리를 하는 담임을 몰래 따라하며 큭큭거렸다. 담임은 혜성이에게 1교시 시작 전에 교무실로 오라고 말하며 밖으로 나갔다. 담임이 나가자마자 앞자리에 앉은 홀쭉이 성현이가 몸을 들썩이며 말했다.

"너 또 학교에 있었어? 누가 때려서 그렇게 된 거야?"

혜성이는 괜찮다는 옅은 미소를 보였다. 멍든 코가 다시 욱신거렸다.

한편 2반에서는 이기자 선생님이 혜성이가 쓰러진 사건에 대해 헐뜯고 있었다. 중간에 승원이가 들어와도 이제는 신경조차 안 쓰이는지 며칠 안 남은 시험공부만 열심히 하라고 이어갔다.

담인이 나가기가 무섭게 2반 아이들은 아까 혜성이와 얘기히고 있었던 승표 주위에 몰렸다. 얼빠진 승표는 고개를 저으며 자신도 모르겠다고 말했고 뒷자리에 승원이가 조용히 일어나더니 반을 나갔다. 그 사이 혜성이가 투덜거리며 교실 뒷문을 나오다가 2반 뒷문에서 나오는 승원이를 보고 소리쳤다.

"야! 승원아!"

그런데 승원이가 혜성이를 발견하곤 성큼성큼 다가오더니 팔목을 붙잡고 중앙 계단에서 아래층으로 내려가고 있었다.

"야! 어디 가? 나 부모님한테도 전화해야 하고 담임한테도 가야 해!"

승원이는 말없이 혜성이의 손목을 움켜잡고 운동장 밖으로 나왔고 줄줄이 끌려가던 혜성이는 연못이 있는 구름다리 위에서 간신히 팔을 뿌리쳤다. 구름다리 아래에서는 붉은색을 띠는 잉어들이 뻐끔거리며 헤엄치고 있었다.

"아 왜 이래, 이 자식아!" 혜성이의 팔목이 빨개져 있었다.

"내가 진짜 조심하라 그랬지." 승원이가 주변을 살피며 말했다.

"뭐?"

"내가 위험하니까 아무것도 하지 말라 했잖아. 보는 눈이 많으니까 조심히 행동하라고 내가 누누이 말했잖아!" 화가 많이 난 듯 소리치는 승원이를 보고 혜성이가 움찔거렸으나 물러서지 않았다.

"도대체 네가 뭘 안다고 그러는 거야! 그게 무슨 말인지 나한테 얘기를 해 줘야지. 만날 조심하라고만 하는 이유가 뭔데?"

"지금은 안 돼. 절대로 안 된다고."

"왜 또 보는 눈이 많아서? 잉어가 듣기라도 하나 봐? 참나. 난 담임한테 가봐야 해. 나중에 얘기해."

혜성이는 승원이의 어깨를 거세게 밀치며 다시 학교 건물을 향해 뛰어갔다. 승원이의 눈빛이 예사롭지 않아서 찜찜했지만 우선 담임한테 뭐라고 말을 해야 미쳤다는 소리를 듣지 않을지 고민되었다.

2층 교무실 문을 닫던 도중 소름 끼치는 '끼이익' 소리에 고개를 들은 몇몇 교과 선생님들이 고개를 내리고 수군거렸다. 1반 담임은 수군거리는 소리를 듣고 칸막이 위로 팔을 번쩍 올려 가까이 오라는 듯 까닥거렸다. 그의 책상에는 지름 20센티 크기인 지구본과 지구과학1, 지구과학2, 물리책과 함께 수많은 서류들이 꽂혀 있었다. 그는 목을 두더지처럼 쑥 빼더니 칸막이 넘어 주변 선생들의 눈치를 보고 고개를 바로 숙였다.

"도대체 어젯밤에 어디 있었던 거야. 네가 무슨 말이라도 해 줘야 뭐든 해명될 것 아니냐. 지금은 조금만 수상해도 오해를 받고 있단다. 전에 2반에 있는 승호도 하루 만에 다들 의심했다고. 학생들이라고 예외는 없단 말이야."

그의 눈썹이 통통한 송충이 두 마리가 한 곳으로 모인 것처럼 꿈틀거렸다. 혜성이는 담임을 뚫어지게 쳐다보았다.

"아침에 눈을 떠 보니까 2반 교실에 갇힌 채로 쓰러져 있었어요. 그런데 전날 밤 기억이 아무것도 나지 않아요. 저번이랑 같은 상황으로 봐서 제 생각에는 아이들이 알려 주고 있는 거 같아요. 살아 있다고요. 바로 이 학교 건물 안에서요. 안 믿겨지시죠? 근데 이 모든 게 사실이에요. 제가 말하는 전부 다요."

이런 식으로 말했다간 담임은 자리에서 일어나 교무실을 펄쩍 뛰어다니며 난리 칠 것이 분명했다. 물론 믿지도 않겠지만.

"교실에 잠깐 책을 챙기러 왔다가 뒤로 자빠졌는데요…. 그대로 책상에 머리를 세게 찧어서 그만 정신을 잃었어요…. 이렇게 말이에요."

혜성이는 자신의 뒷머리를 들춰보였다.

"세상에! 머리는 또 왜 저러는 거야. 아니 넌 혼자서 앞뒤로 그렇게 다치니? 운도 지지리 없지. 네 몸한테 미안한 줄 알아. 아무튼 조심하도록 해. 아이들과 떨어져서 혼자 있는 사건이 생기지 않도록 말이야. 요즘 선생님들 사이에서 2반은 저주가 걸린 반이 아닐까 하면서 소문이 돌고 있거든. 화분 속에 폈던 꽃도 사라졌다더라. 저 담임은 저러다가 이 학교에서 잘리게 생겼어. 학생들을 잘 돌보지 못했다는 이유로 말이야. 지금 학교 건물에서 소리만 안 날 뿐이지 심각한 비상사태야."

담임은 구급차를 흉내 내듯 삐뽀삐뽀 소리를 내며 책상 위에 있던 지구본을 돌렸다. 지구본이 빠르게 휙휙 돌아가더니 이내 천천히 돌아갔다. 혜성이가 지구본에 빨려 들어가듯 묘하게 쳐다보았고 담임은 그의 어깨 위에 손을 툭 올리며 심각한 표정으로 말했다.

"이제 다시는 혼자서 학교에 머물지 마렴. 좋은 취지로 만든 학교가 모두가 두려워하는 학교가 되어버렸어. 김그린 건축가 알지? 이제 그의 명성 또한 바닥으로 떨어지겠지. 아 이런 얘기를 하고 있을 때가 아니지 넌 지금 양호실부터 가. 상처가 심각하네. 내가 부모님한테는 잘 말씀드렸다."

혜성이는 죄송하다는 말을 하며 자리에서 일어났다. 교무실에 있던 몇몇 선생님들은 칸막이 위로 얼굴을 내밀고 몰래 듣고 있었는지 혜성이와 눈이 마주쳤다. 혜성이가 얼른 나가기 위해 교무실 문을 열려고 하자 밖에서 누군가 들어왔는데 마주치기 싫은 이기자 선생님이었다. 호랑이도 제 말 하면 나타난다더니. 그녀는 바로 앞의 혜성이가 인사도 안 하고 빤히 쳐다보자 어깨에 손을 올리고 속삭이듯 말했다.

"어제 왜 우리 반 출석부를 들고 있었는지는 모르겠지만. 앞으로 조심해.

내가 똑똑히 지켜볼 테니까."

그녀는 얼굴에 회심의 미소를 지으며 말했다. 승호에 이어 이번에는 혜성이를 의심하고 있는 듯했다.

하지만 그녀의 말은 머릿속에 꺼져 있던 전구에 불이 들어오도록 도와주었다.

'어제 날 봤다고…?'

어젯밤 아이들이 걱정이 돼서 학교로 왔었던 자신의 모습이 스치듯이 떠올랐다. 확실히 꿈이 아니었다. '조금만 더 노력하자. 이번은 기필코 기억해 내야 해.'

*

양호실에서 통통한 체격 위에 흰 가운을 입은 양호 선생님이 책상에 턱을 괴고 꾸벅꾸벅 졸고 있었다. 문이 열리자 그녀가 자리에서 벌떡 일어났다.

"어이구! 왔으면 말을 해 줬어야지. 음 거기다가 몇 학년, 몇 반 이름 적고 이리로 오렴. 왜 왔니?"

"아 지금 왔어요. 머리를 다쳐서요." 혜성이가 공책에 이름을 적으면서 대답했다.

"그래? 심하게 다친 거니? 저기 침대에 앉아 있으렴. 준비하는 동안."

그녀는 드레싱 카에 올려진 캔 안에서 2장의 초록 잎을 꺼내더니 그것을 절구에 갈아냈다. 혜성이가 고개를 끄덕거리며 두 개의 침대 중 닫혀 있던 침대 커튼을 힘껏 걷자 누워서 핫 팩을 대고 있던 여학생이 혜성이를 보고 '꺅' 소리를 질렀다. 깜짝 놀란 혜성이가 커튼을 도로 가렸다.

"아니 커튼 쳐져 있는 거 보면 누가 있겠거니 하고 안 쳐져 있는 곳에 앉아야지! 저 밑에 떡하니 신발도 있는데. 어휴 그냥 바로 여기 앉아." 소독할 것을 챙기고 있던 양호 선생님이 말했다.

혜성이가 커튼 너머 자신을 보고 놀란 여자아이에게 들리게끔 미안하다고 속삭였다. 그리고 의자가 있는 곳으로 걸어가는 혜성이의 귓가에 커튼 너머로 콧방귀 소리가 작게 들려왔다.

"아니 어떻게 넘어졌길래 뒷머리를 이렇게 다친 거니? 굉장히 아플 텐데. 어머 코에는 멍까지 들었네?" 양호 선생님은 갈은 초록 잎을 뒷머리에 고르게 펴서 발라주었다.

"저도 모르… 아 교실에서 뒤로 자빠졌어요."

혜성이는 저도 모른다는 말이 툭 튀어나올 뻔했으나 다친 부위를 소독해 주는 통증이 크게 느껴졌다.

"아악 아파라 살살해 주세요. 쿡쿡 쑤신단 말이에요…."

뒤에서 큭큭거리는 웃음소리가 들렸다.

"저 따듯한 물 좀 마셔도 되죠?" 침대 커튼을 걷고 나온 여자아이는 수진이 친구인 긴 생머리를 가진 민정이었다. 민정이는 혜성이를 힐끗 쳐다보았다.

"물론이지. 좀 괜찮아졌니? 조금 더 쉬다가 시간 맞춰서 가렴"

"네. 감사합니다."

혜성이는 치료가 다 끝나고 양호실 문밖에 나섰고 문 앞에 서 있는 누군가를 보고 화들짝 놀랐다.

"아, 아니 여기 있는 건 또 어떻게 알았어?" 승원이가 혜성이를 씩씩거리며 쳐다보고 있었다.

"아까 내 말 다 안 끝났잖아! 요즘 내 말을 네가 제대로 귀 기울이지 않는 것 같아서." 승원이는 아직도 화가 안 풀린 듯했다.

"아냐. 너 말을 귀 기울이지 않다니 그렇지 않아. 알았다고 했잖아….”
혜성이는 승원이가 왠지 무섭게 느껴졌다.

"아냐, 넌 내 말을 귀 기울이지 않고 있어. 그 애들을 도와주지 말라고 내가 전부터 말했잖아. 그런데 그 말을 안 듣고 있어." 승원이는 어딘가 불안한지 계속해서 주변을 두리번거렸다.

"뭐? 아니 내가 왜 너 말을 곧이곧대로 들어야 하는 건데. 그 이유 좀 말해 달라니까? 네가 말을 안 해 주잖아! 아~ 또 지켜보는 눈이 많은가 보지? 여긴 우리 말고 아무도 없는데?" 혜성이는 제대로 설명하지 않고 강요만 하는 승원이에게 점점 화가 나기 시작했다. 그 두 명의 목소리가 점점 커지기 시작할 때쯤 양호실 문이 살짝 열리며 양호 선생님이 얼굴을 내밀었다.

"애들아 너희 목소리가 여기 안까지 다 들리네~? 또 다친 애가 온 거니~?" 그녀는 상냥한 말투로 승원이를 보았다.

"아 아니요. 죄송합니다." 혜성이는 고개를 푹 숙이며 사과했지만 승원이는 말없이 그녀를 쳐다보고 있었다. 그러자 양호실 선생님은 얼굴에 뭐가 묻은 줄 알고 입술을 툭툭 털어내더니 안으로 쏙 들어가버렸다. 혜성이는 승원이의 어깨를 툭 치며 앞으로 걸어갔다. 뒤에서 승원이가 말했다.

"난 너를 진심으로 걱정해서 하는 말이야. 더 이상 앞으로 이상한 행동은 하지 말았으면 해."

"또 알쏭달쏭하게 말하고 있네. 제대로 설명은 못 해줄망정. 나를 이런 식으로 놀려 먹는 거지? 난 간다."

혜성이는 뒤에서 걱정스레 들리는 승원이의 목소리에 문을 밀치고 나왔다. 건물로 들어오자마자 코가 다시 욱신거렸다. 1반 복도에서 기다리고 있었던 승표가 혜성이를 다급하게 불렀다. 하지만 혜성이는 무시하고 교실로 들어가려 했다.

"야! 혜성아!" 승표가 팔목을 붙잡고 창문 쪽으로 끌었다.

"나는 네가 장난치려고 하는 줄 알았어."

"뭐? 내가 핸드폰까지 보여 주면서 진짜라고 그렇게 말했잖아!" 혜성이는 승원이에 이어서 승표의 말에 짜증이 솟구쳤다.

"미안해. 아까는 내가 좀 심했던 거 같아. 조금 있다가 시계탑 분수 앞에서 보자. 아 그리고 이거 먹어."

승표는 복도에 지나다니는 아이들의 눈치를 보며 주머니 속에 초콜릿 하나를 금덩이를 꺼내듯이 조심히 꺼냈다.

"넌 이게 나한테 얼마나 소중한 건지 알지? 나에겐 금보다 더 값진 거야."

혜성이는 사뭇 진지하게 말하는 승표를 보고 웃음이 피식 나왔다. 따가운 시선이 느껴져 옆을 보니 2반 교실 뒷문으로 들어가던 승원이가 빤히 쳐다보고 있었다.

"고맙다 내 말을 지금이라도 믿어 줘서." 혜성이가 승표에게 말했다.

"그래, 친구 사이에는 믿음이지!" 승표가 낄낄거렸.

4교시가 끝나고 종례 시간 때 혜성이는 어떻게 해서든 자신이 생각나지 않는 부분을 꺼내려 노력했지만 그럴수록 머리를 힘껏 짜내는 통증이 일어났다.

"그러니까 네가 말했던 게 전부 사실이라는 거지? 하나도 틀림없이?" 하교하는 아이들은 시계탑 벤치에 앉은 두 명을 힐끗 쳐다보면서 지나갔다.

"응! 그래 사실이라고! 저번 사건에 이어서 내가 사라진 아이들과 관련된 장소에서 깨어나는 것 보면 애들이 구해 달라고 나를 관련된 곳으로 데리고 가는 거일 수도 있어."

"너의 짐작일 뿐이잖아. 확실한 거야?"

"응. 이상하잖아. 자꾸 그런 곳에서 깨어나는 걸 보면…. 하… 사실 어젯밤 일이 드문드문 떠오를 뿐이야. 기억하려 할수록 머리가 깨질 듯이 아프거든."

"왠지 나는 범인이 그랬을지도 모른다는 생각이 드는데…."

"아냐. 범인이었다면 나도 사라지게 만들었겠지."

"그럼 네가 교실에 쓰러져 있을 때 도대체 누가 잠그고 간 거야? 애들이 그랬을 리는 없잖아. 헐 잠깐! 그럼 너 말대로 범인이 아니었을 수도 있어. 왜냐하면 범인은 애들을 납치했잖아! 넌 살아있고!"

말하는 도중 혜성이가 생각에 잠긴 표정을 보이자 승표가 혜성이의 눈앞에 손을 휘저었다.

"왜? 왜 그래 뭐 있어?"

"난 칠판 앞에 쓰러져 있었어. 앞문에서 아주 잘 보인다고. 문을 잠근 사람이라면 분명 날 봤을 거야. 문을 내가 안 잠그고 들어왔었으니 말이야. 담임은 애들이 학교에서 사라지지 않았다고 했잖아. 근데 이상해. 분명 경비원이 학교에서 애들이 사라졌다고 얘기했었을 텐데 왜 다르게 말한 거지?"

"그야 학교에서 쉬쉬한 거 아냐? 학교 명예가 훼손될까 하는 마음에? 그럼 너 말은 담임 아니면 경비원이 수상하다는 건데…."

그들의 대화가 깊어지자 내리쬐는 태양이 바닥을 뜨겁게 달궜다.

"그래! 너도 그렇게 멍청하진 않구나. 2반 담임도 수상하긴 한데 경비원은 전부터 좀 수상하다고 들었어. 아무튼 우리가 못할 건 없지! 저녁에 학교 안을 우리가 샅샅이 훑어보는 거야!" 승표는 혜성이의 말에 고개를 끄덕이다가 뒤늦게 이해하고 자리에서 벌떡 일어났다.

"뭐라고!? 무슨 소리야! 미쳤어? 언제? 오늘 말하는 거 아니겠지? 안 그래도 학교가 이렇게 흉흉한데. 이것 봐 하늘 좀 봐봐. 날씨가 아주 안 좋아!(날씨는 끝내줬다) 거기다 다음 주는 시험기간이야."

승표가 기겁하자 그의 통통한 볼살이 떨렸다.

"다시 하늘을 봐봐. 구름은 적당히 있고 햇볕은 살갗을 조금 달아오르게 하니 아주 완벽해! 나에게 또 훌륭한 계획이 있지. 지체되었다가는 너 말대로 다음 주부터 시험기간이고 다음 달은 또 방학이야. 그 전에 우리가 반드시 애들을 찾아야만 해. 이대로 가다간 이번 소문도 잠잠해질 수 있어. 또 내년이 되면 다른 여학생이 사라질 거야. 오늘 7시까지 교문 앞으로 오도록 해. 8시부터는 경찰들이 학교 주변을 둘러싸니까. 무엇보다 이 얘기는 아무한테도 말해서는 안 되는 거 알지? 너와 나 사이에 비밀이 하나 생긴 거야."

"알아. 솔직히 내가 너보다 입 무거워." 승표가 어깨를 피며 말했다.

"…그래…. 솔직히 다 무겁긴 하지. 가볍게 생각하지는 마. 이건 가족한테도 말해서는 안 될 비밀이니까."

비장한 표정을 지으며 고개를 끄덕인 승표의 이마에서는 땀이 흘러내렸다. 교문에서 승표와 헤어지고 나서 혜성이는 집으로 가는 버스를 탔다. 이제야 한 단계 앞서 나간 기분에 조금 안심은 됐지만 자신 때문에 아이들이 사라졌다는 생각에 또 다시 승원이의 말이 신경 쓰였다. 설마 승표도 위험해지진 않을까 약간 걱정스러웠다.

*

마당에 있는 초코와 두유가 혜성이를 보고 하루 동안 보지 못해 굉장히 반갑다는 듯이 꼬리를 살랑살랑 흔들었다. 현관문을 열자마자 코에 시퍼런 멍이 든 혜성이를 보고 눈가가 촉촉해진 할머니가 혜성이의 몸을 이곳저곳 쓰다듬었다(부모님이 일 때문에 어쩔 수 없이 서울로 올라가서 대신 올라 오셨다). 할머니가 차려 준 밥을 먹고 방으로 들어와서 침대에 눕자마자 전화가 왔다. 수화기 너머로 칼이 부딪히는 소리가 들렸고 이어서 잔뜩 흥분한 승표의 목소리가 들려왔다.

"혜성아! 마치 내가 명탐정이 된 기분이야. 지금 범인을 무찌르는 영화를 연달아 틀어 놓고 보고 있어. 영화 끝나면 험악한 표정도 연습해 볼 거야!"

말하던 중간에는 과자를 집어 먹었는지 먹던 과자가루가 수화기 넘어 튕겨 나올 것 같았다.

"오 그래? 준비성이 장난 아닌데? 조금 있다가 못 나오겠다는 소리 하지 말고."

승표와의 대화 후 머리를 식히려 한숨 자려고 누웠다. 피곤이 쏟아져 금방 잠에 들었고 꿈속에서 성민이를 쫓고 뒤에서 자신을 향해 달려오는 승원이를 피해 달리다 6시쯤 돼서 집 밖으로 나왔다. 초코와 두유는 문턱을 나서며 조금 긴장한 혜성이의 뒷모습을 보며 꼬리를 흔들었다. 혜성이는 승원이의 말이 생각나면서 자칫 승표가 위험해질까 봐 두려웠다. 그날따라 학교로 가는 버스가 유난히도 가깝게 느껴졌다. 정류장에 내려서 오전과 달리 시원하게 불어오는 저녁 바람에 잠시 눈을 감고 걸었다.

그때 매점 앞에서 지나가던 승표가 혜성이의 뒷모습을 발견하고 살금살금 다가가 어깨를 가볍게 툭 쳤다. 깜짝 놀란 혜성이가 넘어질 뻔하자 승표가 얄팍한 비명을 질렀다. 그 소리에 혜성이가 고개를 들어 승표를 보았다. 아래에서 위로 바라본 승표는 험악한 건달 아저씨가 교복을 입은 모습과 흡사했다.

"야…. 막상 나오니까 겁나 죽겠어." 아까와 달리 승표는 경비실을 쳐다보며 얼굴을 감쌌다.

"방금은 네가 더 무서웠어. 오늘 분명히 성공할 거야." 혜성이는 불안해하는 승표를 보며 제발 그러기를 바라는 듯이 강조했다.

"그 계획 궁금한걸?"

"일단 내 생각은 그거야." 혜성이가 잠시 승표를 끌어당기며 귓속말했다.

"내가 또 아저씨 앞에 나타나면 그는 의심할 거야. 그래서 이번에는 네가 야자실 건물 안에 산짐승 새끼가 들어왔다고 말해."

"에? 그건 무슨 말이야?"

"자 시작해!" 승표는 의아해하면서 고개를 끄덕였다. 혜성이는 곧장 언덕 위로 올라가서 목련나무 기둥 뒤로 걸어갔다. 사실 훌륭한 계획은 없었다. 그저 경비아저씨가 어딘가 모르게 수상했고 그의 행동을 확인하고 싶었을 뿐이었다. 뒷산의 낙엽이 바람에 흩날렸다. 고개를 빼꼼 내밀어 쳐다보고 있다가 앞에서 경비원과 승표의 목소리가 들리자 재빨리 기둥 뒤로 몸을 숨겼다.

"아니 야자실 안에 산짐승 새끼가 들어갔어?!" 그의 거칠고 불쾌한 목소리가 들려왔다.

"네! 제… 팔…뚝만 한 토실토실한… 맷…맷돼지가요!"

두 사람은 남학생 야자실 건물 안으로 들어갔다. 혜성이는 시야에서 안 보이게끔 기둥 뒤에서 몸을 조금씩 움직였다. 긴장이 돼서 그런 걸까 왠지 모르게 주변의 공기가 탁해지고 쾌쾌해지는 듯했다.

야자실 건물로 나오던 여학생들이 남학생 야자실 건물을 바라보는 혜성이를 보고 소리를 지르자 혜성이는 아예 기둥 뒤에 숨어서 쭈그려 앉아 있었다. 잠시 후 유리문이 열리고 승표와 경비아저씨가 나왔다. 몸체가 작은 경비원 때문에 멀리서 보면 둘은 아빠와 아들처럼 보였다.

"벌써 뒷산으로 가버렸나 보군… 방금 전 여자애들 비명소리가 들린 것을 보아하니. 건물 안에서 소란 피우지 않아서 정말 다행이야. 너는 지금 갈 생각이니?"

"아니요. 조금만 더 하다가 가려구요."

"그래 요즘 소문도 흉흉하지만 오늘은 9시쯤 돼서야 경찰들이 온다고 하더구나. 덕분에 나는 집에 갈 수 있겠어." 그가 누런 이를 드러내며 씨익 웃었다.

고개를 자신도 모르게 쭉 내밀고 있던 혜성이가 시간을 확인하니 7시 10분이었다. 경비아저씨가 언덕 아래로 내려간 후에 목련나무 밑으로 걸어온 승표가 말했다.

"야! 티가 날 정도로 얼굴을 쭉 내밀고 있으면 어떡해. 걸릴 뻔했잖아. 그리고 완전 착하시던데 괜히 그를 의심했어. 나와 봐."

"…? 응 그래? 이상하다…? 분명…."

혜성이가 고개를 살짝 내밀어 승표를 보았다. 그런데 승표가 덜컥 화를 내며 말했다.

"나와! 나오라고! 그렇게 가까이 붙어 있지 말고!"

처음으로 화를 내는 승표의 모습에 혜성이는 자리에서 얼어 있었다. 그러자 승표가 낄낄거리며 말했다.

"장난이야 장난. 지금 너 표정 좀 봐!" 혜성이는 승표가 비웃고 있는 행동에 기분이 나빴다.

"그런 장난치지 마. 난 그래도 여전히 수상해. 어딘가 모르게 말이지. 왠지 내 생각에는 경비원이 내가 쓰러져 있는 걸 봐놓고 일부러 모른 척하고 있었을 거 같아."

"엉뚱한 추측이네. 그래서 이 세상에는 영웅은 없는거란다. 멍청한 아이들 같으니라고… 헛된 꿈에 부풀어 책상에 적었다가 사라진 너희 친구들처럼 말이다. 전부 시들거리다 죽기 직전의 꽃보다도 못하더구나."

싸늘한 바람이 휙 지나치며 목련나무 아래로 그늘진 승표의 한쪽 입 꼬리가 천천히 올라갔다. 덩달아 승표의 한쪽 눈이 푸른색 물감을 톡 떨어뜨린 것처럼 퍼졌고 다른 검은색 눈동자가 마치 앞을 못 보는 듯 오른쪽으로 이동했다가 다시 튕기듯 제자리로 돌아오기를 반복했다.

"승…표야?!" 혜성이가 뒷걸음질 치며 말했다.

"그래 놀랐겠지. 너 또한 경비원이 범인이라고 생각했구나? 그는 나약하고 멍청한 영혼일 뿐이야."

"그게 무슨 소리야 당신 도대체 누구야?"

"널 잘 아는 사람이야. 너 뒷머리랑 코에 난 상처. 전부 내가 만들었지. 다들 기억을 자연스레 잃어버리더구나."

"알아듣게 설명 좀 해. 대체 무슨 소리 하는 거야? 네가 설마 범인이었던 거야?"

다리에 힘이 풀렸고 기분 좋게 뺨을 스치던 바람이 섬뜩하게 느껴졌다.

"승표가 아니라면… 넌 누구라는 거지?"

"조심해. 계획대로 잘되고 있었는데 내 계획을 방해하는 애들이 있었단 말이지." 승표가 말했다. 혜성이의 눈앞에는 여전히 승표의 모습이었다.

"넌 도대체 누구야?"

"벌써 알려 주면 재미없지."

승표의 푸른색 눈동자가 다시 검은색 동공 안으로 사라지자 승표가 힘없이 뒤로 넘어갔다. 코피가 볼을 타고 흘러내려서 땅을 빨갛게 물들였다. 혜성이는 의식을 잃고 쓰러진 승표를 들어 보려 했지만 꿈쩍도 하지 않았다. 여학생 건물에서는 마지막으로 나오는 여자아이들이 쓰러진 승표를 보고 비명을 지르며 경비실 쪽으로 빠르게 달려갔다.

창문을 급하게 두들겨대는 소리에 모자를 푹 눌러쓰고 있던 경비아저씨가 움찔거리며 고개를 들었다. 여학생 네 명이 호들갑을 떨면서 말하자 그가 소리쳤다.

"아니 한 명만 얘기하란 말이야! 도통 알아들을 수가 있어야지."

머리를 급하게 뒤로 넘기던 여자아이가 친구들을 밀치고 앞으로 나와서 소리쳤다.

"누가 목련나무 앞에 쓰러져 있어요!"

그 얘기를 듣고 몇 초도 안 돼서 경비실 문이 열렸다. 그런데 그가 엉뚱하게 삽을 들고 언덕 위로 뛰어갔다. 여자아이들이 소리를 지르며 뒤따라갔다. 혜성이는 여학생들이 누구라도 불러서 달려오길 바라며 쓰러진 승표를 보고 어쩔 줄 모르고 있었다. 잠시 후 언덕에서 경비원과 그의 뒤에서 소리를 지르며 쫓아오는 여학생들이 보였다. 헥헥거리던 경비원은 코피를 흘리고 있는 승표를 보더니 삽을 내동댕이치며 말했다.

"얘는 방금 전까지 나랑 얘기했던 아이였는데 설마… 산짐승 어미 짓이야?!"

당황한 혜성이는 무언가 승표의 몸에 들어갔다 나왔다고 말할 수가 없었기에 아자실 앞에서 쓰러저 있었다고 둘러댔다. 그리고 승표의 주머니를 뒤적거려 초콜릿과 뒤섞인 핸드폰을 꺼내 들고 부모님께 전화를 걸었다.

몸집이 큰 승표를 비실거리는 경비원이 와도 둘이 옮기는 건 불가능했기 때문에 일단 고개만 옆으로 돌려주었다. 코피가 멈추지 않고 계속 흘러나오자 경비원이 주머니에서 꺼낸 휴지를 급하게 돌돌 말아 코를 꽉 쥐어 잡고 있었다. 승표의 입에서 고약한 입 냄새가 났다. 시간이 좀 흐른 후 언덕에서 맨발로 헐레벌떡 달려온 승표 엄마는 얼핏 큰 언덕처럼 보이는 승표를 보더니 풀썩 주저앉았다.

"세상에… 얘는 얼마나 공부했으면 이리 된 거야…?"

승표 엄마는 착각 속에서 스스로 달래고 있었고 언덕을 내려오던 승표 아빠의 손에는 승표 엄마의 신발 두 켤레가 쥐어져 있었다. 그는 헐레벌떡 달려와 초콜릿을 꺼내서 승표에게 먹였다. 혜성이는 그날 처음으로 왜 승표가 맨날 초콜릿을 먹는지 깨달았다.

서서히 눈을 뜨며 승표가 깨어났다. 승표 아빠는 혜성이에게 원인을 물어보았고 혜성이는 아무것도 모르는 척하며 야자실 앞에서 보았다고 말했다. 승표의 머리를 쓰다듬으며 고맙다고 말하는 그의 눈가가 촉촉했다.

초콜릿을 맛있게 먹던 승표는 자신이 왜 목련나무 앞에 쓰러져 있는지 모르겠다며 기억이 나질 않는다고 말했다. 그 말을 들은 승표 부모님은 요즘 입맛도 없던 이유를 알았다며 양쪽에서 힘겹게 그를 부축하며 걷다가 야자실을 내려오는 쯤에서 스스로 걷게 했다. 승표도 차라리 자신이 직접 걷겠다며 아빠한테 갖고 온 초콜릿이 더 없냐며 물어보았다. 아빠가 머리를 쓰다듬자 승표는 작고 마른 그의 키에 맞춰 머리를 숙였다. 혜성이는 집으로 돌아가면서 생각했다. 아까 보았던 승표의 모습은 과연 누구였을까. 왜 모습을 드러내지 않고 승표의 몸을 이용했을까. 승표의 눈동자와 주변으로 풍기던 싸늘한 기운이 떠오르자 팔 털이 다시 곤두서는 것만 같았다.

Part 13
승원이의 비밀

할머니가 방으로 들어가는 혜성이한테 전화기를 내밀었다. 흐느끼는 소리가 수화기 너머로 이미 새어 나오고 있었다.
　"혜성아 좋은 친구들 사귄 거 맞지? 아직 혼자 다니고 그러는 거야? 말 못할 사정이 있었니? 친구들이 평소에 괴롭히는 거 아니지? 그런 경우면 바로 다른 데로 이사 가면 돼. 그게 더 나을 거 같니?"
　"아니야. 엄마 좋은 친구들을 사귀었어. 난 괜찮아."
　"며칠 전에도 그랬잖아. 눈앞이 아직도 아찔하단다."
　"걱정시켜서 미안해. 엄마"
　통화가 끝난 후 방으로 들어와 침대에 누웠다. 문득 이곳에 오기 전 도시에 살았을 때가 떠올랐다. 주변 친구들과 잘 어울리지 못하던 혜성이를 안타깝게 생각하던 부모님은 줄곧 뉴스를 보더니 혜성이에게는 공부하기 좋은 환경이라며 이곳으로 데려왔다. 입학식 날이 돼서 먼저 말을 걸어 준 아이와 친해졌는데 그 아이는 다름 아닌 승원이었다.
　"넌 나와 닮은 구석이 참 많은 거 같아. 네가 무언가를 간절히 원하고 있다면 내가 도와줄 수도 있지. 대신 이 사실을 비밀로 지켜 줘. 이건 너와 나의 약속인 거야."
　승원이는 다른 아이들과 어울리는 것을 피하는 아이였으며 아무도 없는 뒷산에 가서 얘기하는 것을 좋아했다. 특이했던 점은 오로지 둘이 있을 때만 대화를 했는데 한 번씩 수업했던 전 과목 선생님들의 성격과 특징을 줄줄이 말해 주었고 그뿐만 아니라 평소에 궁금했던 아이의 성격조차도 파악하고 있었다. 그리고 이상하게도 재밌는 얘기를 해도 잘 웃지 않았고 진지하고 깊은 대화를 할 때만 아주 옅은 미소를 짓고 있었다. 비밀을 약속한 그날 이후로 모르는 친구들이 스스럼없이 말을 걸어왔다. 혜성이는 새삼 그 아이의 능력에 의문을 갖게 되었다.

"넌 왜 다른 아이들과는 어울리려고 하지 않는 거야?"

"그냥…. 보는 눈이 많아서…. 난 너와 친구 하는 것만으로도 만족해."

지금 생각해 보니 그 말이 조금 이상하다고 느껴졌지만 그때는 크게 생각하지 않고 웃으며 넘어갔다. 그러던 승원이가 입학한 지 한 달이 되지 않았을 때 표정이 심각해져 있었다.

"왜 그래?" 혜성이가 물었다.

"큰일이야. 안 좋은 느낌이 들어."

사건이 터진 후 혜성이는 승원이에게 특별한 능력이 있다고 느껴졌다. 이후로 승원이는 혜성이에게 누군가를 도와주지 말라고 경고했다. 무슨 뜻이냐며 물어보았으나 단지 고개만 저을 뿐이었다. 시간이 지나 성민이와 아이들이 도와달라고 부탁했고 혜성이가 그 말을 듣고서 소름이 끼쳤다.

"승원아 너 말대로 애들을 도와주고 싶지 않은데 그래도 이 사건은 도와주는 쪽이 더 맞다고 생각…."

"안 돼!" 승원이가 소리쳤다. 나뭇가지에 걸터앉아 있던 새가 깜짝 놀라 날개를 퍼덕이며 날아갔다. 혜성이도 몸을 움츠렸지만 승원이가 말을 이었다.

"절대 안 돼. 난 그러지 않는 게 좋을 거 같다고 먼저 얘기했잖아. 그리고 아이들한테 사건에 관한 얘기는 더 설명해 주지 마. 그럼 아이들은 알지도 못한 사건에 대해서 더 흥분할 테니까." 승원이의 눈에서 불꽃이 팍하고 튀길 것 같았다.

"아 응응, 알아 그냥 한번 해 본 소리였어…."

위축된 혜성이는 고개를 숙이고 들릴 듯 말 듯 대답했다. 자신이 많은 아이들과 친구가 되었다는 이유가 승원이 덕분이라고 생각한 나머지 승원이의 말대로 따르고 있었다. 지금은 승원이보다 사라진 아이들과 함께한 시간이 많아졌고 친구의 의미에 대한 새로운 사실을 알게 되었다. 그 아이들은 서로에 대해 미래가 보이는 것처럼 평가하지 않았고 때론 가끔씩 장난스럽게 서로 티격태격했다. 또한 무언가를 하기도 전에 위험하다고 말리는 승원이와 달리 사라진 친구들을 위해 위험을 무릅쓰며 거침없이 행동했다. 그런 모습이 혜성이의 눈에는 더욱 크게 보였다. 왠지 아이들을 자신이 꼭 구해야겠다는 생각에 미치자 진정으로 깨달았다. 친구라면 그런 게 아닐까.

천장에는 또 다시 목련나무 밑으로 싸늘하게 변하던 승표의 모습이 보였다. 범인을 줄곧 경비원이라고 예측해 왔지만 그는 나약하고 멍청한 영혼이라고 말해 주었다.

오늘 승표에게 있었던 일과 여태껏 설명하기 힘든 부분을 주변 사람들에게 말하지 않기로 하며 누군가 대화하는 건 당분간 조심하기로 했다. 과연 승원이는 미리 알고 경고했던 걸까? 그러나 확실히 모르는 일이었다. 물어봤다가 승원이마저 승표처럼 다치게 하고 싶지 않았다. 그때 방에 있던 전신 거울 뒤에서 어렴풋이 사람의 형체를 닮은 빛이 나고 있었다. 빛은 잠시 머물다 사라졌으며 그것을 본 혜성이는 친구들이 잠시 자신을 보러 왔다고 생각했다.

― 6월 23일 월요일 ―

이제 2반에 있는 4명의 아이들 모두 화분 속의 줄기와 씨앗이 사라졌다. 승원이의 꽃만 독특하게 2개의 꽃을 피운 상태였고 다른 아이들은 중에선 이제야 새싹이 자라난 아이들이 대다수였다. 아직도 자라지 않은 탓에 인내심을 갖고 기다리던 여학생들 반에서도 물을 주지 않아서 썩는 화분이 종종 생겨났다. 그러다 보니 각 반에는 여분의 흙을 따로 반 뒤쪽에 갖다 두었다. 복도로 걸어오는 이기자 담임 구두 소리가 아침부터 어찌나 크던지 그녀가 지나치던 창문 쪽에 있던 아이들이 귀를 막을 지경이었다. 그녀는 2반을 지나쳐 1반 교실 뒷문을 열고 혜성이를 호출했다(코에 들었던 멍은 이제 누런색만 희끄무레하게 띠고 있었다). 홀쭉한 성현이와 통통한 백준이가 또 무슨 일이냐며 물어보았지만 영문을 몰랐던 혜성이는 자리에서 일어나 못 들은 척하며 나왔다. 창문을 통해 각 반 아이들은 담임 뒤로 혜성이가 따라가는 것을 보고 수군거렸다.

교무실에 도착하니 그녀는 다리를 요염하게 꼬고 앉아 커피 잔의 티스푼을 휘휘 저으며 유심히 혜성이를 쳐다보았다. 알아서 먼저 말하길 기다리고 있는 것이다. 그러나 혜성이는 다른 곳을 쳐다보며 두 눈을 끔뻑거리고 있었다.

"내일 있을 기말고사는 전혀 신경이 안 쓰이나 보지? 난 의심하고 싶지 않아. 단지 너희 반 담임이 딱하게 보여서 부른 거야."

혜성이는 오히려 황동근 선생님이 그녀를 불쌍하게 생각하고 있다고 말해 주고 싶었다. 연이어 그녀는 어떻게든 깎아내리는 말을 하며 혜성이의 반응을 살폈다. 이미 그녀의 언행은 학생들에게 상처 주는 말투라고 승원이에게 전부터 충분히 들었기에 무덤덤하게 들렸다. 혜성이가 귀담아 듣지 않자 자신이 무시당한다는 기분이 들었는지 목소리가 점점 커졌고 주변 선생님들까지 자리에 일어나 대놓고 쳐다볼 때쯤 그녀는 책상 위에 있는 뜨거운 커피를 들이켰다.

"전 이번에는 정말 모르는 일이에요." 혜성이가 최대한 예의를 갖추고 말했다.

전혀 개의치 않다는 듯 그녀는 엉덩이를 살짝 들고 칸막이 위로 선생님들의 눈치를 살핀 다음 미간에 힘을 주며 혜성이에게 속삭였다.

"수상한 행동은 하지 마, 난 네가 이러는 이유도 다 아니까. 이 상황에서 작은 행동도 범인으로 의심받을 수 있는 거야. 너희 담임선생님 좀 생각해. 너 때문에 억울한 선생님들이 잘리게 되는 거야. 그렇게 학교 명예에 똥칠을 하려고 노력해도 학교는 절대 문 닫을 일 없으니까 제발 조용히 다녀, 멍청한 녀석아. 공부는 얼마나 했으면 이토록 신경을 안 쓰고 있는지 기말고사 성적을 보면 딱 알겠네."

그녀는 중간마다 힘주며 말했다. 찜찜한 대화가 끝나고 혜성이가 조용히 자리에서 일어나 문 앞으로 걸어가자 누군가 교무실로 들어오려는 듯 밖에서 먼저 문이 열렸다. 옆으로 피한 혜성이는 불현듯 어떠한 장면이 머릿속에 스쳐 지나갔다. 그때 도덕 선생님이 펜을 떨어뜨렸고 옆에 있던 수학 선생님이 자리에 일어나서 A4 종이를 들었다. 혜성이의 두 눈이 즉시 부릅떠졌다. 이어서 펜이 땅에 떨어지자 떨어져 있던 기억의 조각들이 하나씩 제자리를 찾아가고 있었다. 넋이 나간 사람처럼 문 앞에 있는 혜성이를 교무실에 있던 선생님들이 쳐다보고 있었다. 구석진 자리에서 지구본을 무표정으로 돌리고 있던 1반 담임은 표범처럼 혜성이를 주시하고 있었고 주변 선생님들은 원숭이처럼 시끄럽게 끽끽거렸다. 그 사이에서 2반 담임은 코뿔소처럼 울음소리를 내며 책상 위에 올라갔다. 질겁한 혜성이는 밀림이 된 교무실에서 후다닥 빠져나왔다.

창문을 통해 혜성이가 지나치자 다시 아이들이 수군거렸고 혜성이가 문을 열고 나니 조용해졌다. 저번 주에 이어서 2반 담임이 혜성이를 부른 이유가 궁금했는지 다들 흘끗거리며 쳐다보았다.

"야 혜성아 잠깐만 나와 봐." 뒷문에서 승표가 불렀다.

역시 승표는 자신이 왜 쓰러졌는지에 대해 물어보았다. 화분을 멍하니 쳐다보고 있던 혜성이는 전날의 기억이 없는 승표의 행동을 통해서 자신도 똑같은 상황이라고 확신했다. 그렇다면… 답은 하나였다.

"정말 이상해. 아무리 생각해도." 승표는 자신의 통통한 턱을 만지작거리며 말했다.

"왜? 뭐가?"

"왜 다들 너랑 가까이하지 말라고 하는지 모르겠어. 아! 너한테 줄 거 있어."

승표는 어제 도와줘서 고맙다며 초콜릿 두 개를 꺼냈다.

"너 이거 내가 얼마나 소중히 생각하는 건지 알지? 금보다 귀한 거야."

"그래… 아주 잘 알지…." 혜성이가 무심하게 대답했고 승표는 반으로 돌아갔다.

혜성이는 창문 밖을 멍하니 보며 지금까지 알게 된 사실을 정리해 보았다. 첫 번째 교무실에서 한 장의 파노라마처럼 비춰진 기억을 토대로 노력하다 보면 전날 밤 기억이 되살아 날 거라고 확신했다. 사라진 아이들이 돌아올 수 있는 방법은 오로지 자신의 도움뿐이었다. 반드시 범인의 정체를 알아내야만 했다.

두 번째는 친구들을 구하기 위해서는 주변의 도움이나 어른들의 진심 어린 충고도 필요 없다는 것이다. 어른들은 그저 자신이 생각하는 것만 가지고 모든 것을 안다고 떠들고 있었으며 자신의 자리를 지키기 위해 으르렁거렸고 경계하며 또 두려워했다.

세 번째는 승표의 몸속에 있었던 범인은 목련나무에 대해 굉장히 예민했다. 사라진 애들과 관련이 있는지 알 수 없었지만 전부터 시간이 멈춘 것처럼 그대로였다. 일단 목련나무에 다가가기엔 아직 조금 더 신중하게 생각할 필요가 있었다. 범인이 언젠가 자신의 몸을 또 다시 조종하는 위험한 상황이 닥쳐올지도 모른다는 생각이 들었기 때문이다.

*

혜성이는 알 수 없는 범인에 대한 생각에 사로잡혀 학교가 끝나고 지나가는 시계탑 분수 앞 벤치에 앉아 있었다. 하교하는 아이들 중에 성민이와 민기 그리고 승호를 보고 수군거리던 여학생 무리가 벤치에 앉아 멍 때리는 혜성이를 발견하더니 앞에서 자기들끼리 귓속말했다. 그런데 어떤 여학생 2명이 그녀들 앞을 가로막고 말했다.

"야! 앞에서 대놓고 수군거리는 행동은 안 좋은 거야. 추잡한 행동들이라고."

머리카락이 허리까지 길게 늘어뜨린 민정이와 키가 크고 한 갈래로 머리를 높게 묶은 주연이었다. 주연이가 여학생 무리들이 중얼거리며 교문으로 걸어가는 것을 뚫어지게 쳐다보았고 민정이가 혜성이 앞에 서서 말했다.

"안녕, 나랑 쟤는 수진이 친구야. 예전에 너희가 운동장에서 모여서 얘기하는 걸 봤었어." 민정이가 손을 내밀고 말을 걸었다. 생각에 잠겨 있던 혜성이는 눈앞에 그늘이 진 것을 보고 그제야 누군가 자신의 앞에 서 있다는 것을 알아차렸다.

"아, 안녕…." 혜성이가 옅은 미소를 지었고 다시 고개를 떨구었다.

"6반 애들이야. 나는 전부터 쟤네들 다 같이 몰려다니는 거 맘에 안 들었어. 다 고만고만한 애들이 몰려다니잖아." 주연이가 운동장 입구 밖으로 나가는 여자애들 무리를 보며 주먹을 내지르며 말했다. 혜성이는 앞에서 자기들끼리 떠들고 있는 민정이와 주연이 말이 들리지 않았다. 누군가 자신에게 가까이 오면 위험했기에 불안해졌다.

"우리 도움이 필요하면 꼭 말해 줘. 기꺼이 도와줄게!" 주연이가 말하는 도중에 민정이가 고개를 연신 끄덕거렸다.

"생각지도 못하게 양호실에서 먼저 만나게 될 줄은 몰랐어." 민정이가 말했다.

"아 그때는 너무 미안해 정신이 없었나 봐." 혜성이가 양호실이라는 말에 고개를 들고 대답했다. 주위에 시계탑을 돌아 하교하는 아이들의 깔깔대는 웃음소리가 들려왔다.

"괜찮아. 우린 절대로 수진이가 사라졌다고 생각하지 않아. 수진이는 철봉 매달리기를 제일 잘했고… 그리고 제일 용감하고…." 그런데 민정이가 말하던 도중 고개를 아래로 떨구더니 흐느끼기 시작했다. 당황한 혜성이가 주연이를 쳐다보자 주연이 눈에도 역시 눈물이 그렁그렁 맺혀 있었다.

"아 이런. 애들아 그러지 마 알겠어. 너희들 도움이 필요하면 꼭 부탁할게 제발! 울지 마 부탁이야."

민정이와 주연이가 서럽게 울기 시작하자 주변 아이들이 혜성이를 쳐다보며 수군거렸다. 당황한 혜성이는 이만 가 보겠다고 하며 운동장 밖으로 후다닥 뛰쳐나갔다. 민정이와 주연이가 달려가는 혜성이에게 크게 손을 흔들며 외쳤다.

"도움이 필요하면 우릴 꼭 찾아와!"

　　*

　　- 6월 24일 화요일 기말고사 첫째 날 -

다음 날부터 4일 동안 시험기간으로 첫째 날은 1교시 음악 2교시 수학 3교시 생물이었다. 일찍 학교로 간 혜성이는 복도에서 누군가를 기다리고 있었다. 잠시 후 출석부를 들고 복도에 뒤뚱뒤뚱 걸어오는 아이를 보았다. 혜성이는 이제야 왔냐며 손을 흔들었다. 색종이 크기만 해 보이는 생물책을 들고 안색이 좋아 보이지 않는 승표였다. 승표는 교탁에 출석부를 놓고 뒤따라 들어온 혜성이에게 물었다.

"너 왜 또 일찍 왔어?"

"또?"

"내가 왜 또라고 그랬지? 너 어제도 일찍 왔었어?" 승표는 자신도 모르게 나오는 대답에 스스로 놀랐는지 앉은 자리에서 당황해하고 있었다. 혜성이는 조금씩 힌트만 준다면 승표도 자신처럼 우연히 그날 밤을 기억해 낼 수 있는 가능성이 있다고 생각했다. 그래서 조그만 더 물어보고 승표가 괴로워하면 멈추기로 결정한 뒤 귓가에 속삭였다.

"기억나?"

귓가에 속삭이던 혜성이 때문에 온몸에 닭살이 돋은 승표가 소리쳤다.

"으아악! 왜 이래? 도대체 머리는 왜 아픈 거야? 오늘은 물어보지 마. 초콜릿 몇 개 안 챙겨 왔단 말이야." 승표는 생각할수록 머리가 아프다고 징징거렸다. 혜성이는 승표의 앞자리에 몸을 돌려 앉았다.

"그러고 보니까 그날 아침에 일찍 와서 네가 뭐라 그랬는데 기억은 안 나는… 잠깐만 토요일 저녁에 학교 왔었어? 네가 분명 야자실 앞에서 날 발견한 거였다면서!" 승표가 겁먹었는지 혜성이를 빤히 쳐다보았다.

"아니야… 별거 아니었어!"

혜성이가 흥분한 승표의 어깨를 짚으며 말했다. 그 순간 승표 주변이 뿌옇게 변하며 안개가 자욱해졌다. 정신이 몽롱해졌고 안개가 서서히 걷히자 어느새 많은 아이들이 교실 중간을 둘러싸고 수군대고 있었다. 혜성이는 승표를 쳐다보았다. 소름끼치는 차가운 바람이 스쳐 지나갔고 승표의 낯빛이 창백해졌다. 승표는 한쪽 입 꼬리를 서서히 올리며 손을 뻗어 혜성이의 목을 움켜잡았다.

현실에서는 승표가 자신의 어깨에 손을 올린 혜성이의 얼굴을 보고 깜짝 놀라며 소리쳤다.

"야! 너 왜 그래…? 아침부터 무섭게 왜 그래? 야!"

뒷자리에 가방을 내려놓던 승혁이가 승표의 말에 혜성이를 쳐다보았다. 식은땀을 흘리며 얼굴이 새파래지는 혜성이를 보고 화들짝 놀라더니 어깨를 붙잡고 앞뒤로 흔들었다.

"정신 차려!"

어느새 2반 아이들이 혜성이 주변으로 몰렸다. 걱정스레 쳐다보고 있던 승표는 더는 안 되겠다며 빨개진 혜성이의 얼굴을 보고 용처럼 우렁찬 소리를 질렀다. 1반과 3반에서 일찍 온 아이들도 시끄러운 소리에 2반으로 몰렸다. 백준이와 성현이가 질겁하며 무슨 일이냐고 외쳤고 다들 선생님들을 불러와야 하는 거 아니냐며 물어보았으나 승표가 그건 안 된다고 소리쳤다. 심각한 승표의 표정에 다들 고개를 끄덕이며 숨을 가쁘게 내쉬는 혜성이의 이름을 다 같이 불렀다.

"정신 차려! 최혜성!"

여전히 환각 속에 있었던 혜성이는 목을 조르던 승표가 사라진 아이들의 자리를 한 손으로 가리켰다. 비어 있던 자리에는 사라진 친구들이 엎드려 있었다. 성민이와 민기, 승호 그리고 처음에 사라졌었던 민호까지. 혜성이의 눈에 눈물이 가득 고이며 아이들을 향해 울부짖으려는 순간 뿌연 안개가 승표의 얼굴을 덮었다가 사라졌다.

현실로 돌아온 혜성이는 책상에 손을 얹고 숨을 고르게 쉬며 사라진 4명의 자리를 확인했으나 텅 비어 있었다. 주변에는 자신들을 둘러싼 아이들로 가득했다. 창문에서는 아이들이 놀란 표정을 짓고 몇몇은 멀찍이 떨어져 혜성이를 쳐다보고 있었다. 얼른 자리를 피하기 위해 움직이려고 하자 아이들은 옆으로 피했고 몇몇 아이들이 혜성이를 붙잡고 괜찮냐고 물어보았다. 큰 충격에 목소리가 쉽사리 나오지 않던 혜성이는 묵묵부답인 채로 뒷문을 열었다. 뒷문에서 승원이가 혜성이의 어깨를 그대로 툭 치고 들어왔다. 휘청거린 혜성이를 동민이가 빠르게 잡아 주었고 나머지 아이들은 승원이를 보자마자 자리로 뿔뿔이 흩어졌다.

"고마워 동민아."

승원이의 표정을 보아하니 아직도 화가 난 상태였다. 얼굴이 붉으락푸르락하며 자리에 앉아 주먹을 쥐고 있었다. 승표는 충격에서 헤어 나오지 못했는지 멍하니 혜성이를 쳐다보았고 반 아이들은 승원이와 혜성이를 번갈아보며 이해할 수 없다는 듯이 쳐다보았다. 두려워진 혜성이는 이제 두 번다시 승표에게 물어봐선 안 되겠다고 생각했다. 홀쭉한 성현이와 통통한 백준이가 2반 교실에서 나온 혜성이 뒤를 밟으며 교실에 앉은 혜성이를 보고 물었다.

"야 너 정말 괜찮은 거야? 무슨 일이야 왜 그래 아까는 정말 심각했어. 다들 겁에 질려 했다고."

"아… 괜찮아."

기운이 하나도 없던 혜성이는 범인이 자신을 계속 지켜보고 있다고 느껴졌다. 그는 감시하며 경고하고 있었다. 다른 누군가와 대화를 하지 않는 것. 그것이 제일 좋은 방법인 것 같았다.

"최혜성? 오늘도 다른 아이들에게 피해 주는 행동을 하는구나?"

생각의 유리를 깨뜨리고 2반 담임이 고개를 불쑥 내밀었다. 왜 또 여기 와서 말을 거는 건지 불만이었던 혜성이는 그녀를 노려보았다.

"너만 지금 책상 안 움직였어."

주위에는 책상이 전부 한 칸씩 떨어져 있었다. 혜성이가 책상을 옮기고 나서야 맨 앞자리 아이가 시험지를 한 장씩 뒤로 넘겼다.

"얼마나 공부했나 기대되는구나." 그녀가 표정을 일그러트리며 말했다. 여름인데도 입고 있는 그녀의 가죽 바지가 상당히 부담스러웠다. 혜성이는 애써 미소를 보였다. 그녀가 유난히 혜성이 주위만 맴돌고 있다는 것은 반 아이들도 느끼고 있었다.

"10분 남았다."

이미 시험 20분 만에 거의 3분의 1 정도의 아이들이 책상에 엎드려 잠에 들었다. 음악 시험은 실기가 70퍼센트였기에 혜성이는 크게 신경 쓰지 않았고 주관식이 없었기 때문에 지문글자 수대로 1~5를 차례대로 번갈아 답을 찍어 골랐다. 그러나 혜성이가 엎드리려 할 때마다 2반 담임은 몰래 책상 다리를 건드리거나 일부러 어깨를 툭툭 치고 지나갔다.

"자 끝났다. 손 다 떼고 시험지 앞으로 걷도록."

종소리가 울렸고 그녀는 창문 쪽에 놓인 아이들의 화분을 슥 훑더니 밖으로 나갔다.

"야 2반 담임 너 주위만 계속 맴돌더라?" 성현이가 혜성이를 바라보며 말했다.

"말도 마 아무도 안 보고 있다고 생각했는지 책상다리를 몇 번씩이나 두들기는 것을 봤어." 백준이가 맞장구를 쳤다.

혜성이는 동조하고 싶었으나 고개만 끄덕거리고 시선을 피했다. 살짝 민망했는지 성현이와 백준이가 서로 시선을 주고받더니 고개를 갸우뚱거리곤 생물책을 꺼내들었다. 앞으로 아이들과 이대로 말을 하지 않다가 자신이 의심받을 상황에 놓일 거라 생각했다. 그러지 않기 위해선 범인의 정체를 조금이라도 파악해야 했다. 아까 승표의 눈동자와 목련나무 밑에서 있을 때 승표의 눈동자를 보고 알아차릴 수 있었다. 눈동자 색은 파란색이었다. 이어서 혜성이의 뇌리를 스치는 기억이 있었다. 어젯밤 그가 했던 말이었다.

"헛된 꿈에 부풀어 책상에 적었다가 사라진 너희 친구들처럼 말이다."

혜성이는 생각해 보았다. 학교 건물에 들어가기 전 친구들은 야자실 안에서 모였었고 혜성이는 지금까지 야자실 건물 안으로 들어가 본 적이 없었다. 학교가 끝나자마자 곧바로 야자실에 들르기로 했다. 왜 지금 생각이 난 걸까! 확실하진 않았으나 그곳에 아이들을 찾을 수 있는 단서가 있을 수도 있다. 승표가 쉬는 시간에 와서 골똘히 무언가 생각하고 있는 혜성이를 심각하게 쳐다보고 있었다. 승표는 홀쭉이 성현이와 통통이 백준이에게 오늘 하루 혜성이를 잘 살펴보라고 했고 그 둘은 고개를 끄덕였다.

*

2교시 수학 시험 때는 감독관이 음악 선생님이었다. 그녀가 들어오기 전 성현이가 잠시 뒤를 돌아보았다가 초점 없이 앉아 있는 혜성이를 보고 혜성이의 이마를 탁 쳤다. 그 소리에 혜성이의 눈이 번쩍 떠졌고 백준이가 큭큭거리며 웃었다.

"야 왜 남의 이마를 왜 때려?" 혜성이가 백준이에게 짜증을 내며 말했다.

"뭘 내가 때려. 너 오늘 아침부터 진짜 이상해. 내가 괜히 하는 말이 아니라고. 지금이 몇 시인 줄 알아? 방금 전 담임이 잠깐 들어왔었는데 널 보고 한바탕 잔소리를 하려다가 종소리가 널 살렸어."

"그랬어? 난 괜찮아."

성현이가 혜성이의 대답에 고개를 저었다. 백준이는 여전히 수상하다는 듯 쳐다보다가 생물책으로 고개를 돌렸다. 곧 음악 선생님이 들어왔고 그녀가 잠시 나간 사이 이번에는 백준이가 멍 때리고 있는 혜성이의 이마를 '딱' 소리 나게 때렸다.

"아!"

시험 보고 있던 아이들이 일체 뒤를 돌아보았고 그 타이밍에 나갔던 음악 선생님이 들어와 소리가 난 방향을 쳐다보았다.

"지금 시험 보는데 무슨 소리를 내는 거예요! 실기를 또 준비 중인가 보네!?"

"아… 아니요…. 저는 그냥…." 혜성이가 대답하자 고개를 돌린 몇몇 아이들을 보고 그녀가 다시 소리쳤다.

"어? 누가 뒤돌아보래 다들 빵점 처리 되고 싶은 거지?"

그 말에 다들 책상으로 고개를 숙였고 백준이와 성현이가 끅끅거리며 웃음을 참았다. 마지막 생물 시험 도중에는 백준이가 또다시 이마를 때려서 혜성이가 벌떡 일어났고 반 애들이 깔깔대며 웃었다. 감독관으로 들어온 나이가 어린 영어 선생님이 뾰로통한 표정을 지었다. 종례 시간에 교실로 들어오던 1반 담임이 급하게 이마를 가리는 혜성이를 보며 아이들을 향해 말했다.

"수상한 학생이 코에 멍이 없어지자마자 이제는 이마를 가리고 있는데 담임은 그 아이한테 뭐라고 해야 할까?"

혜성이는 말없이 고개를 숙였다. 백준이와 성현이가 웃음을 참기 위해 입술을 깨물고 있었다. 담임은 이번 한 번만 봐준다는 듯 몸을 돌리며 말했다.

"애들아 첫째 날 시험 잘 끝났으니 수고했고 내일도 이어서 잘 보도록 하자. 오늘 생물 잘 봤겠지? 뭐 채점하면 알겠지. 오늘은 이만. 이마 가린 반장 일어나."

시험시간과 쉬는 시간 동안 이마를 하도 맞았는지 혜성이의 빨개진 이마를 보고 아이들이 페페로니라며 웃음을 터뜨렸다. 한편 2반에서는 반장이었던 민호가 사라진 이후로 아이들이 다른 아이에게 반장의 자리를 주어선 안 된다고 주장했기 때문에 출석 번호대로 승원이를 불렀다. 같은 시간 때 1반 혜성이와 2반 승원이가 동시에 말했다.

"차렷. 인사."

혜성이는 운동장 밖으로 달려 나갔다. 야자실로 올라가는 언덕에서 주변 수풀들이 살랑거리며 움직였다. 도대체 야자실에 무슨 말이 적혀 있을까. 2층 문을 열고 들어가 보니 벌써 몇몇 아이들이 공부에 열중하고 있었다. 어딘가에서 범인이 훔쳐보고 있을지도 모르니 서두르기로 했다. 확인하지 못했던 안쪽 자리에는 누군가 앉아 있었고 그곳에 글이 적혀 있을 거라고 생각하며 밖으로 나와서 정자에 앉아 있었다.

"혜성이니? 왜 여기 앉아 있는 거야?"

고개를 들어 보니 모르는 여학생이었다. 머리카락이 한 올도 흘러내리지 않도록 뒤로 질끈 묶었고 몸집보다 큰 가방을 메고 있었다. 1학년 복도를 돌아다니며 한 번도 보지 못한 아이였기에 수진이의 친구라고 짐작하며 여학생의 가슴팍에 있는 명찰을 흘끗 보았다.

"아! 안녕? 다빈아 그래." 혜성이는 미소를 지으며 대답했다.

"응 그래…. 여기서 뭐해?"

"아… 잠깐 나왔어."

"근데 왜 말을 놓는 거지?" 그녀가 심기가 불편한 듯 팔짱을 끼고 말했다.

"난 3학년이거든."

혜성이가 당황해하자 재밌다는 듯이 그녀가 웃었다. 주변에는 남학생들과 여학생들이 야자실 건물로 올라가고 있었다.

"아… 그런데 제 이름은 어떻게 아시는 거예요?"

"당연히 알지. 다은이 언니가 나야. 목련나무 개화시기를 말해 줬잖아. 그런데 여기 왜 있는 거야? 이번에 남학생들도 사라져서 야자실 이용시간이 여학생은 7시까지 남학생들은 8시까지야. 그리고 8시 이후로 경찰들이 학교 주변으로 쫙 깔린대. 아! 이럴 때가 아니지. 나도 빨리 들어가서 자리 확인해야 해. 집에 가면 공부가 잘 안되거든. 그런데 너 이마가 왜 그런 거야?"

"아…! 아 제가 방금 긁었어요." 혜성이의 이마는 긁었다고 하기에는 동그란 원 모양으로 빨개져있었다. 다빈이는 혜성이가 말하는 것을 듣지 않았고 목련나무를 유심히 보며 말했다.

"정말 이상하지? 목련 잎 크기가 내가 신입생이었을 때랑 똑같아. 정말 이상해. 사계절 내내 저물지도 않고 저대로야. 식물 백과사전이 잘못 나온 건가? 믿을 수 없어."

혜성이는 다른 사람과 최대한 말을 안 하기로 했던 것을 잊지 않고 기억하며 고개만 끄덕거렸다.

"말이 원래 없는 아이니? 그럼 난 이만 들어갈게. 난 꽃을 좋아해서 목련 나무를 좋아했지만 이제는 왠지 이 나무가 무섭게 느껴져."

대화가 끝난 후 그녀는 야자실 건물로 들어갔다. 8시부터 경찰들이 오기 시작하니 일단 다시 올라가서 앉아 있는 아이들 때문에 보지 못한 자리를 확인해 보기로 했다. 야자실 계단을 오르던 혜성이는 조심하라는 승원이의 말이 발목을 잡았지만 그래도 누군가는 또 해야 할 일이라고 느꼈다. 탈탈거리며 선풍기가 돌아가고 있는 2층 야자실에서 아까 확인 못했던 자리에 앉아 있는 아이들에게 책상에 뭘 두고 왔다거나 원래 자신의 자리라고 하며 하나씩 확인했다. 남은 한 자리에 앉아 있던 아이를 확인하는 순간 소리를 지를 뻔했다. 그곳엔 승원이가 앉아 있었다.

"여기서 뭐하고 있는 거야?" 깜짝 놀란 혜성이가 최대한 목소리를 낮추며 말했다.

"뭐하긴 공부하지. 일단 여긴 내 자리야 다른 데 알아봐."

"야자실에 네 자리 내 자리가 어디 있어. 잠깐만 나와 봐." 혜성이가 승원이의 팔목을 잡고 끌었다.

"안 돼. 넌 내 말을 듣지 않았으니까." 승원이가 혜성이의 손을 뿌리치며 고개를 돌렸다.

"뭐? 무슨 말 같지도 않은 소리를 하고 있는 거야. 잠깐만 나와. 확인할 거 있다니까?" 언성이 높아지자 주의를 주는 듯 이곳저곳에서 헛기침 소리가 들려왔다.

"…빨리! 난 절박해. 빨리 나와 봐 잠깐만이라도."

"나도 그때 절박했어! 네가 내 말을 안 들었으니 나도 들을 이유가 없지."

"오 도대체 나한테 왜 이러는 거야. 제발 잠깐만 나와."

안달이 난 혜성이의 목소리가 점점 커지기 시작하자 같은 공간에 있던 아이가 의자에서 일어났다. 전교 1등인 성경이었다.

"조용히 좀 해. 옆에 자리 많잖아. 아무데나 앉아." 성경이가 미간에 힘을 주며 빈자리에 펜으로 삿대질을 했다. 승원이는 재밌다는 듯 고개를 숙여 웃음을 참았고 혜성이는 승원이를 한번 노려보며 건물 밖으로 나왔다. 뒤따라 승원이도 밖으로 나왔다.

"넌 왜 나왔어."

"나 따라와 봐."

"내가 왜?" 혜성이는 화가 단단히 났다. 시간도 없는 상황에 확인하기 위해 야자실로 다시 올라가 봐야 했다.

"중요한 거니까 따라와 말해 줄 테니까."

"또 알 수 없는 말을 지껄였다가는…."

"따라와 시간 없어."

승원이는 목련나무 뒤에 나무 계단으로 올라갔다. 뒷산은 둘만의 아지트였다. 혜성이는 누군가 자신을 보고 쫓아오기라도 할까 봐 연신 뒤를 돌아보았다. 안 보이는 공간에서 승원이도 승표처럼 되지는 않을까 하며 걱정되었고 만약 그렇게 된다면 뒷산에서 승원이가 쓰러졌다고 사실을 알릴 경우에 모든 이들한테 범인으로 지목당할 것이다. 오늘따라 일정한 간격으로 시 있는 우람한 나무들이 으슥하게 느껴졌으며 앞에서 혼자 걸어가는 승원이가 의심스러웠다. 승원이가 사건과 관련된 얘기로 흘러가게 된다면 말을 자르고 도망갈 것이다. 나무들 사이 적당한 지점에 승원이가 걸음을 멈추고 뒤돌아보았다. 혜성이가 승원이의 눈동자를 유심히 살폈다. 양쪽 다 짙은 검은색인 것을 보고 안심했다.

"뭔데 중요한 게."

"내가 왜 다른 사람과 어울리지 않는지 말해 줬었지."

"뭐? 몇 달 전에 말했지. 사실 그때 무슨 말인지 이해하지 못했어."

"그럴 거야. 나도 그때 당황해서 횡설수설 했으니까."

"왜 그러는 거였는데? 너무 소심한 성격 때문이야?"

"응? 소심한 성격? 그런 얘기였으면 내가 왜 널 여기까지 데리고 왔겠어." 승원이가 미세하게 미소를 지었다. 아직까지 혜성이는 경계심을 풀지 않았고 승원이의 눈을 뚫어지게 쳐다보고 있었다. 어느 순간 눈동자가 변할지 몰랐다.

"음… 난 네가 크게 놀라지 말았으면 해." 잠시 머뭇거리던 승원이가 말했다.

"전혀 안 놀라니까 걱정 마. 난 이미 충분히 놀랄 만한 경험을 했어."

"도망가지 않을 거지?" 승원이가 의심스러운 눈초리로 물었다.

"내가? 물론이지." 혜성이는 살짝 긴장이 됐지만 겉으로 티를 내지 않았다.

"그래. 내 생각에도 너는 도망가진 않을 거 같아."

"빨리 말해 줘. 난 지금 얼른 가 봐야 해. 시간은 흐르고 있고 주어진 시간은 부족하거든."

"난 사람들의 영혼을 볼 수 있어."

승원이의 말에 혜성이는 눈썹을 치켜 올렸다. 잠깐 동안 정적이 흘렀고 새들의 짹짹거리는 소리가 들려왔다.

"영혼? 귀신을 본다는 거야?"

"귀신은 죽은 사람이잖아. 정확히 말하자면 난 살아있는 사람의 영혼을 볼 수 있어." 승원이가 혜성이의 반응을 살피고 있었다.

"살아있는 사람의 영혼이라니?"

"그래. 난 영혼을 봐."

"뭐? 영혼이 보여? 잠깐 영혼이라고…?" 혜성이가 그대로 입이 떡 벌어졌다. 승원이의 말이 거짓말처럼 느껴졌다.

"그래. 이해가 안 되겠지. 쉽게 말하자면 나는 외적인 모습 말고 사람들의 보이지 않는 내면의 모습을 볼 수 있어."

"무슨 말이지? 내면의 모습? 너무 어려운데?"

"사실 나도 뭐라고 설명해야 할지 모르겠어. 처음으로 자세하게 말하는 거라서."

"언… 언제부터 봤어?" 혜성이는 애써 침착했다.

"초등학교 때부터. 그때는 내가 귀신을 보고 있다고 착각했던지라 그때는 안 보이는 척했어. 그러다보면 언젠가는 안 보일 거라고 믿었는데 시간이 흐를수록 더 뚜렷해졌으니까."

"오…. 세상에 왜 그랬던 거야?"

"나도 몰라. 그날 이후로 아무한테도 말하지 않았어. 다들 날 피할 거라고 생각했거든. 한번은 엄마한테 귀신이 보인다고 말하기도 해 봤지. 그런데 엄마가 말하길 어릴 때는 커가는 과정 속에선 스스로 만들어낸 이상한 형상들이 시도 때도 없이 나타나는 거라고 했지. 그녀도 이해하지 못했을 거야. 그래서 내가 보이는 게 뭔지 스스로 깨닫기 위해서 공동묘지에 가봤어."

"뭐? 공동묘지에? 겁도 없구나."

"어차피 그곳에서 아무것도 못 봤어. 이런 생활을 참고 지내야 한다는 게 훨씬 괴로운 일이거든."

그 순간 퍼덕이는 날갯짓 소리에 혜성이가 움찔거렸다.

"음… 살아있는 사람한테서 보이는 영혼이라… 영혼을 본다는 건 알아들었는데 받아들이기가 어렵다."

"그래. 그럴 거야. 자라난 환경 속에서 그 틀을 깨고 새로운 것을 받아들이기란 쉽지 않아. 그렇다면 다른 사람들이 볼 수 없는 세계를 내가 보고 있다고 생각하면 되겠다."

혜성이는 승원이의 주위로 어떠한 기운이 흐르는 것만 같았다.

"그럼 귀신이 아닌 영혼을 보면 어때?"

"좋을 때도 있긴 한데 소름이 끼칠 때도 많아."

"왜? 어떤데? 귀신처럼 투명한 색이야? 이상한 소리도 내고?" 혜성이는 흥미로운 대화로 궁금증이 마구 샘솟았다.

"귀신과는 다른 거야. 영혼은 색이 달라지기도 하고 때론 빛을 내기도 해. 보통 영혼은 되도록 깨어 있는 게 좋다고 하잖아. 영혼이 깨어 있을수록 사람은 한층 더 성장하지. 경우가 있긴 하겠지만…. 예를 들자면 네가 무언가 생각할 때 뒤에서 누군가 도와준다고 생각해 봐. 하나의 몸에 한 사람이 아닌 두 사람이 있는 거지. 그것도 아주 강력한. 남들은 보지 못하는 무언가 말이야."

"그거 멋있는데? 그럼 영혼이 깨어 있다는 건 언제를 말하는 거야?"

"거울을 보듯 스스로 마주 볼 때를 말해. 영혼은 되도록 몸 밖에 모습을 드러내지 않아. 대게 강한 영혼이 그렇긴 하지. 그들은 자신의 육체를 단단히 붙잡고 있거든."

"스스로를 마주 볼 때? 무슨 말인지 모르겠지만… 그럼 넌 사람들 눈에 보이지 않는 또 다른 뭔가를 보고 있다는 거야?" 혜성이는 승원이에게만 존재하고 있는 세계에 흠뻑 빠져 있었다.

"음. 그렇다고 볼 수 있겠네. 그리고 영혼은 겉모습과 다르기도 해. 얼굴은 흉측해도 영혼은 아름다울 수가 있고 얼굴은 아름다워도 영혼은 괴물이나 오싹한 생명체로 보이기도 하지. 그래서 나는 겉모습보다 영혼으로 상대방을 보려고 해."

"그럼. 너는 처음 보는 사람의 특징이나 성격 같은 것도 그 사람의 영혼을 보고 알았던 거야?"

"그래 맞아. 내가 상대방을 뚫어지게 쳐다보면 고개를 내밀고선 자신에 대해 구구절절 설명을 하기도 해. 자신이 처한 상황이나 가진 몸의 불만사항 같은 거나 별의별 얘기를 다 해 줘…. 내가 시야에서 사라질 때까지 끊임없이 말을 걸지. 몸은 가만히 있는데 말이야. 그러면 그 사람은 겉보기에는 과묵해 보이지만 친해지면 굉장히 수다스럽다는 걸 미리 알게 되는 거야. 이렇게 상대방을 파악하는 거지."

혜성이는 놀라움을 금치 못했다. 승원이는 잠시 고민하는가 싶더니 말을 덧붙였다.

"가끔 어떤 영혼은 내가 보지도 않았을 때 몸 밖으로 스스로 모습을 드러낼 때가 있어. 다른 사람들이 무심코 상대방을 쳐다보는 경우가 있는데 그의 영혼이 드러나니까 다른 영혼들이 놀라서 쳐다보는 거야…."

"와. 신기하다. 역시 넌 다른 아이들과 확실히 달라…. 나도 영혼이 보였으면 좋겠다. 정말 새로울 거 같아."

"그렇지 않아. 영혼이 보인다고 좋은 건 아니야."

"왜? 신기할 거 같은데?"

"마냥 그렇지만은 않아. 난 내가 영혼이 보여서 좋다고 생각한 적은 단 한 번도 없었어. 적응하는 것도 힘들었고 보고 싶지도 않고 듣고 싶지도 않아. 난 평범한 사람이 되고 싶어."

혜성이는 그저 새로운 눈을 가진 승원이가 부러웠다. 시간이 더 흐르기 전에 승원이를 만나서 가장 궁금했던 질문을 해야 할 차례였다.

"나한테는 항상 조심하라고 했던 이유가 뭐야?"

"이 학교는 정말 이상한 기운을 가진 영혼들이 다니고 있어. 입학식 때부터 위험한 학교가 될 가능성이 있겠구나 하고 짐작했지." 승원이는 잠깐 혜성이의 뒤를 살핀 후 말을 이었다.

"사실 4월에 있었던 사건이 터지기 전에 난 무언가를 보고 충격을 받았어."

"그게 뭔데?"

"복도에 가냘픈 여자 영혼이 쓰러져 있었어. 지금껏 단 한 번도 영혼이 육체를 버리고 죽어갈 듯이 쓰러져 있는 모습을 본 적이 없었거든. 처음에는 귀신인 줄 알았어. 전에 할아버지 몸에서 육체를 두고 떠나는 영혼을 본 적은 있지만 몸도 없이 살아있는 영혼만 덩그러니 있던 건 처음이었거든. 그 영혼은 흉측하지 않았어. 아름다웠지만 힘이 없었지. 그 영혼은 나한테 손을 뻗으면서 살려 달라고 했어. 온몸에 소름이 끼쳐서 바로 도망쳤지. 용기 내서 다시 그곳으로 가 봤지만 이미… 사라져 있었어."

승원이는 혜성이의 얼굴을 잠시 바라보더니 다시 말을 이었다.

"오, 이런 너무 많은 얘기를 해버렸네. 다시 본론으로 가자면 아무튼 넌 지금 위험하다는 거야."

"내가 왜?"

"나는 영혼을 본다 했잖아. 굳이 말할 필요는 없을 거 같아."

혜성이는 승원이의 말이 굉장히 오싹하게 들렸다.

"뭐… 뭐라고 하는데?"

겁에 질린 혜성이가 두리번거렸고 초조한 듯 다리를 덜덜 떨었다.

"장난이야. 넌 내가 너랑만 얘기했던 이유가 뭐라고 생각해?" 승원이가 지금껏 제일 크게 웃으며 말했다.

"음… 내 영혼은… 조용해서?"

"나름 비슷하긴 한데. 너의 영혼은 모습을 잘 드러내지 않아."

"그럼 내 영혼은 강한 거야? 난 내가 강하다고 생각한 적은 없는데?"

"원래부터 강한 영혼이란 건 없어. 과정을 통해서 만들어지는 거야. 그만큼 힘들고 긴 시간이 필요하겠지만. 내가 말했잖아. 겉모습과 내면의 모습은 다르다고. 아직은 네가 널 몰라서 그래. 아! 영혼과 마주 보고 대화하는 사람들도 봤어. 지극히 극소수긴 하지만. 오. 괜찮아 너무 두려워 마. 세상에는 착한 영혼들과 아름답고 멋진 영혼들도 많아. 나도 그들과 대화를 하다 보면 색다른 기분을 느끼곤 해. 아 일단 나중에 얘기하자. 마음이 좀 편해졌어. 다른 누구도 아닌 너에게 내 비밀을 털어놓아서 정말 다행이라고 생각해. 넌 잘 받아들이는 구나. 중학생 때 너처럼 영혼이 보이지 않는 어떤 아이한테 한번 털어놨다가 그 아이가 비명을 지르면서 도망쳤거든. 후회했지만 이미 늦었고 그 아이는 나를 귀신을 보는 무서운 아이라고 소문을 퍼뜨렸어. 이후에 나에 대한 여러 소문들이 생겼지. 물론 소문 중에는 재밌는 말들도 많아. 아! 깜빡했다. 그리고 그날 밤…." 혜성이는 줄곧 얘기를 듣고 있다가 재빨리 말을 가로챘다.

"그만! 충분히 알아들었어. 사건에 대한 얘기는 이제 하지 마. 너도 위험해질 수 있어. 난 지금 네가 모르고 있는 부분을 알고 있거든. 그동안 네가 경고한 것을 주의하지 않아서 여러 사건들이 생겼고 난 지금 기억의 일부를 잃어버렸어. 미안해. 그리고 벌써 이렇게 된 이상 내가 스스로 기억해야 할 일이고 이것 때문에 너까지 다치게 하고 싶지 않아. 일단 난 야자실 건물에 들어가서 확인 좀 해야겠어." 승원이가 놀란 토끼 눈으로 혜성이를 바라보았고 해맑은 미소를 지으며 말했다.

"그래 알겠어. 날 다치게 하고 싶지 않다니…. 그렇다면 이것만 말해 줄게. 내가 이곳으로 데리고 온 이유는 이 뒷산은 어딘가 안전한 거 같아. 이유는 나도 잘 모르겠어. 위험하다고 느끼면 이리로 와서 숨어. 일단 나도 너한테 아직 말 못한 게 많으니까 네가 말하지 못하는 부분에 대해서는 물어보진 않을게. 조금 있다 보자. 너랑 나 사이에 또 하나의 비밀이 생긴 거야."

대화가 끝난 후 혜성이는 혼자 나무 계단을 내려오면서 흰 목련 잎들이 차츰 보이기 시작하자 기분이 이상해졌다. 묘한 기분에 사로잡혀 환각 속에 빠져 있었다. 하지만 전과 달리 향기로운 냄새에 잔뜩 취해서 구름 위를 걷고 있는 기분이었다. 목련 잎이 하나둘씩 떨어지며 휘날리는 것조차 경이로웠고 비로소 단절된 세상 속에서 나온 기분이었다.

*

남학생 야자실 건물로 들어오면서 문득 승원이가 보았던 영혼이 혹시나 사라졌던 여학생의 영혼이 아니었을까 싶어 걱정되었지만 그런 부정적인 생각은 잠시 접어 두었다. 2층에서는 에어컨이 시원하게 돌아가고 있었고 몇몇 아이들이 입을 벌리고 자고 있었다. 무거워진 눈꺼풀에 밀려오는 졸음을 참아내며 공부하는 아이와 책상 위에 책을 쌓아 두고 그 위에 엎드려 자는 아이. 간혹 핸드폰 게임을 하는 아이들도 있었다. 그중에 열심히 공부하는 아이는 줄에 한 명 꼴이었다. 이들의 영혼은 어떨지 궁금했고 자신의 영혼은 과연 어떤 모습을 하고 있을지도 굉장히 궁금해졌다. 초침에 맞게 똑딱거리는 시계는 어느덧 3시를 가리켰다. 빈자리 없이 빽빽했던 자리는 신기하게도 승원이가 앉았던 자리만 유일하게 비어있었다. 오른쪽에 있던 아이는 불을 끄고 엎드려 자고 있었고 왼쪽 아이는 모서리가 너덜거리는 책을 보고 있었다(살짝 보았는데 한 장을 넘길 때마다 한국사 선생님을 따라 하는 듯 손끝에 침을 묻혀서 넘겼다). 자리에 앉아 스탠드를 켜 보았다. 책상 위를 자세히 훑어보다가 안쪽 모서리를 보니 작은 글씨가 있었다. 혜성이는 양옆에 앉은 아이들을 살핀 후 하나씩 읽어 내려갔다.

> 6월 13일 금요일 오후 7시 30분
> 총 6명의 탐정가들
> 김민호, 한성민, 박승호, 최민기, 이수진, 최혜성
> 수색 시작.

아이들의 이름 속에 자신의 이름이 적혀 있었다. 혜성이는 아이들과 함께 묶여 있는 소속감을 느꼈고 기분이 벅차올랐다.

> 6월 14일 토요일 오후 8시
> 어제 우린 수상한 물건을 발견했고
> 사건의 실마리를 풀기 위해 다시 모였다.
> 다들 꼭 무사하길 바라며…

 14일 글을 통해서 아이들이 발견한 증거물을 찾아보기로 결정했다. 16일에 민호와 수진이가 사라졌던 날이었으니 반드시 찾아내야 했다.

> 6월 17일 화요일 오후 3시
> 나 때문에 수진이가 잡혔어.
> 모든 게 전부 내 잘못이야.
> 나 혼자 해결할게. 오지 말아 줘. -민호-

 17일 글을 보며 이 날 민호에게 무슨 일이 생겼다는 것을 짐작했고 날짜를 곰곰이 생각하던 혜성이가 멈칫했다. 민호와 수진이가 사라진 다음 날 오후 3시였다. 날짜가 자신이 3학년 2반 앞에 쓰러져 발견된 전날이었다. 단지 꿈속에서 친구들을 봤던 게 아니라는 걸 증명해 줄 수 있는 명확한 글이었다. 머릿속의 잃어버린 퍼즐 조각들을 찾아 완성시켜야만 했다. 조금만. 조금만 더.

> 6월 20일 금요일 오전 11시
> 혜성아 우린 살아있어. 우리를 이곳에서 구해줘. -성민-

 밑에 있는 글을 보는 순간 혜성이의 눈동자가 두 배로 커졌다. 성민이가 글을 남겼다! 그 다음 날 21일에 혜성이는 교실에서 깨어났었다. 혜성이의 머릿속에서는 복잡하게 꼬여버린 실타래들이 파헤쳐졌고 기억을 잃어버렸던 6월 20일 금요일로 돌아갔다.

- 6월 20일 금요일 -

전날 3명의 아이들이 사라졌고 단서를 찾기 위해 혜성이는 학교에 남아있었다. 1학년 2반 출석부에서 열쇠를 꺼내 문을 열고 교실을 훑어보았다. 책상과 서랍장을 보다가 알 수 있을 만한 것은 발견하지 못했고 자리에서 일어나 교무실로 가 보았다. 승원이의 말을 듣지 않고 아이들을 도와줘서 이러한 결과가 초래된 것은 아닐까 하며 교무실에 들어갔다. 2반 담임이 들어온 후에 하얀색 물체가 덮쳐 쓰러졌고 그 이후의 장면은 보이지 않을 거라 생각했지만 이번에는 그 뒤의 상황이 보였다. 얼마 뒤에야 교실에서 머리를 감싸며 깨어났을 때 칠판에는 분필이 둥둥 떠다니며 글이 적혔다.

- 나 성민이야 부탁이니까 제발 놀라지 마. -

칠판에 적힌 글씨가 떠오르자 혜성이의 두 눈이 커졌다. 그 이후에는 기억이 나질 않았으며 기억은 또다시 17일로 거슬러 올라갔다. 17일에는 전날에 이어 장대비가 퍼붓고 있던 날이었다. 학교가 끝나고 집에서 분명 잠에 들었는데…. 꿈이었다고 생각했으나 그때 민호를 보았던 것이다. 혜성이는 사라졌던 민호와 성민이를 보았던 유일한 목격자였다. 그동안 꿈이라고 생각했다니 범인의 농락에 놀아난 자신이 어리석게 느껴졌다.

'이런 개자식.'

입술을 씰룩거리던 혜성이가 무심코 입 밖으로 꺼낸 말에 왼쪽 아이가 열심히 책에다 침을 묻히는 행동을 멈추었다. 혜성이가 목소리를 낮춰 꽤 놀란 표정의 옆자리 아이에게 말했다.

"미안한데 펜 하나만…. 아 고마워."

'아 2번씩이나 당했구나. 그리고 보니 성민이가 말한 이곳은 도대체 어디인 거지?'

그래도 아이들의 상황을 조금이라도 알 수 있게 도와준 건 그 누구도 아닌 책상 위에 적힌 글이었다. 단순했으나 이제는 없어선 안 될 가장 중요한 단서가 되었다. 혜성이는 이 글을 본 이상 친구들을 구해 줄 의무가 확실해졌음을 마음속 깊이 느꼈다. 그 사악한 범인이 아이들의 흔적을 이미 알고 있었다는 것이다. 혜성이는 주먹을 불끈 쥐었다. '반드시 범인이 누구인지 찾아서 뭉개 버려야지.' 펜을 들고 책상 위에 글을 적었다.

> 6월 24일 화요일 오후 4시
> 내가 너희를 반드시 구해 줄게. -혜성-

무려 5명의 친구를 잃었다는 상실감에 마음이 아팠다. 적은 날짜를 보니 사라진 지 벌써 9일째로 시간이 많이 흘러 있었다. 작은 희망이라도 저버리지 않기로 하며 친구들을 반드시 구하러 가야겠다고 다짐했다. 밖으로 나오니 하늘은 구름 한 점 없이 맑았다. 잔잔한 바람이 혜성이의 하얀 뺨을 스치며 지나갔고 버스 안에서 창문 밖을 바라보았다. 옆에서 틀니를 낀 할머니가 지팡이에 손을 올리며 창문 밖을 내다보는 혜성이를 유심히 쳐다보고 있었다. 급정거를 했을 때 반대편 버스 정류장에서 남자 아이가 하품을 하며 버스를 기다리고 있었는데 성민이 친구 동혁이였다. 혜성이는 동혁이를 보며 영혼을 한번 추측해 보았다. 아마도 그의 영혼은 제발 이마에 있는 점을 빼 달라고 왠지 모르게 한탄하고 있을 것 같다는 생각에 웃음이 터졌다. 동혁이는 버스 안에서 자신을 보며 웃음을 터뜨리는 혜성이를 보며 눈살을 찌푸렸다.

10분을 더 가서 집에 도착한 혜성이는 텔레비전을 켰다. 채널 곳곳에서 나온 김그린 건축가의 건강 상태는 의식이 없었고 깨어나지 못하는 상황이었다. 심각한 표정으로 보고 있던 혜성이 옆으로 다가온 할머니는 과일을 깎으며 몸은 괜찮은지 물어보았다. 대답하려고 입을 벌리자 그녀는 혜성이 입 안에 과일을 꾸역꾸역 집어넣으며 말했다.

"잘 먹네 내 새끼."

*

할머니와 대화를 주고 받으며 시간을 보니 어느덧 5시였다. 잠시라도 마음을 편안히 가지기로 하며 방에 들어와서 침대에 누웠다. 침대는 푹신함을 넘어 출렁거렸고 갑자기 '우지끈' 소리가 나더니 벽 모서리 사이로 물이 쏟아져 들어오기 시작했다. 혜성이는 벌떡 일어나서 문손잡이를 돌려보았지만 잠겨 있었다. 두려운 마음에 다급하게 소리를 질렀다.

"할머니! 할머니 밖에 있어요?!"

밖에서는 아무 소리도 들리지 않았고 빠른 속도로 차오르던 물이 금세 머리까지 차올랐다. 숨을 참고 인정사정없이 몸부림쳤지만 빠져나올 수가 없었다. 문짝과 벽이 뒤로 넘어가니 그곳은 깊은 물속이었다. 그때 멀리서 보이는 형체에 곧바로 헤엄쳐갔다. 둥둥 뜨고 있던 것은 다름 아닌 그린고등학교 교복을 입은 학생들이었다.

혜성이는 아이들 중 얼른 한 명을 뒤집어서 확인해 보았다. 창백한 얼굴인 성민이었다. 주변에 묶여 있던 다른 아이들이 한 명씩 눈을 뜨더니 몸부림쳤다. 혜성이가 경악하며 참고 있던 숨을 들이마시면서 자리에서 벌떡 일어났다. 온몸은 땀범벅이었고 다행히 벽 사이로 들어오는 물은 없었다. 꿈이었다는 생각에 안심하며 바닥에 발을 딛자마자 소스라치게 놀랐다. 자는 도중에 물 컵을 건드려서 차가운 물이 쏟아져 있었다. 범인이 이제 꿈속까지 들어와서 한 짓일까. 아니면 불안한 마음 때문에 이런 꿈을 꾸는 걸까. 알 수 없었다.

학교에 도착한 혜성이는 매점을 지나쳐 교문 앞에서 서성이고 있었다. 이번에는 운동장 안으로 어떠한 방법으로 들어갈 수 있을까? 승표도 없고 승원이도 없었지만 무조건 학교 안으로 들어가야 했다.

"야! 최혜성!"

"으악 깜짝이야!" 별안간 자신을 부르는 소리에 깜짝 놀랐다.

교문 주변을 두리번거리며 소리가 들린 쪽을 찾아보니 운동장 안에서 승원이가 고개를 내밀고 있었다.

"미쳤어? 거기서 뭐해?" 혜성이가 주변을 살피며 말했다.

"빨리 들어와. 왜 이제 왔어. 여유가 있나 보지?" 승원이가 웃으며 말했다.

"경비 아저씨 있잖아! 미쳤어?"

"경비 아저씨가 있는데 널 부른 줄 알아? 빨리 들어와!"

혜성이는 운동장 안으로 뛰어 들어갔다. 잔디 냄새가 코를 자극했고 건물이 으슥해 보였다.

"여기서 뭐하고 있었어?"

"너 기다리고 있었지." 승원이가 시계탑을 보며 대답했다.

"왜?"

"내가 조금 있다가 보자고 그랬잖아."

"뭐? 그래도 네가 왜 와! 위험해."

하지만 혜성이는 내심 승원이가 있어서 안심되었다.

"위험하다고 말했잖아. 그리고 나도 어느 정도는 알고 있어."

"저녁 되니까 엄청 으스스해지네."

"원래 이래."

모랫길 위를 저벅저벅 걷던 도중 승원이가 멈춰 섰다.

"그거 알아?"

"뭐…?" 혜성이는 이제 승원이의 말이면 절로 긴장되었다.

"시간이 멈췄어. 저기 봐봐. 7시 10분이라는 시간에 우리가 머물고 있는 거야." 승원이가 시계탑을 가리키며 말했다.

"넌 그걸 어떻게 아는 거야?"

"짐작이야."

"넌 모든 걸 알고 있는 거야?"

"아니. 내가 미래를 보는 건 아니잖아."

"그건… 그렇지만."

"난 오직 영혼만 봐. 그들이 하는 얘기만 들을 뿐이야. 나도 그에 따라서 추리하는 것뿐이고…. 얼른 가자."

시계탑은 분수에서 흐르는 물이 멈춰 있었다. 긴장한 혜성이와 알 수 없는 표정을 짓고 있던 승원이는 주변을 확인한 후 계단 위로 올라갔다. 안으로 들어오니 중간 복도는 어둡고 조용했다. 혜성이가 집에서 가져온 손전등을 꺼냈고 유리 장식장을 지나쳐 벽에 걸려 있는 사진을 보았다. 천장에 붙은 작은 조명 아래로 김그린 건축가 사진이 어색한 표정으로 혜성이와 승원이를 쳐다보고 있었다.

"넌 이 사진 보면 어때? 이 사람의 영혼도 보여?" 혜성이가 속삭였다.

"아니. 사진으로 어떻게 알겠어." 승원이가 피식하고 웃었다.

"입학식 때부터 사진이 굉장히 불쾌했거든. 그런데 이 사람이 하는 취지를 보면 너 말도 일리가 있는 거 같더라고. 영혼은 무척이나 아름다울 거야."

"그렇겠지. 내면과 외면의 모습은 다르니까." 승원이가 말했다.

기다란 복도를 확인한 혜성이는 아이들이 대단하다고 느껴졌다. 복도는 캄캄했고 창문 밖에서는 이상한 소리까지 들려왔다. 마음속으로 '무섭지 않다'는 말을 연달아 외치며 한 걸음씩 복도 끝을 향해 나아갔다.

숨죽이며 걷다 보니 3학년 1반 교실 뒷문에 도착했다. 나무 난간 밑으로 고개를 내밀어 봐야 할 텐데 긴장을 너무 했는지 손에 땀이 났다.

"내가 확인해 볼게. 잠시만 여기 있어."

승원이가 대답이 없자 혜성이는 알겠다는 말로 알아듣고 발끝을 세워 2반 앞으로 걸어갔다. 곧이어 난간 아래를 내려다본 혜성이는 긴장한 목소리로 승원이에게 속삭였다.

"한번 내려가 보자."

1반 뒷문에서 승원이가 고개를 끄덕였다. 둘은 쇠사슬을 넘어 벽을 짚고 천천히 내려갔다. 그런데 손전등 없이 따라오던 승원이의 귓가로 누군가가 작게 속삭이는 목소리가 들려오고 있었다. 주변을 두리번거리니 아무도 없었으나 무언가 가까이 있다고 느껴졌다. 혜성이는 공간 위에 있는 계단에서 삐걱 소리가 들리자 주춤거리며 문득 아이들은 무슨 생각을 하며 내려왔을까 궁금해졌다.

민호는 분명 아이들을 맨 앞에서 주도하면서 내려왔을 것이고 민기가 이곳까지 왔다는 생각을 하니 새삼 놀라웠다. 지하 1층으로 내려온 승원이와 혜성이는 주변을 샅샅이 살펴보았다. 창고 문은 체인으로 칭칭 감겨 있었고 자물쇠가 걸려 있었다. 벽에 기대 있는 나무판자와 청소도구 그리고 지하 바닥과 1층으로 올라가는 계단 밑에 생긴 작은 공간뿐이었다. 승원이는 눈을 감고 창고 문 앞에 가까이 다가갔다.

"뭐해?" 혜성이가 창고 문에 귀를 대고 있는 승원이에게 물었다.

"쉿. 조용히 해" 그때 발에 걸린 무언가 데구르르 굴러갔다.

"이게 뭐지?" 혜성이는 유리병을 비춰 보며 수상한 물건을 찾았다고 확신했다. 확연히 봐도 이렇게 생긴 음료수는 학교 매점에서도 보지 못했던 음료수였다.

"아냐 지금 만지지 마 갖고…."

'탁'

바닥으로 뭔가 떨어졌다. 혜성이와 승원이가 움찔하며 그대로 멈추었다. 혜성이가 바닥에 떨어진 물체에 손전등을 비춰 보려고 하자 승원이가 다급한 목소리로 속삭였다.

"손전등 빨리 꺼!"

손전등을 끄고 귀를 기울여 보니 1층 복도에서부터 누군가 신발을 끌고 걸어오는 소리가 들려오고 있었다.

"이리와! 나 좀 도와줘!" 승원이가 나무판자를 붙잡고 말했다.

아이들은 나무판자를 힘껏 들어서 계단 밑 공간의 앞을 가리고 얼른 안으로 들어갔다. 곧바로 끼이익거리며 아이들 머리 위로 누군가 내려오는 소리가 들렸고 이내 나무판자 앞으로 천천히 지나갔다. 범인이 아주 가까이 있었다. 이번엔 누구의 몸에 들어간 걸까. 혜성이는 나무판자까지 빠르게 기어가서 틈 사이를 쳐다보았다. 발걸음 소리가 창고 문 앞에서 멈추었고 이제는 체인을 만지는 소리가 들렸다. 곧이어 '촤르륵' 소리를 내며 체인이 바닥으로 떨어졌고 틈 사이로 거친 손이 보였다. 자물쇠를 따는 소리가 바닥에 떨어지면서 둔탁한 소리를 냈다. 이어서 창고 문이 열리더니 누군가 안으로 들어갔다. 유심히 바라보고 있던 혜성이는 안쪽으로 기어들어가서 손전등을 켜고 속삭였다.

"지금이야. 따라 들어가 보자. 그건 뭐야?" 승원이의 손에는 빨간색 삼단 우산이 있었다.

"일단 나가자 놓치면 안 돼."

나무판자를 살짝 밀어내니 창고 문이 살짝 열려 있는 것을 보고 혜성이의 심장이 빠르게 뜀박질했다. 그러나 이대로 물러서면 안 되었다. 지금이 기회였다!

"조심해 혜성아."

창고 문으로 한 발짝 다가가자 승원이가 뒤에서 속삭였다. 혜성이가 고개를 끄덕거렸고 살짝 열린 창고 문을 쳐다보았다. 문이 살짝 열렸음에도 창고 안이 캄캄했다. 용기를 내서 문손잡이를 잡았다. 그 순간 창고 안에서 나온 거친 손이 혜성이의 팔목을 세게 움켜잡았다.

"아악! 이거 놔!"

깜짝 놀란 혜성이가 손전등을 떨어뜨리자 뒤에 서 있던 승원이가 재빨리 주워 든 후에 창고 안을 비추었다. 잠깐 밝아진 틈 사이로 경비원이 보였다. 그는 섬뜩한 표정을 지으며 굶주린 짐승처럼 침을 질질 흘리고 있었다. 그의 한쪽 파란색 눈동자를 본 혜성이가 크게 비명을 지르며 팔을 빼내려고 했으나 그럴수록 팔목을 더욱 잡아당겼다.

"이거 당장 놔!"

승원이가 크게 소리치자 창고 문 사이로 다른 쪽 손이 승원이의 손목을 빠르게 쳐냈다. 비추고 있던 손전등이 떨어졌고 눈 깜짝할 새 승원이의 팔목도 잡아서 안으로 힘껏 끌어당겼다. '쾅' 소리가 났고 마치 창고 안에 빨려 들어가기라도 했듯이 창고 앞에는 아무도 남지 않았다.

*

순식간에 끌려 들어간 아이들은 캄캄한 창고 안에서 긴장하고 있었다. 승원이가 조심스레 말했다.

"혜성아 괜찮아?"

"오 승원아 다행이다. 난 괜찮아. 넌?"

대화하는 사이 어디선가 거친 숨소리와 킬킬거리는 웃음소리가 들렸다. 그 소리를 들은 혜성이가 무슨 짓을 하지 못하도록 손을 사방으로 휘저었다.

"친구를 데려올 생각을 하다니 대단한 우정이로군." 숨이 가쁜 거친 목소리가 들려왔다.

"아저씨가 범인이었나요?" 혜성이가 극심한 혐오감을 느끼며 대답했다.

"내가 누군지 아는 거냐?"

말이 끝남과 동시에 불이 들어왔다. 환한 조명에 아이들이 눈을 질끈 감았다. 그 모습을 보고 경비원이 킬킬거렸다. 눈을 뜬 혜성이가 피어오르는 향을 맡고 기침을 했다. 주변을 천천히 훑어보니 오른쪽 구석진 곳 화분 옆에서 경비원이 몸을 힘겹게 기대고 있다. 그는 전보다 눈에 띄게 야위어 있었다.

"너희들은 죄가 생겼어. 다른 사람의 소중한 시간을 방해하려 했으니까."

그런데 그가 말하던 도중 옆에 있던 승원이가 이상하리만큼 안절부절못하고 있었다. 경비원은 승원이를 쳐다보며 어딘가 수상하다는 듯이 위아래로 훑었다. 시선을 느낀 승원이가 고개를 황급히 숙였다. 그는 고개를 갸우뚱거렸고 다시 시선을 혜성이에게 돌렸다.

"왜 나를 계속 거슬리게 하는 거지? 특별히 살 수 있는 기회를 줬는데 제 발로 찾아오다니. 뭐 너희들이 있어도 계획대로는 천천히 잘 흘러가고 있긴 하지."

승표의 몸에 들어갔을 때와 달리 경비원은 초점을 잃은 듯 눈동자에 힘이 없어 보였다. 승원이는 옆에서 고개를 들지 못하고 손에 쥔 우산을 꽉 쥐고 있었다.

"도대체 무슨 계획을 꾸미고 있는 거지? 내 친구들은 살아 있는 거야?" 혜성이가 경비원을 향해 소리쳤다.

"살아 있든지 죽든지 일단 걔네들은 이제 보이지 않아. 다시 돌아오기란 힘든 법이야." 그가 다시 킬킬거렸다.

"말도 안 되는 소리 하지 마. 너 마음대로 그딴 말은 지껄이지 말라고!"

그는 천식에 걸린 것처럼 걸걸거리는 쉰 소리를 냈고 벽에 있는 선반을 하나씩 짚어 가며 움직였다. 자신의 몸을 제대로 못 가누고 있었다. 그럴 때마다 선반 위에 놓인 물건들이 한두 개씩 떨어졌는데 잠시 멈칫거리던 경비원이 긴 테이블 위에 놓인 잔들을 떨어뜨렸다고 생각했는지 큰 소리로 발악했다.

"안 돼! 내비 둬! 다 가만히 두는 게 좋을 거야. 모두 다 아이들을 위해서 만든 거란 말이야!"

"그런 말도 안 되는 소리 하지 마세요!" 혜성이가 경멸에 찬 목소리로 말했다.

"사람은 각자 주어진 운명에 맞게 살아야 한다지. 난 새로 만들어진 운명에 만족하면서 살고 있어." 그는 거친 숨을 내쉬었고 헐떡거렸다. 그때 불안해하고 있던 승원이가 서서히 고개를 들었고 낮고 무게 있는 목소리로 물었다.

"당신은 도대체 누구죠?"

경비원은 승원이와 눈이 마주치자 간신히 그 자리에 서서 천천히 말을 이어갔다.

"감정이 메말랐던 나에겐 삶은 무의미했고 사랑이란 존재하지 않는다고 생각했지. 그런데 운명처럼 한 여자가 나타났어. 그녀는 한 폭의 아름다운 나무 같았고 그녀의 눈은 마치 잔잔한 호수를 바라보고 있는 것 같았지. 내 시간은 자연스럽게 그녀의 시간에 맞춰서 흘러갔어. 그래… 그때는 시간이 너무 빠르게 흘렀지. 그 행복은 잠시뿐이었지만 말이야."

"왜죠?" 승원이가 그를 뚫어지게 주시하며 물었다.

"어느 날 그녀가 사라졌거든. 그녀처럼 아름다웠던 목련나무 앞에서 말이야! 너무 괴로워서 사지가 다 잘려 나가는 기분이었지. 그때의 감정을 난 똑똑히 기억해. 그날 이후로 목련나무를 베어 버릴까 생각도 했어. 사랑했던 그녀가 떠올랐으니까. 믿을 수 없었어. 내가 이런 감정을 갖게 되다니. 감정이란 텅 빈 공허함만 느꼈던 나였는데…. 난 잊었던 감정을 되찾기 위해서 오랜 시간 그녀를 찾아 다녔어." 그가 머리를 떨군 채 흐느끼고 있었다.

혜성이는 자신에 대해 얘기하는 정체 모를 범인에 대해 깜짝 놀랐다. 승원이와 대화를 하고 있었다. 아니 승원이는 그의 영혼과 대화하고 있을 지도 모른다.

"끝내 못 찾았나요?" 승원이가 되물었다.

"아니 그 여자가 직접 날 찾아 왔어." 그가 흐느낌을 멈추고 고개를 들었다. 그의 눈동자는 흐릿한 파란색이었다.

"뭐라고요!?" 승원이와 혜성이가 동시에 외쳤다.

"꿈에서 말이야."

"어떻게 확신하죠? 그녀가 아닐 수도 있잖아요." 승원이가 확정지어 말하자 경비원이 고개를 빳빳이 들고 말했다.

"아니야 확실했어. 조만간 다시 오겠다고 했어. 하지만 그날 이후로 나타나질 않았지. 난 계속 기다렸어. 언젠가 다시 나타날 거라고 믿었으니까. 난 그녀와 만났던 겨울을 회상했고 다시 만나게 될 그날을 기약하면서 열심히 살았지."

"그녀는 나타났나요?" 승원이가 조심스레 물었다.

"물론. 시간이 꽤 흐르고 나서 다시 꿈속에 나타났지. 그래도 난 그녀를 변함없이 사랑하고 있어."

"그녀가 나타나서 도대체 무슨 말을 한 거죠?"

"상당히 의문스러운 말을 했어. 자신의 세계와 연결되는 순간 만나게 될 거라면서 말이야."

"그…게 무슨 소리죠? 그 세계?" 혜성이와 승원이는 고개를 갸우뚱거렸지만 경비원은 여전히 심취한 것처럼 그녀가 눈앞에서 보인다는 듯이 손을 뻗으며 말했다.

"그녀가 사람이 아니고 섬의 요정이라고 했지. 난 그녀를 믿어. 나는 평범한 사람과 다른 특별한 사랑을 했던 거지."

"그런데 왜… 아이들이 사라지는 거죠?" 승원이는 흔들림 없이 경비원을 주시하고 있었다.

"그녀가 나한테 부탁했던 것 때문이야…. 나와 영원한 사랑을 약속했지만 끔찍했어."

"그 방법이 설마…."

"그래 맞아. 나는 내가 만든 학교에서 매년 여학생을 바쳐야 했어. 그녀와 만날 수 있는 유일한 방법이었지."

"잠깐만. 설마 당신이 김그린 건축가라는 말인가요? 오 이럴 수가 이건 말도 안 돼. 당장 멈추세요!" 혜성이가 질겁하며 소리쳤다. 그러자 경비원은 이에 격분하며 소리쳤다.

"조용히 해! 난 죄가 없어! 단지 물병만 떨어뜨릴 뿐이야. 그걸 마시는가 안 마시는가는 그녀들의 몫이지. 사랑이란 죄도 덮어 줄 수 있는 법이니까."

"아니요! 이건 광적인 거예요, 학생들이 무슨 일을 당하고 있을지도 모르잖아요. 다들 어딘지도 모르는 곳에 갇혀 있다고요! 아무것도 모르는 사람들은 당신을 걱정하고 있고요!"

동시에 경비원의 풀린 눈이 희번덕거리다 제자리를 찾았고 혜성이는 소름이 돋았지만 내색하지 않았다. 경비원의 얼굴은 차갑도록 새파래졌다.

"오 이런 내가 뭘 지껄인 거지? 왜 모든 걸 너희한테 얘기하고 있던 거지?" 연이어 그는 괴성을 질렀고 괴로움에 머리를 감싸 안았다.

"말도 안 돼 이럴 순 없어! 너희 뭐야!"

"그 이상한 물병 때문에 죄 없는 아이들이 전부 사라졌어요. 저희 반 아이들이 무려 4명씩이나 사라졌다고요. 이제 그만하세요." 승원이가 말했다.

"아니야. 이미 늦었어." 그가 혼잣말로 중얼거렸다.

"당신은 모든 학생들의 우상이었어요. 사람들은 당신을 좋아했어요. 앞으로 몇 명의 학생들이 피해를 입어야 하는 거죠?" 혜성이가 물었다.

"웃기지 마! 나를 그런 살인자로 몰고 가지 말라고! 그건 내 육체였어. 어차피 이젠 죽은 몸이야. 곧 생을 마감하겠지. 육체는 그렇게 누워 있어도 나는 지금 이렇게 살아 있어. 단지 내가 필요한 건 그녀의 사랑뿐이야."

그가 몹시 흥분하며 소리치자 끈적거리는 침이 튀었다. 그리고 몸을 돌려 떨리는 손으로 탁자 위의 향을 피웠고 고개를 숙인 승원이를 유심히 쳐다보았다.

"진실은 언젠가 밝혀지기 마련이에요!" 혜성이가 맞받아쳤다. 그러자 경비원은 피어오르는 향에 시선을 돌리며 나지막이 말했다.

"이 학교를 떠나든가 해. 그게 너희가 살 수 있는 유일한 방법이야. 너희 친구들은 이미 늦었어. 이대로 돌아갈 수 있는 순간을 신께 감사하렴."

말이 끝난 후 그의 초점이 점차 흐릿해졌고 한쪽 팔로 창고 밖을 가리키면서 앞으로 픽 고꾸라졌다. 혜성이가 쓰러진 경비원을 피해서 표정이 굳어진 승원이의 팔목을 잡고 창고 밖으로 도망치듯 나왔다.

허리를 숙이고 문 앞에 떨어진 손전등을 주웠다. 승원이는 심각한 표정을 하고서 말없이 앞장섰다. 혜성이가 중앙 현관문 복도에 걸린 건물을 지은 김그린 건축가 사진 앞으로 다가갔다. 범인이 학교를 만든 김그린 건축가였다니. 믿을 수 없었다. 그의 눈동자가 혜성이를 내려다보았다. 승원이는 사진을 그대로 지나쳐 운동장 밖으로 나갔다. 높은 담벼락 안으로 넘어온 싸늘한 바람이 잔디밭 위로 불어오고 있었다.

"따라와." 승원이가 말했다.

둘은 아무도 없는 경비실을 지나쳐 둘만의 아지트인 뒷산의 나무들이 둘러싼 곳에 도착했다.

"말도 안 돼. 정말 믿기지가 않아." 승원이가 믿을 수 없다는 듯 몸을 획 돌리며 말했다.

"나도 정말 믿겨지지 않아. 범인이 경비원이 아니라 건축가의 영혼이었다니."

"아니 건축가의 영혼은 전에 본 적 있었어. 난 원래 경비원의 영혼을 말하고 있는 거야."

"뭐…? 경비 아저씨의 영혼? 잠깐 그럼 범인은 이미 알고 있었단 말이야?"

"그래. 그것보다 난 지금 큰 충격을 받았어."

"왜?"

"경비 아저씨의 영혼 말이야."

"그의 영혼이 왜? 그리고 보니 김그린 건축가 영혼이 경비원의 영혼에 들어갔다면… 아저씨 영혼이 옆에 있었어!?"

"그래… 난 그의 영혼을 말하는 거야… 내가… 전에 겁에 질려 달아났던 영혼이었어…."

"뭐라고? 분명 여자라고 하지 않았어?" 혜성이가 승원이를 쳐다보았다.

"응. 그랬지. 실제 그의 성격은 섬세하거나 감성적이거나 그랬던 거야. 영혼과 겉모습은 다르다고 했잖아. 때론 성별이 다른 경우도 있긴 하거든. 그렇기 때문에 영혼만 보고서 그 사람이 누군지 확실하게 분별하기란 어려워."

"그렇다면… 오늘도 그 아저씨가… 아니… 그 아저씨의 영혼이 뭐라고 그랬어?"

"그래. 그녀와 대화를 할 수 없었지만 다행히도 그녀가 같은 말을 반복적으로 되풀이하고 있었거든."

"왜? 뭐라고 했는데?" 혜성이가 긴장한 목소리로 말했다.

"이 영혼은 착한 영혼이라고… 다른 영혼이 있다고 했어…."

Part 14
다시 돌아온 여학생

"그게 무슨 말이야?" 혜성이는 온몸에 소름이 끼쳤다.

"나도 무슨 말을 하는지 이해할 수 없었어. 건축가 영혼이 뚫어지게 쳐다봐서 물어볼 수도 없었으니까. 내 생각에는 그가 말했던 여자가 뭔가 수상해. 사랑하는 사이에서 그런 끔찍한 제안을 했을 리가 없잖아. 일단 우린 앞으로 학교 건물 안에 있으면서 조심해야 해. 그 영혼이 우리한테 자신의 비밀을 털어놓았기 때문이야." 승원이가 심각하게 말했다.

"그것도 네가 한 거야?"

"아니. 사실 나도 모르겠어. 일단 8시에 경찰들이 오니까 그때 밖으로 안전하게 나가자." 혜성이는 고개를 끄덕거리다가 승원이의 손에 든 우산을 보며 물었다.

"너 손에 들고 있는 우산은 누구 거야?"

"아마 수진이 우산일 거야. 비가 많이 오던 날 민호랑 수진이가 사라졌으니까. 민기는 확실히 아니야. 빨간색을 싫어하거든."

"다른 아이의 것일 수도 있잖아."

"그렇긴 하지만 짐작으론 그래. 아니, 확실히 수진이일 거야. 일단 내가 가지고 있을게."

야자실 건물에서는 8시까지 얼마 남지 않은 시간에 아이들이 열심히 공부하고 있었다. 그중 몇 명이 혜성이와 승원이를 힐끗 쳐다보았다. 가습기가 한숨을 푹푹 내쉬었고 벽에는 휙휙 돌아가는 선풍기 소리만 들리고 있었다. 한 명이 기지개를 켜며 가방 속에 책을 주섬주섬 담았고 다른 한 명은 시간을 보더니 자리에서 일어났다. 무심코 그들의 자리를 확인한 혜성이는 꽤나 놀랐다. 그 자리는 다름이 아닌 아이들의 흔적이 적힌 자리와 펜을 빌려주었던 아이가 앉아 있던 왼쪽 자리였다. 혜성이가 혼자만의 생각에 잠겨 있는 승원이를 쳐다보았다. 승원이는 그들이 어떻게 보일까. 새로운 세계를 보고 있을 승원이가 신기했다.

"궁금한가 봐?" 승원이가 혜성이 귓가에 속삭였.

"…뭐…뭐?" 혜성이가 뒤를 돌아보며 주위를 두리번거리자 승원이가 재밌다는 듯 킥킥대며 웃었다. 8시가 돼서 1층으로 내려갔다. 경찰관 2명이 내려오는 학생들을 향해 호루라기를 삑삑거리고 있었다.

"한 줄에 4명씩 서도록 해. 학생! 넌 뒤로 가야지 딱 봐도 5명이잖아 그 줄은."

정자 앞에는 2, 3학년들을 포함한 꽤 많은 남학생들이 5명씩 한 줄로 모여 있었다. 건물 쪽에 있는 경찰관이 무전기를 통해서 뭐라고 중얼거렸고 한 통통한 경찰관이 무전기를 듣고서 정자 위로 성큼 올라가더니 확성기에 대고 큰 소리로 말했다.

"익히 들었겠지만 경찰들이 학교 주변을 8시부터 감시하기로 했다. 앞으로 여학생들은 7시까지, 남학생들은 8시까지다. 이제 차례대로 교문까지 갈 거니까 다들 잘 따라오도록 해."

그의 말이 끝나는 동시에 주변은 시끌벅적거리기 시작했고 둘러싸고 있던 경찰관들이 호루라기를 삑삑대며 불어댔다. 근처에 있던 몇몇 아이들이 귀를 막았다.

"호루라기가 더 시끄럽네. 진짜."

혜성이의 말에 승원이가 웃으며 대답했다.

"경찰관들은 전부 피곤한 상태야. 그냥 학생들이 빨리 가기만을 바라고 있어. 거의 밤을 샜나 봐."

"왜? 저들의 영혼들이 말해 줬어?"

"아니? 딱 봐도 표정들이 그래 보이잖아."

차례대로 줄을 선 학생들은 보폭을 좁혀 언덕을 내려갔고 교문 앞에서 뿔뿔이 흩어졌다. 운동장 입구에는 덩치가 있고 인상이 험악해 보이는 경찰관 2명이 양쪽에 서 있었다. 그들을 본 승원이가 작게 속삭였다.

"내일 보자. 오늘 많은 걸 알게 됐잖아. 얼른 가서 쉬어야지."

*

할머니는 곧장 방으로 들어가려던 혜성이의 팔목을 잡고 초췌해진 손자 이마에 손을 대었다. 혜성이가 할머니의 시선을 최대한 피했다. 할머니한테 매정하게 행동하는 것도 죄송했지만 앞으로 더욱 조심해야 했다. 혜성이는 승원이가 옆에 있지 않는 이상 누군가와 말할 때는 조심하기로 했다. 무엇보다 사악한 영혼이 며칠 동안 고생해서 힘겹게 생각해 낸 것들을 몸속에 들어와 지워버리고 갈까 봐 그게 제일 두려웠다.

'과연 내가 아이들을 구해낼 수 있을까?'

침대에 누워 자고 싶었으나 잠을 잘 수가 없었다. 두 번 다시 그에게 몸이 뺏기고 싶지 않았다. 그때 방문을 누군가 똑똑 두드렸다.

"할머니예요?"

대답은 돌아오지 않았고 시계의 초침소리만 크게 들려왔다. 혹시나 꿈은 아닐까 얼굴을 찰싹 때려 보았다.

'나를 쫓아오기라도 한 걸까?'

잠시 생각하던 도중에 누군가 혜성이의 이불을 건드렸다. 혜성이는 작은 신음소리를 내며 이불을 부여잡고 모른 척했다. 다시 툭툭 건드렸다. 지금은 옆에 승원이도 없었으며 혼자 있었다.

"으아악! 제발 나 좀 내비 둬!" 겁에 질린 혜성이가 발로 이불을 걷어찼다.

"안녕."

처음 듣는 목소리에 혜성이가 고개를 돌리니 그린 고등학교 교복을 입은 여학생이 있었다. 귀신인 건가? 교복에서는 물이 뚝뚝 떨어졌는데 어딘가 모르게 머리부터 발끝까지 젖은 그녀의 모습 자체에서 소름이 끼쳤다. 그녀가 살며시 고개를 들었다. 그녀의 모습은 또렷하지 않았으나 후 불면 꺼질 듯한 빛이 가슴 쪽에서 나고 있었다. 그 희미한 빛은 혜성이의 캄캄했던 방 안을 밝히고 있었다.

"누구지?"

"난 최슬기라고 해. 사라졌던 여학생이야."

"뭐? 사라진 여학생?" 혜성이가 침대에서 벌떡 일어나 가까이 다가가려고 하자 그녀가 소리쳤다.

"안 돼! 다가오지 마…. 넌 내가 보이는 구나…. 난 유리관 속에 갇혀서 고통받고 있어." 그녀는 한 글자 한 글자 힘겹게 말했다.

"나는 지금 고통받고 있는 상태야…."

"조금 더 가까이 올 수는 없어? 여기 잠깐만 앉을래?"

혜성이는 자신이 걸터앉아 있던 침대에서 일어나 휴지를 챙기고 그녀에게 걸어갔다. 그러나 슬기가 뒷걸음질을 치며 말했다.

"오 안 돼. 내 몸에 손대지 마. 다, 다가오지 말라고 말했잖아! 위험해! 나도 어떻게 될지 몰라. 이 모습에서 변할 수가 있어. 조심해야 해."

"변할 수가 있다고? 지금 난 네가 이곳에 왔다는 게 이해가 되지 않아."

왠지 알 수 없었지만 혜성이는 그녀가 두렵지 않았다.

"괜찮아. 나도 이곳에 오게 된 이유를 모르겠어. 그런데 내가 보인다면… 설마 물약을 마시진 않았지?"

"응. 아직 가지고만 있어." 혜성이가 침대 위에 걸터앉았다.

"마시지 마."

"이미 친구들이 5명이나 사라졌어…."

"뭐? 5명이나? 이럴 수가…. 다들 나처럼 고통받고 있을 거야."

슬기는 전신 거울 앞으로 다가가 자신의 모습을 보며 흐느꼈다. 다가가지 못하는 혜성이는 어찌할 바를 모르고 있었다. 그녀는 비틀거리다 행거에 걸려 있는 옷걸이에 부딪혔다. 걸려 있던 옷걸이가 툭 떨어졌.

"널 그렇게 만든 범인은 네가 이렇게 고통스러워하는 걸 몰라. 자신의 아픔만 알거든. 내가 도와줄게."

"뭐라고? 범인은 내 친구였어. 날 이렇게 만든 친구를 용서하지 않을 거야."

"친구라니? 범인은 학교를 만들었던 김그린 건축가였어. 그의 영혼이 범인이었어."

"뭐? 말도 안 돼…. 오랜 시간 동안 나를 이렇게 만든 가장 소중했던 친구를 증오하고 있었어. 끓는 증오가 이제는 걷잡을 수 없을 만큼의 분노로 변했지. 나를 봐. 나에겐 빛이 나지 않아. 이미 난 돌이킬 수 없을 만큼 와 버렸어."

그녀가 느끼는 감정처럼 남아 있는 빛마저 서서히 사라졌고 주변은 암흑 속에 휩싸인 듯 어두워지고 있었다. 왜 혜성이에게 그녀가 찾아온 걸까.

그녀 자신도 모르고 있었다.

"그렇지 않아." 갑자기 혜성이가 자리에서 일어났다.

"뭐?"

"네가 어둠 속에 갇혀 있지만 너의 영혼은 절대로 어둡지 않아. 지금 빛이 나고 있어."

"뭐? 빛? 웃기지 마."

"난… 영혼을 볼 줄 알거든. 너는 보이지 않아도 나는 그 빛이 보여. 넌 강한 영혼이야. 네가 이겨내고 돌아온다면… 사라진 내 친구들도 반드시 돌아올 거라고 믿어. 그러니까 넌 해내야 해. 너 자신을 믿어봐. 넌 지금 더욱 강해지고 있는 거야."

혜성이는 사라진 여학생의 영혼을 보고 있다는 사실에 속으로는 굉장히 놀라고 있었다. 그녀의 주변을 감싸고 있던 어두운 기운이 흩어졌으나 이내 고개를 저으며 말했다.

"나는 할 수 없어… 이미 늦었거든…."

"아니야 너도 할 수…! 안 돼!"

서서히 투명해지고 있는 슬기를 잡기 위해 혜성이가 자리에서 벌떡 일어나 손을 뻗었지만 허공에서 흩어졌다. 그리고 다시 캄캄한 방 안 혜성이는 침대 위에 누워 천장 쪽을 향해 손을 뻗고 있었다. 또 꿈이었던 것이다. 꿈이었지만 현실처럼 느껴졌기에 그녀가 포기한 것처럼 친구들도 그렇게 될까 봐 울음을 터뜨렸다.

"안 돼! 안 돼 그럴 수 없어…."

옆에 있는 사각 창문 밖에서는 따스한 햇볕이 들어오고 있었다. 혜성이는 몸을 일으키며 방을 나서려다가 걸음을 멈추었다. 벽 밑에는 옷걸이가 떨어져 있었다.

'정말 내가 사라진 여자아이의 영혼을 본 걸까.'

설마하며 전신 거울 옆을 확인하니 바닥에는 물이 흥건히 고여 있었다. 심장이 빠르게 뛰기 시작했다. 혜성이는 가방을 챙기고 밖으로 뛰쳐나갔다.

*

- 6월 25일 수요일 시험 둘째 날 -

교문 앞에는 학생들이 지나가고 있었으며 벼락치기를 했는지 굉장히 피곤해 보였다. 혜성이는 야자실 건물을 향해 올라갔다. 오른쪽 뒷산 쪽에서 넘어 온 말벌이 앞으로 날아와 외마디 비명을 질렀지만 멈추지 않고 달렸다. 뒷산에서 불어온 아침 바람이 교복 상의로 들어와 맨살에 닿았고 기분이 좋아졌다. 야자실 건물 옆에는 백목련이 활짝 핀 상태로 따스한 햇볕을 받고 있었다. 마음 같아서는 긴 막대기를 가져와 목련 나무의 높은 나뭇가지를 툭툭 건드려 보고 싶었다.

'날 구해 줘.'

어디선가 들려온 음성에 깜짝 놀란 혜성이가 야자실 건물과 뒷산으로 이어지는 계단 쪽을 살피며 두리번거렸다. 마지막으로 목련 나무 기둥에 손을 살포시 올려보았다. 거칠어 보이는 나무의 기둥과는 달리 굉장히 부드러웠다. 그때 발밑에서 낑낑거리는 소리에 고개를 내리니 작은 강아지가 신발을 핥고 있었다. 말티즈 종류의 하얀 작은 강아지였고 사람의 손길을 받고 자란 듯 굉장히 깨끗했다. 근처에 주인이 있나 하고 쳐다보니 아무도 없었다. 도대체 어디서 나타난 거지? 손으로 쓰다듬어 주었더니 꼬리를 살랑살랑 흔들었다. 어느덧 손목시계 시간이 8시 40분을 가리키자 교문으로 내려갔다.

잠시 후 교실에 도착한 혜성이는 책상 위에 가방을 살포시 올려놓았다. 가방이 꿈틀거리자 옆에서 국어책을 보고 있던 백준이가 기겁하며 말했다.

"야 너, 너 이… 자식 이젠 단단히 돌았어! 미쳤지? 정말 돌았네."

앞에 있던 성현이가 꿈틀거리는 혜성이의 가방을 보고 소스라치게 놀라며 백준이와 똑같은 표정을 지었다.

"드디어 미친 거야?(백준이가 주변을 빠르게 살핀 후 목소리를 낮춰 말을 이었다) 담임한테 걸리면 죽음이야. 안 그래도 다들 너 수상하다고 그러는데 지금 시험기간인 걸 감사하게 생각해."

"음… 다 방법이 있어."

성현이는 고개를 절레절레 저으며 몸을 돌렸다. 9시가 되기 10분 전. 1반 담임이 교실 앞문을 열고 혜성이를 제일 먼저 쳐다보았다. 그리고 2번째 도덕시간의 감독이라고 말하면서 손가락으로 자신의 눈과 혜성이를 번갈아 가리켰다.

"이런데도 방법이 있다고?" 백준이가 속삭였다.

1교시 국어 시험에는 감독관으로 수학 선생님이 들어왔다. 그녀가 시험지를 앞자리 아이들에게 나눠주는 사이 책상에 걸어둔 가방 속에서 낑낑거리는 소리가 들려왔다. 그녀는 예리한 눈빛으로 교실 안을 살피며 혜성이 자리로 천천히 걸어갔다. 혜성이는 가방을 살짝 움켜쥐었다. 문 밖으로 뛰쳐나갈 준비를 하기 위해 몸을 살짝 돌렸다. 그러나 그녀는 바로 앞자리 초조해 보이는 성현이 앞에서 걸음을 멈추었다.

"배가 아프니 성현아? 분명… 시험 전에 화장실 다녀오는 거는 초등학생도 알 텐데?"

"아니요. 저는 아닌….”

"배가 아프면 진작 다녀왔어야지 지금은 시험 도중이라 아직 안 돼. 수학 시험 때도 이러진 말거라.” 그녀가 날카로운 목소리로 말했다.

"네 죄송합니다.”

"시험지 뒤로 넘겨.”

혜성이가 고개를 살짝 옆으로 돌리며 한숨을 내쉬었다. 그러나 눈치 빠른 수학 선생님이 성현이를 보며 다시 소리쳤다.

"빵점 처리되고 싶니!”

혜성이는 그 순간 가방 지퍼를 조금 열어주었다. 수학 선생님이 나가자마자 성현이가 고개를 돌려 소리를 질렀지만 혜성이는 이미 자리를 비운 상태였다. 백준이가 얼굴이 새빨개진 성현이를 보고 빵 터지고 말았다.

"아 진짜 웃지 마! 짜증나 죽겠으니까.”

"왜 난 재밌기만 하던데?”

한편 운동장 밖으로 나온 혜성이는 강아지가 배고플 거라는 생각에 매점에 갔다가 때마침 옆에서 이것저것 불량식품을 고르고 있는 승표를 발견했다. 매점 아저씨는 승표가 고른 불량식품 값을 어림잡아 계산하고 있었다. 승표는 가방을 앞으로 맨 혜성이를 보고 웃고 있다가 살짝 열린 지퍼 속에 보이는 강아지를 보자마자 들고 있던 불량식품을 우르르 떨어뜨렸다. 승표 발 앞에 과자 언덕이 생겨났다.

"야 미쳤어? 너희 반 담임이 보면 어쩌려고 그러는 거야?” 승표가 기겁하며 가까이 다가왔다.

"못 보게 하면 되지. 아… 근데 승원이 왔어?”

"승원이는 왜 찾아? 너희 싸웠어? 그때 사이 안 좋아 보이더만. 아직 안 왔어.”

"야! 이것들이 당장 주워!" 매점 아저씨가 떨어진 불량식품을 쳐다보며 호통을 쳤다. 깜짝 놀란 혜성이와 승표가 허리를 숙이고 불량식품을 주섬주섬 주웠다.

"나는 걔랑 한 번도 얘기한 적 없어. 아 있긴 했어. 걔가 여자아이들한테 받은 과자들을 달라고 했을 때뿐이었지. 거의 내가 먼저 초콜릿이랑 교환하자고 물어본 적이 더 많았지만." 승표가 매점 아저씨 눈치를 보면서 주저리주저리 말했다.

"그래? 일단 승표야… 3교시까지만 있으면 되는데 뭐 좋은 방법 없나? 사실… 다음 교시가 담임이거든 무슨 좋은 방법이…."

잠시 고민하던 혜성이의 눈빛이 번뜩이며 승표를 바라보았다. 떨어진 불량식품을 들고 있던 승표는 수상쩍게 웃는 혜성이의 표정을 보며 말했다.

"안 돼. 그건 안 돼."

"내 마음을 읽은 거야? 승표야 딱 한 번만… 맡겨 줘."

"…진짜 미친 거지?"

"다음 감독이 누군데?"

"모르지."

"야… 너희 반 담임이랑 우리 반 담임 그리고 성난 땅콩만 아니면 돼 한 번만…."

"안 돼! 절대 안 돼."

"아저씨! 얘가 들고 있는 불량식품이랑 이거 과자 얼마예요? 다 주세요." 혜성이의 말에 굳은 표정이었던 매점 아저씨가 씩 웃으며 계산기를 두들기며 말했다.

"음… 많이도 골랐다. 300원짜리도 있고 500원싸리도 섞였으니까…."

"아… 진짜 안 된다니까…. 아저씨 이것두요." 승표가 얼른 과자를 하나

더 쥐었다. 이제야 마음이 놓인 혜성이가 싱글벙글 웃었고 승표는 혜성이의 가방을 매고 교실로 들어갔다.

잔뜩 긴장한 승표는 일단 혜성이 가방을 통째로 교실 사물함에 넣고 안에 강아지가 낑낑거리지 않도록 종이컵에 물을 조금 받아 놓았다. 문을 닫으니 사물함을 긁는 소리가 들리자 반 아이들이 힐끗거리며 쳐다보았다. 얼른 강아지를 꺼내 품에 안고 복도로 뛰쳐나갔다. 심장이 콩알만 해진 승표는 잠시 고민하다가 화장실로 향했다. 그 안에서 혜성이가 매점에서 사온 우유를 꺼내 벌컥 들이키고 조금 남긴 다음 윗부분을 뜯어서 바닥에 내려놓았다. 누군가 발견할까 봐 두려웠던 승표는 종이 칠 때까지 있다가 화장실 문을 닫고 급하게 교실 안으로 들어왔다. 교실에 들어오니 2교시 시험 감독을 확인한 승표가 경악했다. 바로 2반 담임, 이기자 선생님이었다.

"너 왜 이제 들어와. 또 뭘 먹고 들어온 거니?"

시험이 시작됐을 때 그녀는 뿔테 안경 너머 다리를 심하게 떠는 승표를 뚫어지게 쳐다보았다. 승표는 손톱을 잘근잘근 물어 뜯었고 이마에서는 땀을 뻘뻘 흐르고 있었다. 시험지는 하나도 눈에 들어오지 않았으며 그의 머릿속에는 오로지 화장실에 혼자 있을 강아지 생각뿐이었다. 설마 강아지가 앞발로 화장실을 긁고 있어 잠시 급하게 화장실로 간 아이가 봤다거나 설마 답답한 화장실에서 질식하진 않을까 하는 생각에 미치자 뒷문으로 뛰쳐나가고 싶었다. 교실에 있던 아이들도 승표를 이상하게 쳐다보았다. 2반 담임은 도저히 안 되겠는지 승표를 불렀다.

"박승표? 오늘 왜 이렇게 정신이 사나운 거야? 다리를 떨어대니까 교실이 울리는 것만 같잖아. 주변 애들 시험까지 망치고 싶은 거야? 아니면 화장실이 급한…."

"네! 다녀와도 될까요…?"

승표는 간절하게 담임선생님의 눈을 쳐다보았다.

"빨리 다녀와." 그녀가 질색하며 대답했다.

승표는 배가 아픈 척 연기를 하며 뒷문을 나갔다. 그리고 복도에서부터 화장실까지 쿵쿵거리며 달려갔다. 3반 아이들이 교실 바닥에 느껴지는 미세한 진동에 고개를 들고 복도 쪽을 쳐다보았으나 졸고 있던 이현준 미술 선생님이 멍하니 창문을 쳐다보며 나지막이 말했다.

"시험기간인데 어디서 공사를 하는 거야."

그러자 몇몇 학생들이 키득거리며 시험지로 눈을 돌렸다. 화장실에 도착한 승표는 방석 위에 곤히 자고 있는 강아지를 보자마자 안도의 한숨을 내쉬며 흘린 땀을 닦아 냈다. 2교시 시험이 끝난 후 승표가 혜성이를 복도로 불러냈다.

"이제 절대로 안 맡겨 줘! 계속 신경 쓰여서 시험지도 못 풀고 10분 전에 가까스로 다 찍었어! 시험 감독이 이기자였다고!"

"야! 그건 아까 너도 몰랐던 거잖아." 혜성이가 대답하자 승표가 배만 한 크기의 주먹을 혜성이의 얼굴 앞으로 내밀며 말했다.

"죽을래? 내가 얼마나 조마조마했는데 죽고 싶어?"

"진정해. 다음에 초콜릿 사올게. 정말 미안하지만…." 혜성이가 가방 지퍼를 열고 강아지를 보여주자 험악했던 승표의 표정이 사르르 녹았으나 정신을 차리며 단호하게 말했다.

"싫어! 초콜릿을 사주더라도 절대 안 돼. 너."

"너무하네. 난 너의 목숨을 구한 사람이야. 저번에 내가 널 제때 발견하지 못했으면 큰일이었을 거라고."

혜성이의 말에 잠시 고민하던 승표는 못내 알았다는 듯이 말했다.

"…알겠어… 그럼 나한테 맡겨. 이번이 진짜 마지막이야!"

3교시에는 중국어 선생님이 특이하게 치파오를 입고 등장했는데 커다란 부채를 들고 있었다. 역시나 화장실에 있는 강아지 생각 때문에 걱정이 된 승표는 다리를 떨고 있었다. 승원이 옆에 앉아 있던 승혁이는 귀를 막고 시험지를 풀었다. 다행히 마지막 시험은 체육 필기시험이라 승표는 한 차례 다 찍어 내었고 손을 들고 화장실을 다녀온다고 말했다. 뒤에서 승혁이가 의심스러운 눈초리로 쳐다보았다. 승표는 다시 쿵쿵거리는 소리를 내며 3반을 지나쳤다. 3반에는 다시 수학 선생님이 감독이었는데 그녀는 워낙 예민했기에 그 소리를 듣고 승표를 확인하고선 바로 앞문을 열었다.

"넌 또 화장실 가는 거니!?"

1반에 있던 혜성이는 복도에 들리는 수학 선생님 목소리에 고개를 번쩍 들었으나 그 소리의 원인이 승표라고 생각하자 소리 없이 배어나오는 웃음을 지었다. 3교시 시험이 끝나고 승표는 어느새 다크서클이 턱까지 내려와 있었다.

"고맙다. 승표야 널 다시 봤어. 넌 최고야."

"…이제 이런 부탁은 꿈에도 하지 마. 초콜릿을 준다 해도 얄짤없어."

혜성이는 종례 시간 가채점을 할 때 가방 안에 다시 넣어 두었다. 황동근 선생님은 혜성이의 옆자리까지 와서 시험지를 일핏 보고 있었으나 혜성이는 일부러 채점을 하지 않고 있었고 2반 승표의 시험지에는 장대비가 내리고 있었다. 종례 시간이 끝난 후 승표는 혜성이에게 내일은 절대로 강아지를 데리고 오지 말라며 당부했다.

"근데 이 강아지는 도대체 뭐야?"

"이제야 물어보네. 처음부터 물어봤어야지."

"난 이제 네가 무서워. 수상한 짓만 골라서 하는 거 같아."
혜성이는 승표의 어깨를 톡톡 두들기며 운동장을 가로질러 갔다.

*

집으로 돌아간 혜성이가 밥을 먹고 있던 도중 할머니가 꿈틀거리는 가방을 보고 화들짝 놀랐다.
"에구머니나 놀래라. 어디서 데리고 온 강아지냐? 이렇게 뽀송뽀송한 거 보면 분명히 주인이 있었을 거야."
"아 그 강아지… 승표라는 친구가 저한테 잠깐만 맡겨 달라고 했어요."
할머니는 냉장고에서 싱싱한 과일을 꺼내 혜성이 앞에 앉았다.
"시험은 괜찮은 거니 혜성아? 너희 학교 흉흉한 소문 때문에 나도 걱정이 많이 되네. 그쪽 학교 근처에 친했던 할머니가 있는데 그 아이가 사라진 지 오늘이 벌써 2년이 넘었다는 구나."
"할머니 전 걱정 마세요. 저는 씩씩하고 건강해요. 그런 사건은 저한테서 일어나지 않을 거예요."
"그건 알지만 내가 보기엔 넌 아직 어른이 아니잖니. 무엇보다 너희 반 아이들이 사라진 게 아니냐. 며칠 전 텔레비전 보니까 사라진 여학생이 이 지역에도 또 한 명 생겼다더라."
"네? 뭐라고요?!"
혜성이는 할머니가 한 말에 자리에서 벌떡 일어났다. 깜짝 놀란 할머니가 깎고 있던 사과를 떨어뜨렸다. 잠깐의 정적이 흐른 후 할머니가 부엌 테이블을 손바닥으로 내리쳤다.
"아이고 내가 지금 더 놀랐다. 큰일 날 뻔했네. 허벅지에 칼을 떨어뜨릴 뻔했다고 이놈아!"

"아… 죄송해요. 처음 들은 소식이라서요…."

"반응을 보니 충분히 그런 것 같긴 하구나. 공부만 열심히 했나 보네. 며칠 전에 일어났더라. 참말로 수상한 일이야. 아무튼 너도 조심하라는 게야. 내 눈에는 아직 3살 때 본 그대로 같으니까…."

"걱정 마세요. 할머니. 이제 그만 먹을게요. 과일은 조금 있다가 냉장고에서 꺼내 먹을게요."

혜성이가 방으로 들어가려고 하자 소파에 눈을 감고 있던 강아지가 버둥거렸다. 할머니가 바닥에 내려놓아 주었고 혜성이를 쫄레쫄레 따라 들어왔다. 그때 말했던 건축가 영혼이 계획대로 되고 있다는 말은 도대체 무슨 꿍꿍이인 것인가. 도대체 무슨 일을 벌이려고 하는 거지? 혜성이는 전혀 예측할 수가 없었다. 저녁 7시가 되기 전에 오늘은 학교에 꼭 들어가야 했다. 승원이와 같이 가고 싶었지만 어제 밤부터 핸드폰도 꺼져 있었다. 여태껏 연락이 없어서 불안해졌다.

"설마 무슨 일이 생기기라도 한 건 아니겠지."

혜성이는 설마 그 영혼이 자신의 주변을 맴돌고 있을까 봐 승원이의 이름을 거론하지 않았다. 혜성이는 사라졌던 여학생을 다시 보고 싶은 생각이 간절했다.

"어디에 갇혀 있는 걸까?"

혜성이가 생각하는 동안 옆에서 낑낑거리는 소리에 눈을 떠 보니 강아지가 배가 고픈 듯 이불을 잘근잘근 씹고 있었다. 혜성이는 거실에 가서 사과 반쪽을 으깨었고 반쪽은 자신이 먹었다. 거실 소파에서 할머니가 달콤한 잠을 자고 있었다. 할머니를 보니 생각이 많아진 혜성이는 지금의 행동

모두가 당연히 해야 할 옳은 결정을 한 것이라고 생각했다. 방으로 들어간 혜성이가 머뭇거리며 말했다.

"나를 도와주러 온 거지? 난 애들을 구하러 갈 거야. 네가 내 말을 알아듣고 있는지 잘 모르겠지만… 음 부르기 쉽게 그린이로 할게. 기분 나쁘면 얘기해. 이러다 진짜 주인이 나타나면 정말 웃기겠다. 애들 말대로 내가 미쳐버린 걸지도 모를 거야. 근데 나중에 알겠지 내가 미쳤던 게 아니라는 걸 말이야. 괜찮아. 난 그들을 이해해. 널 보지 못했기 때문에 믿지 못하고 있는 거야."

그린이는 혜성이가 갈아 준 사과를 맛있게 홀짝거렸다.

스탠드를 켜고 바지 주머니에 있던 물병을 꺼내서 가까이 살펴보았다. 호리병 모양으로 된 유리로 되어 있었고 그 안에 들어간 액체는 기름처럼 생긴 거품들이 떠다니고 있었다. 한번 열어보기 위해 뚜껑을 돌리자 잘 열리지 않았다. 한 번 더 힘을 내서 돌렸고 '뻥' 소리와 함께 열렸다. 코를 벌름거리며 향을 들이마셨다. 아무런 냄새가 나지 않았다. 혀끝에 살짝 대봐야겠다는 생각을 하며 입술에 대려고 하는 순간 그린이가 혜성이의 무릎 위로 폴짝 뛰어 올라오는 바람에 손에서 물병이 미끄러졌다. 하마터면 떨어질 뻔한 물병을 간신히 받아낸 후 책상 위에 올려놓았다. 혜성이는 놀랐는지 두 눈을 깜빡거리며 그린이에게 말했다. 이제 알아듣는 것을 아는 것처럼.

"네가 이러는 거 보니까 위험한 물병이긴 하구나. 네가 먹었을 때 기분은 어땠어? 과연 뭐로 만들어진 걸까?"

그린이는 그새 무릎에서 잠이 들어 있었다. 혜성이도 함께 눈을 붙이다 시간이 6시가 되자 그린이를 가방 속에 넣고 집 밖으로 나왔다.

뜨거운 오후의 시간 때를 지나서 그렇게 덥지 않았다. 버스에서 내린 후

걸음을 옮겨 언덕 위로 올라간 다음 정자 근처에서 그린이를 자유롭게 놀도록 풀어 두었다. 얼마나 앉아 있었을까 잠시 후 야자실 밖으로 고2 여학생들이 차례대로 나오기 시작하자 혜성이는 그린이를 품에 안고 앉아있었다.

"뭐야 또 있네? 공부 안 해…?"

고개를 올려 누군지 쳐다보았다. 어제 저녁에 보았던 머리를 질끈 묶고 커다란 가방을 매고 있던 3학년 최다빈이었다. 옆에는 명찰에 '박혜연'이라고 적힌 여자아이가 돼지 코에 동그란 안경을 걸치고 혜성이를 빤히 쳐다보았다.

"그냥 뭐 확인할 게 있…." 혜성이의 말을 자르던 혜연이가 빠른 속도로 말했다.

"혜성…? 아 맞아! 물어보고 싶은 게 있었거든. 내 남동생이 앉은 옆자리에 수진이 이름이랑 너 이름이 적혀 있었다고 했어. 거기 앉아 있다가 자리를 옆으로 다시 옮겼나 봐. 날짜 적혀 있었고. 그런데 거기 앉아 있었던 얘가 이렇게 막 머리 부여잡고 그러다가 펜까지 빌리면서 뭘 적었대. 뭐랬더라…." 혜성이는 고개를 들고 그녀를 보며 잠시 긴장한 듯 침을 꿀꺽 삼켰다.

"응? 뭐야 난 몰랐는데?"

"어우 내가 걔보고 장난치지 말라고 했어. 안 그래도 무섭다고. 글이 중요한 게 아니야. 소름 돋는 건 뭔지 알아?"

혜성이도 고개를 들었다.

"누가 칼로 다 그어놨대!"

혜성이가 자리에서 벌떡 일어났다. 옆에 있던 다빈이가 호들갑 떨면서 무슨 일이냐며 물어보자 고개를 저으며 자신도 모르는 일이라고 말했고 그녀들은 자리에서 벌떡 일어난 혜성이에게 꼬치꼬치 캐물었다. 어느새 집으로 돌아가는 여학생들이 다빈이와 혜연이 사이로 심문받고 있는 혜성이를 쳐다보다가 수군거리며 지나갔다.

'승원이가 눈에 띄는 행동은 하지 말라 했는데 차라리 뒷산에 있을걸.'

혜성이는 잠깐 강아지를 산책시키러 왔다고 둘러댔다. 그녀는 서로 눈빛을 주고받더니 어딘가 이상한 듯 혜성이를 빤히 쳐다보았다.

"됐어. 별로 얘기해 주고 싶지 않은가 보지. 얼른 집에 가자. 오늘은 경찰들도 안 온대."

그녀들이 떠나자 혜성이는 목련나무 앞에서 뛰어 노는 그린이를 가방 속에 넣고 여학생 야자실 건물 앞으로 가보았다.

– 여학생은 7시까지. 시간이 지나면 들어오지 말 것 –

야자실 문을 열고 들어가니 다들 공부하고 나갔기 때문에 조용했다. 혜성이는 3층까지 올라갔고 고3 여학생들이 쓰는 장소였는지 더욱 조용했으며 칸막이는 남학생 건물보다 조금 더 높았다. 고개를 숙인 한 여자아이는 인기척에 문 쪽에 서 있는 혜성이를 보다가 시간을 보고 급히 일어나더니 자리를 떴다. 나가던 여학생이 문 옆에 글을 적고 나갔다. 입·퇴실을 적는 곳이었다. 한 장을 넘겨 보았다. 여백의 종이였다. 종이를 하나씩 넘기다 혜성이는 자신이 보고 있는 글씨를 확인했다. 그곳에는 흐물거리는 글씨체로 이렇게 적혀 있었다.

3학년 2반 최슬기 드디어 돌아왔다.

글씨가 번져 있었다. 그녀의 이름만 보고 나서 혜성이는 어젯밤 자신과 대화를 나눈 사라진 여학생일 것이라고 확신하며 소름이 끼쳤다. 혜성이가 충격에 휩싸여 눈앞이 하얘지려는 순간 방 안쪽에서 의자를 끄는 소리가 들렸다. 아직도 안 간 여학생이 있다고 생각했다. 그러나 가방 속에서 그린이가 그르렁 소리를 냈다. 눈앞에는 스무 걸음 떨어진 곳의 열린 방문 안쪽에서 자신을 향해 쳐다보고 있는 교복 입은 여자아이가 있었다. 불이 꺼져 있는 곳에 있었기 때문에 잘 보이지 않았지만 오싹한 기운이 느껴지더니 팔 털이 곤두섰다. 그녀가 한 걸음 나오는 만큼 한 걸음 뒤로 물러섰고 그린이는 더욱 그르렁거렸다. 마침내 그녀가 문턱을 넘고 모습을 드러냈다. 머리를 한 묶음으로 묶었으나 머리가 심하게 헝클어져 있었고 성수고등학교 교복을 입은 그녀의 명찰에는 '김주연'이라고 적혀 있었다. 혜성이는 그녀가 할머니가 말씀하셨던 며칠 전 사라졌던 여학생임을 알아차렸다.

"어떻게 된 거지?" 그녀의 검은 눈동자 위로 파란색의 눈동자는 촉수처럼 퍼져 있었다.

"무슨 말이죠?" 눈동자를 확인한 혜성이의 목소리가 파르르 떨렸다. 그녀의 손에 커터 칼이 쥐어 있었다. 혼자 대면하기란 무서웠고 이곳에서 벗어나고 싶었다.

"너도 봤잖아. 이곳에 어떻게 온 거지?" 그녀는 앞에 있는 책상을 향해 칼을 내리쳤다.

"전… 모르는 일이라고요 알지 못해요!" 혜성이는 그래도 물러서지 않았다.

"너도 봤지? 지금 그녀가 이곳에 어떻게 온 걸까. 빨리 나한테 내놔!" 여학생의 눈꺼풀은 힘이 없었지만 제대로 걷고 있었다. 정말 누군가 뒤에서 그녀의 몸을 조종하고 있는 것만 같았다.

'저 여학생도 깨어나게 되면 전부 기억이 나지 않겠지. 손에 든 칼을 보고 심히 놀랄 거야.'

혜성이는 자칫 그녀가 자신의 몸에 칼을 겨누기라도 할까봐 덜컥 겁이 났다. 이 영혼이 착한 영혼이라는 것은 도저히 용납할 수 없었다.

"싫어요! 단지 강아지일 뿐이라고요!" 가방 속에서 그린이가 더 크게 그르렁거렸다.

"네가 어떻게 이리로 온 거야!" 주연이는 목에 핏대가 설 정도로 크게 소리쳤다. 혜성이는 겁에 질렸지만 물러서지 않고 똑같이 되받았다.

"그녀는 당신 때문에 억울하게 고통받고 있었어! 다시 있어야 할 곳으로 돌아온 거지! 그녀가 있어야 할 곳은 바로 이곳이야!"

혜성이의 말에 그녀가 칼을 앞으로 휘저으며 눈에 광기를 띠고 말했다.

"네가 뭘 알고 지껄이는 거야! 그 아이의 몸은 이곳에 없어. 단지 떠도는 영혼이 됐을 뿐이야!" 그 어느 때보다도 간절할 정도로 승원이가 필요했다. 과연 건축가의 영혼은 지금 어떤 모습을 하고 있는 걸까.

"진정 이렇게 고통받아야 할 사람은 학생들이 아닌 당신이라고! 자신의 육체를 버리고 다른 사람들의 몸에 있어 봤자지!"

"일단 그 강아지를 죽여야 해. 다른 거 필요 없어. 잠깐 눈만 보여 주면 돼."

"싫어!" 혜성이가 소리치며 문을 닫고 뛰쳐나왔다.

1층 유리문을 열고나오니 어디선가 부는 강한 바람에 만 개의 백목련 잎이 파르르 떨었다. 혜성이는 교문을 향해 뛰어갔다. 옆의 기다란 풀 속에서 누군가 지켜보는 기분이 들었다. 경비실에 아무도 없는 걸 확인한 후 운동장 안으로 들어갔다. 오늘따라 풍겨오는 운동장의 냄새는 풀냄새도 아니었고 물에 찌든 냄새가 났다. 혜성이는 시계탑 아래에서 가쁜 숨을 몰아쉬며 헉헉거렸다. 시계탑의 시간은 어느새 7시 40분을 가리키고 있었으며 흐르던 분수가 멈추었고 시간이 멈추었다. 어느새 운동장 입구에 도착한 주연이가 벤치에 있는 혜성이를 쳐다보고 있었다.

"난 네가 올 걸 알고 있었다."

건물을 감도는 바람이 혜성이의 귓가에 속삭였다. 거칠고 소름이 끼치는 여자 목소리였다. 건축가 영혼의 목소리가 아닌 다른 목소리였다. 그녀가 입구를 향해 팔을 뻗는 순간 양옆의 벚꽃 나무가 떨면서 고개를 숙인 채 서로의 나뭇가지를 잡으며 입구를 봉쇄했다. 이제 어디로 도망갈 수도 없이 갇혀버렸다. 그저 빨리 승원이가 나타나 도와주기만을 바랐다. 도대체 어디 간 걸까. 혜성이는 중앙 현관문을 열고 들어갔다. 숨이 차서 잠시 걸음을 멈추있고 복도의 유리 장식장 위에 손을 짚있다. 길러 있는 큰 사진 속에 김그린 건축가가 노려보고 있었다. 한쪽 눈이 파란 눈동자로 변하자 혜성이가 비명을 지르며 뒤로 넘어졌다.

"남겨진 자가 더 괴로운 법이니." 그녀의 목소리가 학교 안에서 울려 퍼졌다. 그때 혜성이 가방 안에서 낑낑거리는 소리가 들렸다. 가방 문을 살짝 열어 주자마자 그린이가 톡 튀어나오더니 혜성이의 손끝을 벗어나 그대로 2층 계단을 향해 달려갔다.

"안 돼! 혼자 가지 마! 위험해!"

혜성이는 발을 헛딛고 비틀거리며 따라갔다. 어느새 3층에서 그린이가 왈왈거리며 짖었다. 따라 올라간 혜성이는 복도 가운데 있는 그린이를 보고 크게 놀라고 말았다. 4반 쪽 돔 창문 앞에 놓인 화분의 꽃이 바로 앞에 있는 그린이를 향해 등불처럼 환한 빛을 내며 고개를 내밀고 있었다. 다시 학교 안을 울리는 그녀의 목소리가 들렸다.

"그녀를 넘긴다면 너를 살려 주겠다."

혜성이는 그린이를 품에 안고 눈을 빤히 쳐다보았다. 그저 말똥말똥한 검은색 눈동자일 뿐이었다. 그린이가 혜성이의 손을 혀로 핥았다. 무언가 결심한 혜성이는 3층 복도를 향해 똑똑히 들으라는 듯 큰 소리로 외쳤다.

"난 절대 너에게 보여주지 않을 거야. 내가 말했잖아. 난 두렵지 않다고!"

"내 손에 잡히는 대로 모든 기억을 잊게 해 주마."

그 말에 덜컥 겁이 났다. 지금까지의 기억을 잊게 된다면… 들고 있던 그린이가 몸부림을 치며 다시 벗어났고 이번에는 지하창고가 있는 왼쪽 복도를 향해 뛰어갔다. 숨이 턱까지 막혀서 계단 손잡이를 잡고 주저앉았다. 눈동자가 흔들리는 혜성이를 올려다보던 그린이가 혜성이의 가방을 보며 다시 한 번 왈왈 짖었다. 혜성이는 가방 앞주머니에 있던 물병을 꺼내들었다. 그런데 그린이가 혜성이의 바짓가랑이를 물더니 따라오라는 듯 계단 밑으로 내려갔고 멈춰선 곳은 다름 아닌 중앙 현관문이 있는 큰 전신 거울 앞이었다. 혜성이가 거울을 보고 믿기지 않다는 듯 눈을 비볐다. 그린이가 있던 자리에 슬기가 서 있었다.

"빛이 있는 그곳에 우리가 있어."

그녀가 거울을 통해 미소를 지으며 말했다. 혜성이가 무릎을 꿇고 그린이를 쳐다보았다. 다시 거울을 쳐다보았지만 슬기의 모습이 보이지 않았다. 물병 뚜껑을 열었고 연기가 피어올랐다. 혜성이의 입술에 물병이 닿기 직전 그린이가 갑작스레 툭 쳐내더니 떨어진 물병에서 쏟은 액체를 혀로 핥기 시작했다. 당황한 혜성이가 그린이를 잡으려 하자 크르렁거리며 물려고 했다.

"안 돼. 그러지 마. 이미 너는 몸을 잃었잖아. 또 다시 먹게 할 수 없어."

그때 복도를 쾅쾅 울리는 소리에 혜성이가 화들짝 놀라며 몸을 웅크렸다. 2층 복도를 거닐던 주연이가 물병에서 흘러나온 향기를 한껏 들이마셨다. 그린이는 덮은 귀를 뒤로 젖혔다.

"물병을 다시 마시다니 얼른 찾아라."

그린이는 그녀의 말이 끝나자마자 앞을 향해 크게 짖었다. 점점 그린이의 몸이 사라졌고 창고 문에서는 스르륵거리며 지하에서 올라오는 거대한 비늘과 몸통을 가진 괴물들이 나왔다. 1층에서 돔 창문을 두드리고 있는 기다란 나뭇가지들이 아무도 없는 복도 바닥을 내리치는 소리를 듣고 있었다.

"이제는 독 안에 든 쥐로구나."

영문 모르는 혜성이의 손 안에는 그저 묵직한 느낌만 들 뿐 그린이가 보이지 않았다. 위층으로 올라가던 그린이가 왈왈 짖었고 그 사이 중간 계단으로 올라간 혜성이가 3학년 1반 끝으로 빠르게 뛰어갔다. 복도를 거침없이 기어가는 괴물들과 혜성이는 보이지 않는 서로를 지나쳐갔다. 굳게 닫힌 창고 문 앞에 도착한 혜성이가 잠시 멈칫했다. 문이 어제처럼 살짝 열린 상태로 있었기 때문이다. 창고 안에 또 다른 누군가 있는 걸까. 틈 사이로 보이는 건 없었으나 짐짓 이상한 기운이 흐르는 듯 했다. 설마 건축가 영혼이 아닌 다른 영혼일까? 머뭇거리는 사이 창고 안에서 손이 불쑥 나오더니 혜성이의 팔목을 잡고서 안으로 힘껏 끌어당겼다.

*

"어떻게 네가… 이곳에 온 거지? 이곳으로 넘어올 수가 없는데?"

복도 끝에서 붙잡힌 그린이가 그르릉거리다 바닥으로 픽 쓰러졌다. 주연이가 멈칫하며 뒷걸음질 쳤다. 그린이의 몸에서 슬기의 영혼이 서서히 모습을 나타냈다. 바로 그 전날 혜성이가 봤던 모습이었지만 몸 전체에서 희미하게 남색 빛이 새어 나오고 있었으며 천천히 주변을 두리번거렸다. 그녀의 영혼이 허공에서 떠다녔다. 그녀의 주변으로는 알 수 없는 강한 기운이 그녀를 감싸고 있었다. 반인반수 괴물들도 그녀를 공격할 수 없었다. 그녀는 지금 사람의 몸이 아닌 어떻게 돌변할지 모르는 영혼이었기 때문이다.

"난 유리관 속에서 몇 년 동안 고통받고 있었어…. 가장 믿었던 친구에게 받은 배신으로 인해서 말이지. 그런데 오늘… 그 이유를 이제야 깨달았어…. 나에게 모든 걸 빼앗아 간 모든 원인이 당신이었다는 거야." 그녀의 목소리가 떨리고 있었다. 지난 과거를 돌이키며 슬기는 점점 머리카락이 뻣뻣해졌고 몸에서는 강하고 짙은 파란색 빛이 나기 시작했다.

"이제는 이 여학생을 데리고 가려는 거야? 난 이곳에 와서 내 친구를 보러갔었지…. 우리 할머니 묘지 옆에 나란히 묻혀 있었어. 내가 사라지고 죄책감에 시달렸던 거야. 아무것도 기억이 나질 않았으니까!"

공중에서 울부짖던 그녀는 커터 칼을 들고 있던 여학생의 목을 움켜잡았다. 그녀가 켁켁거리며 빠져나오려 하자 그럴수록 그녀는 더 목을 조였다. 목이 붙잡힌 여학생의 눈동자가 파란색에서 검은색으로 수십 번 바뀌어 가고 있었다.

"당장 이 여학생한테서 나가! 당장 나가란 말이야!"

그녀의 몸에서 푸른색 빛이 크게 번쩍거렸고 검은색 눈동자가 돌아오면서 주연이가 힘없이 바닥에 쓰러졌다. 현실 속에서 보이지 않는 그린이와 주연이는 서로를 마주본 상태로 바닥에 쓰러져 있었다. 이윽고 반인반수 괴물들은 창고 안으로 서서히 모습을 감추었다.

Part 15

보이지 않는 괴물

어느 지점에 이르자 유리상자가 브레이크를 밟은 듯이 멈춰 섰다. 동시에 아이들의 비명 소리가 뚝 끊겼다. 눈을 떠 보니 서로의 얼굴조차 보이지 않을 만큼 어두웠다. 빠른 속도로 두 눈을 깜빡거리면 뭐라도 보일까 했지만 작은 불빛조차 보이지 않았다. 거기다 주변은 너무 조용해서 10초가 흘렀음에도 1시간처럼 느껴질 만큼 견디기 힘들었다.

서로가 무사한지 확인하기 위해 벽을 짚으며 말없이 서로의 손을 찾아 잡았다. 유리에 올려둔 손바닥이 차가워졌다. 바깥의 물 온도가 급격히 떨어졌다는 것을 느낄 수 있었다. 각자의 숨소리는 서로에게 안도감을 느끼게 해 주었기 때문에 승호는 성민이의 숨소리에 귀를 기울였다. 1분이 괴로운 시점에 5분이 지나도 아무것도 나타나질 않자 승호가 조심히 아주 작은 목소리로 말했다.

"…괜, 괜찮아? 지금 딱… 우물 안에 개구리 신세야. 보통 이런 바닷속에는 막 이상한 괴물 살지 않냐? 네시 막 이런거…."

"야! 지금 이 상황에서 무슨 소리를 하는 거야. 차라리 다른 생각을 좀 해 봐." 성민이가 보이지도 않는 어둠 속을 두리번거리며 속삭였다.

"…알겠어."

다시 조용해지자 승호는 성민이의 숨소리가 옅어진 것 같았기에 기절이라도 했을까 봐 두려웠다. 그러다 문득 자신의 주머니 속에 해답이 있다는 것을 깨달았다.

"성민아."

"응?"

"주머니에 손전등 있는데…."

그러나 성민이는 손전등이 좋은 방법이라고 생각하지 않았다. 거대하고 괴상한 물고기에 둘러싸인 것을 본다면 그야말로 끔찍했다.

"음… 기절하지 않을 자신… 으악!"

유리상자에 갑자기 무언가 부딪치고 지나갔다. 살짝 건드렸는데도 상자는 쭉 밀려 났고 행여나 깨질까 봐 승호가 벽면에 손을 대었다. 시야가 보이지 않아서 예민해진 아이들은 스쳐 지나간 괴물이 유리 상자를 확인하러 다시 다가올 것이라고 예상했다. 둘 중 한 명이라도 크게 비명을 질렀다간 3초 뒤에 무슨 일이 일어날지는 충분히 짐작할 수 있었다. 입을 다물고 있던 성민이는 유리상자가 밀려난 정도를 계산하며 괴물의 크기를 짐작하는 일이 상당히 괴로웠다. 다행히 주변이 조용해지자 승호가 고개를 숙이고 혼잣말로 중얼거렸다.

"오 제발. 작은 물고기… 그래 작은 물고기이길 빌어. 아무것도 아니길 빈다고. 이건 너무 불공평해. 아무것도 보이지 않잖아."

승호 목소리가 주변으로 아득하게 울렸다. 줄곧 불안했던 성민이는 승호의 손을 붙잡고서 말했다.

"제발 조용히 좀 있어!"

이대로 둘 다 미쳐버리는 것을 아닐까. 침을 삼켜 먹먹한 고막을 뚫고 나니 이제는 머리가 아팠다. 여기서 이동했다간 평온히 지나가는 생명체를 긴드려 자칫 죽음의 길로 가게 될 수도 있었다. 그때 무언가 또 다시 유리 상자에 쿵하고 부딪혔다.

"쉿. 소리 내지 마!" 성민이가 말했다.

그러나 이번에는 달랐다. 아까 아이들을 스치고 지나간 괴물이 돌아왔는지 이제는 아이들을 이리저리 스치고 지나가기 시작했다. 더 이상은 가만히 있을 수 없었다.

"승호야 손전등 꺼내!"

"뭐?" 승호가 당황했는지 큰 소리로 말했다.

"빨리! 이번에 지나가면 바로 비춰야 해!" 성민이도 이에 똑같이 크게 말했다. 다시 스치고 지나갈 때 승호가 바로 비추었다.

"뭐지?"

잠깐 동안 기다란 몸통이 사선으로 스르륵 지나갔고 마지막에 보인 꼬리 지느러미가 크게 위아래로 헤엄치더니 유리상자 벽면을 탁 내리쳤다. 승호가 경악하며 그만 손전등을 놓쳐버렸다. 이어서 괴물은 유리상자를 꽉 물고 빠른 속도로 끌고 가기 시작했다. 겁에 질린 아이들이 고래고래 소리를 질렀다.

"안 돼! 이대로 죽긴 싫어!"

그 순간 눈앞에 플래시가 터지듯이 환한 빛이 잠시 번쩍거렸다. 승호와 성민이는 얼굴을 가리며 소리쳤다.

"안 돼! 죽긴 싫어!"

"이대로 물고기 밥으로 죽기 싫어!"

*

얼마 되지 않아서 성민이가 살짝 눈을 떠 보니 주변이 환해져 있었다. 푸른 물속에는 형형색색의 물고기들을 비롯해 사람보다 크고 지느러미에 털이 달린 물고기들도 지나갔으며 다들 신기한 듯 한쪽 눈으로 유리상자에 갇힌 아이들을 한 번씩 쳐다보았다. 옆에서 승호는 이미 넋이 나간 표정으로 입을 다물지 못하고 있었다.

"성, 성민아."

아름다운 두 명의 인어가 승호를 쳐다보고 있었다. 한 명은 풍성한 노란색 머리카락을 가지고 승호에게 미소를 지으며 자신의 미모를 뽐내고 있었으며 다른 한 명은 먹물처럼 짙은 검은색 머리카락을 가졌고 어색한 미소를 보이며 오른팔을 문지르고 있었다. 그중에서 노란색 머리카락을 가진 인어에게 혼이 나갔는지 승호의 작은 눈동자가 초롱초롱 했다. 성민이 앞에도 사과보다 검붉은 머리카락을 뒤로 넘긴 인어가 슬픈 표정으로 쳐다보고 있었다. 뒤에는 거대한 성벽이 있었는데 성벽 위로 우람한 남자인어들이 성민이와 승호를 내려다보고 있었다. 깜짝 놀란 성민이가 승호와 등끼리 부딪혔다. 3명의 인어들은 비늘이 에메랄드 색으로 반짝거렸으며 얇고 투명한 꼬리지느러미는 두 갈래로 갈라져 위아래로 살랑거렸다. 신비로운 인어들의 자태에 아이들은 넋을 놓고 말았다. 주변에 지나다니는 형형색색의 물고기들이 무색할 만큼 아름다웠다. 성민이가 벽면에 손을 올려보니 물의 온도가 따듯해져 있었다.

3마리의 인어들은 유리상자에서 점차 멀어지더니 음악이 흐르진 않았지만 물의 흐름에 맞춰 원을 돌기도 하며 긴 꼬리로 휙휙 춤을 추었다. 검은 머리카락을 가진 인어는 다른 인어들과 몸체가 작고 춤이 서툴었다. 그러나 몽환적이었으며 그녀들의 미모와 동등하게 춤선 또한 아름다웠다. 인어들의 춤은 성벽 안의 낯선 이들의 침입에 불안해하고 있을 인어들을 향해 안심해도 된다는 하나의 신호였다. 춤이 끝나자 3마리의 인어들은 유리 상자에 도로 다가와서 아이들을 신기한 듯 쳐다보았다. 유리상자 안을 구르고 있는 손전등을 보곤 물고기라고 착각하며 툭툭 건드리다가도 유리상자에 귀를 갖다 대었으며 자기들끼리 해맑게 웃기도 했다. 그러다 갑자기 뒤로 물러나더니 성벽 안으로 휙 하고 들어갔다.

"안 돼…. 어두워지고 있어. 오 이럴 수가! 성민아 저것 봐."

멀어져 가는 그녀들 사이로 남자 인어가 성벽을 지키는 인어들을 데리고 나타났다. 두 갈래로 갈라진 꼬리지느러미가 두 배였으며 은으로 된 기다란 창 하나를 들고 있어서 마치 포세이돈을 연상시켰다. 그가 근엄한 표정을 지으며 창을 높이 들자 뾰족한 창끝이 번쩍거리며 엄청난 빛이 사방으로 퍼졌다. 그는 인어들에게 빛과 같은 존재와 다름없었다.

"너희들은 살아 있는 인간들이 아니냐?"

그의 목소리에 유리 상자가 깨질 듯이 진동했고 동굴 속에서 말하는 듯이 울려 퍼졌다. 뒤에 서 있던 성벽을 지키는 인어들이 인간이라는 단어에 유리 상자 안의 아이들에게 다가가 유심히 쳐다보았다. 성민이는 머리카락이 흠뻑 젖어 뒤로 넘겼고 승호는 교복바지가 달라붙어서 팬티의 선이 들어나 있었다. 창을 들고 있던 그가 아이들에게 한 걸음 다가가자 주위를 둘러싸고 있던 인어들이 다시 그의 뒤로 물러났다.

"당신은 누구죠?" 승호가 물었다.

"나는 인어들의 왕, 아라 왕이라고 불린다. 눈을 뜬 인간이 이곳에 들어온 것은 처음이다. 너희들은 어떻게 해서 이곳에 들어온 거지?"

"이곳에 또 누가 왔던가요?" 이번에는 성민이가 물었다.

옆에 있던 승호는 멀리서 자신을 쳐다보는 성벽을 지키는 인어들 때문에 다른 곳에 시선을 돌렸다. 잔잔한 빛을 내거나 몸통에 눈이 붙은 물고기를 보고 흠칫 놀라다가 새처럼 작은 두 다리가 있는 물고기를 보고선 두 눈을 의심했다.

"조금만 더 밑으로 내려가면 있지." 승호와 성민이가 밑을 내려다보았다. 어둠이 깔려있었으나 지금은 밑에 무엇이 있을지 상상하면서 신경 쓰고 싶지 않았다. 승호는 무심코 교복 바지가 젖어서 드러난 자신의 파란색 팬티를 발견했다. 승호가 얼굴을 찌푸리자 성벽을 지키는 한 명이 쳐다보았.

"여기서… 조금만 더요? 그런데… 여기서는 도대체 무슨 일이 생기고 있는 거죠?" 아라 왕은 성민이의 질문에 잠시 뜸 들이며 말을 이었다.

"시간이 많이 흘렀지만 본래 평화롭고 아름다운 섬이었지. 그러던 어느 날 유리관에 갇힌 어린 여자아이를 발견했다. 죽었다고 생각했는데 가까이 가보니 그 아이는 아직 잠을 자고 있는 듯했어. 유리관을 들려고 했지만 꼼짝도 안 하더군…. 그래도 유리관이 따듯했기에 아직 온기가 남아있다고 생각했고 죽지 않았다는 것을 느꼈다. 인간이었지만 살아있는 생명을 죽인다는 건 끔찍한 일이었기에 매번 인어들이 내려가 수시로 확인했다. 그런데 어느 순간부터는 성벽이 크게 공격을 당하기 시작했고 이름 모를 원인으로 성벽 위로 죽은 인어들이 둥둥 떠올라 있었지. 무엇을 보고 놀랐는지 눈도 감지 못한 채로 말이다…(성벽의 인어들이 눈물을 훔쳤고 주변에는 물방울들이 생겨났). 그날 이후로 시도 때도 없이 해가 질 때쯤이면 매번 우리는 공격을 당했다. 성벽 주변을 감싸고 있어도 성 안에서 죽은 인어들은 생겨났지."

아라 왕이 말하고 있는 도중 승호는 여전히 교복에 비치는 팬티가 신경이 쓰였는지 손으로 가리고 있었다. 성민이가 툭 건드리자 승호가 말했다.

"헐 성민아. 우리가 찾고 있던 여자아이인가 봐. 그래서 흰 연기를 통해서 우리에게 보여 준 건가? 그녀를 구해 달라고?"

"모르겠어. 그런데 이곳을 공격했던 건 뭘까? 바다 괴물인가? 아까 그 괴물이 저희를 치고 갔어요!"

"그건 내 딸들이었다. 첫째인 로지와 둘째인 나래 그리고 막내인 제나가 어깨를 부딪혔다."

"그러면… 동료들을 죽였다는 괴물은 아주 크고 날카로운 이빨을 가진… 길이는 자그마치 13미터 크기의 괴물인가요? 아니면 거대한 빨판이라든가… 거대한 도마뱀이라든가… 악어처럼 강철 이빨을 가졌다든가…." 성민이가 말했다.

"그 누구도 괴물을 보질 못했지. 그렇게 컸다면 성벽 밖에서부터 보였을 테고 많은 인어들이 가족들을 가만히 죽도록 내버려 두진 않았을 거다." 아라 왕은 단호하게 말했다.

"그래도 수십 미터 크기의 괴물이 아니니 그렇게 두려워할 필요는 없지 않나요?"

자신감 있게 말하던 승호의 말에 그는 표정이 굳어졌다.

"인어들 중에서도 가장 용맹스러웠던 인어가 있었다. 그는 첫째 딸 로지의 약혼자였지. 그런데 로지가 말을 잃었다. 사랑하는 사람을 잃은 슬픔보다 더한 슬픔은 없으니… 그리고 분명히 말했듯이 수많은 인어들을 잃었다."

성민이와 마주 보던 아라 왕의 목에 있는 아가미가 열었다 닫히기를 반복했다. 그는 유리 상자에 가까이 다가오며 물었다.

"설마… 잠든 아이를 구하러 온 것이냐? 꽤 힘든 여정이 되겠구나…."

"제 친구까지 합하면 총 4명 아닌가요?"

"그렇지 않아. 연못처럼 보였겠지만 거대한 바닷속이다. 눈에 보이지 않은 장소도 많고 조금씩 위치도 달라지더니 많이 변했지. 잠든 여자아이들은 곳곳에 숨어 있을 것이니. 베일에 가린 여인이 그랬으니까. 그녀는 어느 곳에 숨었다고 말해 주지 못하거든. 단지 신의 나무를 통해 메시지를 전달해 주지. 그녀가 말하길 앞으로 인간들이 계속 들어올 거라고 말했다. 다들 밝혀지지 않은 이 아름다운 세계가 인간 세계에 들통이 날까 봐 두려워하고 있지. 노출되면 이곳은 위험해지거든."

"…어떻게 위험해지는 거죠?"

"물거품처럼 사라지는 것이다. 이런 세계는 인간들에게 들켜서는 안 된다. 인간들이 들어오면 이곳을 분명 멸망시키겠지. 인간은 아름다운 것을 보면 욕심이 생기는 법이니까."

"…그럼 언제 이곳의 괴물을 만날 수 있나요?"

"하늘에 짙은 어둠이 찾아올 때. 요즘은 더욱 잦아졌지. 근래에는 거의 매일같이 나오더구나…. 이제 다시 어두워지려고 하니 잠시 위에 올라가서 상황을 보고 와야겠다. 그리고 여기 있으면 위험하니 일단 우리가 너희를 숨겨 주마."

아이들은 절망했다. 유리 상자 안에서 몸을 보호하는 게 우선이었다. 도대체 신의 나무가 무엇을 주었는지 알 수 없었다. 왜 아무것도 주지 않은 걸까? 황금 사과는 그저 배만 채워 주는 일반 사과에 불과하다고 생각했다. 아라 왕은 기다란 창을 위로 높이 들고 두 갈래로 갈라진 거대한 꼬리 지느러미로 헤엄쳐 올라갔다. 그 뒤에 있던 성벽 인어들이 유리 상자를 밀고 빛이 사라지기 전에 거대한 성벽 안으로 헤엄쳐 들어갔다. 성벽 안에는 거대한 기둥들이 세워져 있었으며 거대한 바위 위에 놓인 성이 보였다. 성벽은 본래 아주 큰 성으로 인어들의 성이었다. 그러나 몇 년 전부터 괴물의 침략으로 일부가 조금 부서졌지만 나머지 일부분을 뜯어서 반대편이 막히도록 개조했다. 주변으로는 많은 이끼가 붙어 있었다. 승호와 성민이는 상자 안에서 거대한 성의 크기를 가늠해 보고 있었다. 조금 부서진 듯했지만 크기는 굉장했다.

"성이 배처럼 생겼네. 지금 우린 배 앞머리로 내려가고 있는 거야." 승호가 말했다.

"그리고 우리는 여기서 꼼짝도 못한다는 거야."

"그런 부정적인 생각 좀 하지 마…. 여기 있는 이상 우린 안전해. 이것 봐. 살면서 이런 곳은 처음 봐."

그러자 성민이가 아라 왕의 말투를 따라하며 말했다.

"너의 파란 팬티와 아주 조화롭구나."

*

하늘에 어둠이 드리워지자 하루 종일 피곤했던 민기는 넝쿨식물로 덮인 벽에 기대어 잠이 들었고 터널 너머 소동을 피우던 자매 나무도 조용해졌다. 핸드폰의 시간은 무용지물이 됐지만 아침이 되고 밤이 되듯 시간은 흐르고 있었다. 무려 반나절 동안 친구들이 물속에 있으니 24시간이 48시간처럼 느껴졌다.

민호가 용기를 내서 연못 쪽으로 다가갔다. 그런데 수면 위로 승호의 교복이 둥둥 떠 있는 것을 발견하고 깜짝 놀라서 그것을 줍기 위해 소나무 기둥을 잡고 팔을 뻗어 안간힘을 섰다. 그 순간 연못 중간에 뜬 교복이 수면 위로 들리더니 교복 아래로 기다란 창살이 함께 올라오며 뒤따라 아라 왕의 머리가 나타났다. 그는 자신 쪽으로 팔을 뻗고 있는 민호와 마주쳤고 민호는 시선을 압도하는 생김새에 입을 다물지 못하고 팔을 뻗은 상태로 굳어 있었다(그를 보니 물속에 있을 친구들이 심히 걱정되었다).

아라 왕은 자신의 창살에 걸친 승호의 교복을 바닥에 깔려 있는 잎들 위로 휙 던졌다. 창살을 들고 있는 그의 손마디 사이에는 물갈퀴가 있었고 매끄러운 피부는 연못처럼 빛이 나고 있었다. 그는 바위 위에 올라간 민호와 똑같은 높이로 몸을 꺼냈다(민호보다 아래 있으면 자신의 권위가 안 섰기 때문이다. 그는 인어들의 왕이었다). 몸에서 흐르는 물이 연못 위로 뚝뚝 떨어졌다. 놀란 민호는 다리에 힘이 풀려서 나뭇가지를 세게 쥐고 있었으며 아라 왕은 기다란 창을 민호의 턱 끝에 갖다 대었다. 창의 끝이 날카로워 민호가 고개를 최대한 치켜들고 아라 왕을 쳐다보았다.

"너는 누구지?"

그가 말하자 목 옆의 아가미가 열었다가 닫히기를 반복했다. 조금 흉측했지만 독특한 생김새를 가진 몸을 훑어보지 않을 수가 없었다. 연못 주변에 고개를 숙이고 있던 풀들이 아라 왕의 목소리에 고개를 들었다.

"제 친구들을 보셨나요?" 민호의 목소리가 떨리고 있었다.

"유리상자 안에 갇힌 남자아이 두 명을 말하는 것이냐?" 그는 민호의 턱에서 창을 내려놓으며 말했다.

"뭐라고요? 유리 안에!?" 민호가 그의 말을 듣고 소리치며 소나무를 잡던 기둥을 놓쳐 팔을 휘저었다. 바위에서 중심을 잃고 허우적거리자 아라 왕이 민호의 팔을 잡아주며 목소리를 낮춰 말했다.

"조용히 하렴. 깨어난다."

"아 쟤는 피곤해서 잘 자고 있어요." 민호가 잠꼬대를 하는 민기를 가리키며 말했다.

"난 저 아이를 말하는 게 아니야. 너희 친구들은 무사하니 안심해라. 하지만 언제까지라고 장담하진 못하겠군."

아라 왕은 말하던 중간에 바위 위에 기다란 은색 창을 내리 찍었다. 그 순간 창에서 밝은 빛이 뿜어져 나왔고 얼굴을 감싸던 민호는 끝내 바위 아래로 엉덩방아를 찧었다. 아라 왕은 한 걸음씩 바닥에 깔려 있는 풀 위에 내려왔다. 땅 위로 올라오니 그는 하얀 천으로 그리스 로마에 나오는 신들처럼 한쪽 어깨를 피해 몸을 둘렀고 두 다리가 생겨나 있었다. 민호는 입을 벌리고 지면 위로 올라온 그를 쳐다보았다. 목옆에 있던 아가미는 닫혀 있었고 기다란 은빛 창을 들고 서 있었다. 이미 나무에서 사람으로 변한 린데라 요정을 보았으나 인어가 사람이 변하는 모습을 보니 또 신비로웠다 (육지로 올라온 그의 몸이 조금 작아졌지만 민호보다는 더 컸다). 위엄 있는 아라 왕의 모습에 민호가 몸을 일으키며 말했다.

"당신은… 누구죠?"

아라 왕은 그 말에 대답하지 않고 자연스레 지나쳤다. 그리고 아치 터널 앞에서 벽에 기대어 자고 있던 민기를 유심히 쳐다보았다. 많이 피곤했는지 입을 크게 벌리고 있었고 민기의 손가락을 물었던 벌이 머리 위에 앉아 있었다. 아라 왕은 자고 있던 민기의 입술 위로 손을 살며시 올렸다. 난쟁이 꿈을 꾸고 있었던 민기는 어떤 끈적한 물체가 입술 위에 올라간 것을 느끼고 눈이 번뜩 떠졌다. 난쟁이라고 생각했으나 뾰족한 귀를 가진 남자가 눈앞에 보이자 비명을 지르며 몸부림을 쳤다.

"으어억! 살려줘억!"

"민기야 괜찮아! 조용히 해!"

민호의 목소리에 민기는 금방 진정했다. 아라 왕이 손을 떼자 민기의 입술에는 끈적한 액체가 덕지덕지 묻어 있었다. 터널 안에서 린데라 요정이 나왔고 민기가 민호 옆으로 달려갔다.

"이럴 수가. 지금 이 시간에 수면 위까지 나오시면 어떡하죠? 괴물이 요새 잠잠하던가요?" 그녀가 아라 왕에게 말했다.

"괴물? 괴물이라고요?"

민기가 큰 목소리로 맞받아치는 바람에 반대편에 있던 자매 나무의 나뭇가지가 파르르 떨었다. 터널 넘어 울창한 잎사귀 안에서는 작은 날갯짓 소리가 들렸다. 그 소리에 다들 민기를 쳐다보았고 민기가 스스로 자신의 입을 가렸다.

"소리를 낮추도록 하렴. 우리를 지켜보고 있단다(그는 다시 린데라 요정에게 고개를 돌려 말을 이었다). 그렇소. 오늘 바닷속에 뭔가 들어왔다는 것을 눈치 챘을 것이 분명하오. 물속을 내가 몇 번이나 밝혔던지…. 난 이만 얼른 안으로 들어가 봐야 할 것 같소. 이제 해가 지기 시작했으니 말이오."

민기는 아라 왕이 말하는 것을 쳐다보며 걱정스러운 표정을 지었다. 아라 왕은 연못 쪽으로 걸어갔다. 뒤에 있던 린데라 요정은 눈물을 훔치며 이번에도 자신은 행복하지 않다는 말을 한 뒤 터널 안으로 돌아갔다. 그녀가 다시 나무로 변하자 하나의 잎사귀가 또 떨어졌다. 아라 왕은 가까이 다가온 민호와 민기에게 잠시 물러나 있으라고 말한 뒤 바위 위로 올라가 물속으로 뛰어들었다. 밝은 빛이 그의 몸 주변을 감싸며 그의 다리에선 기다란 몸통과 꼬리가 생겨났다. 아라 왕의 모습에 민기는 믿기지 않는 듯 눈을 비볐다.

"난 인어들의 왕으로서 아라 왕이라고 부르면 된다. 너희 친구들은 최대한 보호를 할 테니 나무가 절대로 깨어나지 않도록 조심히 있거라. 이제 더 이상 말할 시간도 지체할 시간도 없구나. 내일 아침에 밑에 상황을 알려주러 다시 오겠다. 이만 난 들어가마."

그가 다시 들어가려고 하자 민기가 그를 불렀다.

"애, 애들을 꼭 지켜주세요."

아라 왕은 고개를 끄덕거렸다.

*

밑으로 헤엄치던 도중 거칠어진 물살이 아라 왕의 뺨을 살짝 베고 지나갔다. 그는 기다란 은색 창에 빛을 내며 빠르게 성벽 안으로 들어갔다. 문을 닫고 나니 기다란 복도가 굉장히 조용했다. 갑자기 나타나는 괴물의 행방을 알 수가 없었기 때문에 밤이 찾아올 때마다 인어들은 각자 방에 들어가 조용히 숨어 있었다. 아라 왕은 복도를 거닐다가 보호색으로 몸을 바꾸고 잠복하고 있던 인어를 발견했다. 그의 귀는 굉장히 날카로웠으며 그의 몸에는 긁힌 자국이 많았다.

"내 딸들은 어디 있나?"

"방 안쪽에 잘 숨어 있습니다. 유리관 속 여자아이도 무사합니다. 물살이 굉장히 거칩니다. 오늘 침범하려나 봅니다."

"고맙네. 나도 느꼈지."

복도는 고요하고 조용했지만 그럴수록 안심할 수 없었다. 방마다 한 번씩 들어가 깊숙이 숨어 있는 인어들의 모습을 확인했고 드디어 작은 방 안에 있는 아름다운 딸들을 발견했다. 그런데 방 안의 물이 굉장히 차갑게 느껴졌고 제나 인어가 보이지 않았다. 책상에 앉아 있던 노란색 머리카락을 가진 나래 인어가 아라 왕을 끌어안았다.

"무사해서 정말 다행이구나…. 막내는 어디 숨은 거지?"

"잘 숨어 있어요. 유리상자에 갇힌 그들을 보호하고 있거든요…."

"아니 너희들 중에 가장 막내가 아니었느냐. 설마 막내가 그들을 보호하고 있는 거니?"

"네 괜찮아요. 가장 안쪽 방에 숨어 있어요…." 그녀는 말을 마친 후 그를 끌어안으며 작게 속삭였다.

"로지 언니가 이상해요."

"그럼 다행이구나…." 그는 마지막 말에 대한 대답을 고개로 대신 끄덕였고 첫째 인어를 쳐다보았다. 그녀는 작은 책상 위에 걸터앉아 캄캄한 창문 밖을 유심히 쳐다보고 있었다. 그녀의 눈부시게 빛나는 붉은 머리카락이 오르락내리락거렸다.

"그런데요 아빠…?" 그녀가 창문 밖의 물속을 바라보며 말했다.

"왜 그러느냐?" 아라 왕은 애써 침착하게 대답했다.

"제 귓가에 들려오는 소리가 너무나 거슬려요."

그녀가 아라 왕에게 천천히 다가왔다. 겁에 질린 나래 인어는 뒤로 물러서서 아라 왕에게 로지 인어를 가리켰고 눈을 깜빡거렸다. 그러자 그녀가 흐르던 눈물이 물방울로 변하며 로지 인어를 스치고 아라 왕의 손 안에서 흩어졌다.

아라 왕이 고개를 들고 첫째를 빤히 쳐다보았다. 로지 인어의 눈동자 안에서 촉수처럼 푸른색 물감이 퍼진 듯 살짝 얼룩져 있었다. 아라 왕이 그녀의 꼬리지느러미 끝이 조금 잘린 상태로 있다는 걸 보고선 두 눈을 지그시 감았다(어렸을 때 작은 악어에게 꼬리를 물어서 끝의 꼬리가 조금 잘려 나갔다). 그저 이 상황을 최대한 침착하고 담대하게 받아들이기로 하며.

"아빠…. 저 끝에 있는 방이 위험해요. 지금 한 번도 듣지 못한 소리가 들려요. 이건 고통에 몸부림치는 소리예요. 제가 몇 미터 너머의 소리까지 들을 수 있으니까요. 잠시 확인하고 와 주세요. 아빠! 시간이 없어요. 막내가 위험해요!" 로지 인어가 소리쳤다.

허나 아라 왕은 이 방을 벗어나게 되는 즉시 둘째 딸과 첫째 딸이 살아남지 못한다는 것을 알고 있었다. 흐느끼고 있던 나래 인어가 두 손을 펼치더니 그 안에 후 하고 입김을 불어넣자 물방울이 생겨났다. 물방울은 서서히 흘러가더니 아라 왕의 뾰족한 귓바퀴에서 톡 터졌다.

"아빠. 전 괜찮으니까 얼른 가세요."

아라 왕은 딸의 목소리에 더욱 발걸음이 떨어지지 않았다. 나래 인어는 얼음장같이 차가워진 언니의 팔에 스치며 긁힌 자신의 팔을 감싸며 아라 왕에게 다가갔다.

"걱정 마세요. 저는 원래 어둠 속에서 강하니까요."

기다란 지느러미가 로지 인어의 앞으로 길게 늘어져 있었다. 뒤에 있던 로지 인어는 점점 이상한 소리를 내고 있었다. 아라 왕은 로지 인어에게 말했다.

"네가 의심스럽다는 방을 지금 확인하고 올 테니 동생을 잘 보살피고 있거라. 하나라도 다치지 않게."

아라 왕이 나래 인어의 뺨에 손을 대자 그녀는 고개를 숙이고 문을 천천히 닫았다. 문이 닫히자마자 '쿵' 소리가 나더니 나래 인어의 비명 소리가 들렸다. 아라 왕이 재빨리 문을 열었으나 로지 인어와 나래 인어가 사라져 있었고 벽에는 거대한 구멍이 뚫려 있었다.

제일 끝에 있는 방 안에서는 제나 인어가 쇠로 된 침대 위에 몸을 웅크린 채 벌벌 떨고 있었다. 그녀가 움직일 때마다 비늘이 반짝거리며 손전등과 같은 작은 빛을 내고 있었다. 민호와 성민이는 다용도 사물함 위에 올려진 유리

상자 안에서 바로 앞에 보이는 문 방향으로 경계태세를 하고 있었다.

그때 갑자기 문을 '쾅' 치는 소리가 들리자 그 소리에 성민이와 승호가 몸을 들썩거렸다. 웅크리고 있던 막내 인어는 즉각 비명을 지르며 얼굴을 감쌌고 잠시 후 문짝이 바닥으로 쿵 하고 떨어졌다. 잔 먼지들이 시야를 뿌옇게 가리면서 그 사이에 뭔가 훅 들어왔다. 성민이와 승호는 비명을 지르며 얼굴을 감쌌다.

이윽고 어디선가 흐느끼는 소리에 성민이가 고개를 들어보니 아라 왕이 침대 위의 막내 인어를 품에 안고 있었다. 막내 인어가 울먹거리며 말했다.

"아빠. 다 같이 이곳에 있었는데 로지 언니가 혼잣말을 했어요…. 느낌이 좋지 않았는지 나래 언니가 조용히 데리고 나가더니 문을 걸어 잠갔어요. 아빠 이제 알았어요. 괴물은 눈에 보이지 않아요. 우리 인어들 몸속으로 들어가서 상대방을 죽이는 거였어요. 그래서 동료들이 괴물을 봐도 죽이지 못했던 거예요! 항상 1명이 아닌 2명 이상이 죽었던 이유는… 눈앞에 동료를 죽이지 못하고 죽임을 당했던 거였고 괴물이었던 한 명은 죄책감에 죽음을 선택한 거였다고요!"

성민이와 승호는 생전 처음 듣는 소리에 그녀가 하는 이야기를 귀 기울이고 있었다. 그녀가 눈물을 쏟아내자 주변으로 작은 물방울들이 흩어지며 방을 가득 메웠다. 아라 왕은 막내 인어의 등을 보듬어 주며 말했다.

"괜찮다. 진정하렴. 너라도 지금 일단 무사하니 다행이다(이마에 입맞춤을 해 주며 다시 말을 이었다). 내가 얼른 찾아오마. 넌 이곳에 잘 숨어 있으렴. 다시 이리로 올 테니."

"아니요, 아빠 저도 갈게요. 언니들 두 명이 위험해요. 괴물은 또 언제든 나타날 거예요. 저만 남기 싫어요…. 언젠가 죽을 목숨이라면 저도 데리고

가 주세요." 제나 인어가 고개를 저으며 아라 왕의 팔목을 움켜쥐었다. 그녀의 긴 머리카락이 사방으로 흩날리고 있었다.

"그게 무슨 소리냐. 난 마지막 남은 소중한 딸까지 잃고 싶지 않구나."

아라 왕은 제나 인어의 뺨에 올렸던 손을 내려놓고 벽에 기대 두었던 기다란 창을 들어 문 앞에 커다란 바위를 만들었다. 막내 인어는 그 소리에 가려진 돌문을 쾅쾅 치며 열어 달라고 소리쳤다. 꼬리를 바닥에 내리쳐서 일어난 먼지 때문에 유리상자 앞의 시야가 뿌옇게 되고 있었다. 승호와 성민이는 그저 유리상자 안에서 그 상황을 지켜볼 수밖에 없었다.

"행운의 여신이 나타났으면 좋겠다…. 지금 당장 말이야."

승호가 성민이에게 속삭였다.

*

민기가 불안했는지 왔다갔다거리며 한 시도 가만히 있질 못했다. 그 사이 하늘을 빤히 쳐다보고 있던 민호가 민기에게 말했다.

"민기야. 애들 지금 유리상자 안에 갇혀 있대."

"뭐? 유리상자? 그걸 지금 얘기하는 거야?"

민기가 기가 막힌 듯 땅에 있는 돌멩이를 냉큼 주워 들며 화를 냈다. 민호는 이끼가 붙은 엉덩이를 툭툭 털어내더니 바위 밑으로 내려왔다.

"걱정 마. 아라 왕이 무사하다고 했으니까."

"확실하게 대답 못했잖아. 애들이 물속에서 얼마나 있었지?" 민기는 손바닥을 펴 보았으나 어림잡아 짐작할 수도 없어서 답답했다. 잠시 생각하던 민호는 민기가 쥐고 있는 돌멩이를 빼앗아 연못 쪽에 휙 던지며 말했다.

"아침이 됐을 때도 아라 왕이 나와서 알려주지 않으면 우리도 사과 한 입씩 물고 같이 들어가 보자." 민기는 그 말에 잠깐 동안 깊이를 알 수 없는 물속의 생명체들을 상상했으나 그래도 결심한 듯 대답했다.

"그래. 좋은 생각이야. 이렇게 앉아서 기다릴 수만은 없어. 이런 식으로 기다리는 게 훨씬 더 괴로워. 오! 제발 애들이 무사하길." 민기가 두 손을 감싸며 간절하게 말했다.

"그래 남은 사람이 더 괴로운 법이니까." 민호는 스스로 내뱉은 말에서 학교에 남았을 때 들었던 목소리가 생각났다. 그 목소리는 누구였을까. 이어서 민호의 귓가에 수진이의 비명소리가 들려왔다. 민호가 혼자 괴로워하는 도중 옆에서 가지런히 두 손을 모은 민기는 간절히 기도하고 있었다.

*

연못 안에서는 아직도 제나 인어가 문 앞에서 떨어질 줄을 몰랐다. 막내 인어가 울부짖으며 문을 수십 번 두드렸지만 쿵쾅거리는 소리에 아이들은 깜짝깜짝 놀랐다. 제나 인어는 작은 지느러미를 가지고 있었지만 그녀가 내리치는 꼬리의 힘이 굉장히 강했다. 그녀가 지느러미를 바닥으로 내리칠 때마다 유리상자가 앞으로 조금씩 움직였고 아이들은 행여나 깨지기라도 할까봐 눈을 질끈 감았다. 어떠한 말도 막내 인어를 위로해 줄 수 없다고 생각하며 서로 눈치만 보고 있었다. 계속 흐느끼고 있었던 그녀는 손 위에 입김을 불었다. 생성된 물방울이 방 안을 맴돌다 유리상자에 부딪히며 톡 터졌고 잔잔한 노랫소리가 아이들의 귓가에 들려왔다.

"창문 밖에 누구 없나요.

이곳에서 저를 꺼내 주세요.

제가 슬퍼하면 물속은 위험해요.

물의 흐름은 사나워지고

물의 온도는 얼음처럼 차가워져요.

이 슬픔에서 구원해 줄 누가 없나요."

듣던 도중 한기가 느껴지자 아이들은 몸을 웅크렸다. 성민이가 손전등을 켜서 유리 상자 벽면에 손을 올려보았다가 소스라치게 놀랐다.

"승, 승호야? 엄청 차가워졌어…."

"어쩐지… 아까부터 춥더라."

승호는 온몸에 소름이 끼쳤는지 몸을 부르르 떨었다. 이대로 있다간 유리상자 안에 얼어 죽을 수도 있다는 생각에 살기 위해서 그녀를 진정시켜야겠다고 생각했다. 우선 무슨 말을 해야 할지 머리를 굴렸다. 기운이 빠진 제나 인어는 작은 침대 위에 누웠다. 그녀의 비늘에서는 희미한 빛이 작아졌다가 커지기를 반복하고 있었다. 캄캄한 방 안을 가득 메웠던 먼지들도 바닥으로 서서히 가라앉았고 아이들은 제나 인어가 울다가 지쳐 잠이 들었다고 생각했다.

"우리가 이곳에 온 지 며칠이나 됐을까?" 승호가 둥그런 창밖을 바라보며 말했다.

"내 생각에는 우리가 사라진 날부터 따지면 대충 일주일 정도 됐다는 생각이 들어. 아닐 수도 있고." 성민이는 손가락을 펴서 계산하다가 대충 어림잡으며 대답했다.

"모르겠어. 우리 꼴 좀 봐. 물에 빠진 생쥐도 우리처럼 불쌍하진 않을 거야."

"맞아. 근데 나 아까부터 너무 추운 거 같아. 몸이 얼어붙었어."

고개를 돌려보니 승호의 얼굴이 창백해져 있었고 몸이 불덩이처럼 끓고 있었다. 깜짝 놀란 성민이가 그대로 몸을 벌떡 일어나는 바람에 유리상자 윗면에 머리를 박았다. 둥 하며 울리는 소리가 방 안에 울려 퍼졌다. 그 소리에 승호가 힘없이 킬킬거리며 웃었다.

"야 너는 지금 나보고 웃을 상황이 아니야 괜찮아?" 심각해진 성민이가 말했다.

"네가 너무 웃기잖아."

그들의 대화 내용을 조용히 듣고 있었는지 잠잠했던 막내 인어가 고개를 들고 유리상자 앞으로 가까이 다가갔다. 아이들은 그녀의 움직임을 모르고 있다가 승호가 제나 인어를 보고 소리를 지르는 바람에 성민이는 한 번 더 머리를 박았다. 다시 둥 하고 소리가 울려 퍼졌고 승호가 깨질까 봐 벽에 손을 올렸으나 차가운 유리 때문에 급히 떼었다. 막내 인어는 성민이를 보며 작게 웃음을 터뜨렸다.

그녀가 두 손을 모아서 그 안에 입김을 후 하고 불자 손 틈에서 환한 빛이 새어 나왔다. 신기했던 아이들이 차가워진 유리상자에 이마를 대고 뚫어지게 쳐다보았다. 제나 인어가 미소를 지으며 손 안을 조심스레 펼쳐 주었다. 빛을 내는 물건이 무엇인지 궁금해하는 승호와 달리 성민이는 막내 인어의 얼굴을 하나씩 훑어보았다. 작은 코와 오밀조밀한 눈, 두툼한 입술이 아름다웠으나 생전 처음 보는 얼굴처럼 낯설지 않았다. 그리고 가까이에서 보니 어깨와 쇄골 쪽에 작은 상처가 나 있었다. 목옆에는 아가미가 열었다 닫히기를 반복했지만 그 크기가 아주 작았다.

"미안해. 나 때문에 물이 너무 차가워졌어." 제나 인어가 말했다.

그녀의 목소리는 아라 왕의 목소리와 다르게 방 안에서 자그마하게 들렸다. 그녀는 뒤로 퍼지는 머리카락을 감아서 한쪽으로 넘겼다. 드러난 그녀의 귀에는 작은 진주가 박혀 있었다.

"아까 네가 울고 있을 때 유리에 손을 대었는데 엄청 차가워졌어. 왜 그러는 거야?" 성민이가 물었다.

"내가 느끼는 감정과 기분에 따라 물의 흐름이나 온도가 달라져. 기쁨, 슬픔, 분노, 공포 전부 나의 감정을 그대로 느끼고 있지. 다르게 말하면 인어들의 능력이라고 할 수 있어. 인어들은 자신의 능력을 계속 활용하지 않으면 목숨을 잃게 돼. 로지 언니는 몇 킬로미터까지 멀리 있는 소리를 들을 수 있고 나래 언니는 밤이 되면 찾아오는 어둠보다 더한 어둠 속을 잘 들여다볼 수 있어. 성벽 앞에서 나래 언니가 뭔가 괴상한 물체가 있다고 해서 따라갔다가 어둠 속을 잘 보지 못하는 내가 이 상자랑 부딪히고 말았지. 그런데 너희들은 왜 이곳에 오게 된 거야?" 그녀가 왼쪽 팔을 비비면서 물었다.

"이곳에 잠들어 있는 여자아이를 구하러 온 거야."

"뭐라고? 너희가 무슨 수로? 유리상자를 깨고 나올 거니?"

"아니, 당장은 못하지만! 이곳의 괴물을 물리치고 여자아이를 구해 내야지." 성민이가 자신 없는 목소리로 대답했다.

"무슨 소리야! 당장 구해 내야 하는 건 우리 언니야!" 그녀가 버럭 화를 냈다.

"그래 너 말이 맞아. 그런데 두 명 다 똑같이 고통받고 있는 거야…." 옆에서 승호가 끙끙거리며 말했다.

"언니를 구해 내려면 잠들어 있는 여자아이를 먼저 구해 내야만 해. 모두가 원하는 건 다들 무사한 거니까."

"언니를 구해 낼 수 있다면… 나도 돕고 싶어."

그녀는 성민이의 말에 손에 있던 빛을 감추었다. 그때였다. 앞의 시야가 다시 어두워지면서 '쿵' 소리가 나더니 그 충격에 유리 상자가 앞으로 슥 하고 밀려 나갔고 가슴이 철렁했다. 하마터면 책상 밑으로 떨어져 유리 상자가 깨질 뻔했다. 빛이 동시에 사라지자 아이들은 제나 인어가 사라졌다는 사실을 알아차렸다. 침대 옆에는 작고 뚜렷한 구멍이 생겨 있었다.

"도대체 행운의 여신은 언제쯤 오는 거야?" 성민이가 말했다.

*

아라 왕은 비늘과 꼬리에 더한 빛을 내며 정신없이 아래로 헤엄치고 있었다. 바닥이 닿기 전까지는 깊은 어둠 속이었기 때문에 그가 창을 높이 들었다. 창끝에서 번쩍하며 밝아진 주변에 어둠이 익숙해져 버린 물고기들은 어리둥절해하며 두 눈을 감고 피해갔다. 초조해진 아라 왕은 더욱 빠르게 헤엄쳐 가며 사방을 확인했다. 작은 물고기들은 전부 피해 가기 바빴고 바닥에 있던 생물들은 모래 바닥 밑으로 전부 숨었다. 아라 왕이 손 위에 입김을 후 불어넣자 생겨난 방울들이 사방으로 퍼져나갔다.

"대체 어디 있니. 나의 딸들아 제발 대답 좀 해다오.
첫째야 나의 목소리를 들어 주렴.
너의 본 모습을 깨닫고 다시 돌아와라.
다른 이의 속삭임과 아버지의 목소리를 혼동하지 마라.
둘째야 어둠 속으로 숨지 마라. 그곳은 너의 길이 아니란다.
빛이 있는 아버지의 품으로 돌아오렴. 너의 길은 나의 품이란다."

노랫소리를 들은 작은 물고기들은 거칠어진 물의 흐름을 느꼈는지 저 멀리 헤엄쳐 갔다. 아라 왕은 끊임없이 내려갔다. 그때 어딘가에서 나래 인어의 비명 소리가 들려왔다. 여러 물고기들이 아라 왕을 향해 가까이 다가왔고 양옆으로 줄을 지어 방향을 가리켜 주었다. 아라 왕은 물고기들을 따라갔다. 어둠이 머물러 있는 곳으로 가 보니 둘째 딸의 울부짖는 소리가 점점 뚜렷하게 들렸다. 아라 왕이 창을 더 높이 들고 빛을 만들어 내자 물고기들이 흩어지면서 보이지 않았던 나래 인어가 의식을 잃은 로지 인어를 감싸 안고 있었다. 로지 인어는 긴 꼬리를 모래 위에 축 내려놓았고 비늘은 빛을 잃어버렸으며 반짝거리는 가루들이 모래 바닥 밑으로 하나둘씩 떨어졌다. 슬픔을 느끼고 있던 나래 인어의 머리카락이 뻣뻣해졌고 그녀의 주변으로 어두운 기운이 감싸고 있었다.

"아빠가 방에 나가자마자 언니가 제 목을 조른 상태로 뭐라고 중얼거리면서 여기까지 헤엄쳐 왔어요. 주변에 있던 큰 물고기들이 저를 도와주려고 했지만… 물의 흐름이 너무 세서 그들이 다가올 수 없었어요…. 그런데… 로지가 살려 달라고 말했어요. 제 목을 조르며 그렇게 외치고 있었다고요!"

나래 인어의 말이 끝나자 바위 뒤에서 기다란 두 개의 수염이 있는 늙은 물고기가 다가왔다. 아라 왕이 늙은 물고기를 손 위에 올려놓고 귓가에 가져다 댔다. 그는 입을 뻐끔거리며 말했다.

"아름다웠던 조지 인어가… 자신의 목을 조르더니 나래 인어를 향해 손을 뻗는 상태로 쓰러졌습니다…. 그녀의 몸에서 무언가 빠져나온 것 같았어요. 저 말고도 주변에서 바위틈에 숨어 목격한 이들이 많아요. 이렇게…." 바위틈에서 똑같이 수염을 가진 물고기들이 나왔다. 그 순간 멀리서 막내 인어의 노랫소리가 들려왔다.

"거기 누구 없나요. 나의 슬픔을 덜어갈 자 없나요.
물의 흐름아 더욱더 거세져라.
물의 온도야 더욱더 차가워져라.
나의 언니들을 찾기 전에 너희도 똑같이 고통받아야만 해."

아라 왕은 즉시 창을 높이 들고 주변에 슬퍼하던 물고기들과 생물체들이 올라갈 수 있도록 따뜻한 물의 길을 하나씩 만들어냈다. 물줄기가 생겨나면서 바닥에 숨어 있던 물고기들이 차례로 줄지어 들어갔다. 올라가던 길들 사이로 제나 인어의 모습에 아라 왕은 표정이 심각해졌다. 막내 인어의 슬픔이 인어들 중에서도 물의 온도에 영향을 끼치며 군데군데에 얼음이 생성될 정도였다. 자칫하다간 바닷속이 얼어붙게 되면 물고기들뿐만 아니라 인어들까지 위험한 상황에 처하기 때문이다.

"아빠! 물고기들이 뭘 보고 저를 슬프게 바라보는 거죠? 이 길은 제가 슬픔에 잠길 때 물고기들을 위해 만들어 준 길이었잖아요…. 지금 무슨 상황이 일어난 건가요?"

눈물을 흘리며 말하던 제나 인어가 로지 인어를 발견하고 비명을 질렀다. 이어서 비단결 같은 그녀의 검은 머리카락이 서서히 곤두섰다. 물의 온도가 급속도로 떨어졌고 바닥에서 '쩌적' 소리를 내며 얼어붙기 시작했다.

"오. 안 돼. 막내야 제발 멈춰!" 나래 인어가 소리쳤고 아라 왕은 유심히 그녀를 지켜보고 있었다. 하지만 이미 그녀의 주변에서 심상치 않은 기운이 느껴졌다.

"진정해 막내야. 오 제발. 네가 인어라는 것을 잊지 마렴."

이제 그녀의 아름다웠던 피부는 초록색의 피부로 얼룩지고 있었다.

"이 모든 게 전부 유리관 속에 곤히 잠들어 있는 여자아이 때문이야." 그녀의 말에 비늘에서 빛이 사라졌다.

"…그게 무슨 말이냐?"

아라 왕이 사악하게 변한 막내 인어를 보며 말했다. 물의 흐름이 좌우로 솟구치고 있었으며 바닥에서부터 1미터 정도의 얼음이 생겨나 미처 올라가지 못한 물고기들이 얼어붙었다. 당장 제나 인어를 멈춰야 했다.

"지금 이 모든 게… 인간들 때문이에요. 그들을 보호하면 안 되는 거였어요. 차라리 더 위험해지기 전에 유리상자에 갇힌 그들을 제가 죽이겠어요. 이제 인간들이 이곳으로 오지 못하도록 막는 거예요. 그렇게 된다면 이곳은 평화로워지겠죠."

"아니다. 그건 잘못된… 안 돼!"

제나 인어는 위로 빠르게 헤엄쳐서 순식간에 성민이와 승호가 있는 곳까지 도착했다. 그 상황을 몰랐던 성민이와 승호는 아무것도 모른 채 유리상자 안에서 두 손 모아 기도하고 있었다.

"하… 이대로 죽는 건 아니겠지?" 승호가 고개를 천천히 움직였다. 성민이는 승호의 이마에 손을 올려보았다.

"오 아직도 불덩이야. 정말 미안해…. 차라리 나 혼자 들어왔어야 했어. 나를 괜히 도와주러 와서 이게 무…"

말하던 사이 옆에 있던 작은 구멍에서 쿵 소리가 났고 어두웠던 방 안에 먼지가 가득 일어났다.

"승호야! 행운의 여신이 왔어! 이제 살았어!" 유리 벽면에 기대고 있던 승호가 그제야 아주 옅은 미소를 보였다.

"빛이 필요해!" 성민이가 앞에 있을 막내 인어를 향해 외쳤다.

그러나 급격히 차가워진 유리에 승호가 살며시 눈을 뜨자 그녀의 모습을 얼핏 확인하고 소리를 질렀다. 머리카락이 뻣뻣하게 곤두서 있는 상태로 선하고 아름다웠던 그녀의 얼굴에는 이리저리 긁혀 있었고 긴 꼬리의 비늘은 날카롭게 날이 서 있었다. 승호는 정신을 잃고 성민이의 어깨에 고개를 떨구었다.

"이 모든 게 너희 때문이야. 내가 언니의 죽음을 대신해 너희를 죽이고 말겠어!"

그녀의 날카로운 목소리에 유리상자가 미세하게 떨렸다. 문 밖에서는 성벽을 지키는 인어들이 돌을 깨기 위해 내리찍고 있었다. 제나 인어가 입김을 거세게 불기 시작하자 유리상자는 밑에서부터 서서히 얼어붙기 시작했다.

"안 돼! 제발 그만해 줘! 이러다가 승호가 죽어!" 성민이가 승호를 가로막으며 소리쳤다.

그러나 제나 인어는 아랑곳하지 않고 강하게 입김을 불었다. 앞면은 벌써 얼어붙어서 보이지 않았다.

"당장 멈춰라!"

그때 성 전체가 울릴 정도의 목소리가 들렸다. 아라 왕이 성벽의 인어들과 함께 나타났다.

"싫어요! 아빠! 이건 정당한 복수예요!" 그녀가 더욱 강하게 입김을 불었다. 성민이가 아라 왕을 향해 소리쳤다.

"저희 좀 살려 주세요!" 성민이가 아라 왕을 향해 소리쳤다.

아라 왕은 유리 상자 안에서 작게 들리는 소리에 성민이를 쳐다보았다.

"정신 차려 제발! 이 자식아!"

성민이가 의식이 없는 승호를 끌어안고 소리쳤다. 아라 왕은 잠시 눈앞에서 벌어지는 상황을 보더니 은색 창을 바닥에 힘껏 내려쳤다. 내리친 바닥 밑으로 사방에 거대한 진동이 퍼져나가 입김을 불던 제나 인어가 휘청거렸다.

"정신 차려라! 네가 인어라는 사실을 잊지 말거라! 네가 지금 하는 행동은 전부 죽음으로 가는 길이다!" 아라 왕이 제나 인어를 향해 크게 호통을 쳤다.

"그게 제가 원하는 거예요! 절 말리지 마세요!"

"그만 멈추어라! 저들도 고통받고 있는 아이들이란 말이다."

"싫어요! 왜 아빠는 항상 인간들을 감싸 주시는 거죠? 전 그게 마음에 들지 않았어요!"

유리상자가 꽁꽁 얼어붙었다. 온도가 급속도로 떨어졌다. 몸이 떨려오던 성민이는 승호의 머리를 자신의 무릎에 눕히고 숨을 쉬는지 확인하며 뻣뻣한 손으로 승호의 몸을 비비고 있었다. 성민이는 자신도 정신을 잃게 되면 승호가 이대로 죽을까 봐 무서웠다.

"막내야 이제 그만 멈추거라! 네가 반드시 후회할 거란다!"

"지금 저는 스스로가 자랑스러워요! 이제 이곳에도 평화가 찾아올 거예요."

"사랑하는 제나야. 넌 지금 인어가 되기 전 모습을 죽이는 거나 다름이 없단다."

잠시 동안 적막감이 흘렀다. 제나 인어는 두 눈이 커진 채 아라 왕을 쳐다보며 말했다.

"거, 거짓말 치지 마세요. 저, 전 이제 유리관 속에 잠든 여자아이를 죽이러 갈 거예요." 꿋꿋하게 말했으나 그녀의 눈동자가 흔들리고 있었다. 유리

상자 안에서 승호의 몸을 비비고 있던 성민이도 무심코 들은 소리에 고개를 들었다. 인간? 그녀가 인간이었다니.

"너는 원래 그들과 같은 인간이었단다."

충격을 받은 제나 인어가 아라 왕을 쳐다보며 말했다.

"아니에요. 전 인간이 아니에요. 그… 그런 말로 저를 멈출 수 있을 거라고 생각하지 마세요."

제나 인어는 충격이 꽤 컸는지 얼어붙은 유리상자를 바라보고 있었다. 그때 아라 왕 뒤로 무너진 벽면에 나래 인어가 나타났고 아라 왕에게 지느러미에서 조금씩 빛이 나고 있는 로지 인어를 건넸다.

"얼어붙은 건 제가 간신히 녹였어요. 얼어붙었던 풀들도 전부요. 무엇보다 심각한건 유리관이 곧 깨질 것 같아요(그녀는 말하는 도중 제나 인어의 표정을 보고 조심스레 말했다). 설마 막내에게… 말했나요?"

"그래 드디어 말하게 되었구나. 일단 아직 녹지 않은 곳이 있는지 아래로 내려가 확인해 보거라."

나래 인어는 고개를 끄덕거린 후 밑으로 다시 헤엄쳐 갔다. 어느덧 제나 인어의 눈에는 눈물이 고였고 곤두섰던 머리카락은 가라앉았으며 날카롭고 거친 지느러미와 비늘이 전처럼 돌아오고 있었다.

"아… 아버지 제게 말씀해 보세요. 제가… 제가… 이들과 같은 인간이었나요?" 그녀가 떨리는 목소리로 물었다. 아라 왕은 은색 창을 높이 들어 올렸다. 그러자 창끝에서 나온 물줄기가 서서히 방을 둥글게 에워쌌다.

"넌 두 번째로 왔었던 여학생이었단다. 너희들이 죽지 않았다는 걸 안 이후로부터 동료 인어들과 함께 보호했었어. 여인이 너를 멀리 두고 경계하라고 내게 말하더구나. 난 그 경고를 듣지 않고 너를 더 극심히 보살폈단다. 그러던 어느 날 성 위로 뜬 인어 2명의 죽음에 불안했지만 인어들에게 그 사실을 숨겼지. 그런데 목숨을 걸고 나타난 늪지대의 난쟁이가 자매 나무가 여학생 영혼을 선택하고 있다고 말했어. 그날 이후부터 인어들은 계속 죽어갔고 그것을 알게 된 몇몇 인어들이 나를 떠나갔지. 비밀은 언젠가 밝혀지는 법이었으니까."

"제가 그럼 어떻게 인어가 된 거죠?"

"깨진 유리관에서 나온 너를 보는 순간 내가 너를 가족처럼 아끼고 사랑하고 있었다는 걸 깨달았단다. 린데라 요정이 애처로웠는지 너를 연못에 다시 빠뜨려 보라고 하더구나. 난 네가 숨을 쉴 수 있도록 소용돌이를 만들어냈지. 다행히 얼마 지나지 않아서 네가 고개를 내밀고 나에게 말했지."

아라 왕이 말하는 내내 점차 방 안의 온도가 따듯해지고 있었다. 제나 인어는 울먹이며 아라 왕을 쳐다보았다.

"무슨 말을… 했는데요?"

"아빠라고 말이다. 나는 그날을 결코 잊을 수가 없단다."

방 안을 감싸고 있던 물줄기가 흩어졌고 그녀는 전처럼 아름다웠던 모습으로 되돌아갔다. 아라 왕은 막내 인어를 아주 따스하게 안아 주었다. 인어의 왕으로서가 아닌 사랑하는 자녀를 가진 아빠로서.

"끝까지 숨기려고 했단다. 사람이 아닌 이제 내 딸로 살게 되었으니 말이다. 그래서 너는 언니들과 조금 달랐던 거란다."

"언니들은 인간이었던 저를 좋아했었나요?"

"처음만난 순간부터 너를 사랑했단다. 너처럼 소중한 동생을 가지게 되었으니 너의 비밀을 간직하며 기꺼이 받아 줬어. 하지만 로지는 사랑하는 사람을 잃고서 말을 하지 않더구나. 사랑은 다른 사랑으로 덮는 것처럼…

다행히 너를 너도 사랑하게 되었으니 말이다. 그만 얼굴 좀 들어 보렴."

유리 상자에 갇혀 있던 성민이와 승호는 기절해 있었다. 아라 왕은 뒤늦게 꽁꽁 얼어붙은 유리 상자를 발견하며 말했다.

"아 그것보다 얼른 이 아이들을 살려야 한다. 이대로 가다간 정말 죽겠구나."

"그런데 어쩌죠? 언니들이 할 수 있어요."

로지 인어는 아직 깨어나지 않고 그의 품 안에 있었기에 아라 왕은 우선 얼어붙은 유리 상자를 들었다. 물의 온도가 조금 따듯해졌지만 유리 상자가 꽁꽁 얼어붙었기에 그대로 두기에는 성민이와 승호가 위험했다. 그가 움직이는 대로 유리 벽면에 아이들이 힘없이 부딪혔다. 막내 인어는 초조해지기 시작했다.

"정말 미안해, 애들아 내가 너희들을 꼭 살려 줄게. 조금만 참아."

그녀는 손 안에 입김을 불어서 빛을 만들고 아래로 빠르게 헤엄쳐 가기 시작했다. 다시 그녀가 나타나자 주변 물고기들이 슬픈 애도를 표하듯 뻐끔거리며 입안의 방울을 만들었다. 그것을 본 막내 인어는 점차 불안해지기 시작했다.

'언니! 그들을 구해 줘!'

Part 16

계속되는 이야기

제나 인어는 조금이라도 달라진 물의 온도가 느껴지면 그 방향대로 헤엄쳐 나아갔다.

'내… 가 모두를 죽이려고 했어…. 제발 살려야 해 내가 이렇게 만들었어… 전부 살려 내야 해.'

아까 변했던 자신의 모습이 끔찍하게 느껴졌다. 주변에서는 점점 어둠이 깔리었고 물의 온도는 차가워지고 있었다.

'여자 아이가 지금 고통받고 있는 걸까. 아니면 내가 느끼고 있는 감정일까.'

정신을 차리고 모래가 깔린 바닥에 이르자 앞을 향해 헤엄치던 그녀의 꼬리가 무언가에 부딪혔다. 어둠에 약했던 제나 인어가 두 손을 모아 입김을 불었고 손 안에서 빛이 새어 나왔다. 눈앞에는 깨진 유리관이 놓여 있었다. 그녀는 자신이 누워 있던 자리라는 것을 직감하며 인간이었을 때의 기억이 주마등처럼 눈앞에 그려졌다.

그녀의 이름은 서지혜였으며 부모님이 일찍 돌아가시고 할머니한테 자랐으나 활발하고 성격 좋은 3학년 2반 학생이었다.

2년 전 4월 초 어두컴컴한 저녁 7시, 중간고사 시험을 앞두고 책을 두고 와서 경비 아저씨의 허락을 맡고 건물 안으로 들어왔다. 불빛도 들어오지 않는 어두운 운동장에 내심 놀랬다. 평소에 겁이 없는 편이었지만 그날따라 거센 바람에 상당히 무서웠다. 지혜는 이대로 돌아가지 않고 핸드폰에 있는 작은 불빛을 켜고 앞으로 걸어갔다. 이까짓 거로 두려워하면 인생을 살아가면서 아무것도 도전하지 못한다는 말을 교훈 삼아 들었기 때문에 머릿속에 되뇌며 걸었다. 단지 교실에 두고 온 교과서를 가져오는 거라고 생각하니 어느새 3학년 2반 앞이었다. 교실 안으로 걸음을 옮기려고 하는 찰나 어딘가에서 '탁' 소리가 들렸다.

"누구세요…?"

용기를 내서 난간 아래로 고개를 내밀어 확인했다. 아무것도 보이지 않았다. 호기심에 쇠사슬을 넘어 계단으로 내려가기 시작했다. 창고 문 앞에 플래시를 비춰서 이곳저곳을 살펴보았다. 다시 돌아가려고 하는데 이상하게 생긴 물병에 발이 걸렸고 무언가에 홀린 듯 신비로운 색을 띠는 물병 뚜껑을 열었다. 향기로운 냄새가 콧 볼을 맴돌았다. 그런데 갑자기 창고 문 쪽에서 쿵 소리가 들렸다. 지혜가 비명을 지르며 바닥에 주저앉았다.

"지혜야 거기서 뭐하는 거야. 책은 아직 안 챙긴 거냐?" 1층에서 경비 아저씨 목소리가 들렸다.

"아… 네. 교무실 가려다 아직 못 갔어요." 경비 아저씨를 보고 한숨을 돌리며 말했다.

"아저씨 창고 안에 뭔가 있나요? 누가… 있나 봐요."

"아니야 아무것도 없어. 나는 잘 모르겠구나. 교장 선생님이 아무도 들어가지 말라고 그랬는데. 조금만 뒤로 가 보렴. 내가 확인해 보게."

쇠사슬을 넘어 그는 한 계단씩 내려왔다. 지혜는 호기심에 이끌려 경비 아저씨 등 뒤에 숨어서 지켜보았다.

"이상하네. 냄새가 났는데."

"네?" 고개를 들어보니 경비 아저씨의 한쪽 눈동자가 파란색이었다.

"손에 든 게 무엇이니?"

"아 이거 창고 앞에 떨어져 있었어요. 이것 보세요! 제가 만지니까 이렇게 변해요. 이게 뭘까요?"

"잠시 줘 볼래?"

그 이후 기억이 없었다.

오랜 시간 동안 유리관 속에 갇혀서 잠들어 있는 자신을 바라보며 깊은 물속을 헤맬 때 가끔씩 다른 아이를 보았다. 왠지 모르게 말을 걸고 싶지 않은 이상한 기운이 느껴져서 다가가는 것조차 무서웠다. 제나 인어는 고통받고 있던 다른 여학생의 유리관을 찾기 위해 두리번거렸다. 분명히 이 근처에 있을 것이라고 생각하며 빛이 나는 손을 들고 주변을 살폈다. 얼마 가지 않아 유리관이 하나 있었고 윗부분이 조금 깨져 있었다. 그 안에 누워 있는 여학생의 손가락이 조금씩 움직이고 있었다. 제나 인어가 유리관에 조심스레 손을 짚으며 말했다.

"오… 이런 안녕…. 넌 나보다 더 오랫동안 고통받고 있구나. 그래도 넌 해낼 수 있을 거야."

제나 인어는 손을 펼쳐서 빛을 내는 물체를 꺼냈다. 빛을 냈던 정체는 여러 개의 구슬이었다. 그녀는 구슬 몇 개를 유리관을 둘러싸도록 바닥에 내려놓았다. 구슬이 번쩍거리며 빛을 냈다. 그런데 바로 뒤에서 물의 흐름이 급속히 차가워지는 걸 느낀 그녀는 빠르게 뒤로 물러섰다. 앞에는 환한 빛을 내는 영혼의 형체가 나타났다. 그 영혼은 제나 인어의 앞에서 잠시 머물렀다가 누워 있던 여학생의 몸속에 훅 들어갔다. 잠들어 있던 여학생의 몸이 잠깐 들렸다가 내려갔다. 제나 인어가 바로 유리관에 가까이 다가가자 서서히 금이 가기 시작했다. 깜짝 놀란 그녀가 유리관을 붙잡고 말했다.

"오 이럴 수 없어. 아니야…. 안 돼! 견뎌 내야 해! 아무도 없어요? 지금 근처에 아무도 없나요?"

두꺼운 유리관이 서서히 갈라지고 있었다. 제나 인어가 유리관을 붙잡고 울부짖었다.

"막내야! 떨어져!"

나래 인어의 목소리였다. 유리관이 한번 더 '우지끈' 소리를 내며 '팍' 소리와 함께 깨졌다. 나래 인어가 깨진 유리의 파편 속을 비집고 들어가자 작은 파편이 그녀의 얼굴을 베었다. 그리고 그 안에서 제나 인어와 여학생을 끌어안고 위를 향해 빠른 속도로 헤엄쳐 갔다.

*

어느덧 아침이 찾아왔다. 연못 주변에 있던 수풀들이 고개를 들었고 밤을 지새운 민기와 민호는 이끼가 내려앉은 바위 위에 나란히 서 있었다.

"자 열까지 세 보고 안 나오면 들어가는 거야." 잔뜩 긴장한 민기가 말했다.

"그래 좋았어."

숫자를 세다가 연못 위로 올라온 기다란 창에 깜짝 놀란 민호와 민기가 중심을 잃고 뒤로 넘어졌다. 아라 왕이 꽝꽝 얼어 있는 유리상자를 바위 위에 올려놓았다. 정신이 돌아온 로지 인어가 수면 위로 모습을 드러내며 유리 상자에 입김을 불었다. 옆에서 민호와 민기는 붉은 머리카락을 가진 로지 인어를 보고 신기해하다 유리상자가 녹으면서 정신을 잃은 아이들이 조금씩 보이자 경악했다.

"오. 안 돼. 이럴 수가." 민기가 얼굴을 감싸며 울음을 터뜨렸다.

아라 왕이 두 다리로 걸어 나와서 잎사귀 위에 아이들을 나란히 눕혔다.

이어서 모습을 드러낸 나래 인어가 바위 위로 여학생을 살포시 올렸고(다른 인어들은 아라 왕처럼 다리를 만들어 육지로 올라올 수 없었다) 아라 왕이 그대로 들어서 바닥에 깔린 잎들 위에 올려 두었다. 그러는 사이 민기 옆으로 버선코 끝에 진주와 별이 없는 털북숭이 난쟁이가 다가왔다.

"나타나 줘서 고마워." 민기가 꺽꺽거리며 말했다.

난쟁이가 복슬복슬한 자신의 갈색 머리카락 사이로 황금 잔을 꺼내었다. 민기가 금색 잔을 받아서 누워 있는 승호와 성민이에게 한 모금씩 먹이자 아이들이 켁켁대며 깨어났다. 민기가 자리에서 박수를 치며 기뻐했고 민호가 손에 든 사과를 아이들에게 정신 차리라며 건네주었다. 승호는 사과를 보고 벌레를 보듯이 연못 쪽을 향해 던지며 말했다.

"이건 갖다 버려!"

던져진 사과가 잠깐 둥둥 뜨더니 연못 속으로 가라앉았다. 하마터면 제나 인어가 그대로 맞을 뻔했다. 승호는 바위 위에 걸터앉은 그녀를 보고 질겁하며 소리쳤다.

"아악 괴물이야!"

민호와 민기는 승호와 달리 바위 위에 나란히 앉은 아름다운 세 명의 인어들을 보고 탄성을 질렀다. 제나 인어가 물갈퀴가 있는 손을 모으며 말했다.

"미안해! 애들아 정말 미안해. 아까는 내가 너무 잘못했어. 나도 너희와 같은 인간이었다는 것을 이제야 알게 됐어." 그 말에 승호의 작은 눈이 휘둥그레졌다.

"너의 이름은 지혜였단다." 아라 왕이 막내 인어에게 말했다.

"뭐라고요!? 말도 안 돼." 민기는 옆에 있던 난쟁이가 놀랄까 봐 소리를 낮춰 말했다. 민호는 꽤나 충격을 받았는지 입을 떡 벌리고 있었다. 성민이는 바위 위에 올라온 아름다운 모습의 제나 인어를 보며 그동안 그녀가 낯설지 않았던 이유를 마침내 깨달았다.

"네가 설마 그 할머니의 손녀였어?" 성민이가 몸을 일으키며 바위 위에 걸터앉은 막내 인어에게 천천히 다가가며 물었다.

"이곳에서 다시 인어로 태어났기에 인간이었던 시절의 기억은 사라졌을 거예요." 린데라 요정이 터널 속에서 걸어 나오며 말했다.

"아니요. 제가 사랑했던 사람들의 얼굴은 뚜렷하게 기억이 나요. 아까 제가 누워 있었던 유리관을 보니 할머니가 제일 먼저 생각 났어요. 그녀가 제일 슬퍼하고 있을 거예요." 제나 인어의 말에 린데라 요정이 심히 놀란 듯 두 눈을 깜빡거렸다.

제나 인어는 두 볼이 인간이었을 때 지혜와 같이 복숭아처럼 발그스름해졌다. 성민이가 다시 말을 이었다.

"내가 돌아가게 되면 말할게. 네가 아름다운 인어가 되었다고 말이야."

"응. 잘 얘기해 줘. 앞으로 남은 인생 슬퍼하지 말고 아름답게 살도록." 그녀는 자신도 모르게 눈물을 흘리고 있었다. 성민이는 그녀의 뺨 위에 흐르는 눈물을 조심스레 닦아 주었다. 승호가 그 모습을 보더니 눈살을 찌푸렸다.

"다들 어디 갔어요? 분명 여기 있었는데?" 민기가 아라 왕에게 물었다.

"아까 유리가 녹자마자 나래가 로지를 성으로 다시 데려갔다. 쉬고 있을 거야. 아! 다시 왔구나." 얼굴이 살짝 긁힌 나래 인어가 다시 모습을 드러냈고 승호의 눈이 금세 초롱초롱하게 빛났다. 나래 인어가 바위에 걸터앉아 말했다.

"언니가 의식이 좀 돌아왔는지 저의 손을 잡고 말했어요. 그녀가 이거 냈다고요(승호가 넋이 나간 듯 자신을 쳐다보고 있자 노란색 머리카락을 가지런하게 정리하면서 말을 이었다). 이 아이는 분명히 스스로 무언가를 깨닫고 나온 걸거야."

그 옆에는 여전히 제나 인어와 성민이가 서로를 빤히 바라보고 있었다. 린데라 요정이 누워 있는 여학생에게 다가가 코 아래에 손을 대었다.

"오 이렇게 슬플 수가. 이 아이는 이곳에서 오랜 시간 힘들어했어요. 아마 인간 세계에서 어떠한 큰 슬픔을 가지고 왔던 거예요."

"그럼 이 아이도 인어로 만들면 되잖아요!" 민기가 말했다.

"오 그렇지 않아요. 지혜를 인어로 만들었을 때에는 약간의 숨이 남아 있어서 살릴 수 있었어요."

"저희가 여학생을 구했다고 말을 못하겠어요. 숨을 쉬지 않으니까요." 민기는 눈물을 훔치며 말했다.

"슬기는 유리관에 갇힌 지 가장 오래되었고 그녀 또한 알고 있었을 거예요. 늦게 들어왔던 지혜가 먼저 유리관이 깨지고 인어가 되었으니까요. 이 아이는 무언가에 굉장히 분노한 상태였어요. 그래서 자매 나무도 쉽게 건들지 못했을 거예요." 린데라 요정이 상냥하게 말했다.

"그럼 저흰 무슨 심판을 받게 되는 거죠?" 민호가 말했다.

"베일에 가린 여인은 누군가 이곳에 들어오면 죄인지 아닌지를 판결해서 살려 두거나 어쩔 수 없이 이곳에 있던 기억을 잃게 만들어버리지. 그렇지만 심판을 행했던 그때의 시절은 너무나도 오래전이었고, 그때 이후로 이곳이 달라졌기도 했으니까. 너희는 이곳을 구하러 와 준 영웅이나 다름이 없어. 이곳이 위험한 것을 느끼고 오랜 시간 누군가 들어오기를 두려워하면서 기다렸단다. 내가 너희를 살려 두었던 것도 베일에 가린 여인이 잠들어 있지 않은 자들이 와서 이곳을 구해 준다고 말했었지." 아라 왕이 말했다.

"그녀는 도대체 뭐죠? 이곳을 다스리는 자인가요?" 민호가 물었다.

"인간 세상에도 법이 있듯이 이곳에서는 이 섬을 지키는 여신과 그 여신을 따르는 신의 나무가 전부라 할 수 있어요. 그녀는 성전을 지키는 여사제예요. 그녀도 문지기 여인처럼 앞을 내다보는 예지력을 가지고 있어요. 지금 이곳이 위험한 것을 느끼고 그녀가 당신들을 본 것 같아요."

"문지기 여인?" 아이들은 낡은 의자에 앉아 있었던 늙은 노파가 생각났다. 린데라 요정이 미소를 지으며 말했다.

"맞아요. 그 문지기 여인이 원래 베일에 가린 여인이라는 소문이 있어요. 지금은 본래 나이의 모습일지도 모르죠."

잎사귀 위에 누워 있던 슬기의 얼굴은 한결 편안해 보였다. 따사로운 햇살이 비춰지자 바닥에 있던 축축한 잎사귀들이 자취를 감추었고 깔려있던 고운 모래가 나타났다. 벽에 있던 사철나무 위의 넝쿨식물들은 사라졌고 숨어 있던 작은 꽃들이 피어나고 있었다.

"아쉽지만 이제 그녀를 보내 줘야 해요." 린데라 요정이 말했다.

"다음에는 이렇게 보내 주지 않을 거예요. 아직 찾지 못한 사라진 여학생들은 반드시 집에 데려다줄 거예요!" 민호가 소리치는 동시에 민기 옆에 있던 난쟁이가 사라졌다. 민기가 원망스러운 눈초리로 민호를 노려보았다.

"그녀의 영혼은 이곳에서 저희와 함께 머물 거예요."

연못 앞에서 아라 왕이 그녀의 이마 위에 손을 올리며 축복했고 린데라 요정은 슬기의 몸 주변에 향기나는 색색의 꽃과 초록색 잎들을 뿌렸다. 꽃과 잎들이 슬기의 몸을 덮어 갈수록 서서히 사라지고 있었다.

"이제 그녀는 이곳, 이 자리에서 아름다운 꽃으로 변할 거예요."

아이들은 인어들과 아쉬운 작별 인사를 했다. 나래 인어가 승호를 보며 수줍은 미소를 짓자 승호의 볼이 빨개졌다.

"나는 너를 잘 알고 있어. 우린 주말마다 마주쳤었으니까." 성민이가 제나 인어에게 말했다.

"머리가 변해서 몰라봤어."

"응?" 성민이는 깜짝 놀랐다.

"그때는 엄청난 곱슬머리를 갖고 있었잖아. 그 머리 잘 어울렸는데. 매일 할머니한테 너를 당근이라고 불렀었지." 그녀가 해맑게 웃었다. 성민이는 싫어했었던 자신의 곱슬머리가 좋아졌다.

"구하러 와 줘서 고마워. 앞으론 내가 널 지켜줄게." 그녀가 성민이의 손에 작고 투명한 구슬을 건네 주었다.

"주머니에 넣어 놔. 작지만 큰 역할을 하거든. 그리고 나중에 날 그리워하고 있을 그녀에게 꼭 전해 줘."

"그럴게."

3명의 인어들이 연못 속으로 들어간 후 아이들은 아치형 터널 안으로 들어왔다. 천장에는 나무줄기가 사라지고 연한 연두색 잎들이 자라났고 수풀들 사이로는 색색의 꽃들이 피어났다.

"그런데 이곳은 왜 뒤를 돌면 암흑인거죠?" 민호가 뒤를 돌아보며 물었다.

"지나간 시간은 두 번 다시 돌아오지 않으니까요." 린데라 요정이 대답해 주며 말을 이었다.

"보세요. 이곳이 당신들 덕분에 돌아오고 있어요. 정말 아름다운 곳이에요. 제 팔도 조금 돌아왔고요. 저는 꼭 당신들이 어디에 있든지 도우겠어요."

"나도 물론이다. 무슨 일이 생기면 두려워 말고 물의 온도와 흐름을 따라 움직이렴. 그러면 우리가 곧 나타날 테니 말이다." 아이들 옆에 있던 아라 왕이 말했다.

"고마워요. 절대 잊지 못할 거예요!"

린데라 요정과 아라 왕이 손을 흔들었다. 4명의 아이들이 터널을 넘어오니 자매 나무의 나뭇가지가 파르르 떨면서 4개의 황금 사과가 내려왔다.

"아악 먹기 싫어!" 승호가 질색하며 소리쳤다.

"넌 역시 겁이 많아." 민기가 제일 먼저 달려가 사과를 한입 물었다. 곧바로 나뭇가지가 가장 먼저 민기를 높게 들어 올렸다. 민기가 '빽' 소리를 지르며 눈을 부릅떴다. 웃으면서 뒤따라 올라간 아이들 모두 눈을 감지 않았다. 하지만 아무것도 보이지 않는 흰 안개 속을 지나쳐 바닥으로 내려왔다. 뒤를 돌아보니 신의 나무였고 앞에는 넓적부리황새가 나란히 서서 아이들을 보고 있었다.

"우리 두부 먹어야 하는 거 아니야?" 승호의 말에 다들 배꼽을 잡고 웃었다. 보호막인 잎사귀를 넘은 아이들은 이제 자신의 황새가 누군지 알 것 같았다. 민기는 자신의 앞으로 다가온 황새를 보고 주춤거리더니 이내 울상을 지으며 말했다.

"오 세상에! 처음 봤을 때 황새야. 나를 태우고서 비틀거리던 황새라고!"

"왜 너랑 딱 잘 어울리구만." 승호가 피식거리며 웃었다.

한 명씩 등에 올라타며 성민이가 며칠 있었던 거냐고 황새를 쓰다듬으며 물어보았다. 그러자 아이들이 깔깔댔다.

"야 황새가 말을 하냐? 말을 하냐고!" 승호가 비웃었지만 아이들 곁으로 모래바람이 일어나며 목소리가 들려왔다.

— 이곳은 시간이 규칙적으로 흐르지 않아서 알 수 없어요. —

"뭐야?"

승호가 설마하며 황새를 바라보았지만 나머지 아이들은 여태 동안 속삭였던 목소리가 린데라 요정의 목소리라는 것을 깨달았다. 다들 뭐라 할 것 없이 쥐고 있던 황금 사과를 버리지 않고 손에 꼭 쥐고 있었다. 넓적부리 황새들이 타닥거리는 걸음 소리를 냈고 하늘에는 분홍빛 구름들이 다시 뭉게뭉게 나타나고 있었다.

"정말 멋진 경험이었어!" 민기가 기분이 좋아졌는지 크게 소리쳤다.

"황새를 타고 바다를 질주하다가 기절했던 거 말이야?" 승호가 놀리듯이 말하자 민기가 어깨를 으쓱거리며 말했다.

"아니? 공처럼 하늘을 날았다가 기절했을 때 말이야." 승호가 눈썹을 치켜 올렸고 아이들이 깔깔거리며 웃었다.

잠시 후 거대한 기둥들이 세워져 있는 신전 앞에 도착했다. 아이들은 홀에 그려진 그림 속에 린데라 요정과 마주 보고 있는 사악하지만 아름다운 여인을 보고 있었다. 그때 베일의 가린 여인의 목소리가 들려왔다.

– 너희들은 내가 생각했던 것보다 훨씬 용감했기에 나에게 큰 감동을 주었다. –

"그런데 신의 나무는 뭘 준 거죠? 전 안 받았는데요?" 승호가 불만스러운 듯 대답했다.

"저도요." 민호도 손을 앞뒤로 펼치며 말했다.

– 눈에 보이는 것이 아니다. –

"또 의미심장하게 대답하네." 승호가 민기에게 속삭였고 민기가 동의한다는 듯이 고개를 끄덕거렸다.

"슬기는 어떻게 되는 거죠?" 민호가 조용히 물었다. 베일에 가린 여인은 부드러운 목소리로 말해 주었다.

– 뜻하지 않게 한 명이 죽음을 맞이했으나 그녀의 영혼은 아름다운 꽃이 되어 이곳에서 평온히 잠들 것이다. –

아이들은 여인의 말에 환하게 웃었다. 베일에 가린 여인은 다시 석상으로 굳어졌다. 아이들은 밖으로 나와서 황새 등 위에 올라탔다(민기의 황새는 역시 비틀거렸다). 황새들은 터벅터벅 걸으며 다음 행선지인 서남쪽 방향을 향하고 있었다. 그런데 앞서가던 민기가 엉덩이를 들썩거리며 소리쳤다.
"아 아니야. 이쪽 길은 아니야!"
승호가 양옆으로 비틀거리는 민기의 황새를 보며 깔깔거렸다. 뒤에서 따라오던 아이들이 확인해 보니 표지판에는 난쟁이 마을이라고 적혀 있었다. 바닥은 점점 축축해졌고 끈적해지고 있었다. 그러나 아이들은 두렵지 않았다. 앞으로 어떤 앞날이 자신들 앞에 기다리고 있을지 부쩍이나 기대되었고 나머지 아이들을 찾아 어디로든 떠날 준비가 되어 있었다.